零点

第一卷

骠骑 著
LING DIAN

长江出版社
CHANGJIANG PRESS

长江 · 大风堂书系

目录

第一章　秘密部队　001

第二章　5619部队　009

第三章　大地之耳　015

第四章　日落之地　022

第五章　魔罗古城　029

第六章　科考真相　035

第七章　地底遗迹　042

第八章　魔罗神教　048

第九章　神秘日记　060

第十章　血月之夜　065

第十一章　生死抉择　072

第十二章　福无双至　087

第十三章　绝地求生　097

第十四章	奇袭废墟	103
第十五章	黑暗侵袭	112
第十六章	深渊之下	123
第十七章	信任危机	128
第十八章	死亡魔咒	135
第十九章	神域地图	147
第二十章	祭坛混战	157
第二十一章	伦雅圣女	179
第二十二章	死亡通道	188
第二十三章	破碎空间	198
第二十四章	致命反击	207
第二十五章	神域之门	225
第二十六章	史前文明	245
第二十七章	异变兽将	262
第二十八章	零点源头	274

第一章 秘密部队

雪片夹杂呼啸的寒风，顺着车厢的缝隙肆无忌惮地狂虐，车厢外天地一片苍茫，铁轨与车轮发出哐当、哐当的节奏声，让人感觉最后一丝暖意也要随着节奏流失一般。

幽暗寒冷的车厢内，裹着大衣的楚南飞坐在一堆稻草上打量着身旁的一切，这堆稻草是他作为基层军事干部、副连级军官唯一的特殊待遇。

与这个大时代特有的诸如建军、革命、富国、建国这类大众化的名字不同，据说楚南飞的生母在他出生后就离开冰天雪地的东北，一同抛下的还有当年建设北大荒的豪情壮志。

楚南飞从小就怕冷，也许是希望他母亲能够回来，或者是希望他长大后去如诗如画的江南找自己的母亲，楚国华给儿子起了南飞这个略带浪漫情怀的名字。

楚南飞到现在为止也没搞清楚自家老头到底是干什么的，长大后他的南飞梦想也没能实现，学习成绩是绝对的硬伤。

但是在走群众路线方面，楚南飞似乎拥有极高的天赋，年纪不大的他团结了一大批闲散少年，出谋划策，分工合作，鼎盛时成员超过三百人，改鸡鸣狗盗为拦路设卡，楚南飞开山立派大肆分封堂主，不亦乐乎！不幸的是引起当地派出所的注意，遭到两名公安镇压。

最后没了办法，老头子托人让他当兵吃粮，没想到从小吃啥啥不剩，干啥啥不行的楚南飞军事素质极为过硬，全军比武几乎独揽头筹。

提干了，军装变成四个口袋了，当干部了！结果综合素质名列前茅的楚南飞受到领导重视，被上级抽调，执行一次光荣的任务，用楚南飞自己的话说，就是从屎坑挪屎坑去了，由冰天雪地的东北调往更加严寒艰苦的新疆。

寒冷的冬夜让人难以入睡,尤其对于楚南飞来说,此次行动是由军部直接下令,全团各单位抽调精干老兵组成的一个加强排。

不过命令只是命令而已,哪个野战团也不会轻易将自己的优秀战斗骨干成建制地抽调一个加强排。于是乎,除了军部点名的楚南飞以外,各营、连、团直属队姥姥不疼舅舅不爱的刺头闲散人员都被集中了过来。

部队作战讲究的是令行禁止,团队配合,需要的是默契,而楚南飞带的这个加强排却是临时拼凑在一起的,而且还是一群乌合之众。

车厢中部戴着如同酒瓶底一般厚厚镜片的小眼镜,借着煤油灯微弱的光亮在翻看托尔斯泰的《战争与和平》,身材单薄的小眼镜是正儿八经皇城根底下长大的,排里唯一真正的高中生,开口闭口当前的革命形势。

一旁呼噜声震天的黄大壮是典型的山东大汉,膀大腰圆,搂着一杆半新的五六式半自动步枪,睡得天昏地暗。

来自三秦之地的秦老实是二连司务长,一张写满了黄土高原纵横沟壑沧桑,带着信天游调子,胡子拉碴的老脸,整个人要是扔在黄土地上,基本就找不到了,楚南飞觉得要用土得掉渣形容秦老实简直是种恭维。

若是非要找一个贴近秦老实的形象,楚南飞不自觉地想起了前几年陕西出土的兵马俑。在一排战士的眼中,四十五岁的老司务长秦老实,二十二岁的副连长楚南飞,一个稳重沉着,一个意气风发。

一阵寒风袭过,楚南飞侧过头,下意识地看了一眼车厢尽头,二十几个男女穿着肥大破旧的棉衣相互依偎在一起,楚南飞记得这群人是在二联小站加水时候被押上车的,据说都是送到新疆劳动改造的。

其中,一名扎着乌黑长辫子的女孩眨着水灵灵的大眼睛警惕地注视着楚南飞,楚南飞对女人没什么概念,他记得部队在农场生产秋收的时候,总有家里没有余粮的女孩趁天黑将看守稻子的战士拉去一旁小树林聊天,其余的人趁机一拥而上割走一些稻穗。

楚南飞曾经问过一名老兵去小树林干吗,老兵也非常无奈道出了实话,无论谁站岗,都是睁一样闭一眼,谁家没有兄弟姐妹?没了这口吃的可能就要饿坏人,咱们多也不多这点,少也不少那点,从那天开始,楚南飞也学会了睁一眼闭一眼。

秦老实来到楚南飞身旁紧贴着楚南飞坐下,哈了口气搓了搓手道:"咱副连长,天这个冷呦,要是再不让兄弟们吃上口热的,怕是要冻坏人哩。"

楚南飞望着秦老实闪烁的双眼摆了下手道:"别搞出太大动静,别给咱们团新来的参谋长上眼药。"秦老实刚要离开，楚南飞拽了他一把，压低嗓音道："那边的人到底犯了什么事？"

负责在车站交接的秦老实环顾左右见战士们都在酣睡，小声道："说是什么不正常男女关系，投机倒把，乱七八糟的也说不清楚。"楚南飞皱了下眉头道："看着不像啊……"

秦老实顺着楚南飞的目光看见了那身穿破烂棉衣，清秀脱俗得仿佛不食人间烟火的女孩，秦老实实在找不到可以用来形容的词语，无奈地搓了搓手，回头对楚南飞嘿嘿一笑："副连长，你娃真的长大了，知道看女人哩。"

闹了个满脸通红的楚南飞用力一推秦老实："没个正经的，一会开饭的时候，给那边每人来点，还有三天三夜，这没吃没喝的，天又这么冷，人挺不过去。"

涉及后勤补给的问题，秦老实脸上顿时一抽，满脸不愿意地嘀咕道："咱们的战士娃都是半大牛犊子，咱们自己都不够吃，哪里有余粮给他们？这些犯人既然地方上没给粮食，就说明他们不饿嘛！""放屁！"楚南飞瞪了秦老实一眼："我好歹也是你连长！"

秦老实嘿嘿一笑："副的！"楚南飞无奈道："参谋长从地方同志手里接过了人交给你，到了地方全死了，是你负责还是我负责？这些人没枪毙，就说明他们不是罪大恶极，你省一省，停车我去找参谋长化缘。"一听说楚南飞找参谋长化缘，秦老实立即来了神，急忙靠了过来道："参谋长那里还有几个炉子，烧煤泥的那种，一块煤泥能热乎一晚上，顺便也搞一个来，给排里弟兄暖暖身子。"楚南飞把手一摊道："行啊！你先提我个团长，要什么我都给你解决，另外老秦同志，咱们是人民子弟兵，革命队伍，都是革命同志，你一口一个兄弟，想走军阀路线拉帮结伙吗？"

秦老实吧唧了一下嘴："我说我想走军阀路线，得有人信才行啊！副的，千万别忘了搞个炉子，新来的参谋长年轻，我琢磨八成是个顺毛驴，多说几句好听的，拍拍马屁。"

楚南飞点了点头，算是一种认可，秦老实这才放心地离开，楚南飞知道秦老实只不过是表面看着老实，其实这家伙贴上毛就是成精的猴子。

呜呜——呜呜！疾驰的火车连续拉响汽笛，楚南飞意识到火车快要到站了，于是裹紧了身上的大衣来到车厢板的小窗口前，凛冽的寒风吹得皮帽子的两个风耳随风摆动，楚南飞用力搓了搓冻得僵硬的脸颊。

火车缓缓逐渐减速，这是要进站的架势，白色的蒸汽让楚南飞眼前一片迷茫，不过人声鼎沸的站台却让楚南飞微微一愣。

白色蒸汽散去，站台上拖家带口，面带菜色，衣着破旧的人群也微微一愣，这是一辆军列，军列正常是不停靠民用站台的，这显然是一次铁路调度的失误，站台上几名身

穿深蓝色铁路制服和白色制服的公安在竭力维持秩序。

短暂的相持,发了疯一般的人涌向军列,不顾一切地攀爬车厢,男人喊、女人哭、孩子叫,鸡鸭鹅狗四处乱窜,站台陷入了一片混乱。

"这是军列,不得冲击军列,这是最后的警告!"楚南飞听到了年轻的参谋长那带着颤音,歇斯里地充满川味的吼叫。

这一刻,楚南飞意识到年轻的参谋长似乎已经对局面失去了控制,楚南飞大吼一声:"全体警戒。"一把拉开车厢铁门,眼前一片黑压压的人头涌动,楚南飞看见年轻的江参谋长脸色苍白,颤抖的手挥舞着手枪。让楚南飞心惊胆战的是江参谋长的食指竟然扣在了扳机上。一旁手持五六式半自动步枪的秦老实用力拍了一下楚南飞的肩膀道:"乖乖哩,新来的参谋长扳机扣到二道火了,副的赶快想办法,一会走火一准伤人。"

楚南飞把挂在胸口掖在棉衣内的铜笛拿了出来,在通讯装备极度落后的年代,基层指挥员通过这种拇指粗细,十五厘米长的铜笛,以长短、连续音作为指挥部队作战的信号命令。尖利连续的铜笛声响起,江参谋长疑惑地望着笛声方向,楚南飞趁机拉动五六式冲锋枪的机柄推弹上膛。因为国力的关系,在中国军队的轻武器制式装备序列中,国际上通用的单兵武器突击步枪被称作冲锋枪,五六式冲锋枪只能作为支援火力装备步兵战斗班的班长与副班长。

嗒嗒、嗒嗒、嗒!连续两个短点射,枪声在空旷的站台上响起,站台上瞬间鸦雀无声!

中国人是世界上最为坚韧的民族,哪怕还有一口吃的,饿不死,他们就会听从管理服从指挥。黑压压的老百姓面带惊恐地蹲在站台上,一名妇女下意识地捂住了正在号啕大哭的孩子,楚南飞站在脸色依旧苍白的江参谋长身旁,之前江参谋长脸色苍白是被吓的,而此刻却是被气的。

"人民军队为人民,从我们这支军队诞生的那一天起,我们就没对老百姓开过一枪!"你怎么敢鸣枪?万一伤到人民群众该怎么办?

二十二岁的副连长,二十三岁的参谋长,楚南飞每次面对这位年轻得一塌糊涂的参谋长,都有一种想拿脑袋撞墙的感觉,自己这么多年简直就是虚度光阴白活了。

江一寒,部队大院长大的他受到父辈叔伯的影响,天生对军人有一种神圣向往,放弃了总部直属单位前途无限,并且条件优越的岗位,主动申请调往鸟不生蛋的野战边防团,被任命参谋长后,又主动请缨调往条件更为艰苦,兔子不拉屎的戈壁,江一寒为他的每一个决定感到光荣与自豪。

站在车厢顶居高临下的秦老实发现,车站的老站长和派出所的所长围在江一寒身旁,似乎在请求什么。江一寒脸色铁青，似乎十分不耐烦地连连挥手，接着江参谋长招呼楚南飞过去。

片刻后，江一寒用手指着楚南飞的鼻子在大声咆哮，一见事态失控，秦老实急忙溜下车顶快步跑了过去。

江一寒真的气到了，他用对待阶级敌人，不！用对待帝国主义阶级敌人一样的目光盯着楚南飞，声嘶力竭大吼道："楚南飞，你胆大泼天，胆大妄为，狗胆包天！"

啪嚓！脸色苍白的江一寒将手中的德国蔡司望远镜狠狠地摔在站台上，精致的望远镜在冰冷坚硬的站台上摔了个粉身碎骨。

目瞪口呆的江一寒目光缓缓下移，望着地上爷爷亲手送给他的望远镜一动不动，这副望远镜是抗日战争时期，爷爷的一位故人所赠。

受爷爷和父辈们的熏染，年纪轻轻的江一寒养成了一个爱拍桌子的习惯，刚刚一激动，没找到桌子，顺手把握在手中的望远镜给摔了。让江一寒如此暴怒的原因只有一个，那就是楚南飞也跟着地方上的同志一起闹，张罗着要放粮。

军列上除了一个警卫排之外，其余的车厢装的都是供给边防部队的军粮，在抵达终点苏玛拉小镇之前，他们其中一项任务就是押运军粮。

"动军粮是要掉脑袋的！你们谁敢动军粮信不信我现在就毙了他？"江一寒一下抽出手枪，哗啦一声拉动滑套上膛。之前就提议留下一点军粮的老台儿车站派出所的所长和老站长目瞪口呆地站在一旁，原本旁观的楚南飞没想到江一寒为了自己的乌纱帽竟然如此不通情理，一股邪火顶上脑门大声道："你一口一个人民群众，你就眼睁睁地看着饿死人吗？人要活命就要吃饭，来来来，开枪啊！"情绪激动的楚南飞一把拽过江一寒的手枪顶着自己的额头上，瞪着眼睛盯着江一寒。

及时赶到的秦老实连忙架在两人中间打哈哈道："这算哪回事，参谋长你消消气，我们楚副连长是个愣娃子，没文化，您大人不记小人过。"

楚南飞瞪着秦老实恶狠狠道："你才没文化，你全家都没文化，少在这和稀泥。"

看上去足足快六十岁，满脸褶皱，身着带着众多补丁却浆洗得干干净净的铁路制服的老站长一把拽住江一寒的手枪道："这位小首长您息怒，息息怒，我有话对你说，请移步。"

也不知道老站长和江一寒说了什么，又掏出纸笔写了什么，江一寒就如同他的名字一般，冷着脸来到楚南飞面前："五十袋，最多只能给五十袋，这是我的底线也是极限。"

江一寒转身返回车厢，那是军列中唯一的一节硬座车厢，与四面漏风的闷罐车厢相

比，那里简直就是天堂。

楚南飞望了一眼绿皮车厢，忽然发现一名身着黑色皮衣，留着波浪长发的女人正注视着自己，女人手中的相机似乎在不停地拍照，而车厢内似乎还有一大群身穿呢子短大衣或者苏式猎装的人。

楚南飞这才意识到，江一寒不过也是借了科考队专家的光而已，心中也似乎平衡了一些。老站长站在楚南飞的身旁，望着车厢内卸下的大米流下了两行浑浊的眼泪，一旁的派出所所长递给了老站长一根发皱的香烟，望着空空的烟盒，对楚南飞尴尬抱歉地一笑："最后一根，真不好意思，给队伍上添这么大麻烦。"

老站长抱起一个小女孩，小女孩咬着手指瞪着大眼睛盯着卸米的战士："爷爷，爷爷，妈妈说今晚能吃白米饭，吃饱是吗？"

老站长认真地点了点头："妞妞想吃多少都行。"

小女孩犹豫了一下天真道："我只吃一半，留下给爸爸，妈妈说爸爸会回来的，是吗爷爷？"老站长用力地点了点头，楚南飞从挎包中掏出了一块压缩干粮递给小女孩，小女孩犹豫一下，眨着大眼睛望着老站长，在老站长的鼓励下才接了过来，弱弱地说了声谢谢跑开了。

一攀谈楚南飞才知道，他们所在的这个加水的小站是九年前建设起来的，这里往东三百公里是酒泉，往西四百公里是坎子沟，前后左右都不着边，出了嘉峪关这里是最后一站加水点。

连续大旱，垦荒的人们坚持不住就往回撤，老台儿站是唯一的出路，要么往乌鲁木齐去，要么回内地，人类疯狂地破坏自然平衡，大自然也变得残酷起来，"人定胜天"在这里只不过是一句口号罢了。"五十袋了！"秦老实悄声告诉了楚南飞，楚南飞面无表情，秦老实微微地叹了口气，示意卸米的战士继续。

老站长感激地望着楚南飞，楚南飞看了一眼去找妈妈的小女孩："孩子的爸爸怎么了？"老站长沉默片刻："罗布泊，活不见人死不见尸。"

家家都有本难念的经，楚南飞知道自己不便多问，不经意间他发现老站长腰间竟然挎着一支德制的毛瑟716手枪。几十年前的老古董了，但楚南飞一点也不怀疑驳壳枪的性能。这个年头戈壁野狼成群，牧民都必须人手一枪，车站站长，派出所民警挎短枪扛长枪也不算什么稀罕事。

七十袋，整整七十袋，老站长向楚南飞深深地鞠了一躬，楚南飞下意识地一侧身躲开了，这份沉重的感谢他担不起，这是军粮，如同江一寒说的那样，擅动军粮是要掉脑袋的。返回车厢，原本担任看守犯人的小眼镜倒在地上，半自动步枪丢在一旁，楚南飞清点过犯人发现只少了一个，就是那个大辫子的漂亮姑娘，是早有预谋，还是临时起意逃跑？楚南飞刚刚握住铜笛，秦老实一把按住了楚南飞的手道："疯了吗？这要让参谋长知道了，你就完了，火车加水补煤还要三十分钟，黄大壮、小眼镜、郝东方都是自己人，这里是戈壁，她一个人走不远，咱们分头找。"

楚南飞点了点头，一出车厢，楚南飞就看到了一个颇为熟悉的身影一晃消失在人群中，楚南飞与秦老实交换了一下目光，几个人迅速混入人群。

在绿皮车厢内，江一寒皱着眉头望着楚南飞带着几个人直奔车站外围的破库房而去，正准备下车，身旁响起了悦耳的声音："江参谋长，高博士和彭博士找你。"

"叫我一寒，一寒就行。"楚南飞口中江一寒号称万年坚冰的死人脸瞬间融化了，而且充满了自信，带着阳光般的笑容。

身材高挑的周芳华一袭黑色皮大衣，高筒皮靴，火红色的高领毛衣和围巾，似乎在宣示与这个时代的格格不入。与国内那些土得掉渣的姑娘不同，用江一寒的话来说，周芳华浑身上下散发着时尚青春萌动的气息，就连团队内的一些青年专家也只敢偷偷看几眼。周芳华拉起车窗，从外面掰下一节冰柱丢进杯中，从随身的箱子中抽出一瓶金黄色没有商标的酒倒入杯中，十分自然地给自己点燃一支香烟。

与六七位年轻专家一样，包括在江一寒眼中周芳华的形象无疑与电影中的女特务、女流氓完全吻合，但他们却无法痛恨起来，男人可以喝酒抽烟高谈阔论，而女人抽烟被视为一种恶习。在江一寒看来，周芳华抽烟喝酒是一种美，一种让人心动的美，甚至让他不敢多看一眼，害怕多看一眼会让自己控制不住。

周芳华举起酒杯对江一寒微微一笑："不来点吗？正宗的陈年威士忌。"

"威士忌？"见过世面的江一寒自然知道那玩意是什么，洋酒，但凡什么玩意被挂上了陈年二字，就不会便宜，国家外汇十分拮据，洋酒只属于少数海归专家特批的物资。

高博士一旁微笑道："周博士拥有哈佛、剑桥双博士学位，专攻古人类遗传基因学，这次是响应号召回国投身祖国建设的，周博士在国外长大，言行与国内不太一样，个性强，需要时间适应，江参谋长多多体谅。"

"哪里，哪里！周博士这样的精英回国建设祖国，我高举双手欢迎还来不及，有个性是件好事，有能力才有个性嘛！"江一寒说出了一番几乎让所有人瞠目结舌的话，甚至连江一寒都有些后悔了。

找到了同盟的周芳华眼睛一亮，就被彭博士打断了，高博士和彭博士邀请江一寒这

位陆院参谋专业的高才生绘制路线地图。

车站破旧的仓库边，暗黑的角落中，一男一女正在小声交谈，部队配发的翻毛皮鞋踩在雪地上发出咯吱、咯吱的响声，楚南飞做了一个停止前进的手势。

只听黑暗中女声急切道："我父母呢？"

沙哑苍老的男声则催问道："东西呢？带来了吗？"

女声沉默片刻道："没见到我父母，我是不会给你们的，为了能够来这里，我不惜伪造自己偷盗供销社，我一定要见到我父母，带他们回去。"

黑暗中寒光一闪，沙哑苍老的男声："我看你是活腻歪了，最后问一句，交不交出来？""不！啊！"楚南飞立即打开手电筒，只见一男一女站在拐角处，男的手中的尖刀沾着血迹，似乎要从女孩手中抢夺什么？"缴枪不杀！"黄大壮的一声大吼吓了楚南飞一大跳，男子见状掉头就跑，女孩身体一软径直倒在地上。

楚南飞迅速扶起女孩，鲜血顺着伤口从女孩的棉衣中渗出，楚南飞立即撕开了急救包想要压住女孩伤口，女孩脸色苍白，一把紧紧地抓住楚南飞的手，将一个金属小卷轴塞入他手中，用微弱的声音道："我叫蒋依依，我有一个妹妹叫蒋依菡在北京，这是我们父母留下的唯一线索，有坏人威胁他们……"女孩话没说完停止了呼吸，砰！一声枪响回荡在黑夜之中。

正在军用地图上进行参谋作业，得到了高博士和彭博士等一干专家高度好评的江一寒一笔画歪了至少一百公里，铅笔尖深深地扎入地图之中。

懊恼不已的江一寒立即抓起军帽对众人抱歉道："不好意思，可能出了问题，我去看看。"江一寒离开之后，年近五旬戴着老花镜的高博士望了一眼正值壮年，戴着高度近视镜留着大胡子的彭博士，两人交换了一下目光，他们的目光全部集中在了地图上江一寒画歪戳出窟窿的地方。

是巧合？还是命运的指引？

第二章 5619部队

江一寒绷着铁青的脸瞪着楚南飞，楚南飞则一脸无辜地东张西望，被黄大壮拖回来的尸体穿着一件陈旧不堪的破皮袍，整个人的肌肉都有些萎缩干瘪，嘴里的牙齿掉落得不剩几颗，被击中的背部甚至几乎没怎么出血，看上去至少八九十岁的模样。

江一寒指着尸体道："一个行将就木的老乞丐杀死了一个我们押运的犯人？而且你们还追出去至少一公里，追不上，无奈之下才将其击毙？"

依然气喘吁吁的黄大壮认真地点了点头："是的参谋长，我向毛主席保证，这家伙跑得飞快，根本追不上。"一旁秦老实、小眼镜纷纷点头帮黄大壮证明，江一寒咬牙切齿地望着一问三不知的楚南飞，还有把自己当傻子骗的秦老实、黄大壮、小眼镜几个人，气得是一佛出世、二佛升天。

正在这时，高博士和彭博士等人来到了库房，两人看了一眼尸体，交换了一下眼神，高博士将江一寒拽到一旁："江参谋长，犯罪分子的事情还是交给地方上的公安同志吧，我们时间紧迫啊！"江一寒看了一眼一路小跑而来的派出所的几名公安点了点头，两具尸体被留在了半露天的库房中。

楚南飞捏着袖口中的那个金属卷轴正在犹豫如何交给江一寒又能撇清嫌疑，忽然听到高博士叮嘱公安干警道："这位是彭博士，上海微生物研究所顶级的病毒学家，案件过程十分清楚了，我们的一名逃犯被地方上的歹徒劫杀，我们的战士击毙的歹徒，经过彭博士初步判断，歹徒似乎感染了某种病毒，我们建议立即彻底焚烧两具尸体，挖坑深埋。"挖坑深埋？病毒学家？楚南飞想丢掉金属卷轴，犹豫片刻最终揣入了里怀的口袋中，毕竟是小姑娘临终托付之事，做人要讲信义，楚南飞略微有些惶恐的一遍遍告诫自己，返回列车，刚刚参加围捕和拖拽尸体的战士都在高博士和彭博士的指导下用一种淡

淡发绿的液体洗手和洗脸。

洗过脸和手后,列车鸣笛,站台上架起的大锅已经开始飘出米粥的香气了,二楼站长室亮着灯,老站长面前摆着一支毛瑟手枪、一发子弹和一页写着七扭八歪字迹的信纸,将军列引导入普通列车站台停靠,提议、参与分军粮这些都是他一个人的主意,他不能害了那些年轻的娃娃们,从古至今动军粮都是要掉脑袋的。

列车缓缓驶出,老站长起身举起手枪!

房间灯光的映照下,老站长举枪对准太阳穴的身影出现在窗户上,见到这一幕的楚南飞刚要拽动车厢门,眼圈通红的秦老实一把按住了他的手道:"都疯了吗?归根结底擅动军粮的是你和江参谋长,江参谋长担着天大的干系,老站长是替你们两个人死的。"

睡眼蒙眬的小姑娘推开站长室的房门,惊讶地注视着她的爷爷手中的手枪,手中捧着的碗掉落在地,白色的米粥迸溅得到处都是。

列车驶离车站,楚南飞向车站方向缓缓举起右手敬礼,与此同时,在绿皮车的连接处,江一寒也庄重的举手敬礼。老台儿车站半露天库房内,三名抱着汽油木头的公安四处张望,两具尸体竟然不翼而飞了?

绿皮车厢内,众人都进入了梦乡,唯独高博士和彭博士坐在桌前沉默不语,桌子上铺着那张被江一寒戳破了一处的地图。高博士本命高翰林,出于革命到底的精神毅然决然的改成了高格明,谐音高革命。高格明作为国内古生物遗迹方面的权威专家,与周芳华一同被任命为此次行动的副组长,而组长则是一路上话很少的彭博士。

彭新宇,宇宙的开拓者!这位被父母寄希望于开拓宇宙的彭博士,其攻关的核心课题竟然是微生物病毒。此刻,两人一个抽闷烟,一个喝闷茶,老台儿站加的水是又苦又涩的盐碱水,把上好的龙井泡成了泔水一样的味道,对于第五次入疆的彭博士来说,这都不是个事。高格明用手指有节奏地敲打着地图:"老彭,今天这个事你怎么看?"

彭新宇不动声色地咕噜喝了一大口茶,意犹未尽地舔了舔嘴唇:"我能有什么办法?无非是兵来将挡水来土掩,我们五次进疆动用了这么多资源和物资,总不能对国家没个交代啊!这次我要立个军令状,不胜不归。"

高格明从怀中掏出了银质小酒壶与彭新宇的茶杯一碰,不胜不归!

彭新宇递出了自己的茶杯盖:"给我来点。"

高格明面露诧异道:"你不是不喝酒吗?"

彭新宇一拍瘦弱的胸脯道:"为了新中国战天斗地,生死置之度外,一口酒算什么?你这个葛朗台,吝啬到了极致,等回北京,我还你一箱茅台。"

此话当真？君子一言快马一鞭！

　　干！彭新宇与高格明压低嗓音碰了下杯，噗！彭新宇一口酒喷了高格明一脸，呛得咳嗽涨红了脸。

　　车厢幽暗的角落中，周芳华摆弄着一款1902年瑞士生产的欧米茄机械金怀表，圆润的包浆，双面水晶球形设计，中间连接部分使用黄铜制成，球体下方有一个独特的喇叭体，这块表的主人是她在伦敦时的一个密友温莎的爷爷，1910年在罗布泊失踪，得知她即将回国，温莎请她代为寻找她的爷爷海格尔顿的下落。

　　同样幽暗寒冷的车厢中，楚南飞借着炭火的一丝光亮查看女孩塞给自己的那个小金属卷轴？楚南飞看不出小卷轴的材质，这个布满异样纹饰的小卷轴显得十分古朴精巧，摸上去竟然有一种温润的感觉。这到底是个什么东西？两条人命，什么时候人命变得如此不值钱了？楚南飞合计着如何把东西还给蒋依依的妹妹蒋依菌，可是蒋依依偏偏又没留下地址，难不成要自己去一趟北京？偌大的京城去找一个叫蒋依菌的女孩，无异于是大海捞针。而这个小卷轴上的纹饰团看似毫无规律可言，细看之下似乎存在一定的规律，有些像一张模糊的人脸，而这张脸的主人却如同神话中二郎神一般拥有三只眼，卷轴的两端刻有十几个令人费解的符号，而且都能够拧动，会发出咔咔的响动。这到底是个什么玩意？想着，想着，楚南飞进入了梦乡，梦中滔天的沙暴遮天蔽日，蒋依依在不停地对他摆手，似乎在呼喊什么，可是他什么都听不见。

　　金属卷轴"吧嗒"一声掉落在地，直奔车厢地板上的一处窟窿滚去……

　　五星红旗迎风飘扬，胜利歌声多么响亮；歌唱我们亲爱的祖国，从今走向繁荣富强。歌唱我们亲爱的祖国，从今走向繁荣富强。越过高山，越过平原，跨过奔腾的黄河长江；宽广美丽的大地，是我们亲爱的家乡，英雄的人民站起来了！我们团结友爱坚强如钢。

　　车厢缝隙透入温暖的阳光，缓慢地驱散着一路上的寒意，广播中《歌唱祖国》的歌声将楚南飞惊醒！一个充满激情的女声广播道："苏克萨拉站到了，欢迎亲爱的同志们，建设北疆，生根北疆，繁荣北疆，同志们！让我们在伟大旗帜的引领下并肩前进吧！"

　　楚南飞睡眼蒙眬地环顾四周，入伍以来，他还从来没感觉如此之疲惫不堪。忽然，楚南飞惊出了一身冷汗，小卷轴呢？

　　就在楚南飞摸遍全身不得而见的时候，小眼镜将小卷轴递到了楚南飞的面前道："副连长这是你掉的东西吧？"楚南飞含糊其词地接过来揣入口袋中，小眼镜推了推镜架道："副连长，你这个东西是怎么来的？"楚南飞不悦道："新兵蛋子，管好你自己的事，准备下车集合。"小眼镜一看楚副连长不高兴，急忙解释道："副连长是这么回事，你睡着那会儿我研究了一下，这个小金属卷轴看似古董物件，实则问题很大，上面的云纹暗含飞龙之意，与夏商周时期的纹饰较为接近又不尽相同，龙在古代是不能随便使用的图腾之一，况且夏商周时期乃至唐宋金属冶炼水平都很难达到这种车床精度，所以我提醒你，这类臆造的假货天桥鬼市遍地都是，千万不能买。"楚南飞惊异地望着小眼镜道："你怎么会知道这么多？"

小眼镜嘿嘿一笑："我爸是大学考古系的教授，我当兵之前经常跟他一起参加考古。"

哦！楚南飞若有所思地点了点头，拍了一下小眼镜的肩膀："这是朋友送的小玩意，全体都注意了，拿好背包和行李，还有武器，部队集合。"

江一寒望着快速集合起来的部队，押了押有些褶皱的军装，地方上的公安同志正在清点交接犯人，由于途中在押犯蒋依依意外遇袭死亡，相关证明还需要江一寒签字确认。

不远处楚南飞正在集合部队，周芳华等人陆续上了吉普车队，楚南飞也指挥二十余辆苏联嘎斯卡车装运军粮，前来交接军粮的干部长着一张长长的马脸，面部没有一丝的表情。原以为是个极为认真难缠的家伙，结果这家伙竟然站着睡着了，搬运完军粮连清点都不清点一下，直接签字走人。

站在一旁手捏着老站长欠条的江一寒原本想说明一下缺少的几十袋军粮的去向，没想到负责交接的来人连清点都不清点一下，直接完成交接走人，当车队绝尘而去，江一寒手一松，那张盖有车站公章和老站长私章的欠条随风飘走，一眨眼就不见了踪影。

戈壁是什么感觉？楚南飞曾经幻想过壮志激昂的战天斗地，可是当他来到漫无边际的戈壁之后，他发现人的力量在大自然面前实在太渺小了，身为军人，军令一下，刀山火海慷慨赴死，马革裹尸，楚南飞从来不知道害怕两个字怎么写。

还没进罗布泊，楚南飞就怕了，停车休息的时候解小手，一个同行的战士不过比他多走了三步，坚硬的盐壳子地面忽然冒了股烟，前面的战士瞬间不见了踪影。楚南飞还记得战士消失那一刹那惊恐的面容。听老戈壁们介绍，那叫"沙泡"，如同水泡一般，人踩上去连尸体都找不到，戈壁的盐碱风沙地面看似坚硬，实则危机四伏，那个战士踩上的是小沙泡，大的沙泡卡车、吉普一样吞得踪影皆无。

至此，车队中没了歌声和欢声笑语，每个人的神经都紧绷着，就算停车休息也坚决不离开车厢，直到罗布泊腹地的56号兵站，大家的神经才放松下来。

楚南飞站在兵站西口望着不远处的一片墓地，拉住了一名兵站的小战士询问道："那些墓是谁的？"小战士上下打量楚南飞，发现楚南飞穿着四个口袋的军服立即敬礼，神色黯淡："都是之前牺牲的战友，大家不想他们离兵站太远，怕他们寂寞，就埋在路旁了，每天车队出发都能经过，这鬼地方有个声响都是好的。"

秦老实不知何时凑到了楚南飞身旁，不远处参谋长江一寒十分懊恼地交待随行的通讯排长："好好一个人，一下就没了？军里的机修大王啊！费了多少劲才接过来，让我怎么跟军部解释？"楚南飞将烟头丢在地上狠狠地踩了一脚，秦老实环顾左右见没人悄声道："我说副的，我估摸着明天咱们可能还要赶路。"

楚南飞皱了皱眉头环顾四周，56号兵站的规模并不大，几十个库房大多堆放着补给物资，离这里不足二里地有一口汉代戍边的饮马井，有水源兵站自然也设到了这里，但是56号兵站可是罗布泊腹地最后一个兵站了，如果他们不在这里驻扎的话，那就意味着很可能会更加深入这个该死的戈壁深处。

对于深入戈壁，楚南飞有一种很不好的预感，如果用科学解释就是拥有极强的第六感，用楚南飞老家的话讲就是乌鸦嘴，为了乌鸦嘴从小楚南飞没少挨打。

秦老实递给楚南飞一个大号的马口铁水果罐头，橘子罐头？楚南飞的脸上出现了一丝笑容，他接了过来："还是你秦老实有本事，这玩意都能搞到？"

楚南飞掂了几下罐头又扔给秦老实："连里几个兵一路上水土不服，给病号吃吧。"

秦老实又把罐头丢了回来，满不在乎道："咱们排每人一个，官兵一致！"

楚南飞忽然似乎意识到了什么，望着临时帐篷营地方向道："只有我们二连一排的有吗？"秦老实点了点头："据说是江参谋长安排的，后勤在准备物资和给养，明天大部队留在56号兵站，搜索队与科考队先行出发，大部队沿着搜索队与科考队的行进路线每五十公里设一座补给点。"

五十公里？那是戈壁严酷环境下单兵行军的体能极限，楚南飞若无其事地拔出匕首砍开罐头，咕咚、咕咚大口大口吞咽着美味的甜水。

一旁秦老实翻了下白眼道："这罐头可不是谁都能吃的，你就不去问问江参谋长，咱们的任务？"楚南飞擦了一把嘴角的汁液，一摆手："革命军人是块砖，哪里需要哪里搬，管那么多干什么？老兵了，保密纪律你不知道？不该问的不要问，不该知道的不要知道。"56号兵站除了库房之外，只有两座用木板和圆木拼成的二层小楼，那里是兵站的办公处，不过现在其中一座成了科考队的会议室，另外一座成了周芳华的闺房。

洗过澡的周芳华带着肆意的洗发露香味，身着白色真丝浴袍进入会议室，兵站的几位领导相互交换了一下眼神，低头没吭声，江一寒几次想开口又把嘴闭上了。

无奈之下，高格明只好微笑道："周芳华同志啊！这里是戈壁荒漠，早穿棉，午穿纱，围着火盆吃西瓜的地方，要不要再套个外套，别冻到了？"

周芳华颇为无奈道:"我的衣服刚刚都洗了,替换的衣服在抛锚那辆车上。"

一听说周芳华还洗了衣服,兵站的几位领导眼皮一跳,其中一位没坐稳摔在了地面上,江一寒急忙脱下自己的大衣递给周芳华,周芳华面带嫌弃地披上了大衣。

会议一开始,兵站站长将物资补给和特殊设备移交给了科考组,对于搜索队兵站方面显得十分谨慎,要求把每一名干部战士的身份家庭地址联系人详细登记,出发前更换武器装备。江一寒微笑道:"刘站长是不是太多心了,保护个科考队能有什么大问题,我这个排的干部战士可都是甲种团挑选出的尖子。"

嘴唇干裂,翻开了二道口子的刘站长舔了下干裂的嘴唇,转身用诡异的目光望向了一脸尴尬的高格明和彭新宇,高格明只好打哈哈道:"那就请刘站长同志介绍一下这里的情况吧!"刘站长摘下随身的水壶喝了一小口水道:"江同志,你们刚到这里还不了解情况,这里是罗布泊死亡之海,你别看这里现在这样,以前这里可是一片汪洋,捞上来的大鱼二百多斤,但现在这里最重要的就是水,水就是生命,兵站从干部到战士每人每天的水都是配给的。"

一旁另外一位兵站领导解释道:"没别的意思,现在国家还很困难,部队也非常紧张,每天运输水和物资的油料消耗数量惊人,能节省一点就节省一点。"

周芳华不在意地捋了一下湿漉漉的头发,刘站长无奈地摇了摇头继续道:"如果没记错的话,高博士和彭博士已经是第四次来我们兵站了,我们兵站就是为了服务保障两位博士建立的,从兵站西口出去一百米,那里有七十九座坟,其中一大半是空的,这些优秀的干部战士都是历次执行搜索任务时失踪牺牲的。"

江一寒把目光转向高格明和彭新宇,一路上他一直感觉这两位博士非常平易近人,没想到这么重要的事情他们竟然瞒着自己这个负责安全保卫的军事主官?

科考队的实际负责人彭新宇无奈地起身对江一寒表示歉意道:"江参谋长,我们担负的不是一般的科考任务,这是绝密任务,所以在没抵达56号兵站之前,我无权对你泄露半个字。"江一寒点头表示理解,刘站长拿出了下午收到的电报递给江一寒道:"江参谋长,从你接过电报的这一刻起,你们将被编入总部直属5619部队,代号'零点',在行动中以保护科考组专家人身安全为第一任务,此次行动将适用战场纪律。"

"适用战场纪律"这句话吓了江一寒一跳,用微微颤抖的手接过电报,部队的番号有很大的讲究,常规野战甲种部队的番号都是五个数字组成的,但是也有例外,中央警卫局直属的8341部队的番号就是四个数字组成的,而他们编入的部队同样也是四个数字组成的番号,透露着浓浓的神秘气息。

第三章 大地之耳

夜空中点点的繁星如同银色瀑布一般悬挂九天之上，江一寒的会议开到了凌晨一点，楚南飞睡得鼾声震天，不在其位不谋其政，江一寒则冥思苦想自己该如何对楚南飞解释这次任务，是和盘托出，还是部分隐瞒？

嗒、嗒嗒！连续的短点射让楚南飞猛然惊醒。

蜂鸣警报器发出了凄厉的警报声，和衣而眠枕戈待旦的楚南飞操起五六式冲锋枪冲出了帐篷，响枪的地方在兵站的西南角，楚南飞能够听得出来是一支五六式半自动步枪与冲锋枪交替射击。随着接连两声惨叫，枪声沉寂了下去，十分有经验的楚南飞顺手从弹袋中掏出一个压满曳光弹的弹夹，推开保险，单发向哨楼方向射击，借着曳光弹划出的弹道，楚南飞仿佛看见一群巨大的身影在晃动。

一个弹夹很快用尽，一个毛乎乎的巨大黑影凌空扑向楚南飞，楚南飞就地一个跃起翻滚，单手持枪，用备用弹夹的敲击冲锋枪弹夹卡榫，射击同时更换弹夹，保持火力不间断，整整三十发子弹全部打在了黑影身上，黑影嘶喊着摔倒在了铁丝网上。

大部队赶到，三辆探照灯车将哨楼附近几百米范围内照得犹如白昼，楚南飞才算松了口气，一屁股坐在地上。衣衫不整的江一寒高举着手枪紧张地四面张望，刘站长查看过受损严重的哨楼轻轻拍了拍楚南飞的肩膀道："不错啊！小伙子，你一个人就击退了袭击。"楚南飞起身给冲锋枪更换了一个弹夹得意道："我还撂趴下了一个大个的，就在那边。"楚南飞目瞪口呆地指着一片狼藉的铁丝网，碗口粗的木桩折断了好几根，几根铁丝上满是黑色黏糊糊的东西，楚南飞刚想伸手去摸，高格明一把拽住了楚南飞的手腕道："楚连长，剩下的就交给我们科考队吧。"

江一寒对楚南飞点了点头，楚南飞带着全排三十名战士返回帐篷，提着班用机枪的

黄大壮用敬佩的目光望着楚南飞的背影放开大嗓门道:"看见没,看见没,谁啊!谁啊!俺们副连长,一个人就解决战斗。"楚南飞转身瞪了黄大壮一眼,训斥道:"不想睡觉了?要不要全副武装围着帐篷低姿匍匐一个五公里?"黄大壮立即捂住嘴一溜烟进了帐篷,楚南飞退出枪膛内的子弹,关闭保险放下武器,秦老实一撩门帘进入帐篷坐在了楚南飞的身旁:"副的,这事可有点不对劲。""怎么不对劲?"楚南飞看了秦老实一眼。

秦老实深深地呼了口气道:"兵站这帮人太镇定了,一切都是有条不紊按部就班,以至于你单枪匹马反而先赶到了哨楼。"楚南飞没有说话,将煤油灯的开关扭到了最小,帐篷内的光线暗淡了下来,沉默了片刻之后,楚南飞将从枪膛退出的那颗子弹摆在秦老实面前道:"打过猎吗?"微弱的光线下,秦老实注视着楚南飞的眼睛沉默不语……

突如其来的袭击让整个兵站灯火通明,会议室内江一寒望着刘站长闭口不言,周芳华则在用试管和分解液测试遗留在哨塔上的黑色黏液。

高倍显微镜下,黏液内一组组的细胞在不断分裂复制,仿佛在进行修复一般。周芳华眉头紧锁,面带疑虑地将目光投向了彭新宇。彭新宇干咳了一下道:"想必周同志也发现了,这些黑色的黏液中细胞的分裂周期不同于常规细胞,如果设定常规生物细胞分裂时间为两小时,那么这种细胞的分裂时间仅仅为三秒钟,这是一种全新的模式,是研究领域中一块未知的空白。"在场的几名遗传学和生物学研究员兴奋地交头接耳,因为这个问题不是简单的七千二百秒对三秒的问题,而是有希望弥补整个地球生物进化史中欠缺的一个阶段,一个至关重要的阶段。

周芳华十分冷静地道:"生物进化一直是一个世界性课题,生物物种进化同样也是漫长的,比如人类,根据达尔文的进化论,人类已知可能由灵长类进化而来,但是这个进化的过程却长达数百万年之久,然而根据已知的 DNA 解码技术显示,人类的进化在大约二十万年前突然停止了。而这些细胞的修复再生速度已经超出了我们现有的认知,我不得不提醒彭博士,基因将是潘多拉的魔盒。"

彭新宇脸色涨红,用手帕捂住嘴激烈地咳嗽起来,高格明无奈地看了周芳华一眼道:"周同志,都是革命同志,为了一个目标努力奋斗,不要急着定调子嘛!对于未知领域的探索我们可以胆子大一些,步子大一些,我们是搞科研的,如果细胞修复再生研究得到证实并应用,同志们你们想一想,一切绝症全部能够被治愈,一个没有疾病威胁的世界将会是多么美好,而我们也将因为此项研究名留青史。"

彭新宇停止了咳嗽,脸色苍白的他看了一眼手帕上的血迹,迅速地收起手帕。

"没有疾病的世界?高博士,作为一名科研人员你说出如此违反自然定律话不感觉可笑吗？请不要忘记，世界各国基因研究除治愈疾病之外，主要是作为武器用途，而且作为一个团队，彭组长和高副组长你们是不是对大家有所隐瞒？"周芳华毫不客气地回敬了高格明一番，言语犀利到了让高格明尴尬得有些下不来台。

彭新宇无力地摆了摆手道："同志们！同志们！周芳华同志说的是实情，我们必须承认，但在科学探索的路上我们应该抱着无所畏惧的精神一往无前，如同核武器一样，落在战争贩子手中就是对世界和平的巨大威胁，而掌握在人民手中，就是捍卫和平的利器。"

彭新宇摘下眼镜，一边擦拭镜片一边与高格明和刘站长交换目光，得到两人首肯之后道："下面我要将前几次考察得到的一些数据和阶段性成果与大家分析分享一下，之前是因为这些成果太过具有震撼性，原本想到前进基地再公开，既然今晚出现了袭击事件，那索性就公开吧！"

周芳华气鼓鼓地翻看资料后瞬间变得目瞪口呆，一行行数据和一张张照片令人触目惊心，尤其那些残破的尸体和狼藉不堪的营地。

江一寒翻动资料的手有些微微颤抖，他能够从那些残破遗体上的翻毛皮鞋与残破的军装辨认出牺牲的不仅仅是科考队成员，还有很多是部队的干部战士，扭曲变形的武器与遍地的弹壳显示战斗激烈的程度。

尤其一张照片中似乎被腐蚀掉了一半的工兵锹依然握在一支断臂手中，由此可见，这支保卫部队进入了肉搏战的状态，一支敢于刺刀见红的部队肯定不是什么弱旅，如此惨烈的搏杀竟然不敌，最终全军覆没。

周芳华放下资料许久才沉声道："如果这些数据是真实的话，我们已知人类有二十三对DNA组，而我们得到的细胞经过DNA检验有二十四对DNA组？"

彭新宇戴上眼镜点了点头："对的，而且与我们已知的地球物种DNA完全不同。"

江一寒满脸疑惑道："彭博士，有一点我不太清楚，DNA多一对少一对区别很大吗？"

彭新宇起身踱步到窗前望着楚南飞还闪着微弱灯光的帐篷道："本质上的区别，对于普通人类来说就等于拥有超能力，极致的话可能会飞天遁地，如同我们古代神话中的神仙一般。""神仙？"江一寒觉得自己的大脑一时间不够使，甚至有短路崩溃的前兆。

周芳华放下资料道："是刚刚那些黏液中提取的样本吗？"

高格明摇了摇头道："罗布泊附近的牧民与后来垦荒点的青年总遭到莫名的袭击，人畜损失频繁，部队方面组织当地驻军配合基干民兵进行了两次大规模清剿，清剿过程中在距离楼兰古城向南不足一百公里的地方发现了一处深渊，组织人力物力进行了三次大规模的科考，下降了大约三百七十米，在深渊的第三阶梯平台上发现了一处遗址，从中提取的骸骨含有二十四对DNA，也是在那里科考队遭到了袭击。"

江一寒眉头紧锁道："什么样的袭击？"高格明打开了一卷看似十分古老的羊皮地图："一种类似马熊的生物，这种物种看似笨拙，实际上动作极为敏捷，攻击性强，与罗布泊传说中楼兰古国圈养的沙兽十分接近，至今尚未捕捉到活体样本。"

彭新宇放下手中资料接着道："有明确可供考证的记载是十九世纪著名探险家普尔热瓦尔斯基，从1870年开始，他先后四次到中国西部进行探险。1876年普尔热瓦尔斯基在一队雇佣兵的保护下深入罗布泊期间遇险，只身返回。谁也不清楚他到底遭遇了什么，这卷地图就是普尔热瓦尔斯基使用过的，上面画了一个小小的红圈，那里就是深渊的所在地。"

远处天际出现了一丝鱼白，彻夜未眠，江一寒来到窗边呼吸了一口寒意十足的冷风，望着即将退去的夜幕，深深的不安和焦虑令他心烦意乱。

同样彻夜无眠的还有楚南飞，楚南飞比江一寒更加心烦意乱，短暂的交火，即便是有些惊慌，他可以确定自己至少有一半的子弹都击中了目标，五六式三九被甲弹的威力自然不言而喻，目标既然流淌出了不明液体，就说明目标也并非刀枪不入。

彭新宇、高格明的态度竟然和兵站的领导如出一辙？尤其是江一寒的态度更让楚南飞生疑，江一寒性格自傲，算不上一个好相处的人，尤其是对条令条例不近人情的执着让楚南飞想想都头疼，他敢肯定江一寒一定有事情瞒着大家。

秦老实坐在弹药箱上一根接着一根地抽烟，秦老实有一句全团都知道，最为经典的口头禅，那就是"安全第一"！中印边境上过火线挂过彩，但此番入疆却让秦老实感觉到了步步逼近的危机感。

俗话说参谋不带长，放屁都不响，可是偏偏在这个节骨眼上老参谋长调走了，年轻得不像话的新参谋长带队，楚副连长又是个猛张飞，秦老实觉得自己真是有操不完的心。

清晨，悠扬的起床号让彻夜未眠的楚南飞反而放松了下来，因为到了揭开谜底的时候了，只不过是谜底还是谜面，现在谁也确定不了。

急促的脚步声不断响起，一连串的口号声，迎接地平线升起的第一缕阳光。这里有铁打的营盘，却是铜铸的军人。望着开始刺眼的阳光，楚南飞发觉自己第一次如此贪恋阳光？沐浴在阳光下竟然有一种享受的感觉？一身崭新笔挺军服的江一寒缓步来到队列前。身着新军装出现的江一寒让楚南飞有一种十分不好的预感，新军装对于军人来说不仅仅只是一套新衣服，它还有另外一层含义，那就是告别，如同敢死队出发前一定要洗澡换新衣服一样。江一寒环顾部队大声道："全体都有，稍息，立正！"

整齐划一的动作，行云流水一般的队列，江一寒嘴角浮现起了一丝满意的笑意，作为一名军人，一名前途无限的军人，江一寒最为享受的就是站在队列前，享受那万众瞩目的一刻。江一寒向前一步道："二连一排留下，其余部队带回讲评。"

一阵尘土飞扬，空旷的兵站操场只有二连一排留下，楚南飞望着从兵站中陆续走出来的彭新宇、高格明、周芳华以及兵站领导等人。

江一寒望着一个个神情桀骜不驯的兵，狠狠地瞪了楚南飞一眼，楚南飞差点没为之气结，整个一排除了黄大壮、秦老实和小眼镜之外，其余全部都是各营连塞来的"精锐"，说乌合之众都是抬举，楚南飞想不明白，江一寒为什么偏偏选自己的排？难不成是看自己不顺眼？再看看站在自己对面，一直上下打量自己的周芳华，楚南飞的脸腾地红了。

一副恨铁不成钢模样的江一寒语重心长道："同志们，选你们一排担负保护科考队的重任，是首长的信任，我们绝对不能辜负这份信任，我们要用生命捍卫科考队的专家，让我们高呼口号吧！""誓与阵地共存亡！"不知道哪个混蛋兵开的头，口号声异常整齐响亮，就连楚南飞都跟着振臂高呼了两遍，直到楚南飞发现江一寒脸色铁青，张着嘴的表情才意识到，口号喊错了？

楚南飞一转身，秦老实用眼角瞟了队列中前排的位置，一班长方大头，原团工兵连的爆破大王，性格懒散爱说怪话，典型的干了十件好事，因为一张破嘴，落得十回埋怨。

彭新宇上前轻轻拍了下江一寒的肩膀，江一寒微微点了下头，深深地呼了几口气道："同志们有誓与阵地共存亡的决心非常好，下面我宣布一个命令。"

听到命令二字，所有人哗的一声立正，江一寒提高声调道："命令！边防一团一营二连一排即日起调入总部直属5619部队，部队代号'零点'，在行动中以保护科考组专家人身安全为第一任务，此次行动将适用战场纪律，完毕。"

江一寒原本是不准备宣布"此次行动将适用战场纪律"这一条的，但不知怎么的，却又念了出来，适用战场纪律对军人来说，从宣布纪律的这一刻起，之前规范一切的条令条例都成为了过去，令行禁止成为了第一法则。前进，刀山火海也要一往无前；坚守，生命不息战斗不止。孤独与寂寞是军人最好的伙伴，队伍一片肃然，这种寂静能让人听到自己的心跳声，调入总部直属5619部队的喜悦一下被"适用战场纪律"这一句话冲淡，代替喜悦的是一种莫名的亢奋，也就是进入了临战状态。

楚南飞被单独留了下来，楚南飞能够感觉到，包括他在内的所有军人都已经开始燃烧起来了，军人是为战斗而生，和平是需要绝对武力才能捍卫的，而军人的荣誉则来自

战斗，一句"适用战场纪律"就足以让整日枕戈待旦的军人热血沸腾了，这是常人所无法理解的。楚南飞望了一眼阳光，伸手向太阳的方向徒劳地抓了几把，随后进入了指挥部小楼，连他自己都不清楚自己今天为何如此贪恋阳光。

站在一副巨大的沙盘前，楚南飞的眉头拧在了一起，如此巨大，并且制作如此精细的沙盘楚南飞还是第一次见到，一厘米比一百米的小比例更让楚南飞震惊。

因为这种比例尺的沙盘只用于战术实施阶段，江一寒一指沙盘中央的一处凹陷道："这里就是考察队的最终目标地，以东是数百公里的无人区，以西是半戈壁半沙漠地带，原有的三个垦荒点已经全部放弃，以南一百公里是楼兰古城遗址，以北二百七十公里是56号兵站。"楚南飞望着沙盘中央的凹陷："这里有多深？旁边那些巨石是什么？"

江一寒把目光转向高格明，高格明走近沙盘拿起指示棒一指道："具体有多深现在我们也无法确定，第三次科考我们成功下到了三百七十米的第三阶平台，有了一些重要发现，同时也是在第三阶平台遭遇了袭击，袭击的生物你昨晚也见到了，至于深渊旁是一些古建筑遗址。"楚南飞回忆起了昨晚那惊心动魄的一幕，片刻后谨慎道："之前科考队的护送兵力武器装备如何？部队伤亡情况？我需要详细具体的情报。"

一听楚南飞要全部详细的情报，江一寒当即冷着脸道："楚副连长，部队的保密纪律我相信你是清楚的。"

楚南飞毫不在意，沉声继续道："江参谋长，我必须提醒您，军事行动可不是凭着口号和决心就能完成的，上级赋予我们的命令是保护专家的人身安全，我和我的战士都不怕牺牲，我们只怕完成不了上级交付我们的任务。"

江一寒涨红着脸目瞪口呆地望着顶撞自己的楚南飞，在军事部署例会上，一个副连长质疑顶撞参谋长，这是难以想象的事情，可是却偏偏发生了。会议室内的气氛骤然紧张起来，江一寒与楚南飞互不相让，偏偏江一寒说不过楚南飞，周芳华在一旁冷眼旁观。

在周芳华眼中，楚南飞这个不识时务的副连长远远要比江一寒这个呆板的参谋长有趣多了。高格明急忙打起了哈哈道："楚副连长不要激动，江参谋长也有他的顾虑，这一点请你要理解，既然大家是一个集体了，那么我想公开一些我们已经掌握的情况也不是不可以。"高格明将目光投向了彭新宇，彭新宇沉思片刻，摘下眼镜擦拭镜片道："老高同志说得对，不涉及研究取样范畴内的情况，可以向担负安全保卫工作的楚副连长他们公开一些，这一点我相信不会有问题的，而且楚副连长也是为了专家组的同志人身安全考虑的。"高格明和彭新宇显然都是和稀泥的高手，他们非常清楚，能够单独一人击退沙兽的楚南飞显然比刻板流于形式的江参谋长更有一把刷子，他们同样明白，江一寒更多地是在维护自己参谋长所谓的尊严，所以他们只能选择把水搅浑。

并未得到预期的鼎力支持的江一寒鼻子重重哼了一声，一屁股坐回椅子上，像一只斗败了的公鸡一般，重重地喘着粗气。彭新宇从随行的保险柜中将四副巨大的航拍照片拿了出来，将照片逐一拼接好，楚南飞一眼就认出了这是高空战斗机拍摄的航拍侦察照片。由于拍摄设备和镜头的关系，加之放大倍数后的模糊感让巨幅的地形照片显得并不清晰，不过在四幅照片的拼接点中央，却有一个如同人耳朵轮廓一样的地形标志显现其中。"这是什么？"包括坐在椅子上的江一寒也重新站了起来，彭新宇用手一指照片道："这四幅照片是从航空团的同志拍摄了一万多张侦察照片中挑出来的，这里就是大地之耳。"

大地之耳？楚南飞不看地图，反而满脸疑虑地望着彭新宇，被楚南飞盯得有些尴尬的彭新宇假意咳嗽了一声道："这个大地之耳不过是形容词，其整体轮廓大概有四百二十多平方公里，耳洞的部位恰好是深渊的所在。"

平心而论，楚南飞很是信不过彭新宇、高格明，在楚南飞眼中搞科研的人弯弯绕小心思特别多，反而不如大老粗直筒子好相处。而且，带队负责的江参谋长又是典型的热血青年中的激进派，给几句好听的话，就能忘记自己家住哪里，顺道把上级领导到部属卖个一干二净。这次任务不是一次简单的任务，这一点楚南飞心知肚明。

周芳华点燃了一支香烟，感慨道："如果蒋博士夫妇没有失踪，假设……"

高格明咳嗽了一声，提醒周芳华道："芳华同志，我们都是搞科学研究的，无论工作还是生活，都要严谨，这里还有部队上的同志，如果假设这样的话不要再说了。"

周芳华神情坦然地耸了耸肩膀："OK！格明副组长同志，你说了算。"

楚南飞围着航拍照片来回踱步沉默不语，彭新宇与高格明交换了一下目光，同样感受到压力的江一寒在旁略带嘲讽的口吻道："怎么了？天不怕地不怕的楚副连长也有犹豫不决的时候？"楚南飞深深地呼了口气道："如果这是命令，我无条件执行，但是我必须告诉你江参谋长，如果我们连将要面对的是什么都不清楚的话，我们将毫无胜算。"

彭新宇犹豫片刻颇为无奈道："楚副连长，我十分理解你，说实话世界上有太多未解之谜，还有更多我们现阶段科学技术无法解释的现象，在探索真理和真相的道路上永远都是荆棘遍布，我们不能因为有荆棘或者惧怕牺牲，就停止探索追求真理的步伐，为了我们的祖国更加富强昌盛，我们不畏任何艰难险阻，甚至是牺牲。"

彭新宇的话引来了在场所有科研人员的热烈掌声，楚南飞望着那些脸上洋溢着激动神情的科研人员，无奈地微微叹了口气，很多时候最理智的人群却是最容易受到情感渲染的影响。江一寒如同得胜的将军一般望着楚南飞，连江一寒都不清楚为何自己会有一种胜利的喜悦感。楚南飞确实桀骜不驯，但江一寒也承认楚南飞是难得的人才，江一寒想起了自家老爷子曾经说起过，有一种人天生就是为了当兵而生的，这种人生逢乱世能大显身手，生逢盛世，则是这种人的悲哀。

周芳华注视着楚南飞离开指挥部，彭新宇站在二楼的窗前注视着楚南飞离开，兵站的刘站长来到彭新宇身旁，沉声道："要不要换个人选？"

彭新宇转身看了一眼刘站长，犹豫了片刻道："还是不要了，我看这个楚副连长除了个性和好奇心强了一点，其他方面都符合我们的要求，也就不给部队上的领导多添麻烦了。"楚南飞刚一进帐篷，发现全排三十号人黑压压的全部挤在里面，见副连长回来了，所有人全部纷纷起立，楚南飞微微皱了下眉头："老司务长和各班长留下，其余的人回去准备。"片刻帐篷中空荡了很多，楚南飞给自己点燃了一支香烟，一班长方大头毫不客气地从楚南飞的烟盒中抽出了一根香烟点燃，顺手将香烟揣进口袋里，楚南飞看了方大头一眼没说话。

帐篷里面静得可怕，只有沉重的呼吸声和帐篷外的风声，楚南飞将烟头熄灭，环顾留下的四人缓缓道："你们都听到了江参谋长宣布的命令了，大家都谈谈吧！"

秦老实沉默不语，坐在弹药箱上搓着手，包括总爱自作主张的方大头在内的三名班长你看我，我看你，没有一个肯开口说话。

沉默了好一会，楚南飞起身道："既然你们都没意见，那么我就开始布置任务了，上级命令将我们调入总部直属的6519部队，代号零点，我们的任务是保障专家科考安全，我们现在掌握的情报很少，所以我决定抽调一个战斗班担负此次任务，其余两个班在沿途按等距分别设立警戒阵地，担负掩护和接应任务。"

楚南飞看了一眼方大头道："小眼镜、黄大壮编入你的班，跟随科考队一同行动，钱大同的二班和白浩的三班每班领一挺高射机枪和一挺重机枪，沿途在有利地形挖掘环形工事，有问题没有？""没有！"方大头、钱大同、白浩三人面带喜悦，昂首挺胸的脚跟一磕，啪的一声原地立正。楚南飞摆了摆手："赶快去准备吧！"

三人离开后，秦老实也缓缓起身，无奈地叹气道："新兵上阵，上面怎么说的？"

楚南飞头也不抬道："还能怎么说？军人以服从命令为天职！"

秦老实苦笑："怎么还是这一句？方大头他们三个班长想留在部队提干，下面的也有想提干、转志愿兵的，没上过战场，再老的老兵也是新兵，和平时间长了，还记得血

是热的，却就忘记了血是腥的。"楚南飞望着秦老实的背影，已经到了嘴边的话又咽了回去，上过战场的和没上过战场的兵是不一样的，生与死、血与火的考验会让战士迅速蜕变，他们会更加珍惜生命，享受平静的日子，当然他们也会对军规条例充满不屑，但他们更加重视袍泽之情。

中午时分，急促的集合哨音中，搜索部队集合完毕，战士们开始更换武器，崭新的五六式突击步枪、四十毫米火箭筒、爆破筒、火焰喷射器，连平日只有干部佩戴的五四式手枪也配发到了单兵，大批的物资开始装车，整个兵站沉浸在繁忙之中。

望着满脸喜色摆弄新武器的战士们，站在楚南飞身旁的秦老实撇了撇嘴："老话说旧不如新，枪却恰恰相反，武器是士兵的第二生命，自然是越熟悉越好。"

楚南飞没吭声，意味深长地看了秦老实一眼，他很难理解以往在连队少言寡语的老司务长怎么变得如同一个话痨一般，总是絮絮叨叨、疑神疑鬼。

很快，部队登车完毕，江一寒给每一名士兵发了一张信纸，让大家写清楚自家的地址和给家人的一句话，要求这一句话的内容不能暴露自己的部队番号，不能暴露所在的位置，更不能提及自己执行的任务。

中午燥热的阳光让裹着羊皮大衣的所有人都燥出了一身汗，但是每个人的表情却异常严肃认真，楚南飞却把信纸揣入了口袋中。

"你怎么不写？难道不想跟家人说点什么吗？" 一直不声不响的周芳华突然来了一句，把陷入沉思中的楚南飞吓了一大跳，楚南飞满脸笑容，十分客气地回敬了一句："关你屁事？"周芳华顿时有了一种好心被狗咬的感觉，气得狠狠地跺了一下脚，一直关注周芳华一举一动的江一寒一脸茫然。先是周芳华主动靠过去与楚南飞交谈，然后楚南飞似乎微笑说了什么，接着周芳华怒不可遏地离开，这是什么逻辑？

一旁的刘站长则会意地一笑道："怎么了小江同志？"

江一寒有些慌乱地欲盖弥彰："没什么，没什么！"

刘站长轻轻地拍了拍江一寒的肩膀道："没什么大不了的，都年轻过，不过你要牢记自己是一名军人，一名中国军人。"中国军人四个字说得江一寒心底咯噔一下，周芳华是一名海归的研究人员，家里的大部分成员都在国外，而自己是军人世家，这样的婚姻就算组织上通过，家里的阻力也是可想而知的。

望着充满野性混合着知性美的周芳华怒气冲冲从自己面前走过，想打一个招呼的江一寒发觉自己的竟然口干舌燥，嗓子发紧，甚至一句话也说不出来。

就连发怒都是那么的完美，江一寒将自己的情感深深地隐藏起来，望着周芳华离去的背影，微微颤动了几下嘴唇，这一刻江一寒才明白，什么叫作"不可逾越的鸿沟"！

"部队登车完毕，先导车、指挥车准备！"楚南飞手中的红绿两色旗子分别画了两个半圆，旗语示意司机发动车辆，车辆发动机的轰鸣声中，车队开始缓缓出发。

车队驶出兵站围绕兵站环形一圈，当路过那片墓地时车辆缓缓减速，小眼镜挎上了苏式手风琴，方大头不声不响地掏出了口琴。悠扬的旋律中，官兵们轻声随唱："正当梨花开遍了天涯，河上飘着的柔曼轻纱。喀秋莎站在那峻峭的岸上，歌声好像明媚的春光。喀秋莎站在那峻峭的岸上，歌声好像明媚的春光。姑娘唱着美妙的歌曲，她在歌唱草原的雄鹰，她在歌唱心爱的人儿。她还藏着爱人的书信，她在歌唱心爱的人儿，她还藏着爱人的书信。这歌声姑娘的歌声，跟着光明的太阳飞去吧！去向远方边疆的战士，把喀秋莎的问候传达。"

楚南飞由哼唱转为放声大唱，他清楚这是生者对死者的敬意和祭奠，同时也是唱给他们这些此刻还活着的人们。

歌声逐渐越来越大，飘荡在荒芜的戈壁之上，烟尘中车队向着日落之地前进。

日落西山红霞飞，战士打靶把营归……

嘹亮的歌声与满腔的壮志豪情这会儿全部都已经偃旗息鼓了，因为太阳真的落山了，从中午的近四十度，变成了现在的零下二十一度，可谓冰火两重天。

整个车队在一处土崖下宿营，整整一个下午，车队在颠簸坚硬的砂岩戈壁上行进了五十公里，仅仅五十公路的路程，一半以上的车辆轮胎都被坚硬的砂岩啃得面目全非。

楚南飞坐在被风刮得呼呼作响的帐篷内给三班长白浩交代工作："明天车队出发后，兵站的王干事和一个工兵班留在这里，你的班日常工作生活听王干事指挥，土崖上面积不大，利用现有条件在上面架设火力阵地，高射机枪和重机枪都放在上面，注意射界，清除射击死角，至少把一半的兵力配置在上面，并且储存足够的水和干粮，必要时埋设地雷设置警戒线。"白浩掏出了小本本开始记录，记了一半，白浩挠了挠头："副连长，有这个必要吗？这大戈壁一马平川的，百十里见不到一个人影。"

楚南飞摆了下手道："执行命令吧！有备无患，我们是军人，上级交付给我们的任务不容有失，明白吗？"白浩立正敬礼："明白了！"

白浩离开后，秦老实带着一身凉风冷气进入帐篷，凑到火炉前烤了烤手道："警戒线放到五十米外了，半个小时一班岗，觉不够睡的明天车上补。"

楚南飞点了点头，秦老实小心驶得万年船的做法他毫无意见，科考团队的帐篷还亮着灯，显然彭新宇、高格明那些专家还在开会，每天除了开会就是开会，楚南飞怀疑他

们的人生中一大半有效时间都在各种会议中浪费掉了。

一夜平安无事，清早飘起了清雪，楚南飞监督白浩将土崖顶端的工事修建完毕才登车出发，临别之际，楚南飞忽然想叮嘱白浩几句，但望着满脸洋溢着喜悦，精神抖擞的白浩，到了嘴边的话又咽了回去。

卡车颠簸在戈壁上，楚南飞眼前浮现起一张张充满激情和斗志的面容，由边防部队调入总部直属分队，就意味着提干的概率大了，指标多了，伙食待遇高了，就连转志愿兵都易如反掌，这年头留在部队是一份让人颇为羡慕及有前途的工作。

楚南飞回想起自己走在驻地街头，曾经有多少小姑娘的目光投向自己，恐怕连他自己也记不清楚了。大漠戈壁之美是一种空旷单调的美，对于厌倦繁华都市的周芳华来说，大漠戈壁的每一天都是激情勃发的新的一天。

而对于楚南飞和兵站的大多数官兵来说，大漠就是大漠，除了空旷剩下的就是风沙，而风沙吹来吹去留下的只有寂寞。

忽然，猛的一个急刹车让楚南飞惊醒，楚南飞的第一个反应就是抓起了新式的五六式突击步枪，快速甩开右侧的折叠枪托，据说这种新式突击步枪尚未定型，此次是第一次小规模试装部队。让楚南飞非常无奈的是，在关于宿营地的问题上，江一寒与彭新宇、高格明意见发生了分歧，原来车队进入沙漠地带后，预计下午十六时左右才能抵达汉戍边饮马井，也就是六十号井站宿营，因沙丘流动等关系，路程非常顺利，不到下午十四时就抵达了宿营地。

彭新宇与高格明商量在走二个小时，而随队的七十岁罗布泊人向导奥吉拉焦急得手脚并用，连说带比画，由于罗布泊人说的是新疆最古老的三种方言之一，随队的翻译只能翻译出大概的意思。"黑天王来了！汉人带铁马，不带骆驼惹怒了黑天王……"冷眼旁观的周芳华给众人解读罗布泊语言中黑天王就等于沙漠暴风，不敬神就是没祭祀的意思，白骆驼传说是沙漠之神。

江一寒不信鬼神之说，但却知道沙漠暴风的威力，楚南飞望着远方，天际开始发黑，沙丘上吹起了微微的扬沙。江一寒将目光转向楚南飞："楚副连长，你负责科考队安全保卫，你有什么意见？"楚南飞看了一眼江一寒，斩钉截铁道："所有人全部上车，车辆开到六十号井周围，打地锚固定各车，做好抗沙暴准备。"

彭新宇有些焦急道："楚副连长，你这是一言堂，科考工作要民主！不能搞集中。"

楚南飞一挥手，黄大壮和方大头两人架起彭新宇就走，三下五除二就将彭新宇丢上了卡车后厢。彭新宇挣扎起来刚要大呼，却发现黄大壮那张大脸近在咫尺，被黄大壮非常不友好地盯得发虚，彭新宇声音微微颤动道："我是这次行动的总负责人。"

黄大壮轻蔑地望着彭新宇，拳头示威般地晃了晃道："老实点，我就认我们副连长，你再多一句废话，一拳让你半身不遂。"

车队刚刚安置妥当，天色忽然暗了下来，猛烈的沙暴就如同凭空掀起几百米高的一道屏障，呼啦一下就拍了过来。风！鬼哭神嚎一般的嘶吼。沙！反复肆虐吹打着一切。

没经历过沙暴的人永远不知道沙暴的可怕厉害之处，密集得如同沙墙一般的沙子在疾风之下卷着尘土反复地肆虐抽打，让人难以呼吸，沙子流动的速度是以秒计算的，让人感觉脚下的沙丘在快速流动。

狂虐了一夜的沙暴不知什么时候停了，迎着风沙的军车闪着银色刺眼的光芒，绿色的军车迎风面的漆层全部被打掉了，于是车子变成了一半绿色，一半银色的怪异模样。从肆虐的沙暴中缓过神的人才发现，无孔不入的沙子几乎灌满了一切，甚至鼻子、嘴巴、耳朵眼都没放过。

被埋在沙中差点窒息的楚南飞爬起来的第一件事，就是徒劳地想吐出嘴里的沙土，无奈一点唾液都没有，瞪着通红的眼睛望着周围的一片狼藉和残垣断壁。

楚南飞第一反应是挖出了身旁的秦老实，越来越多的官兵相互帮助爬了起来，楚南飞站在被沙子几乎全部掩埋的汽车驾驶楼顶举目四望，顿时目瞪口呆。

原本围绕着饮马井的车队大本部分被黄沙掩埋，饮马井已经不见了踪影，取而代之的是一大片古城的残垣断壁。

专家大多坐在驾驶室内，受到的影响不大，高格明刚刚被挖出来就听说沙暴吹出一座古城，就发了疯一样的跑上沙丘俯视古城全貌。

科研人员拼命地向古城遗址内运输设备，随行的摄影人员拍摄纪录片，部队的干部战士则在全力抢救物资和车辆，楚南飞掏出指南针，却发现指南针的指针如同疯了一般地旋转。饮马井踪迹全无，莫名其妙出现的古城废墟，指南针失灵，不远处电台传出吱吱的电磁干扰杂音，江一寒黑着脸站在一旁，显然江一寒关心电台比关心古城遗址多一些，楚南飞也就放心了。

楚南飞的麻烦远远不止于此，周芳华竟然提出要洗澡。对于周芳华的正常要求，楚南飞直接选择忽略，把周芳华当成了透明人。很快，向导奥吉拉通过翻译报告，这么大的黑沙暴，沙丘都长了脚，偏离几十里到上百里都有可能，最为关键的是现在迷失了方向。彭新宇一脸兴奋地来到楚南飞身旁："太好了，太好了，这将是精绝古城尼雅遗址遭到欧洲盗匪掠夺之后，又一个世纪性的大发现。"

第四章 日落之地

彭新宇见楚南飞一脸茫然，无奈地继续解释道："建功于边陲，封侯十万里，是激荡在每个男人心中的梦想啊！我们脚下的这片土地，就是史称的西域三十六国。自玉门关以西，帕米尔高原以东，千百年来，西域一直是丝绸之路的重要通道，因而中国、印度、西亚、北非和希腊五大古代文明在这里交织荟萃。这使西域诸国得以吸收东西方的优秀文化，兼收并蓄，最终孕育出新的文明，非常可惜这些文明最终因为各种原因都尽数陨落了。"楚南飞走在古城布满痕迹的青石板街道上，两旁的商铺或是民居大多已经垮塌或者被黄沙掩盖，街道的尽头是一个广场，广场上耸立着一座十余米高的六面尖体塔，塔身的中央刻着一张拥有三只眼的人脸。

一瞬间，楚南飞仿佛被电到了一般，这个图案他太熟悉了，那个他一直揣在怀中的小金属卷轴上相同的图案，竟然鬼使神差地出现在一座不知被风沙掩埋多少年的古城中？这一切仅仅是一个巧合吗？

第五章 魔罗古城

不远处,高格明带着一群科考队员在测量数据,为的是取得第一手资料,两个发掘组已经开始根据测量地图标注位置准备进行初步的整理发掘。

周芳华则一个人在遗址的残垣断壁中游荡,相对于考古,周芳华似乎对古董更情有独钟,在广场右侧一栋相对完好的建筑门口,周芳华停住了脚步,虚掩的木门上的铜条和铜钉早已脱落,微微开启的门缝似乎在等待什么人。

周芳华不由自主地走向了那扇门……

一根粉色绣满图案的丝带随风飘过,楚南飞揉了揉眼睛,除了废墟就是残垣断壁,或许这些东西只有在考古工作者眼中才算得上宝贝,在楚南飞眼中破烂就是破烂,没有年限之分,如果非要形容年代久远,那就是破烂中的破烂。

周芳华呢?楚南飞忽然发觉一直在不远处对自己嗤之以鼻的周芳华不见了,虽然这是被黄沙掩埋的古城,可是谁也不敢保证没有什么毒虫毒蛇存在。

楚南飞顺着石板上一层薄沙留下的脚印循踪而至,周芳华刚刚推开木门,阳光照进房间的一刹那,一股霉腐之气迎面喷涌而出,周芳华惊慌后退之际,她清晰地看见房间内的祭台上坐着一名美女,这名美女望着她似乎在述说什么。

周芳华跌倒在恰好赶来的楚南飞怀中,而楚南飞在抱住周芳华的一瞬间,看到了与周芳华同样的情景。楚南飞立即举起的冲锋枪,打开保险,周芳华如同八爪鱼一般缠在楚南飞的身上,让楚南飞无法瞄准,只得开枪示警。

枪声就是战斗信号,片刻工夫,大批战士和考古科研人员赶到,见到冰山美女周芳华缠抱在满脸通红反复挣扎的楚南飞身上,都产生了异样的误解。

高格明连拍大腿十分生气道:"芳华啊!芳华,你让我怎么和你父母交代啊?这里

是国内，不能太开放，你要真喜欢楚同志，可以通过组织介绍嘛！"

一旁的几名科研人员捂着嘴强忍笑意，黄大壮挂着机枪一脸佩服道："咱们副连长就是行，杠杠的，纯爷们，这叫什么？一锅端啊！这要让参谋长看着了，脸不得绿了？"

不怕事大的方大头嘿嘿一笑："这国外的娘们就是放得开，大白天的也能下去手，看把咱们副连长逼得，都鸣枪示警了。"

方大头的话引起了一阵哄堂大笑，江一寒站在胡言乱语的黄大壮和方大头身后，猛然道："都闲得没事了？该干什么干什么去。"

周芳华毫不在意地从楚南飞身上爬起，飞快地退回了人群，楚南飞一挽冲锋枪的背带做射击姿态道："高博士，刚刚里面有东西。"

高格明微微一愣："什么东西？"楚南飞略带犹豫道："好像是人，一个女人。"

"女人？"在场众人全部一愣，退到人群后面的沙丘上的周芳华立即作证道："我也清清楚楚地看见了，里面是有一个女人。"高格明上下打量这座只有东南角坍塌，基本完整带有浓厚西域风格的建制物，与城内大多数建筑混沙堆砌不同，这座建筑物竟然是用青石垒砌的。高格明用清理刷轻轻刷了刷石条门框上的铭文，眉头紧锁道："这是一座祭祀殿堂，篆刻使用的很像是三世纪时期的古波斯文，可是又不完全相同。"

高格明将目光转向江一寒,江一寒心领神会，一挥手，十几名战士拉动枪机推弹上膛，小心翼翼地用木棍分别顶开了大门，阴森的穹顶殿内果然好似有一个人影站立在哪里。

楚南飞打开手电一照，竟然是一座精美绝伦的塑像。众人步入祭祀殿堂，楚南飞仰望塑像的面容，竟然产生了一种曾经相识的感觉。这尊与人体比例相同，做工精致的塑像被供奉在祭台上，双手轻搭，目眺远方，似乎在等待着什么人归来一般。

忽然，楚南飞发现彩色的神像竟然在以肉眼可见的速度开始褪色，那些华丽的衣服和头顶的皮毛帽子也开始腐朽。

高格明轻轻地拍了一下楚南飞的肩膀道："没事的楚副连长，古城长时间埋在黄沙之下，与世隔绝，没有空气的条件下真菌不能繁衍，所以才能保持如新，古城重见天日，氧化过程极快，现阶段我们的技术和条件还达不到保护如新的要求，太可惜了，太可惜了。"周芳华围绕着已经略显破败的神像感叹道："这难道就是传说中的楼兰女神吗？天下最美的女人。"

高格明听了周芳华的感叹不禁摇头道："小周同志，史称的西域三十六国其实只不过是个笼统的称呼，实际上何止三十六国？单单就说一个楼兰，汉书有云，精绝国，国王驻精绝城，距离长安八千八百二十里。人口四百八十户，三千三百六十人，其中具有战斗能力者五百人。设置有精绝都尉、左右将军、驿长各一人。北距西域都护治所二千七百二十三里，南距戎卢国四日的行程，地形崎岖，西通扜弥国四百六十里。"

彭新宇点头道："的确如此，精绝国不过战兵五百就敢称国，西域所治之地如此夜郎自大之辈比比皆是，发现几个小城遗址不足为奇，若是按暴风之前我们所在的位置，此城的遗址应该与精绝古国不是一个时间段，或早于或晚于。"

高格明摆手道："彭博士，我不同意你的说法，如果说尼雅遗址的精绝古城遗址是小城我赞同，但我们眼前的这座古城遗址无论从面积到建筑物都有明显的统一规划，广场高达十余米的六面方尖碑，六面的含义代表什么？代表着的是宇宙和空间啊！还有这个祭祀大殿，用的是青石垒砌，石缝都是用铜汁建筑一体的，这在当时应该是一个多么浩大靡费的工程啊？"

彭新宇点了点头道："那根据现有的文物和铭文，能否判断这座古城遗址大致的年代？"提到考古定年，高格明慎重道："如果我之前的判断没有错的话，广场后就是古城的政务大殿所在，一队和二队都在附近展开发掘工作，希望能够找到有纪年标记的木牍以供判断。"彭新宇环顾左右，忽然压低声音道："老高同志，对于这个意外发现的古城遗址我也替你感到高兴，但请你不要忘记我们真正的任务。"

高格明脸上的笑容顿时凝集，沉思片刻道："给我两天时间，就两天！"

彭新宇摇了摇头："一天！"

高格明面带为难："一天半吧！就一天半！"

彭新宇深深地呼了口气："老高同志，一天就一天，革命工作岂能讨价还价？"

高格明无奈地耸了耸肩膀道："老彭啊！你这可是逼我入宝山空手而出啊！"

彭新宇剧烈地咳嗽了一阵，脸色潮红的他悄悄地收起了手绢道："国家现在还不富强，国际上敌人亡我贼心不死，还在对我们实施经济科技多重封锁，等国家富强了，会有更多力量和资金投入到文物考古和保护当中的。"

高格明与彭新宇讨论得不亦乐乎，楚南飞悄然离开祭祀大殿，对于古城遗址楚南飞丝毫不感兴趣。发觉楚南飞离开，周芳华略微犹豫一下，紧随其后。

一阵微风带着沙粒滚动，沙粒流动发出了沙沙的响声，楚南飞毫无征兆地突然一个前滚翻，抽出了手枪指向了身后，吓了蹑手蹑脚走到自己背后的周芳华一大跳。

狠狠瞪了楚南飞一眼，周芳华拾起了楚南飞掉落在地的两页纸，顿时眉头紧锁道："你看得懂这个？"

楚南飞摇了摇头反问："你看得懂这些符号吗？"

周芳华同样摇了摇头："我虽然看不懂，但我知道这些符号的来历，而且我清楚谁能翻译这些符号，不过你要先告诉我，这些符号你是从哪里得来的？"

楚南飞带着周芳华来到方尖碑下，从各个角度观察这枚浮雕印记，周芳华满脸难以置信地拿着楚南飞的笔记本与浮雕反复比对。

比对完毕之后，周芳华眉头紧锁道："楚副连长，你知道你发现的这些图案的重要性吗？"楚南飞茫然地摇了摇头，周芳华仰望天空缓缓道："这些组成图案的神秘符号是生活在罗布泊的古羌人使用的一种祭祀文字，读音与古罗布泊人的方言非常接近，不过很多同音词组的含义不尽相同，比近乎失传的西夏文还要复杂晦涩。"

周芳华毫不在意的一边拼接浮雕六面素描下的图案，一边道："在西汉王朝之前，大约我们的周朝时期，当时的罗布泊还是一片巨大的汪洋，这里出现了一个极其强大的古国，史称魔罗国，这个古国崛起极为迅速，他们的魔罗武士刀枪不入，无惧痛苦死亡，不过非常可惜，这个古国崛起之快，消亡得更快，似乎在一昼夜间就分崩离析彻底消失了，相传谁找到了魔罗古国的王都，谁就能获得统治天下的力量和永生不死的秘密。"

"芳华同志说得没错，这里很有可能就是我们要寻找的魔罗国遗址。"高格明快步来到周芳华和楚南飞面前，接过周芳华手中的符号图案，如同刚刚得到崭新玩具的小孩子一般，从不同角度比对浮雕印记。

高格明满脸喜悦地推了推眼镜道："真的是古阴文，魔罗古国大祭司使用的祭祀文字，魔罗古国的传说一度在西汉时期盛行于西域的吟唱僧侣和流浪诗人之间，唐代时期有一批自称魔罗古国后裔曾经活跃在罗布泊一带，并且建立了一座魔罗城，只不过这座古城也在一夜间消失了，是谁发现的古阴文？"

面对高格明的询问，周芳华将目光转向了楚南飞，高格明惊讶万分道："楚副连长，你的无意之举可帮了我们的大忙了，回去我一定向部队首长给你请功。"

听高格明说要给自己请功，楚南飞急忙摆了摆手，在人群中寻觅向导奥吉拉的身影，楚南飞想告诉高格明等人，真正发现浮雕角度秘密的是向导奥吉拉，当楚南飞的目光与奥吉拉相遇之后，奥吉拉竟然皱眉眉头轻轻地摇了摇头，转身离去。

楚南飞有些迷惑不解望着奥吉拉离去的背影，为了每天一块二毛五和半斤粮票，冒生命危险担任向导深入罗布泊大漠，如果让高格明为其请功，科考队给予的奖励向来丰厚，奥吉拉的举动着实有些怪异，难不成奥吉拉也是一个有故事的人？

科考队要通宵达旦工作，楚南飞只好开始布置警戒任务，担心受到沙狼或者毒蛇毒虫的袭击，楚南飞派出了四辆卡车，在车顶架设机枪并设三人岗哨，分别向东南西北四个方向实施警戒。站在沙丘上，借着皎洁的月光，楚南飞望着灯火通明的古城遗迹，对于高格明为止激动的所谓魔罗古城、古阴文等等，高格明和楚南飞半点不感兴趣，随手从怀中掏出金属小卷轴，借着月光楚南飞惊讶地发现，小卷轴的图案竟然也是高格明所说的古阴文符号构成的？

而且，小金属卷轴上的古阴文图案似乎更为复杂，在楚南飞眼中，如果将小金属卷轴上六个面的云纹的符号拼接在一起，似乎能够形成一个立体的链条。

就为了这么一个小小的卷轴，一个年轻美丽鲜活的生命就消散了，楚南飞还记得那个叫蒋依依的女孩油光发亮的大粗辫子，楚南飞将金属卷轴揣入怀中，这关系到一个承诺，一个对已死之人的承诺。营地内因为科考队员繁忙的工作变得十分混乱，巡视过四个外围警戒哨后，楚南飞遇到了同样查哨的江一寒。

平心而论，江一寒并不讨厌楚南飞，因为在基层部队，往往只有楚南飞这样有特点、有个性的干部，带出的兵才最有战斗力。此番自己主动请缨，军部首长当即就给自己选派了楚南飞随队前往。江一寒内心承认，自己对楚南飞的不满，更多源于他与周芳华的多次接触，江一寒能够察觉到，周芳华似乎更愿意与楚南飞相处，而不是自己这个根红苗正、年轻有为的参谋长。

望着正在烤馒头的楚南飞犹豫片刻，江一寒破天荒地递给了楚南飞一包烟道："晚上天凉，让战士们都多穿点，实在不行就点起篝火。"

楚南飞一看竟然是一盒一毛九的大前门，于是呵呵一笑点了点头："请参谋长放心，我已经部署了固定哨和巡逻哨了，保证古城遗址科考队的安全。"

江一寒看了一眼动火通明的古城遗址，对着篝火搓了搓手："柴油发电机就是个油老虎，我不方便出面，让秦老实去和科考队协商一下，开一台，另外一台备用，这里是罗布泊大漠戈壁，油和水都是救命的东西。"楚南飞起身将馒头交给蹲在一旁的小眼镜："高博士和彭博士怕是不会同意，这些搞研究的大半都是死脑筋，协商一时半会儿不会有结果，我建议直接关闭营地的供电照明，就说全力保障古城遗址照明。"

江一寒对于楚南飞这种先斩后奏的方式原本十分厌恶，沙暴中车队损失了一部分油料和水，介于高博士与彭博士都十分固执的性格，江一寒点了下头："我去东边的哨位过夜，要是有人找我就说没看见，天亮我再回来。"

望着江一寒消失在黑暗中的身影，楚南飞无奈地叹了口气，用力握了一下手中的那盒烟，果真是无功不受禄啊！这参谋长当得，还真是有担待。

楚南飞来到正在打瞌睡的黄大壮面前拍了拍肩膀，将江一寒给的那盒烟递给了一脸

迷茫的黄大壮，接着耳语了几句，黄大壮兴高采烈道："放心吧！副连长！"

楚南飞示意黄大壮小声一点，领着大号绝缘断线钳的黄大壮一溜烟功夫不见了踪影。

嗡嗡！营地一片漆黑，科考队员们一阵哇哇乱叫之后，几堆篝火被点燃用来照明，江一寒预料得没错，高格明怒气冲冲地找到了楚南飞劈头盖脸质问道："怎么停电了？江参谋在哪里？"

楚南飞一脸震惊夹杂着无辜，环顾左右："我刚刚查哨回来，没看见江参谋长，不清楚情况，是不是发电机过热还是线路出了问题？"

篝火映红了高格明的脸庞，古城遗迹非常庞大，仅仅对祭祀大殿的初步清理工作就需要几天时间，而他只有一晚加明天半天时间。

大漠就如同十七八岁的少女一般，让人捉摸不定，一场大沙暴让沉睡千年的古城重见天日，同样再来一场沙暴，古城又会踪迹全无，戈壁沙漠没有任何规律和道理可讲，一个疏忽，付出的很可能就是极为惨痛的代价。

很快，一名科考队员捧着十几段电缆来到高格明面前道："高博士，你看电缆被切成了十几段，就算我们想重新接线也不行了，你看着切口多平整，肯定有破坏分子潜伏伺机作案。"楚南飞瞪了一眼那名科考队员，十分不客气道："这里是戈壁大漠腹地，什么情况都有可能发生，没有证据不能随便质疑自己的同志。"

"副连长！俺没能完成任务，你批评俺吧，要不俺把烟还你？"楚南飞一转身，如同一只丢光了所有玉米的大狗熊一般的黄大壮，手拎着一只大号断线钳站在自己身后。

什么叫此地无银三百两？什么叫欲盖弥彰？楚南飞面对高格明质疑的目光，真想一巴掌抽飞黄大壮。黄大壮颇为委屈道："我刚刚走到油桶边，看到有个黑影一闪而过，俺想过去查看一下，没想到突然挨了一下。"

黄大壮摸了摸后脑，将带着血迹的手伸到了楚南飞面前，楚南飞顿时警觉起来，一招手道："三个一个战斗小组，前三角队形，搜索前进。"

相比乱成一片的油料物资集中区，翻译小丁和向导奥吉拉的帐篷在营地的边缘，被一泡尿憋醒的小丁看了一眼对面空着的毯子，奥吉拉人又不见了，说不准又去祷告了，早已习以为常见怪不怪的小丁走出帐篷小解。

一股热流冲刷在沙地上，发出哗哗的响声，忽然，一个黑影闪过，小丁双目圆睁欲裂。

第六章 科考真相

楚南飞揉了揉蒙眬的睡眼,为了躲高格明,为了节约柴油,为了完成江一寒交给自己的任务,楚南飞裹着大衣躲到沙窝子里面睡了个天昏地暗,浑身难受的楚南飞艰难地活动了一下发麻的手臂,大漠深夜的寒意几乎让身体里流动的血液都凝固了。

忽然,一张沟壑纵横的老脸出现在楚南飞面前,着实吓了楚南飞一大跳,秦老实撇了撇嘴:"参谋长找你。""参谋长找我?能有什么事?"楚南飞手脚并用爬出了沙窝子。"去了就知道了!"秦老实一溜小跑下了沙丘。

楚南飞、江一寒一动不动地相互对视,翻译小丁的尸体就在不远处卧在倾斜的沙丘上,一阵疾风吹过,卷起沙粒顺着倾斜的沙丘滚落,发出沙沙的响声。

昨晚,高格明没能找到江一寒,后来就连楚南飞都踪影皆无,一气之下返回了古城遗址催促科考队工作人员加快速度。

清晨时分,有人发现了翻译小丁的尸体,于是营地乱成了一锅粥。江一寒是军人,不是警察,也没有任何侦办刑事案件的经验,不过事情出在了自己职责范围内,也只能硬着头皮顶上去。不过,江一寒非常够意思地把楚南飞也一同喊了过来,自己的那包大前门不是那么好拿的。

吃人嘴软,拿人手短,又是自己的直属领导,楚南飞满脸不情愿地来到了案发现场,由于看热闹的人太多,现场被破坏得一塌糊涂,其实楚南飞也清楚,就算不被人破坏,夜间的阵阵疾风也会将一切线索湮灭。

江一寒蹲在翻译小丁的尸体前对楚南飞努了努嘴:"楚副连长,你怎么看?"

楚南飞皱了下眉头,黄大壮在营地东边油料物资区被人打晕,营地南侧的发电机输电线被人剪成数段,营地北侧翻译小丁在自己帐篷门口被杀。

翻译小丁的帐篷最靠近古城遗址,楚南飞看了一眼蹲在一旁一言不发的向导奥吉拉,据说小丁的尸体就是清早奥吉拉第一个发现的。

楚南飞起身环顾整个营地,营地的四周都设了警戒哨,对于空旷的大漠戈壁,如果有人穿越警戒线,哨兵不会毫无察觉的,营地的东、南、北三个方向都出现了问题?这是一个巧合?如果不是外来力量的话,那么就肯定有一批敌人伺机潜伏在队伍中。

想到这里,楚南飞吓出了一身冷汗,随队的两个班兵力都是他从团里带出来的,包括方大头在内,平日里也没个正经的,但是本质都是好的,是可以信任的。兵站随行的司机?起码也是革命战友,也是可以信任的,那么就剩下彭新宇、高格明带来的科考队的专家了。采用了排除法之后,楚南飞自己也算是松了口气,在茫茫戈壁中,人的心态难免会产生一些极其微妙的变化,如果失去了基本的信任,人人自危的话,那就等于一步跨入了鬼门关。江一寒见楚南飞沉默不语,果断地一挥手道:"先把向导奥吉拉控制起来。"黄大壮、方大头两人将丝毫没有反抗和声辩的奥吉拉按倒在地,奥吉拉既不挣扎又不辩解,只是双眼失神地望着黄沙,这一切被江一寒看在眼中,脸上微微露出得意神情的江一寒更加确信自己英明神武的判断。

"不是他,放开奥吉拉!"楚南飞的话让江一寒瞬间由笑转怒,江一寒狠狠地盯着楚南飞一字一句道:"楚副连长,是不是我同意的你都要反对?"

江参谋长生气了,后果很严重!楚南飞忽然意识到了一个问题,自己不应该在众人面前质疑江参谋长的决定,让江一寒误认为自己在挑战他的权威。

楚南飞颇为无奈道:"参谋长,请你听我解释。"

江一寒鼻子重重地哼了一声,不再言语,楚南飞赶快趁机道:"翻译小丁的尸体是奥吉拉清晨时发现的,也就是说在相当长的时间内小丁的尸体并没有被人发现,在这黄沙连着天际的大漠里即便用手埋一个人,恐怕也用不了十分钟吧?如果是奥吉拉作案的话,以他丰富的大漠向导经验,他可以用十种以上合理的方法让小丁永远消失,根本不会留下尸体给同住一顶帐篷的自己招致重大嫌疑。"

江一寒当众质疑道:"如果是欲盖弥彰呢?反其道而行之?"

楚南飞摇了摇头:"奥吉拉是向导,小丁是翻译,也是我们唯一的古罗布泊方言翻译,他们之间虽然是第一次合作,却没有任何利益关系,奥吉拉为什么要杀死小丁?小丁是跟随彭新宇博士、高格明博士来大漠的,现在两位博士都在古城遗迹进行发掘工作,他们时间紧迫情有可原,但毕竟是人命关天之事,请两位博士过来一趟,听听他们的意见对于侦破案件也是一个参考。"江一寒低头沉思之余用脚在沙子上来回蹭,不过一会儿就蹚出一条小沟，犹豫片刻江一寒点头道："楚副连长，派人去古城遗址找两位博士过来一趟。"

彭新宇和高格明在百忙之中被楚南飞请到了案发现场，与其同来的还有周芳华。分秒必争的高格明，对翻译小丁的遇难表示非常痛心之后，急着赶回古城遗迹组织发掘工作。彭新宇则眉头紧锁一言不发，小丁从事的古西域方言研究是非常生僻的研究项目，全国不超过三个人从事专项研究。小丁算得上稀缺人才，彭新宇拿出了十分的诚意三顾茅庐请来的，现在却不明不白地遇害了？

最让彭新宇无法接受的是，小丁帐篷所处的位置算不上偏僻，是营地通往古城遗址的必经之路，一晚上人来人往，营地外有部队的警戒哨，营地内有巡逻队，偏偏小丁就遇难了？而且还是经过了一晚，清晨才被发现？

显然这个凶手是来自内部的，小丁为人比较木讷，虽然原则性较强，但是短短时间里也不会得罪什么人，以至于下死手杀人，诸多疑点给整个科考行动蒙上了一层阴影。

楚南飞蹲在小丁的遗体前好一会，忽然起身道："你们之前有人注意到现场有血迹吗？"江一寒环顾四周最后将目光锁定在了奥吉拉身上，奥吉拉神色茫然地摇了摇头："没注意到。"

周芳华围着小丁的尸体转了几圈，疑惑道："正常来说人的脖子上有十六条主要血管，割喉的话，至少要割破其中十三条血管，才会让受害人在极短的时间内大量失血而死，这是需要相当的力量和技巧手法的，如果我们有一位经验丰富的法医就好了，因为一位经验丰富的法医可以让尸体说话。"

"让尸体说话？"在场的众人很快明白了周芳华的意思，楚南飞指挥黄大壮几名战士将小丁的尸体搬入帐篷内。

周芳华环顾众人道："既然我们没有专业的法医，那么就大家一起参加分析吧！有句老话三个臭皮匠赛过诸葛亮，我们这里有一大堆臭皮匠，能不能赛过诸葛亮就是未知数了。"小丁的尸体抬进了帐篷，一颤一颤的脑袋歪在一旁，脖子三分之二被整齐地切开了，差一点就身首异处，包括气管甚至部分脊椎骨被切成了两段，惨白的伤口附近竟然没有什么血迹，只有一些白色如同蛋白质一样的东西残留。

楚南飞清楚一个成年男子的血量应该在四千至五千毫升左右，小丁明显是遭到了割喉，而且割得十分彻底，一刀就切断了所有的主血管、喉管甚至部分颈椎骨，按理说在割破主动脉的一瞬间，人体体内压力释放，会产生血液喷溅效果，以每秒三百到四百毫升的速度喷溅而出的鲜血会溅出几米远，为何小丁遇害的现场没有血迹？难道这里不是

第一案发现场？周芳华眉头紧锁道："成年人的人体有206块骨骼，骨骼的布氏硬度从140到200不等，如果要如此平滑地切开颈椎，显然普通刀具是不具备条件的，一刀切断所有主血管、喉管、食管连同过半的颈椎，凶手必定十分孔武有力，另外凶器也可能是特制的，所有我们可以从这两方面线索入手追查。"

周芳华的分析让江一寒的脸色更加难看了，彭新宇和高格明带领的是一群堪称手无缚鸡之力的科考队员，而江一寒的部下则是训练有素的军人，两者之间谁更符合作案的条件，自然不言而喻。沉默片刻，江一寒阴沉着脸道："楚副连长，命令部队集合，每人都要列举出自己昨晚活动的证明人，至少二人以上。"

楚南飞点了点头，离开前意味深长地看了一眼周芳华，楚南飞有一种感觉，这个女人一定知道什么，她的分析很有可能是在误导调查方向。

江一寒离开帐篷后，经过短暂的沉默，高格明开口道："大家都看到了，小丁的死法相信大家都不陌生，刚刚楚副连长已经注意到了血的问题，我们都非常清楚，小丁的血并未神秘消失，而是凝结成了蛋白质结状物，这说明什么？这就说明了魔罗古城遗址与罗布泊大地之耳深渊遗迹存在着直接的联系。"

高格明有些激动地摘下眼镜擦拭着镜片，一阵疾风骤起，掀起了帐篷的棉帘，彭新宇与高格明等人顿时目瞪口呆。

戈壁大漠上的怪风基本没有任何规律可循，时有时无。一双翻毛皮鞋出现在帐篷外。

随着棉帘落下，并未离开的江一寒阴沉着脸步入了帐篷，一分钟前他还在想如何彻查排除嫌疑，他一直以为彭新宇、高格明两位科考队的正副领队拿他当自己人，尤其在公布了那些属于5619部队的机密照片影像资料后，没想到自己竟然还是一个彻彻底底的外人。一种不被信任的耻辱感顿时油然而生，江一寒给自己点燃了一支香烟，冷眼望着彭新宇、高格明、周芳华等人，他需要一个能够说服自己的解释。

表情万分尴尬的彭新宇咳嗽了一下，缓缓道："江参谋长，我希望你能理解我们工作的特殊性质，有些能够告诉你的，我会全部告诉你，而有些需要保密的，恕我无能为力，但我可以用我的人格担保，我们所做的一切，都是对国家有着非凡意义的，丝毫不会危害国家安全。"江一寒沉默片刻："通讯员，去将楚副连长喊来，让电台一同过来，我要与兵站联系。"

彭新宇与高格明面面相觑，周芳华则面带微笑坦然处之，高格明颇为无奈地搓手道："要不江参谋长，你先和彭组长谈着，我去古城发掘现场盯着点，发掘出的木牍对我们下一步的科考和研究有着非同一般的意义，希望你能够理解。"

江一寒一摆手："我是军人，服从命令是我的天职，保卫祖国领土完整和人民安全更是责任，在事情没有说清之前，谁也不能离开，发掘现场那么多人，不差你高博士一个。"江一寒说话的口气已经颇为不善了，高格明无奈地对彭新宇摇了摇头，彭新宇也微微叹了口气，一路而来，通过短暂的接触，彭新宇大致清楚了江一寒的性格秉性，如果今天不给他一个满意的交代的话，怕是谁也过不了关。

楚南飞正在发愁如何进行甄别，毕竟都是一个团出来的兵，虽然平时调皮捣蛋了一些，但本质上都不坏，觉悟也都不低，特别是方大头、黄大壮几个性子直的，要听说搞内部调查还不翻了天？更为主要的是，楚南飞昨晚为了躲高格明，自己也钻了沙窝子睡大觉，这会儿让他哪里去找什么人证，而且至少三个人证明他睡了一晚上觉没被尿憋醒，没梦游……

楚南飞不相信江一寒突然良心发现停止了内部调查，毕竟死的是科考队的翻译，据说大小也是个专家。戈壁大漠是无情的，楚南飞已经记不清楚前些天被沙泡吞噬的那个兵的模样了，对于那发生在自己面前的惨剧，楚南飞也坦然了很多。

小丁的尸体被帆布裹着放在了解放车的后厢板上，风吹着帆布发出呼啦啦的响声，也许这就算是马革裹尸了吧？楚南飞望了一眼正在给小丁遗体穿鞋的奥吉拉，一脸肃然的奥吉拉嘀嘀咕咕地给小丁的遗体穿鞋，据说可以让在大漠中逝去的灵魂回归家乡。帐篷内，彭新宇、高格明、周芳华坐在桌子一侧，江一寒坐在另外一侧，背着电台的通讯员不知所措地站在一旁。

楚南飞留意到了，江一寒腰间的枪套上的保险卡是开着的，一名训练有素的军人是绝对不会出现这样的疏忽的，一向严于律己的江一寒更不可能，唯一的可能就是江参谋已经处于暴走的边缘，存在随时拔枪的可能了。

显得有些焦虑不安的江一寒不停地转着自己的水缸，深绿色的水缸上清晰地印着保卫祖国四个大字，高格明利用一切时间完善他的科考笔记，周芳华把玩一块看似十分名贵的挂表，彭新宇则掏出一个白色的钢盒，用水将里面的药片服下。

在楚南飞的记忆中，自己每次遇到彭博士，彭博士总是在不停地吃药。难不成搞科研的必须都是体弱多病的药罐子吗？而且成果越大，成就越高，就病得越严重？这算是什么狗屁定理？楚南飞破天荒地主动坐到了江一寒身旁，江一寒微微点了点头，楚南飞的立场让他多少有些欣慰。

很快，兵站方面回电了，江一寒看了一遍后递给了楚南飞，楚南飞接过电报顿时目瞪口呆，原来电报并不是兵站发来的，而是兵站转发的，发报单位是总部所属的5619

部队作战司令部。

电报的内容十分简单，授权彭新宇和高格明两人，将全部相关情况做完整通报。

看过电文，楚南飞当即啪的一声将电报拍在了桌子上："太过分了，我们承担的是科考队的安全保卫工作，可是你们却故意隐瞒真实情况？如果信不过我们可以把我们换掉，干吗如同挤牙膏一样，非等出了问题，再一点一点透露给我们？"

江一寒一声不吭盯着彭新宇，彭新宇十分尴尬道："我们也有我们的难处，请同志们多谅解了，还是请周芳华同志给大家做详细的介绍吧！"

周芳华利落地起身，很快安装好了一台幻灯片播放仪，第一张幻灯片是一片残破的营地，周芳华用冰冷丝毫不带感情的声音叙述道："大家注意了，这就是第二次科考时前进营地遇袭的照片，袭击时间大约发生在科考队扎营之后的第二天，科考队携带了两台大功率电台，却没来得及发出任何求救信号。"

周芳华切换了一张照片，这张照片楚南飞看过，是之前彭新宇给大家展示过的，是第三次营地遇袭的情况，这张照片更为惨烈，包括担负警戒安全任务的两个排的官兵全部牺牲了。周芳华连续切换照片，在一张显示残破的古迹遗址照片停了下来："这里就是距离深渊最近的魔罗神庙祭台遗址了，X号目标就是在这里发现的，接着我们在深渊的第三阶平台上发现了代号'未来'，第二次、第三次科考队遭遇袭击全部都发生在四十八小时之内。"

江一寒冷着脸询问道："X目标和代号'未来'具体是什么？"

彭新宇拍了一下周芳华的肩膀，周芳华切换了一组幻灯片，幻灯片上显示出一头在古迹遗址击毙了的浑身棕毛，直立行走的野兽。

接着是科研人员对野兽尸体进行了解剖分析，惊讶地发现其的脏器与部分骨骼竟然与人类完全相同，怪兽身上还戴有牧民常戴的保佑平安的狼牙等饰物，通过DNA检验发现，比正常人类多了一对染色体，经过分析判断，我们认为正是多出的这一对染色体导致人体发生突变。

彭新宇指着野兽的解剖照片道："X就是指的这种突变怪兽也曾经多次袭击过56号兵站，楚副连长也曾经击退过，这种怪兽口部内有管状器官，将一种不明液体注射进人体，人体的血液就会呈现蛋白质化，而这种突变怪兽也正是以此为食，而'未来'这个代号则是指我们在科考过程中在深渊的第三阶平台上发现的一具人类骸骨。"

楚南飞想起了56号兵站遇袭时彭新宇镇定自若的神情，加上遇害的翻译小丁，一瞬间楚南飞证实了自己的判断，略微犹豫地询问道："彭组长，按你们的说法这种突变怪兽是人遭受感染变成的？"彭新宇点了点头："从现有的资料判断确实如此。"

眉头紧锁的楚南飞望着幻灯图片继续追问道："感染源是什么？这些突变怪兽的数量？种类？我们需要一切尽可能详细的情报。"

江一寒突然猛地起身盯着彭新宇道："你们早就清楚遇害的翻译小丁是被这种突变怪兽杀死的吧？那为什么还要让我搞内部调查？"

高格明见状急忙出来打圆场道："江参谋长别生气，我们也不能完全断定小丁的死因，内部调查也按规定执行，并不是不信任你们部队上的同志。"

楚南飞望着彭新宇道："彭博士是病毒学家，高博士是考古学家，而周博士是古人类基因学家，你们三位的专业领域各不相同，却加入了同一支科考队，我能否将你们所说的突变怪兽理解为一种病毒感染？"

彭新宇点了点头："可以这么理解，我们此番深入戈壁大漠，就是为了调查这种感染源，并且控制疫情，为后续治疗提供第一手宝贵资料。"

楚南飞转向周芳华微笑道："彭博士嘴里听不到什么真话，周博士你说呢？"

彭新宇被楚南飞说得满脸尴尬，周芳华大大方方地点燃了一支香烟道："高博士和我研究过整个西域史料，尤其是魔罗国，包括西汉时期精绝古国也豢养过一些名为沙兽的动物，攻击性极强，伴随精绝武士征战四方，而魔罗古国也有相同的记载，强大的武士可以化身成为兽神作战，空手撕裂敌人，以一敌千，日行千里等等记载频繁出现在这几天古城遗址出土的木牍和石碑中。"

周芳华将一份资料推到楚南飞面前道："根据代号'未来'的骸骨DNA与碳14定年测试，这具骸骨的主人拥有二十四对DNA，拥有堪称完美的DNA链条，十分健康强壮，骸骨的强度是普通人的六十倍。碳14定年测试显示这副骸骨大约有一万五千年左右的历史。"

第七章 地底遗迹

  会议很快结束了，江一寒向5619部队全体官兵通报了此次行动的重要性后，"零点"部队全体指战员可谓是热血沸腾斗志高昂，得知自己竟然能够参加如此重要的护卫行动，黄大壮激动得嗷嗷直叫，小眼镜则一边抹眼泪一边写日记，做一名对党和国家有贡献的革命军人，将是无上荣光。同样热血沸腾的楚南飞忽然发现秦老实一人独自离开的背影，四面漏风的帐篷内，秦老实将一支五六式冲锋枪分解擦拭。

  见到楚南飞进入帐篷，秦老实自顾低头擦拭武器，楚南飞递给了秦老实一支香烟，秦老实看了一眼没吭声。

  楚南飞微微一笑："都老同志了，还闹什么脾气？也不怕人笑话！"

  秦老实闷哼一声，又将一支五六式冲锋枪分解把零件混在一起，楚南飞嘴角出现了一丝笑意，秦老实用手做了一个"请"的手势。

  楚南飞与秦老实不约而同地拿出了包扎用的三角巾蒙住了自己的双眼，两人沉默片刻，迅速动手摸起零件开始盲装枪械。

  秦老实是由枪机开始组合，而楚南飞则反其道从上下护木开始组装，两人手速飞快，片刻后，两人几乎同时拉动机柄。

  楚南飞兴奋地扯开了蒙眼布，秦老实微微叹了口气，摘掉蒙眼布："你赢了！"

  楚南飞笑容满面，一拱手道："老司务长承让了！"

  秦老实盯着楚南飞冷声道："就这样完了？"

  楚南飞微微一愣："晚上我请你喝酒。"

  秦老实叹了口气，从楚南飞手中接过五六式冲锋枪道："你确定你这支枪打得响？"

  楚南飞瞬间回忆了枪械组装的顺序，迷惑地摇了摇头："没问题啊？"

秦老实快速掏出一个装满实弹的弹夹替换空弹夹，上膛对着帐篷顶扣动扳机。

"不要！"没等楚南飞阻止，一向老成持重的秦老实竟然扣动了扳机。

咔嗒！枪机发出轻微响声，枪膛内的子弹并未击发。秦老实飞快地分解了武器，拿着枪机对着楚南飞道："这不是我们的五六式冲锋枪，这是苏联的AK47突击步枪，AK47的枪机机针与我们的五六式冲锋枪差半毫米，所以无法有效击发。"

"什么？AK47？"楚南飞惊呼一声。

秦老实将两支武器完全分解道："这一支是我们带来的五六式冲锋枪，而56号兵站配发给我们的则是苏联制的AK47突击步枪，由于金属冶炼水平和成本的关系，苏联的制的AK47突击步枪可靠性与寿命远远超过我们仿制的五六式冲锋枪，为了这次任务，上级甚至不惜调集国内仿制时进口的原型枪给我们使用，剩下的还用我再说吗？"

楚南飞眉头紧锁："老司务长，我不明白你是什么意思。"

秦老实起身望着帐篷外不远处的古城遗址道："我们一个排的人来，也要一个排的战友回去，我不想把哪个兄弟留在这里，如果非要留，我留下！"

秦老实头也不回地径直离开了，夕阳斜下，楚南飞望着秦老实留在大漠上的身影是那么的孤单，那么的苍凉。作为一名真正上过战场见过生死的老兵来说，他们更眷恋平淡的生活！忽然，帐篷外一阵阵欢呼声响起？楚南飞走出帐篷拽住一名兴奋不已的科考队员询问道："怎么了？出什么问题了吗？"

戴着黑框眼镜的科考队员气喘吁吁、手舞足蹈地比画道："打开了！打开了！"

楚南飞不禁皱了皱眉头："别着急，说清楚了，什么打开了？"

科考队员一见是楚南飞，平复了一下情绪兴奋道："楚副连长，魔罗古城遗迹的地宫打开了。"地宫打开了？黄大壮、小眼镜跟我去看看。一股强烈的好奇心驱使着楚南飞做了一个让他无比后悔的决定。

走在古城遗迹的街道上，石板路上深深的车辙仿佛在回忆古城当年的繁华，沿街被黄沙掩埋而坍塌的商铺内还能依稀辨别里面大致的商品，楚南飞有一种感觉，这座古城是被突然放弃的？到底是什么原因让这里当年的居民留下了几乎所有的财物弃城而去？

楚南飞心头涌起了一丝不安的感觉，与一脸不耐烦的黄大壮不同，小眼镜显得十分兴奋，东张西望，几乎每一处发掘现场都能看到他的身影，不过很快又被科考队员给请了出去。古城主殿不起眼的角落围满了科考队员，所谓的地宫入口不过是一口古井，与楚南飞的想象可谓差之千里。

一脸兴奋表情的高格明坐在滑架上由井下升起，脚一落地就抓住了楚南飞的手兴奋

得语无伦次道:"太棒了,大发现,大发现啊!楚副连长,请你派懂爆破的人员下去一趟,我们分析里面的石门后面一定有顶锁石或者断龙台。"

楚南飞派人黄大壮将方大头喊来,一脸不情愿的方大头下井后,没过多大工夫就黑着脸返回地面:"副连长,你给我评评理,下面是砂岩结构,偏偏石门的材质是花岗岩,TNT 是高速高爆药,我就怕石门没炸开,砂岩结构先震塌了,那个姓高的不顾一切就是要炸,你说怎么办?"

高格明拉着楚南飞的手急切道:"咱们时间紧迫,楚副连长你帮帮忙,想想办法。"

楚南飞无奈点了点头盯住方大头道:"保护科考专家的人身安全要放在第一位,一会我和你一起下井,采用定位定向爆破的方式,小装药,集中点,散布横切起爆。"

方大头沉思片刻:"好的,既然副连长你说炸,我就炸!万一炸垮了,你别怪我就是了。"十几分钟后,一声闷响,一股烟柱从井口喷涌而出。

整个古城遗迹都如同微微颤抖了一下,烟尘飘落散尽,灰头土面楚南飞与方大头爬出井口,剧烈地咳嗽了一番。

爬上井缘方大头拍了拍身上的尘土,用敬佩的目光望着楚南飞,楚南飞拍打了一下身上的尘土,瞪了一眼方大头:"发什么呆,组织人下去清理石门。"

一脸喜悦的高格明靠近楚南飞身旁刚想开口,方大头一脸不屑地硬生生挤到楚南飞与高格明中间,敬佩道:"副连长,你真是好样的,导火索短了一厘米你都能发现,否则今天我就光荣了,我方大头从来没服过谁,今天我服你了。"楚南飞狠狠地瞪了方大头一眼:"你一个老同志怎么能出新问题?马虎大意了吧?剪切导火索能差一厘米?"

方大头满脸愧疚,低着头,不断地用脚碾压地上的一小块砂岩。站在一旁的高格明见状急忙道:"差一厘米而已,楚副连长就不要再责怪方同志了,小小疏忽,以后注意就是了。"楚南飞转向高格明,眉头紧锁道:"六秒起爆时间,七厘米导火索这是基本常识,导火索燃烧速度是每秒 0.9 厘米,差了一厘米,就意味着我们两个根本没有足够的时间撤到砂岩后面的安全区域,十米距离内,直接面对 TNT 黄色炸药 4.2 千兆焦耳的冲击力,人体的五脏六腑都会被挤压破裂,我们等于在鬼门关里走了一圈。"

高格明目瞪口呆地望着楚南飞,周芳华恰好步入大殿,听到楚南飞与高格明的对话,惊呼责备道:"这也太危险了,楚副连长,你是指挥员,你离开指挥位置以身涉险,本身就是失职。"楚南飞微微一笑:"正是因为我是指挥员,所以才不能堂而皇之地将危险交给我的战士去完成,急难险重,冲锋在前是我军作为人民军队的优良传统。"

周芳华狠狠地白了楚南飞一眼,丢下一句"imbécile",转身离开。

imbécile？楚南飞完全没有概念，这么绕口的玩意是什么鸟语？

一旁的高格明似乎心领神会，刚想离开就被楚南飞拽住："高博士，刚刚周博士那句什么、什么的话是什么意思？"高格明一脸无奈道："周博士让你注意安全。"

楚南飞皱了皱眉头："高博士，你是不是认为我读书不多，所以很好骗？"

高格明急忙解释道："楚副连长，我真的没那个意思，周博士也没有恶意。"

楚南飞盯着高格明的眼睛，仿佛在寻找答案一般，经过五秒钟对视，高格明败下阵来，只好压低声音解释道："周博士刚刚说的是法语，翻译过来是大笨蛋、榆木疙瘩的意思。"楚南飞无奈地点了点头，说实话，就算是周芳华真的骂了自己一句，自己也不敢骂回去，毕竟部队是有纪律的，周博士又是海外归国科研人员，危急关头，哪怕自己一命换一命，也不能让周芳华掉半根毫毛。

爆破的碎石很快被清理一空，缓缓而开的残破石门让楚南飞产生了一种负罪感，那是多么精美的浮雕啊！望着不断安放的照明灯具和来来往往的科考队员，楚南飞忽然陷入一片迷茫，这到底是拯救还是在破坏？只能通过两人并肩前行的甬道与布满精美浮雕的石门形成鲜明的对比，黄大壮、小眼镜等人陆续下到地宫入口，望着在砂岩层开凿出的甬道，楚南飞心头忽然涌起一丝莫名的不安。

傍晚时分，白浩一脸担忧地站在土崖上，两天前那场铺天盖地的沙暴并未袭击他们的驻地，如同路过一般，从十几里外席卷而过，沙暴过后死一般的沉寂，孤零零的土崖就好像被世界遗忘了一般。与后方兵站联系不上，同前进分队也失去了联系，通讯电台内全部都是静电杂音，这是白浩第一次单独带领全班执行任务。为了稳妥起见，一天前，白浩派出了两名老兵返回56号兵站请示兵站领导。

白浩踢了一脚地面上一块凸起的砂岩，砂岩滚落土崖下，发出了哗啦啦的响声，高射机枪阵地里执勤的两名战士抻着脖子望了一眼。

自己派出的两名老兵应该到兵站了吧？明天日落前，兵站的增援或者命令也应该抵达了，自己是不是先做一些准备？无法携行的装备物资怎么办？多余的弹药怎么办？楚副连长指定坚守的土崖工事还要不要留下一个战斗组？兵站会给自己带来什么样的命令？是不是把所有能装水的用具全部装满？单兵只携带一个基数的弹药，白浩发现自己脑袋里千头万绪，乱如麻团。忽然，土崖下传来一阵砂石摩擦的响动声，警戒的白浩瞬间抄起冲锋枪来到悬崖边大声道："什么人？赶快出来，否则我要开枪了！"

"班长别开枪，是我！小李子！"一个体型瘦高的战士从土崖下探出半个身子。

白浩怒斥："不要命了？跑土崖下干什么？"

瘦高个战士略微期期道:"报告班长,放大号!"

"下次别乱跑!"白浩关闭了冲锋枪的保险,武器上肩。

瘦高个战士不满地嘟囔了一句,悠然自得地点燃了一支香烟,吞云吐雾间,一股腥臭的热气喷在了他的脖子上?瘦高个战士一回头:"妈呀!啊!"

走向机枪阵地的白浩立即奔跑到悬崖前,推开保险拨片,借着太阳落入地平线前的最后一丝余光,发现小李子满脸鲜血倒在地上一动不动,情急之下白浩疾声大呼:"小李子?小李子?"嗷!嗷嗷!一个硕大的黑影试图将小李子拖入土崖下的死角,白浩立即扣动了扳机!一瞬间,土崖下的营地内几个硕大的黑影在横行无忌,帐篷被掀翻扯烂,垒砌的灶台被推翻,两名正在准备晚饭的战士,如同破麻包一般,被拎着腿丢出了几十米远。白浩微微一愣,想起了楚副连长曾经提及的沙民和沙兽。

嗒、嗒嗒、嗒嗒嗒!清脆的枪声飘荡在空寂的戈壁滩上……

古城遗址地宫石门外,黄大壮望着甬道口不择言道:"考什么古,这不就是挖坟掘墓吗?这在俺们老家,是要被吊在村头老树上点天灯的,干这勾当的是要生儿子没屁眼的。"几乎所有的科考队员都停下了手头的工作,有惊讶、有诧异、有不解,还有愤怒,各种目光都集中在了黄大壮身上,黄大壮一脸的不在乎:"俺说的是实话。"

"闭嘴!"楚南飞狠狠地瞪了黄大壮一眼,对同样一脸尴尬的高格明解释道:"对不起高博士,大壮没什么文化水平,粗人一个,总说实话,您别介意。"

面对一个口不择言的战士,和一个好话不会好说的副连长,高格明瞬间觉得自己的涵养又得到了一次难得的锻炼。高格明无奈地摆了摆手:"没事,没事!大家继续工作!"

周芳华经过楚南飞身旁时伸出人拇指:"真会说话,我欣赏你!"

楚南飞一脸无奈地瞪了一眼黄大壮:"你第一个进去,走在最前面。"

黄大壮此刻最不愿意面对的就是楚南飞,于是乐呵呵地提着五六式班用机枪准备进入甬道。高格明将黄大壮拦了下来,对楚南飞解释道:"楚副连长,甬道里面的情况现在还不清楚,先让我们的科考队员做初步的发掘记录,等需要你们的时候,我会派人第一时间通知你的。"正是因为甬道内情况不明,楚南飞出于对科考队员人身安全考虑,派战士作为先导,高格明却完全不领情,这让楚南飞多少有些意外。

周芳华见现场气氛有些尴尬,微微一笑道:"楚副连长,高博士有多年从事考古发掘作业的经验,他们需要及时掌握第一手数据。"

楚南飞皱了下眉头:"这些都不是理由,我的任务就是要保证科考队的整体安全,尤其是人身安全。"楚南飞刻意强调了人身安全,周芳华见楚南飞不理解,于是合上了笔记本来到楚南飞面前道:"楚副连长,我给你打个恰当的比喻吧!考古探险发掘这就如同结婚一样,探索神秘未知的喜悦,里面新娘子已经脱了衣服在等待新郎,我相信你能理解新郎的急迫心情吧!而你现在却偏偏要先进去,你说新郎会不会跟你急,甚至犯浑?"周芳华所为"恰当"的比喻可谓语惊四邻,在场的一干人等有的惊讶万分,有的满脸涨红,更多的则是一脸的难以置信,如此伤风败俗的话,怎么能够从周芳华这样美丽动人的女孩子口中说出。

高格明在旁连连跺脚:"大侄女啊!你怎么能够说这样的话啊!什么新郎、新娘脱衣服的,哎呀!你是个女孩子,注意一些,注意一些好不好?"周芳华无所谓地耸了耸肩膀:"好的,我亲爱的高叔叔!"明白了缘由,楚南飞自然不会和高格明争抢着入洞房了,楚南飞向着高格明做了一个"请"的手势,方大头、黄大壮几个人站在楚南飞的背后相互挤眉弄眼。望着一眼望不到头的甬道,高格明平复了一下激动不已的心情,甬道的尽头到底会有什么,谁也不清楚,也许是世界考古史上的第九大奇迹,或许什么也没有,有太多太多的可能了。

高格明第一步踏入甬道的一瞬间,方大头带着黄大壮几个战士忽然大声高呼:"高博士入洞房喽!"哎呀!被吓了一跳的高格明一不留神,摔倒在地。

楚南飞猛然回头,方大头几个人落荒而逃,摔倒在地的高格明摸索到自己的眼镜之后,忽然表情瞬间凝固一般,两只手在甬道的地面上不停地摸索着什么……

一轮微微发红的明月挂在夜空之中,距离楼兰古城遗迹百公里之外的一处残破不堪的遗迹中,篝火火光闪动,一大群人披着厚重的兽皮低声密语,似乎在反复诵读什么。

一阵夜风席卷着黄沙吹过沙丘,滚动的砂砾发出哗哗的响声,一个身披厚重兽皮的老者拄着杖健步走上一座浇满野兽鲜血的砂岩祭台。

老者缓缓摘下自己的斗篷,青色的头皮上纹满了环成一圈的古怪符号,双眼血红的老者高高举起手中的手杖高呼:"阿咖拉克里,哈里汉!"

台下众人全部十分虔诚的单膝跪地:"阿咖拉克里,哈里汉!"

几个身穿皮袍的人影在沙丘上跌跌撞撞冲向废墟,刚刚抵达废墟,一个黑影从废墟上跳下怒斥道:"祭司大人在祭祀圣王,岂容你们这些低等奴隶随意冲撞?"

其中一个男子摘下包裹头部的黑布,朝天鼻、眯缝眼、扁嘴龅牙、脸上布满了鼓起的青色血管,这样的五官组合在一起,形成了一张无比狰狞的脸。

最让人无法接受的是,这个男子硬是挤出了一丝谄媚的笑容:"我们是沙民部落的,我是大虎,后面的是我兄弟,二虎和三虎,我们有好消息带给祭司大人。"

"你们这些低等奴隶能有什么有用的情报?不会是想来骗祭司大人的圣血吧?"黑影始终站在黑暗的角落中出言讥讽,如果不是他回荡的话音,仿佛整个人都不存在一般。

忽然你,一个冰冷的女声道:"暗影,你刁难他们这些孤魂野鬼有什么用?"

站立在黑暗之中的暗影沉默了片刻,空气中一丝难以察觉的波动后,一切回归平静。

一双兽皮靴子由远而近来到大虎面前,大虎顺着兽皮靴子往上打量,一双笔直白皙的大腿,刻满神匙的裙甲,大虎狰狞的面孔仿佛被定格了片刻,转瞬,大虎扑通一声跪倒在地:"恭迎神教圣女!伦雅圣女,千秋万世!"

戴着薄纱面罩的伦雅圣女嘴角浮起一丝笑意，一脚踩在了跪在面前的大虎头上，玩味道："千秋万世？我怎么不知道神教有哪个圣女能活过千年？你在骗我吗？"

大虎顿时抖如筛糠，他万万没有想到随意的一句恭维竟然给自己招来如此无妄之灾，磕磕巴巴不知如何解释。伦雅圣女见大虎三兄弟跪在自己面前抖如筛糠，顿时不屑道："还大虎、二虎、三虎？你们也敢自称是虎战士？充其量三只野狗，你们连沙狼都算不上，不要再侮辱虎战士的名讳了。"

是！是！是！大虎一边跪着用双膝挪动后退，一面谦卑道："谢圣女赐名，我们回去就改成大狗、二狗、三狗，我们兄弟永远是神教和圣女最忠实的狗。"

伦雅圣女挥了一下手道："派去寻找神匙的人有消息了吗？"

大狗低头不语，伦雅圣女冷哼一声："神匙关系到神教的生死存亡，你们要清楚，神教从来不吝惜奖赏有功之人。"大狗三兄弟急忙上前一步，单膝跪地："谨遵圣女之命！"伦雅圣女微微点了点头："嗯！这还差不多，你们沙民部落被外面的人清理得差不多了吧？剩下的估计早就逃入地下废城了，说吧！你们找都满大祭司何事？"

大狗略微迟疑，只见伦雅眉毛微微竖起，大狗急忙道："我们袭击了汉人的车队和据点，不过他们的大型据点戒备森严，很难攻进去，小型据点就容易些，所以我们顺路清理了一个小据点，作为给伦雅圣女的礼物。"

二狗和三狗抬出了一个标有六三式防步兵跳雷的铁皮箱，打开箱子里面有几本沾着血迹的残破书籍，另外还有一台半导体、一些武器和杂物。

伦雅圣女皱了皱眉头，最终将几本破书挑了出来，责备道："你们就为了送这些破烂货而来的吗？"大狗急忙摆手道："我们一路护送都满大祭司最忠实的朋友，阿森曼与本杰明两位都抵达了东边的废墟，等待觐见都满大祭司。"

一阵夜风吹过，伦雅猛然转身柳眉微皱道："袭击汉人据点是谁的主意？"

一阵夜风掀起了帐篷的棉帘，一脸喜悦的高格明随着凉风冷气一同涌入彭新宇的帐篷，彭新宇无奈地裹紧了披在肩膀上的棉衣。

被通知开会的江一寒、楚南飞、周芳华等人相继进入帐篷，让彭新宇原本不大的帐篷顿时变得拥挤起来。表情兴奋的高格明拿出了一卷拓印道："甬道入口处的石板上密密麻麻地刻满了古魔罗文，这些铭文中大部分记载的是关于魔罗神教的降神仪式和教义。"对于，高格明跪在地上摸了一个多小时的工作成果，楚南飞一脸无奈，同样的表情的还有睡眼蒙眬的江一寒。

江一寒对于高格明动不动就召开全体会议有很大意见，毕竟自己是军人不是科考队

员和专家，对于所谓的考古成果所带来的美好憧憬知之甚少。

更为主要的是，革命军人都是纯正的唯物主义者、无神论者，高格明的所谓魔罗国、神兽战士、降神等等言论让江一寒从心底抵触和反感。

彭新宇眉头紧锁望着如同密码乱纹一般的拓印道："我们假定这是一篇教义，任何宗教的教义在教派内都是受到极度尊崇的，为什么魔罗教的教义和降神仪式会刻在地面上？"高格明微微一笑："最开始我也有所疑虑，不过当我翻译大半教义之后，我才明白，古魔罗教认为世间万物都是污秽不堪的，只有神教才能颠覆一些拯救教徒，所以，我们的天被他们认为是地，而我们的地则被他们认为是天。"

彭新宇嗯了一声，点了点头："这确实是一个重大发现，在深渊中我们也曾经发现了一些天地倒置的浮雕残片，看来古魔罗城遗址与深渊遗址之间有着千丝万缕的联系啊！"楚南飞听不懂彭新宇和高格明交谈的内容，不过他听懂了古魔罗神教所谓的天地倒置，略微犹豫片刻楚南飞望着高格明道："高博士，我想请教你一个问题。"

高格明顿时会意一笑："看来我们的楚副连长也开始对古城遗迹感兴趣了，这是件好事，有什么不明白的尽管问，虽然我们知道了解的也并不多。"

楚南飞并不理会高格明小小虚荣心支持下的炫耀，直截了当道："如果甬道内的地面是什么魔罗教的天空，那么我们的人踩着天空进入甬道会不会有危险？"

涉及人身安全问题，楚南飞的话让一旁的江一寒一下精神了起来，彭新宇与高格明相互对视了一下，楚南飞的这个问题确实很难回答。

高格明咳嗽了一下，略微有些尴尬道："古魔罗国和古魔罗教，连同深渊内的遗址，对于我们科考队来说，都是一个未知的世界和文明，在探索未知的世界和文明的过程中自然存在危险。"楚南飞径直打断了高格明的话："那么高博士你的意思就是甬道内可能会存在危险了？"

高格明无奈的搓着手道："确实存在这种可能性。"

一听高格明的话，江一寒的屁股如同按了弹簧一般，顿时跳起来道："乱弹琴，楚副连长，立即通知科考队，在没确实排除险情之前，任何人不准进入甬道。"

江一寒话音未落，一名科考队员跌跌撞撞地闯入帐篷，气喘吁吁道："不好了，不好了，高组长，小钱和小唐在通道里面不见了。"

戈壁滩的夜晚，除了一轮明月，就只剩下呼啸的风和沙狼的嚎叫了，而今夜对于白浩来说只有无尽的煎熬，沙狼似乎惧怕什么，远远地躲开了它们呼朋唤友盯了许久的土崖营地。土崖阵地上只剩下白浩和两名战士了，战士大刘的腹部被划出了一条长长的伤口，虽然经过了包扎，依旧无法止血，鲜红的血液顺着三角巾渗出，按照失血的速度，大刘挺不过今晚。白浩收起了钢笔，将所发生一切都记录在烟盒上，然后卷起来塞入一枚高射机枪弹壳，然后将弹壳绑在旗杆上。

检查了一下重机枪和高射机枪，白浩无力地靠在了掩体沙包上，高射机枪只剩下二十七发子弹了，重机枪还有两箱子弹，土崖下的雷区一共被引爆了七次，白浩记得自己一共埋下了八枚反步兵地雷。

如果不是楚副连长之前的部署和交代，白浩相信，他的一个班会被无声无息地干掉，那些身形硕大，来无影去无踪的玩意可能就是楚副连长说的沙兽，也不知道那玩意的肉能不能吃？白浩与这个时代大多数中国人一样，看到四条腿会跑和能飞的，第一个想到的就是能不能吃，好不好吃，如何才能做得更美味一些。

"班长我冷！"嘴唇发白的大刘想挪动一下身体，让自己躺得更舒服一些，战士小黄阻止了大刘："刘老兵别动，会影响伤口愈合的。"

白浩脱下自己的大衣盖在了大刘身上，大刘似乎用尽全力从口袋里掏出一封皱巴巴的信递给白浩："班长，我今天表现还行吧？帮我把信交给……"

白浩将信推了回去，用力点了点头："你表现非常好，回去好好养伤，信你自己回去邮，我让楚副连长给你向江参谋长请功。"

在天刚刚一黑，战斗最激烈的时刻，大刘怀抱爆破筒冲出阵地，奋力将二联爆破筒投向土坡下，杀得土坡下的沙兽血肉横飞，大刘也被一头濒死的沙兽划破了腹部。

忽然，土崖下响起了轻微的沙沙声……

一阵带着臊气的腥风飘过，白浩抽动了一下鼻子，轻手轻脚地拾起一组爆破筒，略微犹豫又放下，拿起一组爆火筒，来到悬崖一侧，静静地听了几秒钟，土崖下一片寂静，白浩旋开爆火筒底盖，拉燃引线，爆火筒尾部冒出星点的火星和嗤嗤的白烟，默数五秒钟后，白浩将爆火筒用力投掷崖下。

轰！爆火筒迸发出一团巨大的火光，热浪夹杂着冲击波将土崖上白浩掀翻在地，土崖下传来凄厉的嘶吼声，几个浑身是火的沙兽连滚带爬消失在夜幕之中。

白浩长长地松了口气："龟儿子的，真是帝国主义亡我贼心不死啊！"

"班长，刘老兵好像不行了！"小黄带着哭腔呼喊白浩。

白浩急忙来到大刘身旁，大刘虚弱的颤颤巍巍道："班长，这是给我娘的信，她眼睛不好，也不识字，家里几个弟妹都靠大队里面帮衬了，我的抚恤金捐给大队上面，大队缺大牲口，也不知道抚恤金够不够买一头牛的？要是不够，买一头骡子、驴也好啊！"

第八章　魔罗神教

白浩握着大刘的手眼含热泪："够的，肯定够的。"

大刘睁开了眼睛看了看那轮微红的月亮，嘴角挂着一丝幸福的微笑，喃喃自语："够就好，够就好……"大刘的手忽然一松，握在手中的信掉落在地，白浩面无表情地替大刘合上双眼，拾起信件，略微犹豫，拿出钢笔在信的背后写了一行字，将信件递给战士小黄："我作为大刘的入党介绍人，你做证明人。"

小黄毫不犹豫郑重地签上了自己的名字："班长，我也想入党。"

白浩拍了拍小黄的肩膀："有机会的，作为一名共产党员，要时刻经得起考验，对党要无限忠诚。"小黄点了点头，看着白浩将信件塞入一枚高射机枪弹壳，同样挂在了旗杆上。白浩和小黄用雨衣将大刘的遗体盖好，小黄突然询问道："班长，大刘的抚恤金真的够买一头牛吗？"

白浩瞬间僵住了，一头牛？一个老兵的抚恤金？两者之间隔如鸿沟，白浩沉默了，小黄犹豫了片刻道："把我的抚恤金也给大刘吧，我们家是城里的，条件好一些。"

一行混着沙泥硝烟的泪水顺着白浩的面颊流淌而下……

56号兵站内戒备森严，灯火通明，刘站长一脸焦急地在通讯室来回踱步，烟一根接着一根。身材高大的刘站长来到窗前，推开窗户，搜索队出发三天了，从昨天拂晓开始电台就失去了联络，于是兵站方面派出了两个排的兵力搜索前进，在距离兵站二十公里外的戈壁上发现了两摊血迹和零散的物品，根据零散物品判断是江一寒指挥的搜索队的两名战士。兵站赵政委、协理老韩都陆续来到通讯室，人过中年的赵政委处变不惊地来到通讯员身旁，因连续呼叫嗓音沙哑的通讯员无奈地摇了摇头。

赵政委拍了拍通讯员的肩膀："没关系，小同志，你们已经尽力了。"

刘站长用力拧灭烟头，深深地呼了一口气道："老赵，不能再等了，立即派出主力向深渊遗址方向实施搜索！"

赵政委看了一眼身旁的协理老韩："站长、政委、协理是兵站的主要领导，越是这个时候，我们自己越不能乱了方寸，戈壁沙漠磁场紊乱，又突遇沙暴恶劣天气，无线电台失灵很正常。"刘站长整理了一下自己的武装带道："那老赵你说我们怎么办？"

赵政委沉思片刻道："5619部队代号'零点'，归总部直属，我们56号兵站归军区所属，我们有保障5619部队的责任，却没有直接指挥的权力，我认为我们应该做好两手准备，一是准备好物资和搜索路线计划，二是向上级做出全面详细报告，以便上级能够实施精准快速的判断。"老韩点了点头："最近兵站附近经常有沙兽出没，兵站现在只有不到一个连的部队，如果主力出动，兵站自身的安全保障也是一个问题，若是兵站出了问题，几百公里大漠戈壁，派出的搜索队和增援部队就成了断线的风筝，九死一生啊！"

刘站长颇有些无奈道："那好吧！我去组织部队，老赵你向上级请示。"

石门还是那石门，甬道还是那甬道，唯一不同的是钱国华与唐跃进两名科考队员神秘地失踪了。楚南飞望着看似毫无异常的甬道，转身询问道："你们谁看见钱国华与唐跃进失踪的过程了？"在场的众人面面相觑，楚南飞一眼发现了似乎有些跃跃欲试的小眼镜："眼镜，你看到了过程吗？"

小眼镜摇了摇头，楚南飞狠狠地瞪了小眼镜一眼："那你添什么乱？"

小眼镜颇为无奈道："副连长，我虽然没亲眼看到钱国华与唐跃进失踪过程，但他们两个是在大约两秒钟之内不见踪影的，当时只有他们两个人进入甬道清理地面。"

楚南飞站在甬道石门前，蹲在地上望着留在薄薄沙土上的两串脚印最终消失在十米之外，脚印消失的地方大约两平方米范围内异常干净。

江一寒来到楚南飞身旁小声道："有什么问题吗？"

楚南飞拿起安全保护绳的一头系在腰间："石板地面可能有问题，上面的雕刻的纹路和图案似乎遵循着一些规律。"江一寒转身对高格明道："高博士，石板地面上的图案能解读翻译吗？"高格明摇了摇头："我们目前只能翻译少数一些词，在没找到古魔罗文字的根表前，很难保证翻译的正确性。"

楚南飞将安全保护绳的一头交给了黄大壮，拍了拍黄大壮的肩膀，用脚试探着踩了踩石板，石板纹丝不动，楚南飞小心翼翼地站到了第一块石板上。

"等一下！"周芳华突如其来的一声吓了楚南飞一大跳。

周芳华来到楚南飞身旁道："地面上的石板是三乘三，九进制的，如同九宫格一般，你尝试一下逢三进一试试！""逢三进一？"楚南飞微微愣了一下，高格明沉思片刻道："九宫格，一款古老的数字游戏，起源于河图洛书，河图与洛书是中国古代流传下来的两幅神秘图案，历来被认为是河洛文化的滥觞，中华文明的源头，更被誉为宇宙魔方。"

楚南飞小的时候在父亲的教导下没少玩九宫格，河图洛书是数学里的三阶幻方，中国古代叫纵横图，以往玩九宫格是玩填数字，而今天玩的则是填命！

楚南飞小心翼翼地试探着每一块石板，寻找石板上浮刻的古魔罗阴文的规律，由于高格明不能完整正确解读这些古魔罗阴文的真正含义，对于古魔罗神教的教义和古魔罗人的习俗也不甚了解，所以只能冒险进入甬道一探究竟。

急难险重，干部在前，困难险阻，干部带头！对楚南飞来讲，第一个进入潜在未知

危险的甬道，身为军官干部责无旁贷。

由于接受教育的程度与方式和文化的差异，在周芳华眼中，楚南飞有严重的个人英雄主义情结，身为指挥官却带头冲锋陷阵，这本身就是一种渎职。

地面上的石板微微动了动，石板上的沙粒顺着石板的缝隙滚落，楚南飞即时收回脚，伸出双臂平衡身体，一瞬间楚南飞的额头汗珠密布，黄大壮也紧张地收紧了系在楚南飞腰间的安全绳。

楚南飞连续尝试左右两块石板，两块石板上的古魔罗阴文图案似乎有递减的趋势，左右两块石板也有轻微的下沉。

楚南飞转头望了一眼同样无比紧张的江一寒、高格明等人，深深地呼了一口气："有没有这样一种可能，石板上浮刻的古魔罗阴文图案代表的是数字？"

高格明与周芳华对视了一眼，略微犹豫道："确实存在这种可能，图案越复杂可能代表的数字越大，反则图案越简单，代表的数字越小。"

站在一旁的江一寒忽然插话道："楚副连长，自身安全是第一位的，明白吗？这是命令。"楚南飞第一次感觉江一寒这人还真的不错，话暖人心，既然参谋长这么给脸，自己自然要兜住了，楚南飞看来一眼黄大壮，黄大壮点了点头，示意自己已经准备妥当。

楚南飞深深地呼了几口气，腰一弯如同出膛的子弹一般，连续踏动三块石板，三块石板无一例外地侧翻旋转，第三步踏空的楚南飞整个人扑在第四块石板上，第四块石板纹丝不动。石板翻动的间隙，楚南飞看到了石板下大约五米深处树立着一连串石笋，失踪的钱国华与唐跃进就穿在石笋上。

楚南飞长长地松了口气，抹了一把脸上的汗水瞪了一眼高格明道："高博士，你的所谓猜测能不能正确一次？图案越复杂，代表的数字越小，图案越简单，代表的数字越大。"高格明一脸尴尬，搓着手解释道："搞考古研究和搞科研差不多，都是要经历长时间反复论证和研究的。"

钱国华与唐跃进已经死亡，楚南飞也没有必要进行冒险了，于是攀爬凹凸不平的甬道墙壁返回。江一寒用力拍了拍楚南飞的肩膀道："下次不能再这么鲁莽行事了。"

楚南飞点了点头，将自己看到的钱国华与唐跃进的情况告诉了江一寒，江一寒把高格明拉到一旁小声交谈了许久，高格明眼圈明显发红，显得有些沮丧，但是依然组织十几名科考队员尝试计算通过甬道的正确路线。

彭新宇望着愁眉不展的高格明，看了看手表，来到高格明身旁小声道："你认为下面真的有吗？"高格明表情严肃地点了点头，彭新宇深深地呼了口气："注意安全。"

楚南飞则悠然自得地坐在一块砂岩上，黄大壮、小眼镜等人一脸崇拜，殷勤地递来湿乎乎的毛巾和水壶。

周芳华轻轻地拍了一下楚南飞的肩膀，打断了楚南飞的思路道："就别让高博士他们绕弯子了，咱们时间紧迫。"

楚南飞望了一眼正在紧张组织科考队员计算安全路线的高格明，楚南飞无论如何也想不明白，一大群高级知识分子，都读书读傻了吗？学好数理化走遍天下都不怕，但这天底下的事未必都要靠计算才能解决。

周芳华从随身的挎包中掏出一瓶威士忌："帮帮高博士，这瓶酒我请你喝。"

江一寒也阴沉着脸来到楚南飞身旁："是啊！楚副连长，你要是有办法，就帮帮高博士。"周芳华和江一寒的劝说惊动了高格明和正在忙于计算九宫格的科考队员，一些科考队员满脸震惊地望着楚南飞，个别人甚至将十分不屑的目光投向楚南飞，言下之意很明白，我们这么多知识分子都无法解决的事情，你一个怕是连高中文化都没有的当兵的能解决？楚南飞对黄大壮耳语几句，起身来到高格明面前："高博士，九宫格我小时候经常玩，但我们面前甬道中的绝对不是一般意义上的九宫格，甚至可能是九宫格发展演变的始祖。"

高格明无奈地点了点头："楚副连长有什么好办法吗？我们现在的时间很紧张。"

楚南飞想不明白，高格明为什么这么急切想进入地宫，难不成他知道地宫里面有什么吗？楚南飞迅速打消了这个念头，古魔罗城遗址是因为沙暴才重见天日的，就算高格明之前多次抵达罗布泊考察，也不可能有机会进入古魔罗城遗址。

另外，车队进入罗布泊之后，沙暴中失踪了三名战士，翻译小丁遇害，钱国华与唐跃进落入陷阱丧命，已经付出了六条人命，按照彭新宇的计划，车队至少还要深入大漠一百二十公里，之前的路程几乎是几十公里一条人命，楚南飞的眉头紧锁。

正在此时，秦老实、黄大壮带领着一个班的战士从古城遗址中抬来了十几块七八米长，三四十厘米宽的木板。

在众人疑惑的目光中，楚南飞指挥战士们将木板铺设在甬道之中，这时高格明才恍然大悟，原来解决办法可以如此简单……

看似很长的甬道实际上只有不到四十米的长度，双行的木板很快铺到了头，为了避免再度触发意外，江一寒与彭新宇决定，楚南飞带队，秦老实、黄大壮、高格明、科考队员彭飞组成五人小组先行进入甬道。

甬道的尽头是一个仅仅容得下一个人粗细的竖井，竖井下的空间没有楚南飞想象的

那么大，只有不足百十平方米的面积，四面的墙壁上排列着十几组颜色鲜艳的浮雕，在正中间的位置上，摆着一座用各种头骨堆积起来的金字塔型祭坛，祭坛的顶部有一具盘腿而坐的野兽干尸，巨大的爪子中似乎托着什么。

祭坛旁十几具身穿腐朽皮袍的古人干尸横七竖八地倒毙在一旁，干瘪的水袋口都是描金错银的工艺，显然这些人的身份一定是非富即贵。

在确认安全之后，彭新宇、高格明、周芳华、江一寒以及十几名科考队员陆续通过竖井来到密室之中。千年古城遗址，煞费苦心挖掘的地下密室，内部竟然陈设得如此简单？野兽头骨垒砌的祭台和一具盘膝而坐的巨大野兽干尸？加上一些彩色浮雕壁画？仅此而已？

初入密室的高格明无比兴奋，密室的入口藏在古魔罗城遗址的政务殿的后堂，这在当时应该是一个戒备森严之地，而且在古井中设置了石门密道，又冒险在高密度、纯度的硫黄矿脉上开凿了一个近百平米的密室，设有兽头骨祭台，这一切表明了，这间密室很可能是古魔罗城收藏珍贵物品之地。

不过，让高格明十分失望，密室内祭台前用硕大腿骨制成的骨台上空无一物，骨台前的三个直径一米的祭品坑内也空空如也。

不甘心的高格明径直跳下了祭坑，祭坑内除了尘土还是尘土，一脸沮丧的高格明爬上祭坑长长地叹了口气："兽头白骨祭台，这里应该就是存放神匙的地方，可是神匙呢？甬道石门的断龙石之前是完整的，神匙就应该摆放在这里。"

高格明一指巨大野兽干尸如同祈祷般捧在一起的双手，周芳华大胆地登上白骨祭台，用毛刷扫了扫野兽干尸巨大的掌心："这里没有摆放物品的痕迹，神匙根本不在这里，或许根本没有神匙，我们只不过在追寻一个传说罢了。"

"不可能！"高格明显有些激动，围着白骨祭台来回踱步道："这不可能，蒋教授夫妇在深渊的遗志中就有所发现，神匙的概念设想是他们夫妇第一个提出来的，蒋教授是一个非常严谨的人，如果没有确实的证据，他是不会草率下定论的。"

彭新宇无奈地摇了摇头："可是蒋教授夫妇连同研究资料一同失踪了，调查至今都没有任何结果，蒋教授夫妇的问题，组织上还没有准确的定论。"

"蒋家国和李欣欣绝对不会背叛祖国当叛徒逃亡的，我以我的党性保证，你不要忘记了，他们还有一对双胞胎女儿在国内！"高格明瞪着布满血丝的眼睛盯着彭新宇。

彭新宇这时才恍然想起，蒋家国与高格明都是当年赫赫有名的清园三才子之一，高格明更是蒋家国的同门师兄，两人又一同爱慕李欣欣，最后高格明高风亮节退出竞争，至今未娶。彭新宇只好无奈地尴尬一笑："老高，别激动，别激动，有话好好说！"

忽然，一旁楚南飞双手捧起一个野兽头骨满脸疑惑道："这是什么动物的头骨？"

彭新宇、周芳华、高格明、江一寒等人全部把目光集中到了楚南飞捧着的足足有脸盆大小的野兽头骨上。彭新宇接过动物头骨满脸疑惑，翻看了许久，望着盘腿坐在兽骨祭台上的巨大野兽干尸缓缓道："如果按照这个动物头骨的尺寸推断，这个动物活着的时候至少有五到六米，体重起码超过两吨，甚至达到三吨重量，而且这个动物的脑容量相当的大，很有可能是一个已经灭绝的群居物种。"

江一寒也拾起一个头骨，掰了掰头骨巨大的利齿道："从牙齿看，这种动物应该是食肉类的猛兽吧？"周芳华走上祭台站在野兽干尸面前眉头紧锁："应该是杂食动物，你看头骨的后槽牙磨损严重，杂食动物大多是以利齿撕咬，用强有力的后槽牙粉碎骨头，所以后槽牙磨损严重。从骨骼比例上判断，这种动物似乎可以直立行走和四肢奔跑。""直立行走的动物？" 周芳华的推断让楚南飞有一种颠覆式的震撼，知识分子到底是知识分子，仅仅通过一个头骨就做出了如此多的推断。

江一寒放下手中的头骨疑惑道："这么强大的物种怎么会轻易灭绝？"

周芳华淡然一笑："江参谋长，物竞天择是没有错的，由于我们人类人为干预、猎杀、环境破坏导致物种灭绝的速度成千倍地增长，近百年来有一万四千多个物种的灭绝与人类活动有关，每三个小时就有一个物种灭绝，罗布泊几十年前是一片汪洋，现在却是一片戈壁大漠，我们几乎在每一条河流上都修建了水库，人为控制江河的水量，在造福我们自己的同时，也是对自然平衡的彻底破坏。"

彭新宇咳嗽了一声打断了周芳华："小周同志，就事论事，其余不相干的就不用给江参谋长说了。"周芳华当即倔强地反击道："任何违反自然规律行为都是要付出代价的，人类最大的问题就在于快速发展阶段的短视。"

"短视可以让占世界五分之一的人民群众吃饱肚子！"楚南飞的一句话噎得周芳华直翻白眼。意识到自己得罪了周芳华，楚南飞急忙走上兽骨祭台，站在巨大的野兽干尸面前眉头紧锁："刚刚的爆炸和燃烧，这具野兽干尸竟然只有一点焦煳？"

高格明望了一眼野兽干尸毫不在意道："这可能是当年古魔罗人制造用来祭拜的图腾塑像。"楚南飞将匕首型刺刀卡在了枪口前，用刺刀戳了戳高格明口中所谓的图腾塑像，结果发出了当当的金属声。楚南飞拨开焦煳的毛发，野兽干尸的身上赫然出现了一大块金属甲胄。

楚南飞微微一愣，好奇道："这玩意还穿着盔甲呢！"

"什么？"彭新宇、高格明陆续走上祭台，周芳华翻动了一下野兽干尸的长毛，惊讶道："竟然是一件板甲？材质应该是青铜的。"

青铜的？高格明试图掀起了硕大的青铜甲板，结果因为太重没能成功，有些不甘心的高格明又上前了一步，双手握住甲板的边缘一用力。

啊！哎呀！用力过猛的高格明连同巨大的野兽干尸一同翻滚下了兽骨祭台，巨大的野兽干尸跌落祭台下，掀起一阵烟尘。

巨大野兽干尸倾斜翻倒的一瞬间，高格明仿佛看到野兽干尸的眼中闪过一丝光芒，那双宛如黑洞的眼睛一直死死地盯着高格明，似乎刺穿了高格明的灵魂。

楚南飞和江一寒从烟尘中将不停咳嗽，受到了惊吓的高格明拖了出来，高格明惊恐地望着地上的野兽干尸惊慌道："活了！活了！那东西的眼睛在动。"

楚南飞瞬间从肩膀上卸下了冲锋枪，拨下保险，哗啦一声拉动机柄推弹上膛，烟尘散尽，巨大的野兽干尸静静地躺在地面上一动不动。

江一寒握着手枪有些疑惑道："高博士，会不会是你的错觉？人在紧张的时候都容易产生错觉。""不会的，绝对不会！"面对高格明的信誓旦旦，楚南飞也变得更加小心谨慎起来，神秘莫测的戈壁大漠，凭空出没的所谓沙兽，千年古城遗址现世，科考队肩负的秘密使命，翻译小丁的离奇遇害……一切的一切，看似毫无任何关系，却又有着千丝万缕的联系。

楚南飞刚刚靠近巨大的野兽干尸，野兽干尸盘起的双腿忽然猛地伸直了，整个干尸如同要跃起一般。嗒嗒、嗒嗒嗒、嗒嗒！一个短点射配合一个长点射，接着又是一个短点射，楚南飞一瞬间连续扣出了三个点射，子弹打着野兽干尸的身上迸发出一连串的金属火花，同时也打得地面上石屑横飞。

几发跳弹沿着满是硫黄的墙壁擦出了几条火光，吓得在场众人目瞪口呆，两名胆小的科考队员径直一屁股坐在了地上。

嗓子发紧，嘴里发干的周芳华用颤抖的声音道："南飞同志，不要紧张，不要紧张，这是正常的，解除了密封状态，又经过了火焰的燃烧，改变了摆放姿态，干尸紧绷的肌肉会出现断裂、松动，都是十分正常的！""肌肉？"楚南飞满脸疑惑地用刺刀戳了戳野兽干尸粗壮的腿部，变成了干尸还有脸盆粗细？这玩意活着的时候得多大？

楚南飞深深地吸了口气，蹲在了野兽干尸身旁，果然，野兽干尸的右眼眶中好像有什么物体发光一般，于是用刺刀试探地挖了几下，没想到竟然挖出了一个鸡蛋大小椭圆形的球状晶体。楚南飞拾起球状晶体，转动晶体，意外的发现这枚椭圆形的球形晶体内布满了星光一般的金色光点，而高格明之前察觉到的所谓光芒，不过是球形晶体内的金色光点因为角度不同所产生的反射光。

"这是什么？"楚南飞随手将晶体递给了周芳华，高格明、彭新宇迅速围了过来，高格明反复转动着球状晶体，用游标卡尺反复测量感慨道："真是匪夷所思，以那个历史时代的工艺水平，竟然能够做出如此完美的椭圆体？简直是奇迹。"

"完美椭圆体？"江一寒有些疑惑不解。站在小眼镜小声道："参谋长，完美椭圆体在自然界中是不存在的，即便在制造领域严格意义上是不存在的，泛指超过直径十厘米以上的椭圆体，两极180度坡面八个方向误差在二道以内。"

"二道？"江一寒一头雾水，在他的印象中有公里、华里、米、厘米、毫米这些距离单位，但是"二道"是什么单位却从未听说过。楚南飞见江一寒听了小眼镜的解释后仍然一脸费解，压低声音道："参谋长，二道是在工业机加工中经常使用的一种行业术语，一毫米等于一千道。"楚南飞压低声音的做法让江一寒十分满意，显然这位桀骜不驯的楚副连长懂得顾及自己这位参谋长的面子了，于是，江一寒同样示好般地对楚南飞点头微笑，不过楚南飞那句一毫米等于一千道的换算比例还是惊到了江一寒。

当、当！江一寒一转头，发现楚南飞竟然再用刺刀猛戳青铜甲板，甲板被刺刀划出了一连串的火星。

高格明在旁痛心疾首道："我的楚副连长大人，那可是珍贵的文物啊！"

楚南飞看了一眼高格明，将刃口有些卷曲的匕首型刺刀递到高格明面前道："高博士，你的文物没什么问题，我的刺刀可卷刃了。你这到底是什么青铜啊？"

硬度超过布氏55度的刺刀卷刃了？青铜材质的甲板上竟然只有几道细微的划痕？彭新宇推了推自己的眼镜感慨道："材料工程学一直是我们国家科技发展的软肋，没有先进的材料，我们就算研究出再先进的理论，也无法得到验证和应用，没想到，在某些方面，古人已经超越了我们，羞愧啊！"

周芳华将一个保管箱放在彭新宇面前道："彭博士，如果没什么问题，我就将发现的晶体编号登记保存起来了。"

一脸痴迷地望着晶体的彭新宇似乎没有听到周芳华的话，只顾盯着晶体发呆。

"彭博士？"周芳华轻轻摇晃了一下彭新宇的肩膀，彭新宇脸上出现了一丝狰狞，转瞬即逝。彭新宇似乎有些恋恋不舍地将晶体放入保管箱中，叮嘱周芳华道："小周同志，晶体的发现非常重要，派专人看护，明白吗？"周芳华面露疑惑地点了点头，而彭新宇的一切细微表情变化全部落入了楚南飞的眼中。

第九章 神秘日记

傍晚时分，接班的第二组科考队员继续工作，周芳华返回地面，深深地呼吸了一口凉爽清新的空气，仿佛要将身体里的压抑全部释放。

一身的尘土与沙粒混杂着汗水，此时此刻周芳华最想的就是好好洗一个澡，洗去一身的疲惫。不过自从两天前她偶见楚南飞将每天配给的一壶饮水中的一半倒入她洗澡的淋浴桶后，想起楚南飞干裂的嘴唇，周芳华就不想再洗澡了。

忽然，帐篷外响起了一阵轻微的响动，周芳华急忙躺在了行军床上，侧耳倾听……硬底的翻毛皮鞋踩着沙子发出的沙沙响动，楚南飞已经十分小心了，可是依然还会发出轻微的响动，尤其在寂静空旷的大漠，哪怕细微的响动也是那么刺耳。

楚南飞小心翼翼地将水倒入周芳华用来洗澡的淋浴桶，凭着水声他判断里面的水似乎并没减少。这个爱干净的女孩是怎么了？也许是白天的科考工作太累了？

水顺着淋浴桶的桶壁轻轻流淌，楚南飞眉头微皱，拧上了水壶的壶盖，身后一个水壶递了过来，楚南飞没接，水壶的主人用力地拽了拽楚南飞，楚南飞略微犹豫接过水壶，小心翼翼地倒入了一少半，又一个水壶递了过来……

楚南飞认识每一个水壶，很快淋浴桶被装满了，如果省着点用，至少可以洗三天，楚南飞长长地松了口气。

周芳华在床上翻了一个身，眼圈微红的她发觉自己之前是多么的任性，这些朴实的军人可能不善于言表，但他们在用行动证明一切，一张张淳朴的面孔从自己眼前闪过，明天自己要不要对他们好一些？要不要分一些雪茄和威士忌给他们？

给下面的战士，也可以分点给江一寒，就是不给楚南飞，据说军人在执勤的时候不让喝酒，可是为什么自己总能从秦老实的身上闻到酒味？这个秦老实或许并没有名字那么老实。楚南飞与秦老实坐在沙丘之上，不远处篝火旁哨兵在值守，秦老实将一个水壶递给楚南飞道："喝一口，喝一大口！"

楚南飞如同做错事被发现的孩子一般，尴尬地一笑，摇了摇水声哗哗作响的水壶："我还有水！""屁！"秦老实狠狠地瞪了一眼楚南飞，严厉道："楚南飞同志，我认为有必要召开一次支部全体党团员会议。"

一听说要召开支部全体党团员会议，楚南飞当即换了一副嘴脸，从口袋里面掏出半支雪茄殷勤地塞到秦老实嘴里，点燃火柴："老司务长，这话怎么说的，我有什么错你只管批评就是了，同志们都累了，让大家好好休息，我有错误我改，我改！"

连队讲民主是我军的光荣传统，也是说教成瘾的秦老实对付楚南飞的尚方宝剑，秦老实吹灭了火柴哼了一声："副的，楚副连长，你是咱们的主心骨，你要倒下了让下面的战士指望谁？让江参谋长指望谁？"坐在沙丘另外一侧的江一寒无意中听到了秦老实与楚南飞的对话，无比尴尬的他此刻是想走走不成，留下听两人私下对话，似乎又不妥当，江一寒无奈地趴在了沙丘的侧面一动不动，晚上出来散个心，都能遇到一起？

秦老实见楚南飞不吭声，于是继续道："你以为大家都不知道？战士们个个都是火眼金睛，方大头现在见人就叨咕，说你喜欢上大波浪了！"

"大波浪？"楚南飞一脸疑惑。秦老实用嘴向周芳华帐篷方向一努道："周芳华啊！"

"混蛋！方大头！"怒不可遏的楚南飞被秦老实一把扯了回来："急什么？给人家小周起外号固然不对，但是你身为军事主官，偷偷把自己每天饮水的一半倒给小周洗澡，你让下面的战士怎么想？除了保障科考队之外，我们现在已经是最低标准配给的饮水了，这是戈壁大漠，说得夸张点，出半点状况可能就会全军覆没，你要对战士们负责，要对江参谋长负责，你就忍心江参谋长如花似锦的前程毁在你手里？"

秦老实的话说得江一寒心底一阵温暖，楚南飞无奈地点了点头："知道了老司务长，以后不会了。"秦老实哼了一声："雪茄都给我了，也不给个火？"

楚南飞微微一愣，呵呵一笑给秦老实点燃了半截雪茄，秦老实狠狠吸了一口，被呛得直咳嗽："这他娘的也太冲了，比他娘的大炮还冲，我说副连长这玩意哪里来的？不会是她送的吧？"楚南飞一撇嘴："想得美，是我捡的，那天周同志写记录丢在一旁的，我怕可惜了，就给收了起来，今天都便宜你了。"

秦老实嘿嘿一笑："这玩意是过瘾，看来我以后得多留意小周同志，多捡几个烟屁。"

"副连长、司务长你们在这里啊！"黄大壮带着一名战士巡逻经过，楚南飞点了点头："有什么情况没有？"黄大壮摇了摇头："没有情况！"

楚南飞点头："注意警戒！""是！"黄大壮啪的一个立正，楚南飞和秦老实在一阵爽朗的笑声中走远了，江一寒活动了一下僵硬的身体，一抬头吓了一跳，吹着口哨的黄大壮正掏出家伙准备放水。

接着明亮的月光黄大壮也发现了参谋长，紧急关门。江一寒瞪了黄大壮一眼道："不许动！憋住！今晚的事记住保密，知道吗？"黄大壮一脸悲壮："是！保密参谋长！"

江一寒长长松了口气，表情怪异的黄大壮道："报告参谋长，我有事请示！"

江一寒微微一愣："说吧！""战士黄大壮请示，能尿不能尿？"黄大壮的话让江一寒一头雾水。"参谋长！俺憋不住了！"

君不见黄河之水天上来！江一寒忽然想起了自己童年背诵过的一首诗……

深夜无眠的周芳华坐到了工作台前，凌乱的工作台如同大地震后的日本关东一般，一派房倒屋塌的惨状，半盒没吃完的米饭已经风干成了米干。

忽然，周芳华发现了一个似乎不属于她工作台上的物品——一本厚厚夹满贴签，磨损严重的牛皮日记，牛皮封皮的一角烫有一个圆形的"蒋"字。

周芳华好奇地拿起了日记本，翻开日记第一页，一幅铅笔素描的"神匙"图案，接着是关于古魔罗阴文的翻译对照表和深渊遗址的各种记载。

这是蒋博士的日记？怎么会出现在自己的工作台上？周芳华走出帐篷四处张望，只有一阵微风吹过，滑落的沙子发出沙沙的响动。

周芳华与蒋家国有过短暂的接触，知道蒋家国是研究古罗布泊文明方面的专家，尤其是对于古魔罗国史这个在很多专家眼中所谓的伪命题进行了几十年坚持不懈的研究。

古魔罗国存在与否在史学界，一直争论比较大，众说纷纭，因为古魔罗国的记载多出现在精绝古城的遗址发掘中的一些木牍上，还有一些是古罗布泊地区的各种口口相传的神话传说中。蒋家国将自己的这本日记视为珍宝一般，根本不离身，就连睡觉都要压在枕头底下，平常别人想翻阅一下都不行，如此重要的日记为何会出现在自己的工作台上？

周芳华疑惑不已地随意翻看蒋家国的日记，神匙、沙兽、神兽武士、圣教、通天塔等等，魔罗国如同一个谜团，而这本日记就如同打开谜团的钥匙一般。

忽然，周芳华的手停了下来，日记上赫然记载着："星光宝石，暗藏通往神域的地图，只有拥有慧眼，才能在星光的指引下明辨道路。"

慧眼？星光的指引下？明辨道路？周芳华急忙打开了保管箱，拿出了在地宫获得的晶体与日记对比，竟然与日记中记载的星光宝石几乎完全相同。

周芳华手握星光宝石却更加迷惑了，蒋家国是如何得知这些的？周芳华可以肯定在魔罗古城遗址没有因为沙暴重见天日之前，任何人都不可能拿到所谓的星光宝石，蒋家国通过何种途径对古魔罗国有了如此深入的了解研究？

蒋家国在周芳华的眼中就如同一个谜团一般，周芳华还记得蒋家国那位异常美丽动人的夫人李欣欣。"小周同志在吗？"手中拿着一卷木牍的高格明进入周芳华的帐篷，高格明一眼就发现了周芳华手中的日记，顿时失声惊讶道："天啊！老蒋的日记怎么会在你手中？"高格明几乎是劈手夺过了周芳华手中的日记，周芳华微微有些不悦道："我也不清楚，我回来的时候这本日记就在我的工作台上。"

"你也不清楚？怎么可能？老蒋的日记向来是不离身的，这到底是怎么回事？"面对高格明的质问，周芳华一摆手道："我说了我不清楚，就是不清楚，日记怎么会出现在我的桌子上，你问日记啊！"

十分钟后，彭新宇、江一寒、楚南飞都陆续来到了周芳华的帐篷内，乱了方寸的高格明来回踱步，气鼓鼓的周芳华根本不搭理高格明。

彭新宇从高格明手中接过日记翻看了一下，眉头紧锁对周芳华道："小周同志，兹事体大，蒋博士夫妇失踪一年多了，如此重要的日记蒋博士是不会轻易离身的，蒋博士夫妇失踪一年多之后，他的日记突然出现在你的帐篷内？其中疑点太多，老高同志也是太过焦急，也请你多多理解和配合。"

周芳华点了点头："我回到帐篷后整理资料，在工作台上发现了这本日记，之前我刚刚回国的时候，与蒋博士有过交流，见过这本日记，我也十分好奇，蒋博士人失踪这么久了，他的日记为何会出现在我的工作台上？"

彭新宇皱了皱眉头对高格明道："老高同志，蒋博士的日记出现得这么突然和蹊跷，我认为这其中一定有问题，鉴于这本日记对我们后续的科考工作有极大帮助，我决定这本日记先由我来保管，等查明真相后，在另行移交给家属。"

面对彭新宇伸过来的手，高格明犹豫了好一会，才恋恋不舍地将日记交到了彭新宇手中，作为旁观者的江一寒和楚南飞对视了一眼，蒋博士夫妇是研究古魔罗方面的专家，他们已经失踪了一年多了，在此期间科考队、部队多次派人进行了大规模的搜索和寻找，始终没有任何结果。

楚南飞擦干了手心的汗水，悄悄地握了握口袋里的那个小金属卷轴，那个叫蒋依依的女孩用生命保护的小金属卷轴到底有什么重要意义？蒋依依也姓蒋，她还有个妹妹？会不会这个来罗布泊寻找父母的蒋依依就是蒋博士夫妇双胞胎女儿其中的一个？

　　失踪一年之久的蒋博士的日记突然出现在了周芳华的帐篷里，虽然彭新宇严令封锁相关消息，但消息依然好似长了翅膀一般传遍了整个科考队，几乎每一个人都在暗暗议论，一时间，几乎科考队的每一个人都成了大侦探，各种可能不断成立又被推翻。

　　皎洁的月光洒在大漠之上，失踪一年之久的蒋博士的日记神秘现踪？在一连串逻辑推理之下，周芳华成了最大的嫌疑人。同样无心睡眠的楚南飞望着周芳华有些孤单寂寞的背影，想安慰几句，却又不知道说些什么好。

　　自从翻译小丁遇害之后，楚南飞就采取了内紧外松的布置，戒备森严的营地内，周芳华的工作台上离奇地出现了失踪一年的蒋博士日记，这本身就十分离奇了。楚南飞详细询问过担任哨兵的两名战士，两名战士信誓旦旦地保证，他们的哨位与帐篷近在咫尺，绝对没有人进过周芳华的帐篷，那么日记是怎么来的？

　　同一片月光下，满脸狰狞的都满大祭司对着月亮在疯狂号叫着什么。

　　一大群的族人在深渊旁的一座十余米高，金字塔型的祭坛下不断地膜拜，很快，一个被绑得结结实实的女人被推上祭坛，女人眼中充满了恐惧，徒劳地挣扎着，直到被按在了祭坛顶部的石槽上，都满大祭司挥舞着一柄大锤，几下就将这个可怜的女人砸得血肉横飞。阿森曼感觉自己的胃里翻江倒海一般，捂着嘴跑到一旁。一身米黄色猎装的本杰明却漫不经心的为自己点燃了一支雪茄烟。

　　而都满大祭司也似乎耗尽了最后的一丝力量，被人扶下祭坛，本杰明推了推他那肥硕脸庞上的金丝边眼镜，在本杰明眼中，连头皮都布满刺青的都满大祭司就是一个彻彻底底的野蛮人，但是这伙野蛮人却拥有一种神秘的力量，数千年来他们的族人一直守护着这个秘密。而这个秘密极有可能挽救本杰明已经崩溃的事业和人生，或许还能让他变成世界上最富有的人，基于这些，本杰明带着被他诓骗来的著名病毒生物学家阿森曼冒着生命危险，偷越边境深入大漠戈壁。

　　神秘的古魔罗人遗民给本杰明与阿森曼展现了一个他们做梦都没想到的奇异世界，地面的废墟，巨大的深渊与连绵不断的地下宫殿，变身成为野兽的勇士，不畏刀枪利刃，是神话的真实再现，还是某种基因的突变？

　　作为著名的病毒生物学家的阿森曼觉得诺贝尔奖近在咫尺，解密神秘的人类基因密码，成为人类历史上最伟大的科学家，重启人类进化的先河，一切的一切让阿森曼变得狂热起来，就连本杰明支付他的那张十万美元的支票能否兑现也不在乎了。

第十章 血月之夜

　　一阵夜风袭过,楚南飞拉紧了一下大衣的领口,沙漠就是这样,早晚穿棉,中午穿纱,太阳一出来就热得不行,太阳一下山又冻得不行。

　　原本跟随江一寒查过岗的楚南飞怎么也睡不着,心神不定的他于是背着冲锋枪又溜达了出来,此刻夜已深,除了古城遗址尚且在工作的科考队员外,就只有附近徘徊不肯离去的沙狼了。围着营地走了一圈,楚南飞惊奇的是以往开枪都难彻底驱赶走的沙狼现在踪影皆无,只有随风滚动的沙粒发出沙沙的响动。

　　楚南飞仰头望了一眼夜空中的那轮明月,今晚的月亮怎么感觉有些发红啊？楚南飞自言自语地走到了位于古城废墟一座尚且坚固的塔楼制高点,几名战士见楚南飞到来都感觉十分惊讶,因为距离上次楚副连长查哨不过才半个小时。

　　楚南飞坐在篝火旁烤了烤手,看了一眼夜空中似乎发红的月亮道:"你们大家都看看,这月亮是不是有些发红啊？"几名战士纷纷抬头,一名小战士随即惊呼道:"楚副连长,还真是发红啊,俺娘说月亮发红有大灾,要死人的。"

　　一旁的三班副用军帽抽了小战士头顶一下,训斥道:"干什么？干什么？可不敢这么说,我们是革命军人,天不怕地不怕,搞封建迷信那套还了得？小江我要批评教育你。"

　　楚南飞一阵没由来的心烦意乱,这个岗哨是他今晚刚刚设立的,为的就是呼应东南西北四面高地上的哨位,这里视野宽阔,射界极佳,六十毫米迫击炮和无坐力炮可以随时支援四个方向的哨位。三班副见楚副连长满脸不耐烦的模样,以为自己批评的力度还不够,于是更加大声地训斥小江道:"小江同志,你不要不以为然,你的思想问题十分严重,你必须要做出深刻的检查……"

　　"闭嘴！"楚南飞更加不耐烦地吼了三班副一句,三班副急忙双手捂住了自己的嘴。

楚南飞侧耳倾听，结果除了风声一无所获。一旁战士们都用惊异的目光望着他，平日里和蔼可敬的楚副连长今晚如同换了一个人一般？

是自己神经过敏，还是自己疑神疑鬼，或许真的有问题？楚南飞犹豫片刻，拿起野战通讯电话摇了摇："喂？江参谋吗？我有重要事情向你汇报。"

睡眼蒙眬的江一寒一听楚南飞有重要事情汇报，当即睡意全无，现在的江一寒最怕听到的就是楚南飞同志有重要事情汇报。

提心吊胆的江一寒听完楚南飞的所谓重要汇报，有点二丈金刚摸不着头脑的感觉。楚南飞竟然要求全体人员集合到古城遗址坚固的政务大殿去？这大半夜的，楚南飞唱的是哪一出？可是无论自己如何询问，楚南飞也不解释缘由，就是强调一句事关重大。

紧急集合的哨音惊动了几乎所有人，刚刚拖着疲惫身躯的彭新宇和满脸疲倦的高格明陆续来到古城遗址的政务大殿，周芳华带着一脸的怨念步入大厅望着江一寒怒气冲冲道："江参谋长，我希望你能够告诉我，到底发生了什么事情？紧急到了需要凌晨三点将大家全部从睡梦中叫醒？"

江一寒无奈地四处张望，心里合计楚南飞啊楚南飞，人我是都给你召集起了，最好今晚的事情你能有一个满意的交代，否则面对一副吃人表情的周芳华，大家谁也不会好过。楚南飞姗姗来迟，江一寒一问，楚南飞竟然去重新部署了哨位和火力。

"楚副连长，你大半夜重新部署哨位和调整火力干什么？是不是发生了什么事情？"面对江一寒紧张的询问，楚南飞嘴里一阵苦涩。

自己能怎么说？睡不着，心里莫名的烦躁不安，预感会遭到袭击？加上夜空中那轮让人怎么看怎么不舒服的血月。

"是为提高战士们的警惕性，防止阶级敌人和帝国主义势力破坏！"楚南飞顺嘴胡诌的缘由让江一寒颇为放心，关键时刻还是队伍里的干部警惕觉悟高。但三更半夜的拉动包括科考队在内的全部人员紧急集合不说，又调整重新部署哨位和火力配系，就让人有些无法接受了。

周芳华目不转睛地盯着楚南飞，似乎想从楚南飞的脸上寻出什么端倪。楚南飞的理由显然不足以说明问题，尤其站在一旁的江一寒一脸的无奈和尴尬。

高格明语气颇为不善地质问江一寒道："江参谋长，我们的队员都在夜以继日地进行抢救性考古发掘工作，时间非常紧迫，这一点你是清楚的，我希望你能说明一下为什么要搞这种毫无意义的紧急集合？"嗒嗒、嗒！就在江一寒张口结舌之际，大殿外传来一阵急促的短点射声，枪声就是战斗命令，楚南飞提着冲锋枪一马当先冲出大殿，江一寒随行而至。

开枪的是位于塔楼制高点面对营地的二号哨位，开枪的战士是入伍四年超期服役的老兵梁栋，梁栋抱着冲锋枪依然在警惕地观察，一盏聚焦探照灯在来回巡视被夜风吹得呼呼作响的帐篷。见楚南飞与江一寒抵达，哨位上的五名战士急忙立正敬礼，替班的哨长杨国民狠狠地瞪了梁栋一眼，立正报告道："报告参谋长，副连长，刚刚二号哨位出现异常，梁栋鸣枪射击示警，准备派出搜索小组，请指示。"

江一寒点头道："派一个三人战斗小组下去，选老兵，告诉大家小心一点。"

楚南飞举着望远镜望着营地一言不发，沉默片刻，楚南飞阻止了战斗小组："都停一下，梁栋你说明一下情况！"

梁栋看了看脸色不算很好的参谋长和面无表情的楚副连长，把心一横道："报告楚副连长，是这样的，营区紧急集合后秦司务长带人反复检查了帐篷，所以营区应该没有人活动，我发现一个黑影连续快速运动，所以使用曳光弹射击示警。"

楚南飞点了点头："有没有可能存在误判或者看错的可能性？"

梁栋沉默了片刻坚决道："我用党性保证，那个黑影是连续运动的。"

楚南飞打开冲锋枪保险正要准备射击，忽然身后传来周芳华的惊呼："好美的血月亮啊！"这时，所有人的注意力全部被集中到了那轮凄美的血月上，不时有人发出一阵阵的惊呼，之前鸣枪示警带来的紧张瞬间烟消云散。

就在距离古城遗址废墟一公里的一座大沙丘上，伦雅圣女的甲胄内衬的衣裙随风而动，黑色的长发融进了黑暗之中。冷若冰霜的伦雅圣女望着古城遗址感慨道："苦苦寻觅千年，没想到魔罗后裔心中的圣地重见天日之时，魔罗遗民竟然不是第一个踏足于此的人？这难道是神的旨意吗？"

一阵大风卷起黄沙袭向营地以及古城遗址，伦雅圣女将手指向古城遗址方向，愤怒道："一个也不留！"

血月之夜，一阵阵兽吼仿佛撕破天地一般，一道道黑影快速地窜向营地，之前作为哨位的一辆卡车竟然被某种强大的冲击力撞翻，在月光下顺着沙丘翻滚而下，破裂的铁皮发出令人头皮发麻的撕拉声。嘭！一声闷哑的爆破声响起，一枚五六式伞弹绊发照明组飞上夜空，三顶挂着降落伞的照明弹将大地照得一片惨白，几个毛乎乎的巨大身影显现出来，几头身形硕大的野兽似乎在疑惑地四下张望。

打！楚南飞带头扣动了扳机，一瞬间，六个哨位形成了交叉火力，高射机枪咚、咚咚沉闷的射击声与班用轻机枪顺畅的射击声形成鲜明对比。

冲锋枪发射的曳光弹不断地在校正指示高射机枪的射击方向，12.7毫米口径的穿甲弹在体型硕大的野兽身体上撕开一个个大口子，命中关节部位，直接将一头野兽的后腿打断，拖着断腿的野兽在拼命地嘶嚎，黏液迸溅，内脏横流。

从疾风暴雨般的弹雨中惊醒过来野兽开始毫无规律地在营地中乱窜，随着曳光弹的不断射击，营地内燃起了大火！五号、六号哨位上的重机枪调整了火力，楚南飞敏锐地发现这些体型硕大的野兽似乎数量还不少，竟然趁着月夜四面八方摸了上来，而且这些野兽似乎有着一定规律的配合。楚南飞意识到这些野兽的目的竟然是冲击人员集中的古城大殿遗址，立即调整火力，封锁打乱野兽的进攻方向，用火力驱赶分散野兽，再集中火力逐个歼灭。江一寒见状着实大吃一惊，荒无人烟的沙漠戈壁，竟然冒出了这么多体形硕大狰狞恐怖的野兽？这些野兽时而四肢着地奔跑，时而两脚跳跃，异常机敏灵活，隐约间能够发现配合行动的意图。

江一寒心有余悸地望了一眼亲自架起高射机枪不停点射的楚南飞，如果不是楚南飞临时集中了人员和调整了哨位火力，那么今晚就是一场惨烈无比的大屠杀，而且这些突袭营地的野兽似乎与地宫之内的那具野兽干尸十分相似。

轰轰！轰！在火力的不断驱赶下，几只野兽终于慌不择路，蹿入了楚南飞预设的雷场，五九式反步兵跳雷，六二式白磷绊发雷接连不断被引爆，肢体断裂，血肉横飞的野兽身上燃起了白磷诡异缥缈的火焰。

阵阵惨叫声中，在地上不断翻滚的野兽最终被炸得四分五裂！

伦雅圣女面无表情地站在沙丘之上，这是出动兽斗士最多的一次战斗，但是没想到战斗竟然进行得异常艰苦，夜袭变成了强攻，并且落入了对方的圈套之内。

彭新宇站在大殿的顶部，神情激动地望着在弹雨中不断奔跑嚎叫的野兽，口中喃喃自语。一旁的高格明望着燃起大火的营地惊慌道："我的天啊！我的资料，全部的考古资料都在营地啊！"高格明带着十几名科考队员冲出了大殿，直奔营地而去！周芳华见状急忙爬上塔楼一把拽过耳朵震得嗡鸣的楚南飞大声道："楚副连长，快，高博士他们进营地去抢救资料了。""什么？"一脸震惊的楚南飞顺着周芳华的手指方向望去，果然，高格明带着十几个手无寸铁的科考队员试图从沙丘的另外一侧进入他用于存放文物、资料的帐篷。"该死的！"楚南飞此刻恨不得直接一枪崩了高格明，高格明的行动直接破坏了他的战术部署，"秦老实带二个战斗组从东边绕过去，黄大壮你们几个跟我下去，把高格明给老子追回来。"

黄大壮手提着六七式通用机枪快步跟随着楚南飞，每跑一步就能听到剧烈的喘息声，两脚几乎全部陷入沙中。楚南飞从黄大壮身上卸下了两个二百发的弹盒搭在肩头,以减轻黄大壮的负重,楚南飞十分清楚,六七式通用机枪是一款用于压制火力的轻重两用机枪,撇开枪架,仅仅枪体就重11.5公斤,再加上二百发7.62毫米53弹的弹盒,猛烈的后坐力,如果没有黄大壮的身板体格,离开了枪架根本无法实施射击操作。

火力掩护!快!火力掩护!楚南飞扯着嘶哑的嗓子不断地大吼,黄大壮半跪在地上,以自己大腿为枪架,开始连续扫射。子弹在沙丘上连续激起几十朵沙花,发出噗啾、噗啾的声音,几头准备扑向高格明的野兽被打得翻滚在地,发出痛苦的嚎叫声。

伦雅圣女望着惊慌失措的高格明和十几名进退两难的科考队员,嘴角出现了一丝微笑,轻轻地一挥手,站在她身后大约十几名一直在观战的魔罗武士开始兽化,悄无声息地消失在夜幕之中。秦老实带领一个战斗小组三名战士前出接应高格明和科考队员,不肯放弃的高格明挨了秦老实一枪托也变得老实多了。不过秦老实的接应让楚南飞本来四面漏风的防线变得更加岌岌可危了。

啊!左侧翼一名战士被突然从沙丘下钻出的一个身形相对瘦小的野兽撕开了腹部,热血喷溅在翻滚滑动的黄沙上,瞬间消失了,甚至连一点痕迹都没能留下。

"背后!注意背后!"黄大壮的副射手才喊了两句,就被两只野兽撕扯成了两截!鲜血夹杂着内脏散落一地。"我日你大爷!"自己的副射手就在自己身后十几米远的地方被撕扯成了两截,双眼充血的黄大壮转身操起机枪扣住扳机,枪口的喷焰如同他的愤怒一般,咔、咔咔!

六七式重机枪的射击愕然停止,黄大壮一脸震惊:"狗日的,怎么又卡壳了?"

失去了重机枪的掩护,冲锋枪能对体型硕大的未知野兽有多大杀伤,楚南飞十分清楚,方向的左侧和后方都出现了敌情,守是守不住了,唯一的办法就是发动进攻,争取时间让秦老实掩护高格明和科考队员撤回大殿。没有时间做过多的考虑,楚南飞的脑海中一片混沌,没有浮现起任何他平日耳熟能详的英雄人物,也无须任何豪言壮语,军人的本色就在于危难关头毫不犹豫,敢于牺牲,牺牲对于军人来说是一种常态。

"上刺刀!"楚南飞迅速更换弹夹,将匕首型刺刀卡好,带着两个战斗小组冲向黑暗之中。秦老实见状急忙大喊:"副连长!副连长!"

前出突击组的几名战士也纷纷拔出刺刀准备支援,秦老实当即喝止:"不要让副连长白白牺牲。"不断有未知的野兽从黄沙下钻出,与冲击中的战士相撞,刺刀对利爪,近乎疯狂地扣动扳机,子弹肆意横飞,直到双方血肉模糊地倒在黄沙中。

楚南飞从小对危险总有一种先知先觉的预感,身旁的战士不断在惨叫中消失,楚南

飞不敢停下脚步，以Z字运动路线躲避不断来袭的未知野兽。

单手换弹夹，运动中保持连续射击，这套实战绝活楚南飞玩得炉火纯青，随着每一次扣动扳机，一枚枚带着青烟的弹壳旋转着落在黄沙上，楚南飞的体力也在快速地消耗，毕竟在沙漠上快速移动要付出以往正常几倍的体力。

终于，楚南飞被侧翼冲上来的一只体型相对较小的未知野兽撞倒，两条腿急速奔跑的未知野兽如同一辆小卡车一般与楚南飞相撞。鼻口出血的楚南飞顺势跃出数米，双手持枪将刺刀向上，迎面刺进猛扑过来的野兽腹部，野兽尖利的爪子一下划开了楚南飞胸前的弹夹袋。闪着寒光的刺刀径直刺入未知野兽的腹部，没有血肉崩裂划破的感觉？也没鲜血四溅，只有阵阵令人作呕的腥臭？楚南飞顺势扣动扳机，整整一弹夹三十发子弹全部射入了未知野兽的腹部。

未知野兽与楚南飞一同翻滚下了沙丘，翻滚中，楚南飞抽出了五四式手枪径直顶在了未知野兽的头部，被大开膛的未知野兽挣扎了几下，竟然好似熔化了一般，腥臭的胶状物开始剥离滑落。

一头体型硕大的野兽从后面扑倒楚南飞，楚南飞一边用手枪顶着野兽的下颚连续开火，挣扎中，怪兽锋利的爪子将楚南飞抓得遍体鳞伤，危急时刻，楚南飞一边抽出一枚六七式手榴弹，拉燃引信塞入怪兽口中。

轰！手榴弹爆炸的冲击波气浪中，楚南飞失去了意识。

伦雅圣女望着夜空中的血月，对手激烈的抵抗让她十分震惊，这是她记忆中兽战士第一次遭到如此的重创，至少九名兽战士成了尸块，余下的几乎人人带伤，伦雅记忆中无论是满人的铁骑还是军阀的大烟敢死队，甚至那些纵横大漠看淡生死的悍匪，都远远不及今晚拼死抵抗的这支军队的士兵英勇顽强。

望着嗷嗷嘶吼却萌生退意的兽战士，伦雅圣女意识到，没有狂兽战士和神兽武士的情况下，仅仅凭借着兽战士恐怕攻不破对方的防线。

想在今晚攻入大殿寻找圣谕恐怕是不可能了，即便能够攻入大殿，恐怕付出的代价也是神教无法承担的，魔罗的后裔血脉已经十分稀薄了，族裔人丁不断在减少，早已不复古魔罗帝国辉煌时的盛况了。尤其，古魔罗帝国分崩离析，大祭司身死，开启圣域的秘密尚未传承，无法进化的同时还要面对退化，更让古魔罗后裔雪上加霜。

遥望古城遗址，这里是千年之前魔罗后裔最后一次建城，希望寻找圣域重新获得传承的最后一次大规模努力，没想到一场沙暴吞噬了魔罗后裔最后的希望。

对于，那些凭借血肉之躯死战不退的敌人，伦雅圣女心中升起了一丝敬意，大漠是冷酷无情的，生存在这里，每一天都不能懈怠，为了活下去而努力，所以大漠更加敬重勇士，真正无所畏惧的勇士。"记住这些勇士，他们值得赢得大漠的尊重！"

"大漠记得，砂岩记得！清风记得！"伦雅圣女轻声哼唱起了安魂曲，兽战士悄无声息地退走，如同他们悄无声息地出现一般。

第十一章 生死抉择

枪声、子弹、弹片肆意横飞,手榴弹、爆破筒闷哑的爆破声,未知野兽的嘶吼,受伤战士引爆集束手榴弹。楚南飞独自一人站在古城遗址的中央,如同一个看客一般旁观着这场惨烈至极的血战。

天空被鲜血染红,黄沙也被鲜血浸透,楚南飞抓起一把黄沙,沙子中流出了鲜红的血液。不!不要!

当楚南飞缓缓苏醒后,头胀欲裂,耳鸣不止,楚南飞环顾四周,踉跄地走上沙丘,之前井井有条的营地已经完全面目全非了,烧毁的帐篷、物资,鲜血、尸体,以及遍地的弹壳,十几名战士端着冲锋枪巡视搜索。

楚南飞一屁股坐在了沙丘上,胸前的弹夹装具掉落在地,楚南飞拾起装具,里面的弹夹几乎被划成两截,连金属制成的弹夹都能划断?楚南飞想起了昨晚激战中那惊心动魄的一幕,要是再慢一秒,自己恐怕难逃开膛破肚的厄运。

楚副连长没死,楚副连长没死!战士们一声接一声的呼喊打断了楚南飞的回忆。

秦老实的断后没能起到作用,六个火力哨位中的三个被弹跳力惊人的未知野兽攻陷了,四号哨位迸发出剧烈的爆炸,显然在哨位被攻陷的最后关头,有战士引爆了集束手榴弹。跟随高格明的十几名科考队员,最终只有两个人回到了大殿,秦老实带领的一个战斗组的战士全部牺牲了,在二个哨位以及大殿顶部的三重交叉火力封锁下,试图进攻大殿的未知野兽被击溃。秦老实简单地汇报了一下昨晚的战况,环顾四周,秦老实无可奈何地坐在了楚南飞身旁道:"我们牺牲十七人,科考队牺牲十三人,没有重伤员!"

没有重伤员让楚南飞微微一愣,拧灭了香烟,战斗的残酷已经超出了他的想象,可以说昨晚的战斗是一场惨胜。楚南飞来到大殿前,遍地的炸点与弹壳显示战斗的激烈程度，黄大壮一个人坐在一块砂岩上，一边抹眼泪，一边用手中的工具砸着平放在膝盖上的六七式轻重两用机枪。

武器是战士们的第二生命，没有任何一个战士会故意损坏自己的武器，楚南飞从黄大壮膝上提起六七式轻重两用机枪，一枚弹壳别住了枪机回膛，弹壳已经被砸变了形，依旧顽固地卡住一动不动。

楚南飞望着枪机近乎报废的六七式轻重两用机枪非常无奈，六七式轻重两用机枪代号为608工程，历经七年研制成功，是我国自行研制装备部队的第一款通用机枪，因为毫无设计经验，六七式机枪借鉴了很多外国优秀机枪的结构方案，马克沁机枪的弹链供弹机构，捷克ZB-26机枪的枪栓和枪机结构，苏联DPM机枪的发射机构，RPD机枪的气体控制器，总之是个大杂烩式的设计。

六七式机枪装备部队后，暴露出大量问题，在生产中也发现各种故障层出不穷，例如卡壳、卡弹、空膛发射，存在枪机破损、枪机框破裂、抛壳口部断裂、活塞连接槽开裂、拉壳钩断裂、退壳挺断裂、活塞寿命不足等事故。尤其风沙恶劣环境中，可靠性直线下降，甚至连续发射数百发子弹后就会卡壳，经常导致膛内枪弹自燃形成危险的膛外爆炸事故。也正是因为昨晚机枪卡壳，导致火力中断，防线被快速突破。楚南飞没说什么，只是轻轻地拍了拍黄大壮的肩膀，步入大殿。

大殿内一片混乱，神情疲惫的江一寒见到楚南飞，竟然面露欣喜，用力地拍了拍楚南飞的肩膀反复道："回来就好，回来就好！"

楚南飞点了点头，大殿内也是一片混乱，低声哭泣的科考队员，忙着收集残余物资的战士，高格明裹着大衣坐在大殿的一角目光呆滞。

彭新宇在小声向周芳华交代着什么，战士们自发地聚集到了楚南飞的身旁，一时间，楚南飞仿佛成了所有人的主心骨。

楚南飞深深地呼了口气，大声道："同志们，战友们！昨晚大家经受住了血与火，生与死的考验，但现在还不是我们悲伤缅怀同志战友的时候，我们要打起精神，振奋斗志。我们来自一支拥有光荣传统的部队，攻如猛虎！守如泰山！我们是不可战胜的！"

分配了警戒、收集物资任务后，江一寒召集楚南飞、彭新宇、周芳华、秦老实召开一个临时会议，研究下一步的行动安排。

秦老实将水、粮食所剩无几，车辆基本全部损坏无法修复，电台受损失去联系等等一连串的坏消息报告给了江一寒。

目瞪口呆的江一寒望着秦老实发呆，江一寒预感情况很可能会非常糟糕，只是没想

到会糟糕到如此程度。

楚南飞拿着所剩物资的明细眉头紧锁，沉默了好一会儿后，彭新宇起身道："江参谋长，楚副连长，既然召开这个民主会议，我觉得我们每个人都要发言表态，这是我们每个人的权利和义务，昨晚我们遭到了巨大的损失，很多同志都牺牲了，我非常难过，就像楚副连长说的那样，我们身负党和国家交付给我们的重任，同志们！我们不能被困难吓倒！排除万难，勇往直前，取得最大胜利！"

彭新宇如同打了鸡血一般亢奋，挥舞着手中的牛皮日记本，江一寒望了一眼楚南飞，失去了几乎所有的饮水、食物、车辆、油料、物资，同时与上级失去联系，只有少量几个基数的弹药，继续完成任务显然是不可能了。

但作为科考队队长的彭新宇却在这个时候提出继续完成未完的科考任务？伤亡过半，补给物资全无的队伍穿行在大漠戈壁的无人区中？即便不遭遇袭击，大漠也会将他们的一切全部吞噬。

"我同意，我同意彭队长的提议，任务必须完成！"不知什么时候，蓬头垢面的高格明出现在周芳华身后，周芳华起身扶着略微有些激动的高格明坐在砂岩上。

楚南飞在克制着自己飞奔过去一脚踹飞高格明的念头，如果不是高格明一意孤行，昨晚可能就不会造成如此之大的人员伤亡。

科考队的正副队长相继做出了决定，而部队方面是配合科考队行动的，任务的本质就算是科考队准备下十八层地狱，随行担负保障任务的"零点"部队也要与之随行。

江一寒此刻出奇的冷静，现有的物资和条件已经不允许他们在深入大漠了，撤回前进基地56号兵站无疑是最好的选择，可是彭新宇、高格明偏偏做出了一个相反，可谓是不理智的选择。江一寒纠结着如何说服彭新宇、高格明返回56号兵站，完成人员、物资补充，再度深入大漠戈壁，前往深渊。

"我同意彭新宇队长的决定！"楚南飞的表态让江一寒大为震惊，连续用目光示意楚南飞，你是不是疯了？民主讨论会无疾而终，因为最终大家没能讨论出一个令人满意的结果或者方案。密电员送来了一封电台损坏前收到的电报，于是江一寒一挥手散会。楚南飞注视着奥吉拉的背影，昨晚的激战几乎是人人带伤，奥吉拉却丝毫未损。或许这个聪明的向导找到了一个隐蔽的藏身之所，对此楚南飞并无异议，毕竟奥吉拉只是一名拿酬劳的向导，既不是科研人员，也不是军人。

望着奥吉拉进入大殿的背影，楚南飞突然感觉奥吉拉的背影似乎有些异样。奥吉拉似乎走路并不踮脚，两条腿似乎有些太粗，与常人的身体比例不同。

江一寒手握着兵站发来的最后一封电报，电报的内容十分简单，有敌对势力不明身份分子潜入罗布泊区域，望先遣队搜索并予以歼灭，确保科考队专家的安全。

敌对势力潜入罗布泊？江一寒眉头紧锁，这鸟不生蛋，兔子不拉屎的地方能有什么？面对昨晚总部的最后一封电报，江一寒有些进退两难，但是作为军人，他必须要无条件地完成上级赋予的任务，哪怕是不可能完成的任务。

电台能不能修理好？面对江一寒接二连三的询问，通讯员小赵擦了一把额头上的汗，点了点头道："问题不大，三部电台拆成一部，最多再给我半天时间。"

得到了小赵肯定的答复，江一寒和楚南飞同时松了一口气，如果与兵站方面取得了联系，一是可以迅速得到增援，二是兵站方面可以安排空军的运输机实施空投补给，这样的话就不必冒险派遣小分队深入深渊遗址。

傍晚时分，中午的燥热逐渐消退，电台能够得到修复的消息传遍了营地，幸存的科考队员与战士们得知电台修复后将请求空军给予空投补给的消息，所有人都兴奋了起来，一些写完了遗书的科考队员和战士，悄悄地收起了遗书。

秦老实也破例做了一大锅面汤，里面还放了几盒难得一见的午餐肉，楚南飞则带人将废弃汽车水箱里的水都抽了出来，在大家看来，楚副连长就是一个危机意识极强，闲不住的人。"小赵吃面汤了！"不知道是谁招呼了一声，被干渴和饥饿折磨了一天的小赵拿起餐盒跑了出去。

小赵喝着鲜美无比的面汤，滋润着干裂的嘴唇和冒烟的喉咙，当他返回帐篷时，手中的餐盒哐当一声掉落在地，面汤一眨眼就消失在了黄沙中。

修理台上一片狼藉不堪，所有的二极管都被摔破了，电子板被掰成了两截，线路被扯得七零八落，电台被破坏了？

而且，彻底无法修复，江一寒的脸上冷得能够结冰，一支顶上火的手枪啪的一声拍在桌子上，与会的众人面面相觑，电台是所有人的命根子，只要想活就不会有人打电台的主意。江一寒怀疑每一个人，这让他感觉到一阵阵背后发凉，什么是内忧外患？关键时刻自己指挥的队伍内部竟然出了问题？

江一寒随手将兵站转来的最后一份电报递给楚南飞，楚南飞看过电报后面无表情开口递出三个字："不可能！""你还是不是革命军人？"江一寒的手不自觉地摸向了手枪。楚南飞看了一眼近乎狂暴的江一寒道："少说点话，免得浪费水分，我不怕死，我怕的是完不成上级赋予的任务。"

心中充满疑惑的江一寒冷静地望着楚南飞，希望楚南飞能够给自己一个满意的理由，

楚南飞将方大头清点物资的清单递给江一寒道："昨晚的激战，我们不但出现了重大的人员伤亡，还损失了几乎全部的油料、饮水和物资，现有储存的饮水无法支撑我们全部人员安全撤回到56号兵站。"

江一寒接过清单看了一眼，倒吸了一口冷气，炎热的沙漠地带水分消耗得极快，每天平均消耗至少3升，如果降到2升，人就容易出现热症病或者脱水症，而储存的水只有不足70公升，在考虑到交通工具车辆基本全部遭到破坏，这些水只够一半人勉强返回56号兵站。人可以三天不吃饭，却不能三天不喝水，这是基本常识。彭新宇略微犹豫道："如果我们派几个人携带足够的水返回56号兵站求援，其余人员坚守古城遗址怎么样？"

江一寒摆了下手："恐怕不行，徒步几百公里穿越危机四伏的无人戈壁大漠，就算是理论上可行，现有的饮水根本无法让留守人员坚持到增援抵达。"

周芳华望着悬挂着的古城遗迹测绘地图："魔罗古城的遗址内会不会有暗流，毕竟古代建城都是要经过多方面细致的考虑。"

周芳华的话让众人重新燃起了希望，在大漠戈壁中，水是人生存的先决条件。

"几十年前罗布泊还是一片巨大的淡水湖泊，古代的水文气象条件与现今不同，魔罗古城遗址内挖掘发现淡水地下河的几率很低。"高格明将众人刚刚燃起的希望又浇灭了。走是死！不走也是死！每个人都感觉到了死亡的威胁。

彭新宇拿过桌子上的电报看了一眼，沉声道："罗布泊地带以深渊为中心，一直以来传说存在一个神秘的种族群体，他们很可能就是古魔罗城遗址出土的木牍上描绘的那些野兽战士的后裔，而且这些变身的野兽战士身上或是血液中可能还携带着可以感染普通人的致命病菌，现在为止我们还无法获悉这种致命病菌的感染传播方式，如果这类病菌在人口密集的大城市扩散传播，其破坏威力甚至远远超过原子弹，这就是为什么罗布泊会出现敌对势力潜入分子的原因了。"

江一寒瞪着彭新宇一字一句道："这么重要的情况为什么你才说？"

彭新宇冷声道："你级别不够！"

江一寒顿时面红耳赤一把拽住了彭新宇的衣领："你个混蛋！"

楚南飞在一旁将手枪递到江一寒面前："崩了他！"

江一寒、彭新宇、高格明等人目瞪口呆无比震惊，楚南飞见江一寒不接手枪，顺势收回了手枪道："不崩了彭博士，就松手吧！"

江一寒这才意识到自己失控，松开了彭新宇的衣领，周芳华偷偷地对楚南飞顽皮一笑，如此拉架的方式让她感到楚南飞也不是那么无趣。

楚南飞望着地图眉头紧锁道："深渊附近的遗址有饮马井，我们现在饮水和弹药物资都极为有限，我建议组建一支小分队前往深渊完成任务，剩余人员携带饮用水返回56号兵站，沿途有我留下的两个班的接应点，命令留守的兵力协助撤退，由兵站组织增援部队再接应小分队。"

江一寒再三思量道："那好吧！我同意楚副连长的方案，大部分人按原路撤回，组织精干小分队继续深入罗布泊，前往深渊完成任务。"

一直一声不吭的秦老实却忽然起身道："如果这样平分现有物资，只会造成一个结果，那就是前出小分队和后撤人员全军覆没，我们的饮水和干粮只够三分之一人安全撤回到56号兵站，或前进到深渊废墟。"会场的气氛突然紧张了起来，毕竟到了决定生死的关头了，秦老实说的是实话，能活谁又愿意去死？

江一寒望着秦老实点了点头示意其继续，秦老实环顾在场众人深深呼了口气道："我是军人，坚决完成上级赋予的任务，我的意见是壮士断腕，牺牲在所难免。"

壮士断腕就等于要放弃三分之二的人员，没有水，没有食物，在沙漠中自生自灭。一名情绪激动的科考队员起身叫嚷道："你凭什么决定别人的生死？生命是无比宝贵的，我的生死不能让你们来决定。"

说着说着，科考队员一屁股坐在地上哭了起来！秦老实面对表情道："我自愿留下，还有谁？"楚南飞起身道："我自愿留下！"

"你不行！"江一寒狠狠地瞪了楚南飞一眼。

楚南飞深深地呼了口气道："参谋长，我们要放弃三分之二的人员，留下的必须是精干体能好的队员，我是副连长、党员，这个时候需要我做表率，你是首长，你要活下去，带领队伍完成任务。"陆续几名负伤的战士站到了楚南飞身后，几名年纪大的科考队员也默默地走了出来，高格明拉住一名老者的手激动道："黄老，您可是研究院的泰山北斗啊！您不能留下。"

黄老淡然一笑："年纪大，有时候总犯糊涂，这次我可没犯糊涂，我都一把年纪了，把小赵带上，他还年轻，以后他也会成长成为骨干的。"

被称作小赵的科考队员哭得稀里哗啦，周芳华望着楚南飞的侧脸，她一直在想，这个男人到底在想什么？到底是一种什么样的精神在支撑着他可以坦然面对生死？难道这就是所谓的信仰吗？

信仰与勇气，或许是冲动与傻！

周芳华鬼使神差般地来到了楚南飞身旁，一脸坦然地微微一笑："往下的研究范畴

第十一章 生死抉择

我的专业帮不上什么忙了，我挺喜欢这个古城的，我选择留下来。"

楚南飞惊讶地看了周芳华一眼，这可是生死抉择，自己不过是表面上显得十分镇静，实际上心底也是砸了厨房，五味俱全。高格明几次欲言又止，两眼发呆地望着周芳华喃喃自语道："我可怎么向你父亲交代啊？我可怎么向你父亲交代啊？"

周芳华面带微笑，将自己一直随身携带的那块欧米茄古董金表交到高格明手中："高叔叔，这块表是我一个好朋友的爷爷的，这次进入罗布泊也是顺便找寻她爷爷在罗布泊失踪的线索，你的表也坏了，就先用这块表吧。"高格明感觉手一沉，这块表对他来说太沉重了。风萧萧兮易水寒，江一寒、彭新宇、高格明等十六名队员立正敬礼，留下的科考队员和战士们默默地站在沙丘上，眼望小分队消失在视野之中。

沉默，可怕的沉默！短暂而可怕的沉默后，科考队员三五成伙地走向遗址方向，用他们的话说与其等死，不如干点有意义的事，毕竟考古发掘工作才拉开了序幕，要干的工作实在太多了。楚南飞站在塔楼上，遍地的弹壳似乎在提醒他那场惨烈的激战，去找水？楚南飞脑海中忽然萌发一个再也挥不去的念头。

不过，留下的科考队员对于找水一点也不感兴趣，而想去的战士又多是伤员，秦老实与自己又不能同时离开，楚南飞陷入了两难之中。

楚南飞在魔罗古城发掘出的木牍上找到了两口距离孤城遗址三十多公里的汉代饮马井，在地下水多变，地质运动频繁的大漠之中去寻找千年前的饮马井？无异于痴人说梦。"我和你一起去！"望着周芳华坚定的目光，楚南飞略微犹豫后点了点头，楚南飞自己都非常惊讶为何会同意让这个资本主义社会长大的千金大小姐与自己一同找水。与其说找水，倒不如说是对生的渴望。

出发前，秦老实将三个大半壶的水壶交给楚南飞道："我只能帮你这么多了，记住了，一直向东走，水喝到三分之一就必须往回走，如果水喝到一半，你们两个恐怕只能回来一个，如果喝剩三分之一，你们谁也回不来，甚至连尸体都找不回来，只能永远成为游荡在沙漠中的孤魂野鬼。"

秦老实的话把周芳华吓得脸色苍白，楚南飞瞪了秦老实一眼道："吓唬小姑娘干什么？谁说咱们一定会死？我们是革命军人，心怀广阔天地，必将大有作为。"秦老实替楚南飞整理了一下军装的衣领压低声音道："别逞强，活着回来。"秦老实用力地拍了拍楚南飞的肩膀，楚南飞明白老司务长的用意，点了点头："生命不息，奋斗不止！"

迈出古城遗址的第一步，虽然只有秦老实和几名战士送行，但是几乎所有的人都站在古城的不同位置遥望楚南飞的壮举，每个人都清楚，这很可能是一次有去无回的壮举，留在古城遗迹，就算等不来救援，起码自己的遗体也会被寻获，被送回家乡。

一名科考队员用口琴吹起了乡愁，孤独的音符飘荡在古城之间，穿透蓝天白云……

把生命献给祖国，献给人民！关于死，楚南飞想过无数壮怀激烈的场景，唯一没想到的就是自己会渴死在无垠的沙漠中。

如果有人问楚南飞大漠美不美，初抵罗布泊的楚南飞一定会告诉他，大漠戈壁的美是一种荒芜空旷的美，一种让人惊心动魄的美。一步一个脚印走在黄沙上，前方漫无尽头，东南西北漫漫无垠，骄阳似火，干渴折磨得人连说话的力气都没有了。

此时此刻，荒芜的大漠戈壁只能让楚南飞感到惊心动魄而已。

第一天，楚南飞喝了三口水，周芳华喝了差不多一壶，篝火旁静坐的楚南飞也终于明白了秦老实之前的叮嘱，因为干渴他的体能在迅速减弱。

第二天傍晚，楚南飞仅有半壶水了，他非常清楚如果找不到水源，他与周芳华必死无疑，楚南飞将木牍丢入火中，木牍发出噼啪的燃烧声。

第三天傍晚，周芳华靠着半截胡杨木双眼发直地仰望星空，楚南飞手中的指南针疯狂地乱转，自己竟然迷路了？半夜时分，楚南飞发现周芳华在寒风中瑟瑟发抖，犹豫再三，解开自己的大衣将周芳华包裹起来。坐在寒风中，楚南飞徒劳地舔了舔干裂的嘴唇，努力地张开嘴，呼吸一点凉风冷气，希望能够带来一丝水分，缓解一下干渴带来的折磨，也许，也许，也许没有了也许，明天傍晚，自己睡下，或许就再也起不来了。

忽然，楚南飞似乎想到了什么，飞快地拽出了雨衣。

第四天了，干渴已经从煎熬变成了夹杂在热风中的催命音符，饮马井依旧踪影皆无，夕阳日落，被烘烤了一整天的楚南飞与周芳华又要开始面对大漠的孤寒夜晚了。

周芳华静静地坐在楚南飞的身旁，望着自己身旁的男人，一名标准的中国军人，相对欧美男性，她似乎更喜欢楚南飞这样内敛含蓄的男人。

她永远无法忘记，面对那凶猛扑来的巨大凶兽，楚南飞推开她，一个人，一支枪，一把刺刀，那一幕永远地嵌入了周芳华的记忆中，此时此刻，她只想静静地坐在自己认为可靠的男人身旁，或许这一刻才能让她忘却大漠的危险和死亡的恐惧。

男人能带给女人什么？奢华的物质享受？温柔浪漫？周芳华从来没在意过这些，因为在她的身旁，这样的男人太多了，面对生死之际，周芳华才清楚一个男人对于女人来说，最为重要的是可靠，靠得住。周芳华心中，楚南飞几乎符合她择偶的一切标准，阳刚、勇敢、正直、敢于承担，有点小英俊，有点小机智，应该、可能、大概不花心，除了木讷不解风情之外，楚南飞身上被周芳华赋予了全部好男人的特质。

舔了舔干裂的嘴唇，周芳华摸了摸自己发干的皮肤，她自己都忘记了到底几天没洗脸了，蓬头垢面的模样一定难看死了，会不会给楚南飞留下不好的印象？

周芳华几乎忘记了刚刚抵达兵站时自己对着镜子出浴时的模样，白如羊脂一般的皮肤，优美的曲线，足以让所有的男人为之疯狂。此时此刻，周芳华最后悔的事情就是浪费了那么多的水洗澡，洗澡真是太奢侈了，人不到最困难的时候，就永远不懂得珍惜。

自己到底为了什么？竟然鬼使神差般地深入这荒无人烟的大漠戈壁？难道真的是为了所谓的寻找人生的意义，生命的真相吗？

周芳华望着楚南飞消瘦的面颊发愣，楚南飞转过头发觉周芳华直视着自己，眼中流露出一种渴望的目光。这种近乎赤裸裸的目光让楚南飞为之一愣，在楚南飞眼中周芳华是不折不扣的美女，如果非要给"美女"这个词精确定义的话，楚南飞搜肠刮肚也想不出贴切形容周芳华美的词汇，即便现在，楚南飞都觉得周芳华很美，而自己却很像一只想吃天鹅肉的癞蛤蟆。

不想当将军的士兵不是好士兵，而立志想吃天鹅肉的癞蛤蟆却似乎有些丧心病狂了。

周芳华丝毫不回避自己的情感，如果走不出这大漠，找不到水源，那么也许今晚就是自己人生最后一晚了，人活着是为了自己，为什么要背负那么多的道德规范约束自己？眼前的这个男人也是自己心仪的类型。

周芳华的目光开始迷离了起来，楚南飞见状急忙一把搂住她，眼神迷离，瞳孔放大，呼吸急促，这是热症的具体病状，楚南飞也顾不得其他，掏出水壶凑到周芳华嘴边，一丝甘甜的淡水顺着周芳华的喉咙流下。

周芳华猛然清醒，惊讶地望着楚南飞道："不是说水都喝光了吗？"

楚南飞憨憨地一笑道："这是昨晚利用沙漠温差，使用雨衣收集的一点水。"

甘甜，滑润，如同仙露一般，周芳华想不出自己可以用什么词来形容这一口水的感觉了，望着楚南飞干裂的嘴唇，周芳华的眼睛湿润了，一口水也许就代表着生的希望，一个男人都这样对你了，你还想怎么样？"老娘不管了！"周芳华猛地一翻身骑到了楚南飞身上，对着目瞪口呆的楚南飞狠狠地亲了下去。

楚南飞的大脑发生了短路，女人？一个女人骑在自己身上亲了自己？没有组织介绍，没有媒人引荐，没有接触相识，这怎么能行？女流氓？自己从来没接触过女人啊。

楚南飞用力推起周芳华满脸震惊诧异道："周同志，你这是干什么？"

周芳华还要热吻楚南飞，楚南飞挣扎着大喊道："万一怀孕了怎么办？"

周芳华先是无比惊讶地望着楚南飞，随后咯咯直笑道："接吻不会怀孕的，在国外就是一种礼仪，用在最亲密的同志之间。我们是不是最亲密的同志？"

楚南飞点了点头，周芳华又吻了下来，楚南飞惊呼道："亲嘴你伸舌头干吗？"

周芳华不耐烦地甩开外套，一把拽住了楚南飞的腰带凶道："老娘今晚让你见识一下什么是能怀孕的。"两人挣扎翻滚，一下顺着沙丘滚了下去，滚到一半，两人被一截突起的石笋挡住，被撞得七荤八素的楚南飞扶住石笋，手掌感觉石笋表面好似有纹路一般。于是打开手电，仅仅剩下一半的石笋上赫然刻着"戍边"两个楷书。

周芳华惊喜道："这里就是饮马井，这里就是饮马井了！"

饮马井？楚南飞环顾四周，千年的沧海桑田不用说了，罗布泊几十年前还是鱼丰羊肥的世外乐园，现在成了一片死亡禁区，漫漫戈壁。

自己竟然天真地要寻找魔罗古城遗址木牍上的汉代饮马井，现在发现了饮马井遗址，可是该如何挖掘？巨大的沙丘宛如一座丘陵一般，徒手向下挖掘根本不可能。没走两步，周芳华突然发出一声惊呼！楚南飞转身见到周芳华陷入流沙之中，片刻就沉到了腰部，楚南飞无暇多想，一下抽出腰带飞扑在地，努力地将腰带套环的一方丢向周芳华："把手套进环里！快！"周芳华挣扎着将右手套了进去，巨大的吸力与楚南飞拉扯的力量形成了拉锯，周芳华表情十分痛苦，沙粒的翻滚挤压让她透不过气，而拉扯的力量让她感觉自己快被撕扯成两截。

楚南飞一点点地被拖向周芳华，周芳华的眼中尽显惊恐："松手！松手！"

楚南飞丝毫不理会，周芳华开始后悔自己一开始为什么要将皮带的套扣套在手腕上了："你会死的，混蛋，我们不能一起死！"

被拖行滑向流沙坑的楚南飞咬着牙道："我死也不放手，我们两个人一起出来，一定要一起回去，同生共死。"

眼泪顺着周芳华的面颊流了下来："该死的混蛋，你这是爱吗？老娘不是你的兵，放手，放手啊！"楚南飞咬牙切齿道："我亲了你，我要对你负责！"

周芳华脸上浮现起一丝欣慰的笑意："是老娘亲的你，老娘对你负责。"

两人一同消失在了漫漫黄沙之中，只留下一堆篝火在噼啪燃烧……

56号兵站大门口又多了两座塔楼，每座塔楼上都架设起了高平两用机枪，不远处，一个步履踉跄的人影出现在热气蒸腾的戈壁上，塔楼上的战士迅速拉动机枪机柄推弹上膛。"刘站长，刘站长，不好了！出大事了！"一名带有河南方言口音的战士冲进了指挥部，把正在凝神思索的刘站长吓了一大跳。

这几天以来刘站长一直有一种非常不好的预感，一个接着一个的坏消息让他食不能

安,寝不能寐,望着气喘吁吁的战士,刘站长深深地呼了口气道:"别急,有话慢慢说。"

小战士稳定了一下情绪道:"报告站长,刚刚先遣队的一个老兵独自返回晕倒在兵站大门口,流了好多好多血。"

刘站长迅速来到兵站门口,只见几名战士围着一名衣衫褴褛,浑身是血的战士,匆忙赶来的军医分开众人,来到了伤员的身旁,听了一下心跳,检查了一下颈部动脉血管急忙道:"担架,快!"

刘站长跟随军医来到医护室,经过简单的处置,军医一脸疑惑地走出处置室,见到刘站长,颇为无奈道:"具体的伤情无法判断,人还在昏迷之中,只不过……"

一向急性子的刘站长眼睛一瞪怒道:"都什么时候了,还吞吞吐吐的?有话赶紧说,有屁快放。"军医点了点头,摘下口罩道:"生命迹象时有时无,脉搏、血压、心跳皆无,四肢却还有潜意识行为,理论上已经死亡,临床判断还活着。"

军医的专业医学术语让刘站长的脸更黑了,盯着军医怒斥道:"老子是大老粗,少跟老子践词,到底是死了还是活着?"

军医无奈道:"这种情况我也没见到过,专业的资料里有过类似的记载,这种情况跟罗布泊传说中的沙民很相似,不过我没见过沙民,无法准确判断。"

沙民两个字触动了刘站长尘封多年的记忆,那时候大军刚刚入疆,清缴国民党残部和土匪,当时还是战士的刘站长与沙民有过交火的经验。

能够潜伏在沙漠之中几十天一动不动,如同骷髅干尸一般,饱食血肉之后会重新恢复活力,枪弹穿身不死,唯有使用炸弹直接命中头部,或者砍掉其头部。被咬到的干部战士有一部分会同样会变得不人不鬼。"立即封锁医务室,如果伤员清醒过来马上报告,伤员要是有过激举动,当场击毙。"刘站长下达了命令后,直奔电讯室而去。

执行命令的两名战士略微迟疑,立正道:"真的开枪?"刘站长眉头一皱:"执行命令!""是!执行命令!"两名战士显然没见过平日里和蔼可亲的站长发这么大脾气,于是啪的一个立正。天边浮起一丝红霞,一丝风也没有,刘站长眉头紧锁盯着天边一丝红霞,快步跑向指挥部。

猛然从沙子中钻出的楚南飞剧烈地喘息着,反应过来的楚南飞立即拼命挖掘身旁的沙子,将埋在沙子下的周芳华拖了出来,用力猛捶周芳华胸口,周芳华猛烈地咳嗽起来,楚南飞浑身无力地坐到了地上。

借着一旁手电微弱的光亮,周芳华喃喃自语道:"这是哪里?阴曹地府吗?"楚南飞摆弄了一下手电:"有我们无产阶级革命战士的地方,就不会有封建迷信存在。"

周芳华瞪了楚南飞一眼:"既然不是阴曹地府,那就说明我们还没死,既然没死我们就要搞清楚我们到底在哪里。"

手电沿着墙壁来回,光源的尽头一片黑暗,楚南飞发觉自己与周芳华落入了一处地下甬道之中,掏出指南针,指针在不停地疯狂旋转。

周芳华摸了摸石块,又看了看指南针,将自己随身的一把小钥匙贴近石块,竟然产生了微微的吸力,楚南飞当即明白了,这些甬道竟然全部是用磁石垒砌而成的。

楚南飞敲打着石块惊讶道:"这附近多产砂岩,磁石怕要在几百公里外的黑岩山才有,即便放在今天,这也是一个巨大的工程啊。"

周芳华拍了一下楚南飞的肩膀道:"替古人操多余的心,我们现在最重要的任务就是活下去。"当啷!周芳华拍打楚南飞胸口的时候,时候有什么东西顺着楚南飞被划破的口袋掉落在地,发出清脆的响声。

周芳华好奇地拾起掉落的物件一看,顿时面色一变,厉声质问楚南飞道:"这东西你是哪里来的?"楚南飞一见是金属小卷轴,当即脸色微微一变道:"是在途中有个女孩遇害,我们击毙凶手后,女孩临时前交给我的。"

周芳华盯着楚南飞好一会才缓缓道:"就算我相信你,你知道这是什么吗?你知道你隐瞒情况会给这次科考带来多大不可挽回的损失吗?"

楚南飞摇了摇头,周芳华戏谑道:"你口口声声说自己是革命军人,你们解放军可是有纪律的,不拿群众一针一线哦!"

楚南飞张口结舌面红耳赤,周芳华扑哧笑出了声道:"好了,不拿你开玩笑了。"

一听周芳华拿自己开玩笑,楚南飞当即脸色铁青,用足了力气踹了一旁的墙壁一脚:"你可以说我个人,请不要带上这支光荣的军队,解放军的荣誉是无数先烈用鲜血铸就成的,不容玷污。"周芳华见楚南飞真的大光其火,也放下姿态安抚道:"我就是开了一个玩笑,不过你隐瞒实情确实给科考队带来很大的麻烦,如果你说的是实情,那么你口中遇害的女孩蒋依依很有可能就是蒋博士夫妇的双胞胎女儿其中之一,蒋博士夫妇是国内研究魔罗方面的绝对专家,十余年生活在罗布泊。"

周芳华把玩了一番小金属卷轴道:"还记得古城遗址地下遗迹中的星光晶体吗?如果星光晶体是通往深渊神域的地图,那么这个小金属卷轴就是钥匙!通往神域大门的钥匙。"楚南飞顿时目瞪口呆道:"你的意思是说江参谋长、高博士他们带着地图前往深渊了,可是他们并没有钥匙?"

周芳华的一番话对于楚南飞来说无异于是晴天霹雳,自己无意的隐瞒,竟然造成如

严重的后果，一股深深的内疚和自责之下，楚南飞与周芳华沿着甬道边走边聊道："有没有这样一种可能，有很多把钥匙，这只是其中一把？"周芳华点了点头："非常可能！"

听到周芳华的肯定，楚南飞长长地松了口气，刚刚把心放回肚子里面，就听周芳华继续道："钥匙未必只有一把，但大门未必只有一扇不是吗？"

周芳华的话，再次把楚南飞刚刚燃起的希望浇灭！"我要去找江参谋长，我给他们送钥匙去！"楚南飞紧紧地握了一下拳头。周芳华微微一笑："我陪你一起去，不过眼下我们先要活下去，活下去，明白吗？"

顺着漫长幽暗的甬道，凭借着手电筒越来越暗淡的光亮，楚南飞与周芳华快步前进，没走多远，甬道变成了天然的砂岩石壁，随着两人不断的深入，空气开始越来越潮湿了，楚南飞摸了摸石壁渗出的水珠，放在鼻子下面闻了闻，又轻轻地舔了舔："没问题！"

话音未落，周芳华急不可待地用舌头去舔石壁上的水珠，刚舔了一下，就皱着眉头苦着脸呸了出来："什么呀？怎么又咸、又苦、又涩？"

楚南飞则用毛巾包裹上一些小石子和沙子，不断地去吸干石壁上的水珠，两人沿着洞穴走了大约二三里路之后，楚南飞手中的毛巾已经完全湿透了，楚南飞拿出水壶，利用毛巾包裹的沙石对石壁渗透的水珠进行过滤。

蹲在一旁的周芳华盯着那略微浑浊的水一点点的流淌进水壶，现在的她就算渴死也没胆量再去尝试墙壁上渗出的水滴了。片刻后，楚南飞将一片净水片投入水壶摇晃了几下，将水壶递给周芳华道："这里的渗出的水有极为严重的盐碱化现象，贸然喝不但不能解渴，还会引发急性碱中毒，必须要过滤沉淀后加入净水片才能饮用，一定要小口饮用，明白吗？以防身体出现不适。"

在楚南飞的警告下，周芳华小心翼翼地喝了两小口依然苦涩不堪的浑水，手摸石壁感受清凉的同时，周芳华眉头渐渐紧锁？"这些石壁完全没有人工开凿过的痕迹？我在地下的深度不会超过二十米，大漠中理论上这个深度是不可能有水的，除非……"

周芳华的猜测让楚南飞精神一振道："除非什么？"

幽暗的洞穴内，周芳华摸着光滑带有细细横纹的石壁大胆猜测道："除非这附近有地下暗流，所以这里的石壁才能渗出水滴，洞穴内也才会如此湿润，而且我怀疑这洞穴通道如此光滑，原本就是暗流冲刷所致。"

遮天蔽日的沙暴中让人分不清是白天还是黑夜，更分不清东南西北，江一寒亲眼看到一头躲避不及的野骆驼被沙暴卷上了天空。

在深渊废墟中，到处都弥漫着飞扬的尘土，呛得人喘不过来气，江一寒带着黄大壮和小眼镜反复清点人员。"一个也不少，参谋长！"黄大壮在江一寒的耳边嘶喊，让江一寒着实松了口气，一步之隔，如果在晚上十几秒，自己这支前出小分队恐怕难逃全军覆没的厄运了，如果前出小分队失败了，又怎么对得起留在魔罗古城遗址的战友和科考队员？江一寒环顾了一下四周，巨大砂岩垒砌成的古城也挡不住时间的侵蚀，仅仅剩下破败不堪的遗址，不过，巨大砂岩垒砌的遗址残垣却挡住了肆虐的沙暴，在遗址中野骆驼、野羚羊、野兔、沙狐狸、沙狼等等的动物们异常安静地聚集在一起。

看着处于食物链不同位置的动物们安静地聚集在一起，江一寒微微一愣，在狂暴的大自然面前，生命也似乎变得平等起来？

一处避风的角落中，彭新宇和高格明靠在一起，彭新宇抹了抹风镜的镜片，贴着高格明耳朵大声道："我们不能再等了，要尽快下去。"

尽管彭新宇已经是近乎扯着嗓子在喊了，嘶吼的大风夹杂着沙尘肆虐而过，话刚一出口，就被刮得无影无踪，无奈的彭新宇只好扯着嗓子喊了几遍，高格明才算听明白了个大概。高格明环顾四周，沙暴似乎没有停止的迹象，是留在遗址废墟等待沙暴过去，还是直接进入深渊躲避沙暴？高格明也左右为难，前往深渊起码要经过三华里的路程，沙暴风头正劲，小分队能否安全抵达深渊还是个未知数，但如果沙暴持续不停，已经被沙暴掩埋了一半的遗迹废墟也并不安全。

彭新宇似乎有些不甘心继续做高格明的工作，高格明非常难以理解，毕竟此刻躲在遗迹废墟还是相对安全的，根据向导奥吉拉所说，一般过于猛烈的黑魔王，也就是沙暴，持续的时间都不长。

一阵剧烈的咳嗽过后，彭新宇的脸色一丝血色也不见，彭新宇艰难地躲在大衣里吃了几片药，彭新宇非常清楚，自己的时间已经不多了，现在的他必要要与时间赛跑。

最终，高格明与彭新宇达成共识，行动上听江一寒的……

远方，暗红色的天空如同被点燃一般，不断传来阵阵雷鸣，秦老实眉头紧锁，因为沙暴肆虐的方向正是小分队前往深渊的方向："让所有人进入古城遗迹地宫躲避沙暴？"

隆隆作响的沙暴袭来，地井内的人们无助地张望着井口的方向。刚刚松了口气的秦老实忽然惊出了一身冷汗，一把拽过一名科考队员急切道："之前在地井祭坛发现的那些尸体和古城是一个年代的吗？"

科考队员微微一愣，摇了摇头："当然不是了，那些皮袍干尸是波斯人，应该晚于魔罗古城消失几百年。""快，所有人返回地面，快！"秦老实一挥手让所有的人都为之一愣。秦老实用力一跺脚道："都傻了吗？这大沙暴几乎是没规律的，只要有沙暴古

城就会重见天日,那些干尸就是进入地井中躲避沙暴,最后被困死在里面的。"

让秦老实震惊的是,几乎所有的科考队员依然无动于衷,一名科考队的女孩淡然道:"我们已经没水了,渴死在这里和渴死在外面有什么区别?起码在这里我们的遗体还有可能被找到,只要彭博士、高博士完成组织交付我们的任务,我们的牺牲就是有价值的,我们不是一个人在战斗!"

两名试图爬上地井的战士灰头土脸地无功而返,一名战士苦着脸告诉秦老实,沙暴形成了负压,人根本无法接近井口。

秦老实无奈地点了点头:"既然出不去了,大家保存体力,楚副连长和周博士去给大家寻找水源,我们不能轻易放弃希望。"

秦老实的话虽然作用有限,却也给所有人燃起了一丝的希望,毕竟能够笑对生死的人太少了。相对江一寒和秦老实来说,楚南飞此刻幸福多了,幽暗的甬道大有越来越潮湿的迹象,也许水源就在前方不远,希望让楚南飞和周芳华充满斗志。

忽然,洞穴中传来一阵清爽的凉意,楚南飞与周芳华对视一眼,用手抚摸洞穴石壁,将耳朵贴在石壁上,石壁微微地颤动,发出好像马群奔腾一般的声音。

楚南飞疑惑地看了周芳华一眼道:"刚刚你说这洞穴的石壁不是人工开凿,而是暗流冲刷形成?"周芳华点了点头,却并未理会楚南飞,因为周芳华按在石壁上的手已经感觉到了震动,耳边传来哗哗水声。楚南飞犹豫了一下询问道:"有没有可能地下水也有暗流,而且是不定时地喷涌流淌?"周芳华点了点头:"很正常,间歇性喷涌对地下暗流来说太正常了!"周芳华忽然也意识到了什么,顿时脸色一变。

"快跑!"楚南飞面露惊恐,一把拽起周芳华沿着洞穴狂奔起来,背后奔腾的水声越来越大,周芳华回头一眼惊得三魂七魄四处飞散,原来一股和洞穴一样粗细的水龙旋转撞击咆哮着砸向他们。在冲击的一瞬间,楚南飞用尽全力将周芳华拥在怀中,两人在水流中翻滚挣扎,两人随着水流不断的反复利用水位冲击与洞穴顶部的一点缝隙换气。

就在两人几乎精疲力竭无法坚持的危及关头,湍急水流竟然突然下降了一半。抹了一把脸上的水,楚南飞惊呼道:"是淡水?"

被灌了一肚子水,早已不渴的周芳华狠狠地瞪了没心没肺的楚南飞一眼道:"本小姐差点被你的淡水淹死。"

周芳华望着洞穴黑乎乎的尽头有些不安地询问道:"前面是哪里?"

这时,前方传来水流激烈撞击声,而且洞穴中的水流也似乎变得湍急起来,楚南飞和周芳华的脸色几乎同时一变,两人不约而同惊呼道:"瀑布?"

第十二章 福无双至

深不见底的大地之耳，世界深渊与沙暴肆虐的大漠仿佛两个世界一般，狂虐的沙暴在深渊的上空形成了一个巨大的上升气旋，如同一条张牙舞爪的巨龙一般飞腾搅动，嘶吼的狂风声都被剧烈的上升气流抽走，使得深渊之中静得骇人。

在第三层平台上，一闪而过的亮光稍纵即逝，而再往下，所有的光线仿佛全部被黑暗吞噬了一般。

头顶刺满符文的都满大祭司披着厚重的皮袍子缓缓走在深渊悬空的藤桥上，而在深渊之中，第三阶平台上一堆圆木码成的金字塔结构的篝火正在熊熊燃烧，一群身着兽皮短裙的男女不断地将一种红色黏稠的液体涂在身上，然后发出撕心裂肺的嚎叫声。

都满大祭司信步来到正在架设八毫米胶片摄影机的阿森曼和本杰明身旁，阿森曼与本杰明急忙弯腰行礼谦顺地让开了小祭坛上的主位，都满大祭司满意地坐在了头盖骨堆积而成的祭坛上，甩了甩皮袍子。都满大祭司望了一眼头顶深渊上方肆虐的沙暴形成的沙龙，侧身对本杰明道："这就是神选仪式，据说魔罗王朝辉煌的时候每一次有上万人参加神选，何等的壮观，只有神才能匹配这等荣光。"

随着身上涂满红色黏稠液体的几十名青年男女表情越来越痛苦，甚至有人竟然咬掉了自己的手指，挖自己的眼睛，作为人类DNA和病毒领域双料研究学者的阿森曼目瞪口呆道："请问大祭司阁下，转化的成功率是多少？如果转化不成功会有什么样的后果？"本杰明深深地呼了口气，简单地替阿森曼进行了翻译，本杰明现在非常感激的是那个教会他魔罗语的金发女人，那个让他魂牵梦绕的女人。

都满大祭司十分无奈道："十不存一吧！要不是当年神教内部起了纷争，一伙叛徒不再坚信神会再次降临，偷取了神匙，何至于神教信徒无法进入神域取得圣液，只能不断地从兽武士、兽神将的血液中抽取提炼圣液，才导致了魔罗一族濒临灭亡。只要我们能够重新夺回神匙，打开进入神域的大门，魔罗神教将重振雄风，一统天下！"

都满大祭司充满自信狂热的脸开始变得狰狞起来，仿佛一统天下就如同他握拳挥臂一般简单一样。

心有余悸的阿森曼望了一眼张牙舞爪的都满大祭司，好奇地询问道："'神匙'是指的一个特定的人吗？神的使者？"本杰明略微有些无奈地继续替阿森曼翻译，突然，一个充满诱惑却冰冷不带丝毫情感的女声响起："神匙并不是神的使者，而是开启神域的钥匙。"伦雅圣女带着一阵清新的微风走上祭坛，向都满大祭司郑重行了一个叩拜礼，都满大祭司那狰狞的面孔犹如骄阳烈日下的冰雪一般，瞬间溶解。

都满大祭司的目光中透露出一丝的慈祥与关爱："我老了，如果不能再次接受降神洗礼，恐怕等不到下个满月之日了，我走了，带领族人的重任就落在你的身上了，复兴魔罗王朝的千年帝国。"伦雅圣女似乎不忍让都满大祭司失望，紧紧地握住都满大祭司的权杖道："还有三天时间，下个满月之日到来前，我们一定会重启神域的。"

"重启神域？"阿森曼一脸迷惑不解，本杰明这压低了声音道："据说那里有数不清的财富，都是魔罗王朝通过战争掠夺来的，你知道吗？传说中古魔罗人用黄金铸城，以宝石充当河水，亲爱的阿森曼，你想象一下，如果我们获得了这样的财富，杜邦、罗斯柴尔德这些家族全部不值一提。"

阿森曼显然被本杰明口中所言的黄金城和宝石河吓到了，在欧洲流传了数百年的印加帝国黄金之城依然是一个虚无缥缈的传说，自己是为了能够改变人类DNA，治愈一切疾病的目标而来，没想到本杰明竟然跟自己说起了黄金城和宝石河？难道本杰明也是一个狂热的寻宝者？

本杰明从阿森曼的眼神中察觉出了一丝异样，于是尴尬地一笑道："追寻魔罗族DNA密码之谜是我们的主要任务，在进行科研的同时不妨满足一下我个人的好奇心而已，黄金城、宝石河，谁又能抵挡得了黄金与宝石的诱惑？"

阿森曼凝视了本杰明一会，沉声道："有人说七宗罪是人类罪恶的源头，那么贪婪无疑是人类罪恶的原动力，如果我们掌握了魔罗DNA的秘密，我们就能够制造出让全人类免除一切疾病的药物，我们将永存人类的史册上，受到无数人的敬仰，这样的功绩岂能用金钱来衡量？"阿森曼陷入了一种忘我的自我陶醉之中，诺贝尔奖、人类终身成就奖、人类新医学之父，自己将成为人类对抗疾病乃至衰老里程碑上的第一人！这是何等的荣光！

在本杰明的眼中，阿森曼就是一个精神不好的家伙，"敬仰"这玩意拿到华尔街去卖多少钱一磅？如果这个死脑筋的阿森曼真的走了狗屎运，破解了魔罗 DNA 的秘密，那么可以免去人类一切疾病，让人变成漫威连环画里超人一样的家伙？这支药剂该卖多少钱？或者只留给自己用？

嗷嗷！一阵震慑苍穹的嘶吼声，三个仿佛快要溶化一般的躯体踉跄地站了起来，仅存的三名战士在痛苦的嘶吼声中，从人类蜕变成了大型野兽，尖利的牙齿和巨大的爪子竟然泛着金属的光泽。

人能够变成野兽？前者的身高只有后者的二分之一，体重至少相差五倍以上。两者之间完全不成比例的体型让本杰明看到了希望，如果不是所谓的转换率太低，本杰明甚至都想亲自尝试一下魔罗一族的神选。阿森曼一脸兴奋地连连喃喃自语："太神奇了，太神奇了，这真不可思议，完全推翻了达尔文的进化论。"

随着激流的冲荡，瀑布轰轰的水声伴随着楚南飞和周芳华的尖叫嘶喊声，扑通、扑通，两人先后被水流抛出，掉入落差接近十米的水潭之内。

不顾一切挣扎着拽住周芳华的楚南飞呛了几口水，当精疲力竭的两人爬上水潭边的砂岩，瀑布的水流已经停止了流淌。气喘吁吁的周芳华望着仰面朝天躺在一旁的楚南飞，一时间思绪万千，楚南飞一转头，两人恰好四目相对，毫无准备的周芳华顿时脱口而出："还渴吗？"

因为呛水被灌了一肚子水的楚南飞一时没反应过来，只是木讷地摇了摇头，片刻，楚南飞迅速爬起来到水潭边，双手捧起潭水喝了一口，激动不已道："是淡水，是淡水，没有异味，可以喝的！我们找到了！"

兴奋不已的楚南飞一把将周芳华搂入怀中，经过了短暂的不知所措，周芳华也紧紧地搂住了楚南飞。两人蹦跳了一会儿后，楚南飞也似乎察觉到了自己行为不妥，于是，两人略显尴尬地相拥站在水潭边一动不动。

许久，周芳华环顾四周打破尴尬道："我们现在到底在哪里？"楚南飞趁机松开了周芳华，借着水潭上方透下来的微弱光线发现自己竟然身处在如同瓮体的巨大砂岩空间之内。四周全部都是光滑的砂岩岩壁，根本没有任何攀爬的可能。

楚南飞用刺刀劈砍了几下，发现砂岩十分坚硬，没有合适的工具根本无法凿出可供攀爬的落脚点。刚刚找到了水源，却又陷入了绝境？楚南飞的心情有如三九寒冬被泼了一盆冷水一般。

有些急躁的楚南飞从背后扯过冲锋枪，哗啦一声拉动机柄将子弹上膛，扣动扳机却传来咔嗒一声，上膛的子弹哑火了。

楚南飞拉动机柄，退出哑火的子弹，再次推弹上膛，扣动扳机，嗒嗒、嗒嗒嗒！子弹打在砂岩上擦出一溜火花，原本光滑的砂岩壁在连续被几颗子弹击中后，竟然被打出了一个大坑，脸盆大小的砂岩块掉落下来，砸在水潭中激起一阵阵的水花。

"快，向那个位置连续射击，不要停！"楚南飞按照周芳华的指示连续射击，打空一个弹夹后，迅速更换弹夹继续开火，炙热的弹壳飞落到水潭中发出刺啦声。

无力地坐在地宫中等待沙暴结束的秦老实似乎听到了什么声音，枪声？秦老实迷惑地四下张望，据说人的大量脱水的情况下会产生幻视和幻听，不断传来的微弱声音让秦老实十分迷惑。一旁的几名科考队员似乎也听到了什么，一脸迷惑地望向秦老实。

秦老实将耳朵贴在地面下，现在他几乎可以肯定不仅仅是自己听到了枪声，而且，枪声来自他们的下方。望着不断掉落的大块砂岩，周芳华一脸兴奋地催促道："加油啊！连续射击，马上就要崩坍了！"

噗啾！一颗子弹几乎擦着秦老实的鼻头飞出来，吓得秦老实一下从地上爬了起来。一瞬间，秦老实脚下的砂岩地面开始龟裂，没等秦老实反应过来，就"啊"的一声，随着砂岩地面的崩塌跌落下去。

扑通一声，秦老实随着巨大的砂岩碎块跌落到水潭之中，同样被突然状况搞晕的楚南飞和周芳华目瞪口呆地望着秦老实挣扎着爬上岸边。

几名战士和科考队员聚集在坍塌的洞口呼喊张望，楚南飞将晕头转向的秦老实从地上拽起来，湿漉漉的两人紧紧地相拥在了一起。

秦老实环顾四周，好一会才欣喜地狂呼道："好样的，副的，我就说你一定能找到水吧！你们可真行，怎么钻进地宫的下面了？"秦老实抹了一把脸上的水，贪婪地舔了下手指："奶奶的，差点守着一潭水被活活渴死。"

"上面的，我没事，找绳子，楚副连长和周博士找到了水源了，我们有水了，我们有水了！"秦老实扯着嘶哑的嗓子声嘶力竭地呼喊着。

位于地宫中的战士和科考队员们几乎喜极而泣，原本已经做好了牺牲准备的他们，却又因为一场大沙暴而绝处逢生。欣喜不已的人们迅速地找来绳索垂下洞口。忽然，楚南飞惊讶地发现，刚刚还有几米深的水位在迅速下降，下降的速度几乎肉眼可见，于是急忙招呼上面的所有人找一切可以装水的用具。

地宫中一切可以用来装水的用具全部被集中了起来，这些考古工作者眼中的无价之宝被重新利用起来，毕竟经历了残酷的生与死的选择，为什么不努力地活下去？

一百多个被装满水的坛坛罐罐让楚南飞着实松了口气，精疲力竭地倒在一旁喘着粗气。一旁含笑望着楚南飞的周芳华原本想告诉他，这很可能是一种极为特殊的地下叠层暗流地质，下层暗河流淌的地下水会不断地涌入上层。

当涌入的地下水达到一定量的时候，就会形成喷涌，也就意味着很可能每隔一两天就会间歇性喷发一次，喷发出的水很快又会通过砂岩渗漏回地下暗河。

但是，面对这些已经被干渴折磨得徘徊在生死边缘的人，见到水就如同见到了亲人，现在几乎每个人都灌了满满一肚子水，横七竖八地躺了一地，就连秦老实也毫不例外，摸着圆滚滚的肚皮感慨道："舒服，真甜！真甜啊！"通讯员小赵似乎心事重重地来到楚南飞身旁，楚南飞疑惑道："有什么事？"

小赵欲言又止，好一会儿才缓缓开口道："楚副连长，我原来是准备报告情况的，后来我担心万一是误会，就没敢报告，现在江参谋长不在，我只能报告给你了。"

一旁分解擦拭武器的秦老实看了一眼忐忑不安的小赵，打趣道："放心吧！这破地方，就是天捅塌了，楚副连长都给你扛着，说吧娃！"

楚南飞瞪了秦老实一眼，拉小赵坐在身旁拍了拍肩膀道："有什么直接说，都是革命同志，有则改之无则加勉。"

得到鼓励的小赵从口袋里掏出一支派克金笔，秦老实一见金笔顿时眉头紧锁，声音严厉道："这是彭博士的东西，怎么会在你这里？三大纪律八项注意白背了？不拿群众一针一线还记得不？丢二连的人，老子揍死你算了。"

秦老实起身要打小赵，周芳华挡住秦老实："什么理由也不能打人，不拿群众一针一线，拿一针一线能有什么用？"秦老实被周芳华的话噎得面红耳赤，受部队和组织教育这么多年，三大纪律八项注意早已深入每一名官兵的内心，成为一种习惯反射。突然被人问拿一针一线能有什么用，秦老实顿时暴跳如雷。

"都冷静一点！"楚南飞扶起小赵从他手中拿过金笔仔细看了看，彭新宇确实有一支很相似的，派克金笔不是便宜货，楚南飞一直想买一块上海手表和中华钢笔，无奈囊中羞涩，与派克金笔相比，上海手表和中华钢笔加在一起都无法与之相提并论。

小赵微微有些颤抖道："楚副连长，真的不是我拿的，是在我的帐篷里面捡的，真的是捡的。"秦老实一听顿时脸一红，气鼓鼓道："以后汇报拣要紧的说，你早说捡的我能这么激动吗？"楚南飞拍了下小赵的肩膀微笑道："下次注意喽，记得及时上交。"就在所有人都松了口气之际，楚南飞突然脸色铁青地握着金笔愣在了原地。好一会儿，楚南飞缓缓转身询问小赵道："你是哪天在你帐篷里面捡到的？"

"就是电台被破坏那天,我出去打面汤,回来就发现电台被破坏了,我在帐篷地面上发现了这支金笔。"小赵说完后胆怯地退了一步。

楚南飞、秦老实、周芳华三人面面相觑,脸色铁青的楚南飞深深地呼了口气,继续询问道:"这么关键的线索为什么不及时上报?"

小赵支支吾吾说不出个所以然,楚南飞无奈地将秦老实拉到一旁,周芳华也紧跟过来,秦老实见楚南飞未表示异议,也没吭声,毕竟事态非常严重,多一个人商量也不是什么坏事。楚南飞掂了掂手中的金笔,将金笔递给周芳华,平心而论,楚南飞希望这支金笔是偶然在不恰当的时间,出现在了不恰当的地点,也就是说是有潜伏的敌对势力破坏分子在栽赃陷害。彭新宇和高格明是科考队的正副队长,既然组织选择了两人,那么自己也应该相信组织,其余的科考队员都是政治可靠、作风优良、精挑细选的业务骨干。部队这方面,楚南飞更不愿意怀疑自己的战友,一时间,楚南飞发觉自己陷入了一个死循环。他不愿怀疑任何人,那么就等于是所有人都有嫌疑。

楚南飞将目光转向了周芳华,周芳华摇了摇头道:"我对高叔叔比较了解,对彭博士了解不多,只知道他的健康情况出了大问题,这一次入疆考察,很可能就是他最后一次参加。"秦老实忧心忡忡道:"如果真是彭队长怀着不可告人的目的破坏电台,那么现在小分队的处境就十分危险了,我认为我们有必要派人前往深渊,提醒江参谋长。"

楚南飞深深地呼了口气,派克金笔不是寻常物件,彭新宇丢失金笔后竟然没有大肆寻找?这本身就是一个疑点。

周芳华沉思片刻道:"我认为秦司务长说得有道理,不论如何,彭队长始终都有一定的嫌疑,我也希望彭队长能够给我们一个合理的解释,洗清嫌疑。另外,彭队长所在的小分队只拿到了星光宝石,也就是开启深渊神域的地图,而开启神域的钥匙却在楚南飞这里,无论如何,我们都必须前往深渊。""什么开启神域?什么钥匙?副的,我怎么没听你提起过?"楚南飞略显尴尬地挠了下头道:"说来话长了,就是在车站加水的那会儿,死掉的那个女孩蒋依依交给我的,我这不是有顾虑嘛!"

秦老实看了一眼小赵,又看了看楚南飞一撇嘴:"还真是什么人带什么兵,老子不管了,你们就总藏着掖着吧!早晚出大事。"

楚南飞一把拽住秦老实,急忙掏出左口袋的好烟,不想烟完全被水打湿了,只能讨好道:"我的好老秦同志,我的好司务长,我保证下次再有任何事,都提前和你商量,行不?"秦老实点了点头,压低声音道:"副的,先说说你和周同志的事呗?我瞅她看你的眼神不一般。你们两个出去了三天,是不是借机加深同志友谊去了?"

楚南飞当即一瞪眼："我们是纯洁的革命友谊。"秦老实当即追问道："有多纯洁？"楚南飞咬牙切齿反击道："要多纯洁有多纯洁！"

这时，周芳华似乎发觉楚南飞与秦老实两人在小声嘀咕什么，于是走了过来道："你们两个又策划什么阴谋诡计呢？"显得有些慌张的楚南飞咳嗽了一下道："没、没什么，秦司务长，我命令你把下面工作的安排告诉周芳华同志。"

秦老实看了一眼若无其事的楚南飞："楚副连长同志，是你让我说的，我这人是直性子，说话办事不喜欢藏着掖着，你让我说，我可就竹筒倒豆子喽？"楚南飞刚要阻止秦老实胡说八道，一名科考队员气喘吁吁跑了过来大声道："楚副连长，周博士，不好了，出大事了。"

如果说福无双至，那么下一句祸不单行则是楚南飞最不愿意听到的话了，楚南飞赶到井口，只见眼前一片沙尘迷漫，上方的井口在沙暴负压的作用下，正在往下倾斜细沙。与井口一样粗细的沙柱激荡着沙尘，地面上的细沙已经堆成了小山一样，相信按这个速度用不了多久，整个地宫就会被细沙灌满。

几名试图寻找绳索向上攀爬的战士瞬间被沙流冲到一旁或者吞没，多亏秦老实带人抢救及时，才没出现人员伤亡。

刚刚从生死边缘逃过一劫的众人发现，为了躲避沙暴冒险进入地宫，却又一次陷入了绝境？用秦老实的话讲，又掉坑里了，还是一个接着一个的坑。

怎么办？怎么办？我们该怎么办？给大家找到水，挽救了大家生命的楚南飞成了危急关头的主心骨，几乎所有的人都聚集在楚南飞身旁。

楚南飞清楚，越是紧要关头，他就越需要沉着冷静应对，给大家活下去的希望，眼下没有什么比希望更重要的了。楚南飞环顾肆意迷漫的沙尘，犹豫片刻道："大家把地宫里的青铜器都拿上，把装水的容器都绑结实了，我们从下面出去。"

在楚南飞的安排下，众人开始忙而有序地将背包绳、绑腿等连成绳索，先将体质较弱的女同志和老同志放下去，地宫内几乎一切可以当作挖掘工具的青铜制品被扫荡一空。

就连一向视文物为命的黄老也没有提出异议，人毕竟要先活着，望着这些被当成工具准备使用的青铜制品，黄老一阵阵的揪心不忍，最后干脆来一个眼不见心不烦。

周芳华将楚南飞拽到一旁小声道："从下面出去？下面哪里有路啊？"

楚南飞看了一眼忙碌起来的众人，眉头紧锁道："那你说怎么办？坐以待毙吗？没有路，我们就凿一条路出来。"乌云挡住了月亮，大风吹得沙粒如同机枪子弹一般肆意横扫，除了风声、沙粒吹打的声音之外，整个56号兵站死一般寂静。

在来回摇曳的灯罩下,两名手握五六式半自动步枪的战士身穿臃肿的大衣,在寒风中不停跺脚活动,避免身体被寒风冻僵。

老兵油,指的就是服役年限长的老兵。老兵熟悉本部队内部的连排军事主官,一些不关乎原则的问题,老兵会采取灵活机动的方式处理,往往这个时候,干部们就会选择视而不见听而不闻,因为大家都清楚,老兵都有分寸,而且老兵才是一支部队战斗力的支撑。

王大力与赵二牛都是第五年超期服役的老兵了,此刻两人站在医护室门口冻得瑟瑟发抖,不远处就是岗哨亭,但两人却不敢离岗躲避一下寒风和沙尘,因为他们的岗是刘站长亲自派的。王大力扒着窗户向医护室里面张望,兵站钱医生似乎在隔离病房忙着什么。隔离室门外站着一名挎着短枪的警卫排战士。

王大力打了一个喷嚏,拉紧了衣领迷惑不解道:"我说二牛,下午刘站长布置任务的时候交代说,伤员如果有什么过激举动就当场击毙?你说咱们站长这命令是当真的吗?"

赵二牛撇了下嘴:"俺哪知道?站长下的命令就是命令,我们执行就好了,你也是老同志了,怎么总出新情况?"背靠窗户的王大力略微不满道:"刘站长可说了,过激举动,什么是过激举动?给咱俩一耳光?踹咱们一脚?而且,伤员救回来的时候半条命都不剩了,还能有啥个过激举动?"

赵二牛也面带疑惑道:"说起来这小子命真大,这戈壁大漠的,就算给他地图和指南针都未必能找准地方。记得上次六班的司机老成大哥吗?下车方便就硬是找不到车了,最后尸体在距离车不到一千米的沙丘后面找到的,车上水油全齐,解手有必要走那么远吗?最后渴死,你说邪门不邪门?"浑身直起鸡皮疙瘩的王大力推了一把赵二牛:"咱们可是党领导下的无产阶级革命战士,横扫一切牛鬼蛇神,我可警告你赵二牛同志,你的思想有了问题了。"赵二牛当即反击道:"呸,你小子也配批评我?"

赵二牛和王大力闲得无聊在斗嘴,医务室内钱医生正在给病患抽血,结果抽出的是如同白色油脂的膏状物。

钱文斌虽然有着二十几年丰富的临床经验,但这样的病患他却是第一次见到。作为奉命调入5619部队的第一批医疗工作者,钱文斌清楚其中的含义,国家处在举步维艰的困难时期,军队要忍耐,要为国家多做贡献。

56号兵站不是什么风水宝地,极度恶劣的自然环境下,牺牲对于驻扎在这里的官兵来说已经是常态了,每一次离别都可能是朝夕相处的战友最后的告别。

钱文斌将白色的血样放在电子显微镜下，他非常清楚这台珍贵的仪器的价值，如果在之前的军区医院，启用电子显微镜必须要通过院长的批准，调入5619部队之后，他自己就能够做主了，对于钱文斌来说，5619绝对不是一般意义上的部队。

电子显微镜下，细胞在迅速地滋生变化，其衰变的速度肉眼可见。死亡和新生竟然同时发生在一个单细胞核上？一时间，钱文斌彻底凌乱了，他所掌握的全部知识根本无法解答他所见到的一切。钱文斌擦了擦自己的眼镜，重新戴好眼镜，将他所观察的病患的一切全部记录下来。记录：1978年11月27日，连续观察病患20个小时，尚不确定病患被何种病原体感染，以及感染途径，病患体内血液呈白色胶状，单体细胞核出现衰减和新生两种特征，持续观察中。

医务室的隔离病房内，一具干瘪的躯体忽然猛地一震，因为被牢牢固定在病床上，所以带着病床一同腾空离开地面几厘米，发出巨大的响动。

隔离病房外的警卫排战士立即抽出手枪，拉动滑套上膛，忽然，病房内的灯闪了一下熄灭了。警卫战士警惕地环顾四周，忽然，门口传来脚步声，于是警卫战士打开随身的手电，轻声呼唤："钱大夫？钱大夫？"

当警卫战士的手电照到病床上，发现病床上空空如也，捆绑带全部断裂一旁。心中一惊的警卫战士转身想冲向警报器，黑暗中一双血红没有瞳孔的眼睛在死死地盯着他……风沙肆虐，寒气逼人，王大力和赵二牛正斗嘴斗得不亦乐乎，忽然黑暗中一个阴影笼罩向两人……妈呀！王大力和赵二牛几乎同时操起了半自动步枪，钱文斌一脸严肃地望着两人："执勤上哨也敢抽烟？胆子太大了。"

被吓了一大跳的王大力和赵二牛急忙拦住钱文斌央求道："钱大夫，您是大好人，救死扶伤，我们哥俩是天太冷，抽根烟解解乏，保证下不为例。"

钱文斌点了点头："这一点我理解，现在是非常时期，辛苦一点，明天增援部队就来了。"听说有增援部队，王大力和赵二牛兴奋了起来，因为之前有敌对势力偷偷越过边境一事兵站已经通报过了，有敌对分子就意味着有战斗，而有战斗就意味着能够立功。

望着摩拳擦掌的王大力和赵二牛，钱文斌无奈地笑了笑，战士就是这么单纯，当了这么多年兵，总不能什么成绩也没有吧？好歹消灭几个敌人，立个军功，就算复原回家说起来大小也是个战斗英雄，说房媳妇都比别人容易。

钱文斌进入医护室，发现走廊包括隔离病房的灯全部熄灭了，只有他办公室有一丝微弱的光亮。刚走了两步，钱文斌闻到了一股极其熟悉的味道，是血的味道？钱文斌掏了几下才从腰间的枪套中抽出手枪，然后缓步向门口退去，因为刘站长交代过他，门口

第十二章　福无双至

的两名战士是给他的最后保险。

在钱文斌缓缓退向房门的时候，房顶的一角，一双血红色的眼睛出现在黑暗之中，啊！一声惨叫吓了王大力和赵二牛一大跳，两人纷纷将子弹上膛，赵二牛用力地拽医护室的门把手，大门纹丝不动。这时，一摊鲜血顺着门缝下面渗出。

王大力站在窗户前，将枪口指向大门："还傻愣着干什么？快去报告站长。"

赵二牛刚一转身，就听到玻璃、木头窗框破裂的声音，猛然一转身，眼见站在窗前的王大力被什么东西一下拽进了医务室。紧接着黑漆漆的医务室内传来连声枪响和枪口喷焰的闪光？然后，一切回归寂静。

枪声就是战斗命令！

"大力！大力，混蛋玩意，什么怪物？有本事出来，老子戳死你！"赵二牛唰地一下抖开了枪口下的三棱刺刀，大吼着冲向医务室大门。

就在他刚刚靠近医务室大门的一瞬间，大门忽然由里往外爆裂而开，赵二牛下意识地用步枪挡在胸前，整个人被撞飞出去。扎了一身一脸木刺的赵二牛挣扎着去摸自己的步枪，摸到的只有半截枪托，赵二牛两眼一黑失去知觉。

第十三章 绝地求生

　　流沙不断地从塌陷口灌入，在隆隆的响声中扬起一阵阵烟尘，仿佛敲响了倒计时的钟声一般。人多力量大，同时也感谢古魔罗人锻造的青铜合金武器，竟然能够劈砍开坚硬的砂岩。楚南飞的计划十分简单，开凿出可供人攀爬的落脚点和着力点，挑选几个灵活的攀爬上去，再用绳索把体质较弱的女同志和水吊上去。

　　位于十余米高的洞口有一个探出的小平台，对于楚南飞等人来说无疑越往上难度越大，不断有人跌落，跌落的再爬起来，拼命敲击着坚硬的砂岩，发出一片叮当声，所有人都非常清楚，他们是在和死亡赛跑。

　　塌陷的入口越来越多的流沙开始涌入，距离洞口不足五十厘米的楚南飞此刻扭曲着身体，因为没有着力点，青铜斧只能徒劳地在砂岩上留下一道道白色的痕迹，焦急的楚南飞略微一用力，脚一滑，整个人一下悬空了。

　　叮当跌落的青铜斧引得众人一片惊呼，一只手扣住石壁凹槽的楚南飞趁机调整了一下身体，仰望近在咫尺的洞口，突然，猛地纵身一跃。

　　下面包括周芳华在内的所有人几乎全部倒吸了一口凉气，近十米的高度，下面都是坚硬的砂岩，摔在上面非死即伤。

　　楚南飞的双手手指勉强抠住了洞穴的边缘，几乎用尽了全身力气，在众人的欢呼声中，楚南飞终于攀爬了上去，用自己随身的背包带连成绳索，与脸上洋溢着欣喜的众人不同，清楚情况的周芳华眼中充满担忧。

　　一旁不动声色的秦老实注意到了周芳华担忧的神情，秦老实望了一眼洞口的楚南飞，他宁愿相信周芳华的担忧是因为楚南飞的冒险，而并非楚南飞有什么事情隐瞒自己。

　　自己当时从哪里掉落下来的？之前掉落下的沙子已经全部被水冲走了，楚南飞只能

用最笨的办法,边走边用魔罗古城遗迹带出来的青铜战斧不断劈砍洞穴甬道的顶部,寻找那个隐秘的流沙入口。

众人一路叮叮当当地敲打过来,果然,功夫不负有心人,真的有一处洞穴甬道顶部的砂岩薄壁被敲打开了,水桶粗细的流沙瞬间灌入。

"大家把沙子扒开,快!"秦老实组织众人将流淌下的流沙清理开,以便让更多的流沙漏下来,因为只有漏光了流沙,他们才能找到出去的路。所有人显得十分兴奋,颇有一些一波三折,逃出生天的感觉。

只有站在楚南飞身旁的周芳华沉默不语,在周芳华的记忆中,之前她与楚南飞似乎根本没走这么远,这么所谓的出口恐怕根本不是两人陷入流沙被吞噬掉落下的地方。

犹豫再三,周芳华轻轻拉扯了一下楚南飞的衣袖道:"南飞,我感觉有点不对。"

南飞!这无疑是一个相当亲密的称呼,至少楚南飞没被人这么称呼过,周芳华的一声南飞,悄然间,楚南飞发觉自己心底似乎什么东西如同冰雪一般融化了。

还好洞穴甬道内只靠几支手电照明,大家都在奋力转移沙子,没人注意到表情尴尬的楚南飞。"什么事?"楚南飞轻声回应。

周芳华也压低了声音:"你注意到了没有,这个位置比之前我们陷入流沙掉落下来的位置要远许多,或许说两者根本不是同一个地方。"

颇有顾虑的楚南飞环顾左右,悄声道:"我也知道,现在只能大体确定我们被流沙陷落下的位置区域,好歹也是一个希望。"

周芳华嘴唇微微地动了动,最终选择了沉默,希望这两个字压在每个人的心头,一路走来,每到山穷水尽的时候,总能出现奇迹和转折,周芳华真怕这种好运气被用光,下意识地摸了摸自己口袋里面的欧米茄怀表。

大量的流沙堆积被众人拼命推到一旁,慢慢的流沙越来越少,每个人的脸上都洋溢起喜悦的笑容。

这时,洞穴甬道内传来一阵欢呼声,挖通了,挖通了!

铺天盖地的沙暴也开始减弱了,远方的天际出现了一丝蓝色,如果说六月天像小孩子的脸,那么,大漠中的沙漠就犹如更年期的女人一般。

望着逐渐减小的风沙,彭新宇兴奋地来到江一寒面前:"江参谋长,沙暴减弱了,我们可以开始行动了,时间宝贵啊!"

江一寒不悦地微微皱了皱眉头,说实话,江一寒现在发现彭队长似乎只在乎他的科考,罔顾一切,甚至不惜冒险。如果不是自己坚持多等了两个小时,在沙暴最为猛烈的时候小分队向深渊运动，天知道会发生什么意外。

大漠的可怕之处就在于几乎毫无规律可循，这是对人类修建水库、拦河筑坝、疯狂破坏植被的惩罚，大漠的无情似乎成了另外一种预警。

蓝蓝的天空，万里无云，肆虐的沙暴停止了，就仿佛从未发生过一般。穿过一大片的废墟遗址，第一次见到规模如此庞大的古建筑遗址的众人几乎是走走停停，科考队员被废墟遗址的规模惊呆了，他们很难想象，当年这些建筑物群是多么宏伟壮观。

在江一寒眼中，废墟透露着一丝狰狞，让他有些不安，他不时摸一摸腰间的手枪。

小分队很快来到了深渊边缘，如果要用一个准确的词形容深渊，从地质学的角度只有"天坑"最为适合了。江一寒指挥小分队的战士开始铺设安全绳，望着近三百米直径深不见底的深渊，他不禁皱了皱眉头。

深渊边强劲的上升气流一下吹飞了小眼镜的军帽，情急之下小眼镜伸手抓向军帽，一不留神脚下踏空，整个人摔向了漆黑的深渊。

千钧一发之际，黄大壮一把拽住了小眼镜身上的弹带，一把将小眼镜从黄泉路上扯了回来。小眼镜感激万分地望着黄大壮，结果黄大壮则一副毫不在意的模样，就仿佛刚刚顺手救回了个小猫小狗一般。

江一寒看了一眼被吓得惊魂不定的小眼镜，叮嘱大家要注意安全，彭新宇来到江一寒身旁，兴奋地环顾左右道："江参谋长，希望我们此番能够不负众望，不虚此行。"

江一寒望着深不见底的深渊沉声道："彭博士，下面到底有多深？"

下面到底有多深？面对江一寒的询问彭新宇微微一愣。

"你们在聊什么？"恰好走过来的高格明成了彭新宇的"稻草"，而且还是救命的"稻草"。彭新宇顿时直接甩包袱道："考古和地质方面的问题，高格明同志要比我了解，高博士，你给江参谋长介绍一下情况吧！"

对于自己成为"救命稻草"，高格明明显有点介意，颇为无奈道："这是一种特殊的喀斯特地貌，我们简称为天坑，一般意义的天坑是指具有巨大的容积、陡峭而封闭的岩壁，产生在厚度特别巨大、地下水位特别深的可溶性岩层中，从地下通往地面，平均宽度与深度均大于一百米，底部大多与地下河相连接。"

涉及自己比较擅长的领域，高格明越说越快，越说越兴奋，包括江一寒在内的几名在场的军人都是一头雾水，什么喀斯特？什么地下暗河？什么可溶性岩层？黄大壮一撇嘴不屑道："跩什么跩？一会儿有本事自己下去。"

对于高格明的答非所问，江一寒不悦地皱起眉头，高格明见状急忙停止卖弄继续道：

"墨西哥中部的燕子洞深达1400英尺,也就是大约426米左右,是世界上目前已知最深最大的洞穴之一。"

"那与我们眼前的深渊相比呢?"江一寒指了指眼前的深渊,江一寒不瞎,眼前一眼望不到底漆黑一片的深渊让他有点毛骨悚然,江一寒同时第一次发现,自己似乎有些恐高。高格明点了点头道:"之前的科考队抵达了深渊下方的第三阶平台短暂逗留,当时的深度是370米左右,也就是说如果深渊真有传说中的九阶的话,那么那将毫无疑问是世界最深的洞穴。"

黄大壮向江一寒报告,三条索道和配套的安全锁全部安装完毕,江一寒无奈地点了点头,由于驻地遭遇袭击和沙暴,小分队丢失了大部分的物资和装备,原本架设二十条复合索道的物资仅仅剩下三套了。

江一寒亲自带队打头阵,深渊光滑的石壁上有很多年代久远的壁画,随着安全锁的不断延长,强烈的上升气流吹得江一寒睁不开眼睛,只能紧贴着石壁缓缓下降到了所谓的第一平台,一片狼藉的平台上仍然留有大量被损坏的装备和零散的物资。

破损的电台,丢弃的文件箱,散了架的样本柜,一只被开膛破肚的水壶仿佛在哭诉被遗弃的经历。当彭新宇和高格明看到这些零散的物资的时候,两人沉默不语,即便不说,大家都清楚,这是上次科考队遭遇袭击时遗弃的。

遇袭地点就在第三阶平台,科考队当时在那里发现了一处古代祭坛遗迹,随后毫无准备的科考队就遭到了袭击。

黄大壮组织架设安全锁的间隙,江一寒巡视第一阶梯平台,走在砂石之上,江一寒的心情十分沉重,或者说茫然更为恰当。

从56号兵站出发到现在,江一寒已经损失了超过半数的部下,一张张熟悉的面孔不时浮现在他眼前:年轻耿直、敢于和自己顶着干的副连长楚南飞,老实忠厚的司务长秦老实,美丽动人的周芳华。

踢了一脚地面上的碎石,江一寒发觉自己似乎更加心烦意乱了,自己还能再见到他们吗?江一寒期盼有人告诉自己答案,虽然是为了完成任务,他还是抛弃了自己的部下,这是军人最大的耻辱。

忽然,江一寒发觉脚下被自己踢开的沙土中竟然有几枚锈迹斑斑的弹壳。拾起弹壳,江一寒微微一愣,铜制的五一弹壳?标准的七点六二毫米口径,我国缺少铜矿资源,陆军编制又十分庞大,所以轻武器弹壳大多采用钢壳覆铜。

五六式冲锋枪使用的是三九弹,而五七弹大多是重机枪使用,但是这两枚弹壳口径明显大于七点六二毫米，从弹壳上的锈迹分析，这两枚弹壳是近期掉落的，江一寒环顾平台上的几块巨石，难道有什么人在科考队之前先期抵达了深渊？

江一寒拿着弹壳连续问了几名战士，结果都说有点像重机枪弹壳，感觉大小有差别，黄大壮见参谋长来回摆弄几枚弹壳，顺嘴说了一句："这事还不好办，问咱们连天地通老司务长啊！"黄大壮话一出口，连他自己都意识到了问题，一旁几名正在忙碌架设安全锁的战士和帮忙的科考队员都不约而同地减慢了速度，每个人都陷入了属于自己的回忆中。

小眼镜破天荒地瞪了救命恩人黄大壮一眼，从江一寒手中接过弹壳仔细看了看，掏出自己的笔记本认真对照："参谋长，我们的弹壳底部一般是生产厂家数字、批号和口径，但是这些弹壳底部只有英文字母和希腊数字，而且要比我们重枪弹壳轻，应该是步枪弹壳。""步枪弹壳？"江一寒自言自语，突然，江一寒在一块巨大的岩石的石缝旁发现了露出阴影的一个胶鞋头。

有人？江一寒做了一个警戒的手势！

几名战士立即拿起武器放轻步子包抄过去，江一寒抽出手枪轻轻拉动滑套，见已经上膛，于是扳开机头，保持警觉小心翼翼地靠了上去。

一时间，气氛顿时紧张起来，连同平台上的温度都仿佛降低了几度，彭新宇与高格明则一脸担忧地躲在一旁不停张望。

江一寒向小眼镜点头示意，小眼睛掏出了一枚手榴弹，旋开底盖，捅破防潮纸，紧张地拽着拉火线，黄大壮则端着机枪正面包抄。

所有人的注意力全部集中在了江一寒等人身上，彭新宇和高格明丝毫没有注意到，在他们身后，一路少言寡语的向导奥吉拉正悄无声息地向两人背后摸去。

"不许动，缴枪不杀！"黄大壮的经典语录，震破天的大嗓门几乎吓了所有人一跳，黄大壮满脸疑惑地站在石缝前，手中的武器也放了下来，一脸无可奈何的黄大壮上前一步一弯腰，捡起了一只破损的胶鞋对江一寒晃了晃。

一只破胶鞋？江一寒尴尬地咳嗽了一下，将手枪机头落下，向高格明、彭新宇挥了挥手："没事了！"江一寒注意到向导奥吉拉似乎就站在高格明和彭新宇身后不远，见到自己挥手一下躲开了？自己一直怀疑这个奥吉拉有问题，楚南飞却偏偏要什么证据，敌人都是狡猾的，尤其潜伏在队伍内部的敌人更加狡猾，从翻译小丁被害到电台被人为破坏，江一寒就认定了队伍里面有敌特破坏分子存在。

拿着胶鞋正准备扔掉的黄大壮不经意间发现胶鞋里面竟然有一只枯干发黑的断脚，

被吓了一跳的黄大壮随手一甩，断脚连同胶鞋全部摔入了小眼镜的怀中。

"妈呀！"枯干发黑的断脚吓得小眼镜猛原地一蹦，忘记了手中还握有手榴弹，情急之下用双手去胡乱外拨。

破胶鞋、断脚，连同被拉开了引信咻咻冒着白烟的手榴弹一同掉落在地。这一刻，全部人的目光都集中在了咻咻冒着白烟的手榴弹上。

谁都非常清楚，六七式木柄手榴弹采用铸铁弹体，全弹质量六百克，弹径四十八毫米，主装药为三十八克TNT，引爆时间为三点五秒到五秒，可产生七十到一百十一个破片，杀伤半径七米，破片离炸点八十米以外仍有杀伤威力。

最要命的是这批文革时期制造储存的六七式木柄手榴弹，引爆时间根本没那么精确，七名战士全部都在有效杀伤范围之内，千钧一发之际，江一寒纵身一扑，推开了浑身僵硬的小眼镜，用自己的身体压住了手榴弹。

江一寒从来没感觉过一秒钟有那么长，或者说自己离死亡那么近。原本他完全有机会躲开手榴弹爆炸的威胁，那一瞬间他不由自主地冲了上去，他从小受到的教育就是先人后己，舍己为人。危难关头，共产党员、军官自然要挺身而出，冲锋在前，这是不需要考虑和质疑的。五秒钟、六秒钟、七秒钟？手榴弹哑火了……

在鬼门关前走了一遭的江一寒几乎脱力地从地上坐了起来，江一寒不是不想站起来潇洒地挥下手，告诉他的部下，这是小意思。

真实情况是江参谋长的腿也软了，并且麻了，坐起来都有些勉为其难，不过，江一寒从黄大壮、小眼镜等战士的眼中看到了另外一些东西：尊敬和崇拜，就像在此之前，战士们看楚南飞的目光一样。这一刻，江一寒彻底明白了，之前战士对自己只有尊重，他们尊重自己是因为自己是他们的参谋长，却并不认同自己与他们属于同一个集体，仅此而已。而现在，自己用行动赢得了战士们发自内心的崇敬。

彭新宇和高格明相互对视，他们此时此刻的心情可谓是几起几伏，一连串的突发事件让两人觉得心快要从嗓子眼里面跳出来。

江一寒笑着将手榴弹丢给黄大壮，惹了祸的黄大壮摆弄了几下，一扬手："什么破玩意！关键时候出么蛾子。""别扔！"江一寒话刚出口，手榴弹就已经旋转翻滚着划出一道长长的抛物线飞了出去。轰！手榴弹凌空爆炸！

一阵弹片如同雨点一般敲打在石壁上，江一寒在内的所有人全部目瞪口呆，许久，江一寒才缓缓道："虚惊一场！"没有人注意到，在深渊的对面一端，一个光点一闪即逝，一串有序的脚印旁，一根带有口红的半截香烟随风滚动。

第十四章 奇袭废墟

黑暗，人类最原始的恐惧源头！

从空中俯视深渊，就宛如一个巨大的耳朵中间的耳洞，深不见底。

手榴弹在空中爆炸，轰鸣声在深渊内激荡，每个人的耳膜都在嗡鸣，江一寒抹了一把额头上的冷汗，哑火的手榴弹会再次爆炸？十万分之一或是几十万分之一的概率被自己赶上了？突如其来的爆炸，极大地出乎了江一寒的意料之外，如果不是黄大壮手欠将哑火的手榴弹丢了出去，恐怕这会儿他所要面对的就只有"伤亡惨重"四个字才能形容了。

作为一名被众人用钦佩的目光注视着的"英雄人物"，此刻黄大壮目瞪口呆地站在原地，心中如滚滚黄河之水，下身的尿意频频，黄大壮确实勇敢，不缺乏勇气，但是哑火手榴弹再次爆炸，对于这种毫无准备的突发事件，黄大壮同样心有余悸，脸上一丝血色也没有。

好在彭新宇及时出现安慰道："同志们，大家都没事吧？没事就好，刚刚这位解放军同志非常勇敢，科考结束后，我要向上级给这位英勇的解放军同志和全体解放军同志，以及我们的科考队员庆功，你们以自己的忠诚热忱和实际行动，向祖国交上了一份满意的答卷。"

江一寒不可否认，彭新宇确实说得冠冕堂皇，也确实起到了鼓励作用，但是小分队的成员依靠着鼓励能够维持多久？小分队抵达第三阶平台会不会遭到上一次科考队一样的袭击？一切都是未知数。

科考队迅速回到了工作状态，所剩无几的装备也开始向第三阶平台运送。

江一寒则带着黄大壮和另外一名战士，开始搜寻有极大嫌疑的向导奥吉拉，结果非

常令人吃惊，奥吉拉竟然从第二阶平台消失了，而且消失得无影无踪，连随身的毡垫包裹都不见了，没有任何属于他的东西留下，甚至在他刚刚活动的地方连脚印都没有，仿佛奥吉拉从来不存在一般。

有没有人见过奥吉拉？有没有人见过向导奥吉拉？江一寒几乎问过了小分队的每一个人，竟然没有一个人注意过奥吉拉的行踪。在第二阶平台上，奥吉拉飞天还是遁地了？江一寒面色凝重，看来这个奥吉拉向导确实有问题，而且问题不小，很有可能就是自己一直追查的敌对势力潜伏破坏分子。

无意中，江一寒的手摸到了深渊的石壁上，光滑得有如玻璃镜面一般的石壁让江一寒微微一愣，擦掉石壁上的沙尘，江一寒用手电照了照石壁，岩石竟然呈现了一定的透光度，如同啤酒瓶底般的墨绿色。

江一寒抬头望了一眼深渊上方的天空，整个深渊似乎呈漏斗状，上大下小，随着不断下降的深度，深渊的直径也在缩小，石壁上有一种螺旋下降的纹路非常明显。

高格明与彭新宇来到江一寒身旁，对于江一寒的发现，两人会意地一笑，高格明用地质锤敲打了几下石壁，发出清脆的敲击声，即便在地质锤的敲击下，石壁依然完好无损。

江一寒抬头望了一眼天空，不知道为什么，自从他下到深渊之后，就开始对蓝天特别的眷恋。通往第三阶平台的索道搭设完毕，由于上一次科考队就是在第三阶平台遇袭的，所以江一寒五名战士先行抵达平台进行侦查。

在彭新宇等人的注视下，江一寒接过黄大壮递过来的绳卡，却不料绳卡的一端弹簧片失灵脱位，把江一寒的手指划破了一个口子，江一寒微微皱了下眉头，鲜血顺着手指的伤口流了出来，滴落在沙尘上。

血一样迷人的颜色，鲜红的液体在晶莹剔透的酒杯中旋转，茫茫大漠中，沙丘上红色的太阳伞是那么的显眼，阳伞下一名金发碧眼的美女懒洋洋地坐在躺椅上，高高举起红酒杯对着太阳，在阳光的照耀下，酒杯里的红酒反射出一道彩虹。

许久，金发美女缓缓起身，站在她身后的两名西方人面孔，身材魁梧全副武装的壮汉立即手扶自动步枪警惕地站在周围。

沙丘下，几辆三沙迷彩的路虎卫士整装待发，一名用阿拉伯头巾包裹着头部，脸上一道长长的疤痕充满戾气，三角眼不停来回转动的家伙来到美女面前，极为恭敬道："温莎小姐，都已经安排好了，只不过有些不请自来的客人。"

温莎微笑地望着疤脸大汉："西蒙，你的西伯利亚冰熊不是世界上最好的佣兵部队，我却给了你最高的价格，你知道为什么吗？"

一提到钱，西蒙的三角眼不由自主地抽动了一下，谦卑道："全凭温莎小姐吩咐。"

温莎将自己的手中的酒杯交到西蒙手中，缓步走向车辆，有些莫名其妙的西蒙望着酒杯发呆。以十分优雅的姿态走到车前的温莎忽然转身，莞尔一笑："我的目的十分简单，不需要你说，只需要你按我的吩咐去做，我不需要过程，只需要结果，明白吗？"

当着一大批自己的部下，西蒙尴尬地点了点头："如您所愿！"

温莎的温柔的跋扈让西蒙无力招架，实际上更让西蒙无法拒绝和抵挡的是十倍的酬金，也正是这天文数字一般的酬金，才让他利令智昏，答应了保护温莎潜入中国境内的疯狂计划。

西蒙来到温莎车窗旁，他总感觉温莎的那双眼睛会说话一般，又或者能够洞穿人的灵魂知晓一切，跟这样精明的女人打交道简直是一种变相折磨。

西蒙无奈地敲了下车窗玻璃，温莎嘴角扬起了一丝带着柔情蜜意的微笑，如果西蒙不是经常照镜子，他几乎以为温莎对自己有意思，温莎的微笑对于每天游走在生死边缘的西蒙来说，充满了危险的气息。

调整里一下被温莎的微笑影响的情绪："温莎小姐，出于对您和团队的负责，我必须再次提醒您，这里是中国，他们的军人虽然武器装备落后，但他们的意志犹如钢铁一般，我希望我们能够迅速完成任务，远离这危险之地。"

西蒙作为一名为金钱服务的雇佣兵，在他的眼中除了金钱就是上帝，谁能让他惧怕，连续再三地提醒自己？温莎略微犹豫了一下，指着深渊："如果下面隐藏着魔鬼和怪兽，面对即将到来的中国军人，你更愿意面对哪一个对手？"

西蒙顿时一愣，几乎毫不犹豫回答道："我选择魔鬼和怪兽。"

"哦？为什么选择魔鬼？"温莎显然对西蒙的回答十分感兴趣。

西蒙微微一笑："魔鬼只存在于神话故事中，而中国军人会活生生出现在你面前，他们十分和善，甚至谦卑，只要不触及他们的底线，他们从来不主动出击。"

温莎饶有兴趣地看着西蒙脸上的疤痕："中国古代有一位英年早逝的青年将军，他有一句名言，犯我强汉者，虽远必诛。对吗？"

西蒙一脸茫然地摇了摇头，又点了点头："我虽然不懂这句话的含义，但我可以理解为不死不休，温莎小姐，我们确实是为金钱出卖灵魂，前提是我们还活着，去享受金钱带来的愉悦。"温莎点了点头，指着深渊微笑道："既然勇敢的西蒙骑士愿意对抗魔鬼，就请你保护我这个公主吧！"

天只有拇指那么大，伸出拇指就挡住了天空。

或许这就是一叶障目！

一切沉寂在混沌之中，光明在这里无法驱散黑暗，反而黑暗会吞噬光明。

站在深渊第八层的伦雅圣女轻轻了叹了口气，收回了手，天空又出现了。

伦雅圣女想起了魔罗古城遗迹的那场血战，她损失了几十个勇士，原以为那群人会知难而退，没想到竟然如此固执，不仅追到了深渊，还丢炸弹示威？

都满大祭司已经从神那里得到了旨意，消灭这些入侵者，却被本杰明那个胖猪一样的家伙拦住了，伦雅圣女没想到，本杰明竟然能够令一向固执守旧的都满大祭司改变心意，由杀死入侵者到俘虏活捉入侵者。

虽然只是一个小小的改变，却让伦雅圣女深深地感到不安，本杰明已经是第三次到来了，这个善于投机钻营的家伙几乎收买了全部的沙民，在大多数兽战士和几个兽武士口中，本杰明是一个慷慨的家伙，很讨人喜欢，总能够众人带来意外的惊喜，那些精巧的机械方便了很多人的生活，一部分人产生了依赖。

正是如此，伦雅圣女才感觉到了一种危机感，那就是整个魔罗一族在悄悄变化，而这种潜移默化的转变几乎被所有人都忽略掉了。

魔罗一族的信仰正在面临一场危机？有些时候，伦雅圣女觉得自己似乎有些危言耸听了，但是，降神仪式的转化率越来越低了，整个魔罗一族仅存都满大祭司一位兽将，至于兽神武士、兽神将、兽王仅仅存在于传说之中。

一名黑袍侍卫快速来到伦雅圣女身旁低声道："圣女，都满大祭司阁下有请，大祭司阁下要召集盟会。"

伦雅圣女微微皱了一下眉头，都满大祭司要召集"盟会"？"盟会"对于魔罗一族来说拥有非比寻常的意义，魔罗一族辉煌时代，是十二长老与大祭司共同为兽王治理国家，兽王则向至高无上的兽神敬献祭品，祈求能够进入神域获得更为强大的力量。直到突然有一天，魔罗帝国分裂为两派，一派认为追求终极无法控制的力量是走向自我毁灭，于是带走了神匙，建立了魔罗古城，与深渊派相互征伐，直到魔罗古城被沙海吞没。

对于都满大祭司要召开盟会，伦雅圣女眉头紧锁，由于魔罗一族人丁凋零，十二长老势力早已瓦解，近两千年没有兽王在位，大祭司一言九鼎，难道都满大祭司召开盟会是为了那件事？

深渊边缘的沙井旁，温莎皱着眉头向下看了一眼，在温莎不远处，一名小分队的警戒战士牺牲在井沿边，搭在井边的手指还在向沙井中滴着鲜血，温莎优雅地从一旁的侍从手中接过一瓶矿泉水，润了润喉咙，将水很随意地洒在了手臂上。

蹲在地上正在过滤浑浊沙井水的佣兵用不可思议的目光望着温莎，深渊边缘利用卫士越野车架设升降设备的西蒙停下了手中的工作，注视着温莎的一举一动，在西蒙眼中温莎这样有如温室娇花的人就不该深入戈壁大漠，沙漠中水的珍贵胜过一切。

很快，升降平台搭设完毕，西蒙将自己最得力的手下光头尼克招到了身旁，两人点燃雪茄，西蒙环顾左右压低声音道："给你留五个人，我带十个人下去。"

西蒙意味深长地看了一眼深渊边缘，用力地拍了拍光头尼克的肩膀，一同出生入死近十年的光头尼克明白西蒙的意思，升降平台和索道是唯一的退路，于是点了点头："只要我还活着，升降机和索道就不会有问题。"

不远处，温莎正拿着一个尺寸颇大，带有二十四道分格以及经纬线的屏幕，来回调整天线，很快，屏幕上方出现了两个亮点，温莎满意地一笑："出发！"

江一寒环顾第三阶平台，作为科考队遇袭地点，第三阶平台上曾经爆发了一场激烈的战斗，更准确地说是一场屠杀，几十名警戒的战士与科考队员牺牲在这里。

让江一寒不解的是，除了砂岩石柱上的弹孔，第三阶平台再也没有激烈战斗交火的痕迹。彭新宇迅速地来到神庙遗址的祭坛前，似乎在寻找什么，高格明也开始部署科考队员开始围绕着祭坛用工兵锹进行挖掘。

很快，在彭新宇的指挥下，科考队员又更换了位置进行挖掘，似乎有些焦虑的彭新宇在不停翻着蒋博士的日记本，似乎在寻找对照什么。过了一会儿，彭新宇来到江一寒面前，请求江一寒派战士帮助挖掘。

"我们到底要挖什么？"对于江一寒的疑惑，彭新宇颇为无奈地解释道："代号'未来'的骨骼就是在第三阶平台上的魔罗神庙遗址内发现的，根据蒋博士的日记，第三阶平台的魔罗神庙遗址藏有一个非常重要的线索。"

江一寒忽然想起了周芳华曾经说过，代号未来的骸骨拥有二十四对染色体和堪称完美的DNA链条，骸骨的强度为普通人的六十倍。碳14定年测试显示这副骸骨大约有一万五千年左右的历史。

除了黄大壮三名战士继续警戒外，其余的五名战士全部投入挖掘工作，魔罗神庙遗址的范围十分大，几乎占据了第三阶平台一半以上的面积，在偌大的遗址内寻找彭新宇所说的重要线索，无疑是大海捞针。

当的一声，工兵铲与坚硬的砂岩擦出一溜火花，被震得双臂发麻的一名战士用手拨开沙土，兴奋地挥动手臂大声道："下面有东西！"

一阵热风袭过，头昏脑涨的楚南飞一个不留神，顺着沙丘径直翻滚下去，试图拽住

楚南飞的周芳华和秦老实也滚落沙丘之下。

三人躺在滚热的沙丘下喘着粗气，楚南飞颇为疑惑道："不应该啊！按理说我的体能素质应该比周芳华一个女同志强很多，怎么会是我第一个出情况呢？"

秦老实把楚南飞从地上拉起来："多长时间没喝水了？总是逞能，三天不吃饭饿不死人，你三天不喝水试试看？"

周芳华把水壶轻轻地摇了摇，里面传出哗哗的响声，递给楚南飞道："在忍受饥渴方面，女性往往要比男性能够坚持得更久，虽然女性体质偏弱，同样消耗也少，南飞你的身体素质好，同样体能消耗也大，我们三个把剩下的这点水喝了吧，过了前面两座大沙丘很快就到废墟遗迹了，那边有沙井可以补充饮水。"

水壶在三个人的手上传了两圈回到周芳华手上，水壶的重量几乎没变。周芳华怒视楚南飞和秦老实："我的那份已经喝完了，剩下的是你们两个的，现在不是发扬风格的时候，如果你们都倒下了，那我怎么办？"

楚南飞与秦老实相视苦笑了一下，把壶里仅剩的一点水全部分掉了，喉咙里依旧如同火烧一般，楚南飞发现喝了点水之后自己似乎更渴了，这是脱水的征兆，必须趁着还有体力，尽快赶到深渊废墟。

一阵热浪袭过，楚南飞小心翼翼地沿着滚烫的沙丘棱线匍匐前进，一个小时前，楚南飞与周芳华、秦老实就抵达了深渊废墟的沙井所在地。

楚南飞警觉地发现了状况，因为在深渊废墟的背阴面停着一大溜车队，这些越野车明显是武装车辆，附近还有武装人员的游动哨巡逻，在靠近深渊的地方有一座大型的滑降设施，很明显以江一寒指挥的轻装小分队是不可能搭设出这样规模的滑降设施的。

汗水顺着楚南飞那棱角分明的脸庞不停流下，楚南飞回头望了一眼秦老实和周芳华藏身的方向。在遗迹废墟的一角，两具被沙子埋了一半的遗体引起了楚南飞的注意，因为遗体的腿上都打着绿色的绑腿。

楚南飞惊讶地发现，这些武装分子竟然是一群黄毛白皮肤的外国人？境外武装分子竟然渗透到了罗布泊的腹地？还杀害了我们的战士？楚南飞迅速回忆了一下记忆中的地图，这批偷偷潜入的境外武装分子只有可能是穿越千里戈壁越境而来。但是，楚南飞想象不出来，这批境外武装分子的车队如何不惊动边防部队，悄无声息地越过边境线？

实际上，楚南飞哪里知道，为了这次行动，西蒙的佣兵部队早在八个月前就采用蚂蚁搬家的模式，将一批批武器、弹药、油料，甚至是越野车都拆分成零件，偷运过边境进入大漠戈壁。楚南飞微微挪动了一下麻木的身体，这伙武装分子似乎警惕性非常高，楚南飞只能将自己隐蔽在沙子中，等待日落时分，再发起突然袭击，对这些不请自来的强盗，根本不用讲规矩。

视线穿过废墟的残垣断壁，黑漆漆的深渊让楚南飞产生了一种不祥的预感。

夕阳西下，炙热的大漠开始快速的降温，背靠残破石像而站的佣兵光头尼克裹紧了三沙迷彩的M65外套，光头尼克望了一眼正消失在地平线的红日，黑夜似乎即将降临。

楚南飞直奔早已被他盯上的一个武装佣兵的潜伏哨而去，从正面几乎很难发现，这家伙伪装得非常巧妙，非常可惜的是无论正面伪装得多么自然，潜伏哨的后面却没做任何伪装措施，就好像楚南飞曾经在动物园看见过的受惊吓的鸵鸟一样，把头插入沙子中，顾头不顾腚。

蒸腾的热浪悄然退去，光头尼克想起了巴黎七区闹市区的霓虹灯，这个时候该亮起来了吧？幻想着情人那娇媚的面容及那惹火的身躯，在小声嘟囔了一句该死后，卡特将抱在怀中的M14步枪挎在肩上，即使在三角洲部队服役多年的他，也难以适应大漠的极端气候，只能无聊地踢开脚下一块砂岩。

这该死的沙漠！光头尼克忽然想起保罗那混蛋应该还有大半瓶陈年的橡木桶牌威士忌，在这寒冷的夜晚喝上几口似乎是个不错的主意。

当光头尼克接近保罗潜伏的暗哨时，他忽然闻到了一股奇特的味道，虽然安逸的生活已经使光头尼克敏锐的反应变得迟钝了，但是血腥的味道是他终生无法遗忘的。

敌人已经很近了，训练有素的卡特并没有从肩头卸下M14步枪，而是选择速度从腿部枪套中抽出一把银色的M1911自动手枪，一切都太迟了，一把中国制造的割绳刀已经深深地插入了他的耳后。

在光头尼克生命的最后一刻，他依然扭动着抽搐的身体，试图想要看清自己背后的幽灵，可惜现在的他连动一动手指都成了奢望。裹挟着沙粒的夜风吹过，无声无息地带走了光头尼克最后一丝体温，光头尼克倔强的头颅重重地磕在了地面。

得手的楚南飞额头不断冒出虚汗，手脚冰冷微微颤抖，这是楚南飞第一次杀人，而且一会儿工夫就直接杀了两个人，两条鲜活的生命在自己手中逝去，楚南飞说不清楚其中的感受，但是作为军人，保卫祖国打击侵略者是义不容辞的职责，这些境外武装分子杀害了两名战士，自己就有责任让他们血债血偿。

楚南飞一边安慰着自己，一边摸向下一个暗哨，很快，迅速地解决了他所发现的最后一个暗哨，只剩下车边篝火堆旁还有三名佣兵在烤肉。

楚南飞从被解决的暗哨身上发现了一支很短的冲锋枪，一支还配有消音器的乌兹微

型冲锋枪，楚南飞之前只在部队配发的国外轻武器图册上见过这玩意。

楚南飞记得，乌兹冲锋枪这玩意适用于任何环境下的近战，其优越的性能甚至要比苏制野牛和五五式冲锋枪还要好，美中不足的是，乌兹的威力和射程是其致命缺点，杀伤力和射程较差。拉动了枪机上膛，楚南飞深深地呼了口气，杀戮的紧张让原本干渴不已的他觉得嗓子眼里能喷出火，楚南飞小心翼翼地走向篝火旁的三名佣兵。

三名外籍佣兵显得十分松懈，用楚南飞听不懂的言语在交流着什么，不时还能传出一阵笑声。对于一墙之隔的楚南飞来说，外语就是外语，无论英语、法语、西班牙语、俄语，没有任何区别，因为哪个也听不懂。

犹豫片刻，楚南飞缓缓绕过这堵残墙，比楚南飞想象中要简单得多，或许他们会激烈地反抗，要不要先敌开火？先击毙两名再俘虏一名？自己要不要显得凶悍一些，脸上带着杀气？

脸上带有杀气应该是什么表情？楚南飞临时构想了几套方案，他龇牙咧嘴瞪大了眼睛出现在三名全神贯注盯着烤肉的外籍佣兵背后，足足站了十秒钟。

三名外籍佣兵不停地往烤肉上浇酱汁和烈酒，金黄色的黄羊腿是那么的诱人。大漠里除了野骆驼，最多的就是黄羊了，楚南飞也吃过黄羊肉，肉质口感尚可，不过很膻，显然这些不请自来的恶客成功地解决了黄羊肉膻气的问题。

毫无存在感，楚南飞自己都感觉十分不可思议，自己手中拿得是儿童玩具吗？自己竟然被敌人无视了？

"举起手来！"勃然大怒的楚南飞一声大喝！

三名外籍武装佣兵显然也被吓了一跳，三人急忙扭头转身，一个身着黄绿色破破烂烂棉服的家伙不知道什么时候出现在他们身后，更要命的是那家伙手里还端着一支上有消音器的乌兹冲锋枪。

三名佣兵悄悄交换眼色，其中一人试探性用法语和另外两名同伴交流。

洋鬼子说的什么楚南飞听不懂，但三个洋鬼子之间鬼头蛤蟆眼地传递眼神他还是明白的，这三个玩意想给自己来个突然的？

楚南飞警觉地后退了几步，三个外籍佣兵见楚南飞警惕起来，于是高举双手分散队形，脸上挂着人畜无害的表情似乎在竭力解释什么，同时缓缓向楚南飞靠近。

三名外籍佣兵的脸色突然一变，正在犹豫之际，楚南飞扣动了扳机，一名靠得最近的佣兵大腿连中两弹，中弹的佣兵哀号一声抱腿倒地。

其余，两名佣兵当即动作极为统一协调，高举双手跪地。

"狗日的，训练过投降？"秦老实上前分别踹翻两名佣兵，用绑腿捆了个结结实实。

周芳华一脸无法置信的表情望着楚南飞："你竟然能听得懂法语？"

想起自己曾经肆无忌惮地用法语向一脸迷惑表情的楚南飞调情，周芳华的脸腾的一下红了，心中恨死了楚南飞这个扮猪吃老虎，占自己便宜的家伙。

楚南飞哪里知道周芳华的心思，大大咧咧，嘿嘿一笑："还什么法语？我连中国话的方言还有一大半听不囫囵，哪能听得懂什么法语？"

周芳华顿时不解道："你听不明白他们的话，为什么直接开枪？"

楚南飞嘴一撇："他们杀了我们的人，对付这些不请自来的混蛋，还用得着客气吗？让老司务长审审他们。"

周芳华用眼睛扫过三名外籍佣兵："这些家伙是国际雇兵，一群为了金钱可以出卖灵魂，追逐鲜血和死亡的家伙，从他们的嘴里想套出情报恐怕有困难。"

篝火跳动下，楚南飞背对着火光，一脸狰狞："就算这些家伙是铜皮铁骨，老子今晚也给他磨碎了。"

周芳华第一次见到楚南飞展现出如此狰狞凶狠的表情，略微迟疑："你想怎么办？"

"怎么办？"楚南飞扫了三名佣兵一眼，当即让三名佣兵不寒而栗，楚南飞一边活动手腕关节，同时一字一句道："先吃饭！饿死老子了。"

周芳华顿时目瞪口呆："啊！"

第十四章 奇袭废墟

第十五章 黑暗侵袭

第56号兵站被黑暗笼罩其中,一片寂静,无声的寂静令人毛骨悚然。

害怕和恐惧会让人紧张,流汗,手脚发麻,动作迟缓。

几乎所有的症状全部在钱文斌身上显现了一遍,此刻的钱文斌躲在狭窄的消毒柜内,浑身瑟瑟发抖,手中握着一颗手榴弹,拧开了后盖,却怎么也抠不开防潮纸。

刺鼻的浓烈消毒药水味掩盖了他的行踪,那些玩意至少外面转了几十圈,如果不是消毒水的气味掩护了自己,恐怕自己也在劫难逃。

昨晚,对于钱文斌来说简直是一场噩梦,虽然刘站长一再叮嘱,但危急关头,警卫排的战士还是犹豫了,毕竟是向自己的战友开枪。谁也没想到,一个迟疑竟然让整个兵站变成了地狱。一个接着一个的被感染者复活,成为暗夜幽灵,一个接着一个的官兵遇袭牺牲,几个小时前,钱文斌还听到激烈的枪声,似乎是从物资仓库方向传来的,现在一切似乎又恢复了寂静,死一般的寂静令人毛骨悚然。

黑暗中传来几声枪响,砰!砰!砰!

刘站长拎着手枪向一具衣衫褴褛状似骷髅,指甲如同锋利的刀刃一般的怪物头部开了一枪,怪物停止了抽动,绿色腥臭的液体顺着弹孔缓缓流出。

"大家还有多少弹药,清点一下。"满脸疲倦的刘站长拉动了一下手枪滑套,看了一眼弹膛内的子弹,卸下弹夹,从口袋里掏出几枚零散的子弹,逐一压入弹夹。

幸存的五名战士开始清点弹药,遍地弹壳与空弹夹,几乎每一个空弹药箱都被翻了一遍。

"手榴弹没有,有一个弹夹外加七发子弹。"

"我有半个弹夹和一枚手榴弹。"

"手榴弹没有，一个弹桥子弹十发。"

"手榴弹没有，子弹九发。"

"手榴弹没有，步枪子弹没有，手枪子弹二十二发。"

武器是士兵的第二生命，若没了弹药，无论是五六式半自动步枪还是五六式冲锋枪，充其量比烧火棍多了一柄刺刀，敢于同敌人刺刀见红一向是我军的光荣传统，但外面的那些玩意还能称之为人吗？

弹药所剩无几，若不是物资仓库是由原木钢架搭建起来的话，恐怕早就被外面徘徊的怪物攻破了，刘站长透过物资仓库的木缝观察外面，敏锐地注意到了，这些感染变异的怪物似乎有越来越弱的趋势。

相比昨晚那些迅猛如同猎豹闪电的怪物，游走在仓库外的怪物显得似乎精疲力竭，除了凌晨发动了一次所谓的猛攻外，其余时间都远远地躲在兵站的角落中，暗中窥视。希望增援部队能够尽快赶到，脸色苍白的刘站长吃力地坐在一处角落中，悄悄掀起军装，看了一眼腰部的伤痕，沉思片刻，轻轻拉动手枪滑套，退出一颗子弹揣入上衣口袋。十几辆军用卡车组成的车队风驰电掣，在戈壁上掀起一条烟龙，车窗外的热浪一阵阵袭来，一位身着军装，连风纪扣都扣得死死的中年军人稳坐在副驾驶位置上，起码一百五十公里景色没有任何变化，如同锋利刀刃一般的盐坎地让车辆的轮胎承受极大的挑战。

郭南北，四十五岁正是意气风发的年纪，就在他准备接任某红军师师长职务之际，却接到了一份特殊调令，调到隶属于总参谋部新成立的综合局。

顾名思义，看起来职权范围不小，实际上在职权专责的总参体系内，作战部、情报部、机要局、测绘局、气象局等部局单位，全部都是术业有专攻，唯有这个最新成立并且名不见经传的综合局似乎徘徊在职权专业范围之外。

前途无量的正师级军事主管干部，到总参所辖新成立的综合局当局长，即便反复用"革命军人一块砖，哪里需要哪里搬"来安慰自己，郭南北也无法风轻云淡。现在他接到第一个任务，带领一个连的野战部队，去解救增援正在执行科考任务的5619部队，而5619部队恰恰归他指挥。

一个光杆局长，上任第一件事就是解救自己的部下？郭南北顿时彻底凌乱了，他找过老领导、老首长要说法，所有人给他的回答几乎一模一样，听从命令，服从指挥。最后，一个与他爷爷有过命交情的老革命多说了一句话，孩子，天降大任于斯人也，必先苦其心志，饿其体肤啊！

这一刻，郭南北恍然大悟，5619部队，相比全军五位数的对外公开番号，除了中央警卫部队的8341之外，舍我其谁！一时间，郭南北顿时豪情万丈，热血沸腾。

指挥装甲洪流横扫一切，或是万炮齐发天崩地裂，可以说是每一个军人的梦想，郭南北还有一个梦想，指挥一支精锐，可以在百万敌军中取上将首级。

郭南北想象过很多场景，自己以救世主的模样出现在5619部队官兵的面前，敢于承担，勇扛重担，排险救难，用自己的实际行动，赢得所部官兵的信任与尊重，成为一名合格的指挥官。

一阵热浪袭过，几团骆驼草随着热风滚过，没有想象中的热情迎接。

郭南北出发前接到过总部通知，有一队境外非法武装渗透潜入罗布泊地带，命令予以歼灭。56号兵站大门敞开，不见一个人影，营地内一片狼藉，不远处一堆零散的物资还在燃烧，空气中弥漫着一股浓郁的腐臭味道，难道兵站遇袭了？

"部队警戒！"警惕性极高的郭南北掏出了佩枪。

一个加强连的野战部队立即呈排、班、战斗小组散开，一个满编的野战连由九个战斗班组成，每个班分为三个战斗小组，由班长、副班长、战斗组长各指挥一个，组成攻击三角形，这是野战部队搜索接敌的标准战斗队形。

作为一个加强连，郭南北指挥的部队另外还配属了一个重机枪排三挺六七式重机枪，一个八二无后坐力炮班，一个八二迫击炮班作为支援火力。

郭南北示意身旁的一名背着枪袋的战士占领哨楼制高点，身手敏捷的战士爬上哨楼开始组织武器。火力支援部署完毕后，部队开始深入兵站展开搜索，躲在仓库内的刘站长等幸存者发现了增援部队抵达，每个人的脸上都洋溢起开心的笑容，只有刘站长表情凝重。刘站长通过仓库三个方向的观察口向外张望，惊讶地发现之前一直潜伏在各处的那些怪物竟然不见了踪影。这绝对不是什么好兆头，刘站长与几名战士商议决定，冒险打开仓库顶部的通风口，给增援部队示警，提醒他们不要贸然进入兵站。

一名战士小心翼翼地解开通风口下的铁锁链，通风口周边的原木上布满了触目惊心的抓痕，铁皮顶盖几乎被打成了筛子，一些绿色腥臭的黏液凝固在弹孔周边。昨晚战斗最为激烈的时候，几只怪物蹿到通风口，试图冲进仓库，结果遭到了两挺五六式班用轻机枪的迎头痛击。

刘站长手持手枪用力推开通风口顶盖，刚刚探出头，只见兵站路边几所房顶的后侧面，几乎趴满了怪物，增援部队则顺着兵站大门直奔还在燃烧的指挥部小楼而去。

忽然，刘站长感觉脖子后面喷来一股腥臭的热气，刘站长非常清楚这些怪物的速度有多迅捷，如此近的距离恐怕自己是在劫难逃了，望着缓缓步入陷阱的增援部队，当了十几年兵站站长的老刘心中一惊，缓缓闭上了眼睛，扣住扳机的右手开始微微发抖，就算是死，也要给增援部队示警。

站在兵站门口的郭南北弯腰从沙土中拾起几枚弹壳，不远处，一支损毁折断的五六式半自动步枪已被黄沙掩埋了大半。

郭南北立即举起手枪想鸣枪示警，突然，砰的一声清脆的枪响回荡在大漠戈壁之上。

刘站长被迸溅了一脖子绿色腥臭的黏液，位于他身后的怪物被哨楼上的狙击手一枪爆头，怪物的整个头部被子弹贯穿撕裂成两半，倒毙在地不停地抽搐。

如果，不是怪物的身上还留存少量的衣物，刘站长都不敢肯定这些青面獠牙，背生骨脊的怪物是他部下感染异变而成。

从阴暗角落，黄沙下，房顶猛扑而来的异变怪物蜂拥而至。

"火力掩护，各班交替掩护撤退！使用曳光弹给机枪指示目标。"郭南北快速下达指挥命令，九个战斗班迅速形成密集队形，交替掩护撤退，与猛扑而来的异变怪物保持距离。红色、绿色的曳光弹划出一道道的彩色弹道，重机枪和轻机枪沿着弹道进行标尺压制性射击，密集的弹雨下，冲上来的异变怪物纷纷中弹翻滚在地，五三式重尖弹贯穿异变怪物身体后打在黄沙上，激起一米多高的沙柱，发出噗噗的声音。

弹雨中绿色的黏液到处迸溅，异变怪物残肢断臂肆意横飞，尖利的凄鸣和哀号声彼此起伏。六七式重机枪的枪管冒着蒸腾的热气，满头大汗的射手依然不敢有丝毫的懈怠，警惕地巡视四周的情况，步兵已经开始打扫战场，被困仓库的六人也得救了，刘站长激动得有些语无伦次，紧紧握住郭南北的手："感谢同志们，感谢同志们啊！"

突然，医务室方向传来一声闷哑的爆炸！

突如其来的爆炸让刚刚略微放松的众人又全部紧张起来，一名干部跑步来到郭南北的面前立正敬礼道："报告一号，发现一名幸存者，躲在消毒柜中，我们的战士搜查到的时候过于紧张，拉响了一颗手榴弹。"

郭南北一听拉响了手榴弹，顿时紧张道："有没有人员伤亡？"

这名干部也是一脸无奈道："差一点，多亏三班长反应迅速，一脚将手榴弹踢飞，不过这位幸存同志的手恐怕要养上几个月了。"

郭南北点了点头："对付这么多怪物都没出现人员伤亡，搜索营救要是出了问题，我都不知道怎么跟上级报告了。"

郭南北来到坍塌了一大半的指挥部前，一只似乎没有完全断气的怪物突然发难，郭南北手足无措之际，哨楼上的狙击手一枪将怪物击毙，随后灵活地顺着哨塔的柱子滑了

★ 第十五章 黑暗侵袭

下来。

惊吓之余，郭南北满意拍了拍狙击手马天宇的肩膀："好小子，打得不错，让我看看你的枪。"马天宇是郭南北临行前，总部首长给精挑细选的神枪手，开始的时候郭南北并未太过留意，没想到竟然还救了自己。

接过马天宇的狙击步枪，郭南北顿时一愣，因为新中国成立后，我国军队一直没有装备专用的狙击武器，虽然也曾设计过一些狙击枪，但并不成功。所以，我军还没有列装的制式狙击步枪。马天宇所用的狙击步枪竟然是一支九成新配有六倍蔡司瞄准镜的德国造毛瑟98K狙击步枪。

一支比自己年纪都大的老爷枪救了自己的命？真正让郭南北没面子的是堂堂世界陆军大国，陆军制式轻武器序列中，竟然没有一支制式列装的狙击步枪。听说根据苏械仿制的SVD要大批量列装了，但SVD充其量就是步兵班装备的精确射手步枪，于是有点索然无味的郭南北将狙击步枪还给了马天宇。

不过一会，捂着左手的钱文斌被带到了郭南北面前，郭南北上下打量了一番刘站长和钱文斌，两个人都穿着四个口袋的干部服，不过钱文斌一副惊吓过度的模样显然不是主官，于是转向刘站长询问道："我是郭南北，总部首长任命的5619部队的部队长，副师职，这位同志怎么称呼？兵站到底发生了什么？我的部队在哪里？还有袭击我们的是什么怪东西？"

面对郭南北一连串的问题，刘站长看了一眼手腕上慢慢浮起的黑线，伸出手："我是56号兵站站长刘天洋，师职，郭同志你好。"

这回轮到郭南北目瞪口呆了，区区一个兵站的站长竟然是师级？那么56号兵站这个单位对应的级别也就是师级了？全国上下近千个转运接待兵站，大多是连级，高海拔艰苦地域的才会定格于营级，和平年代营级兵站无异于是凤毛麟角。

郭南北郑重地向刘天洋敬了一个军礼，刘天洋回礼完毕，忽然发现兵站内的增援部队将一具具异变怪物的尸体拖拽丢弃堆在一起，眉头不由自主地拧到了一起。

一旁发现异样的郭南北询问道："刘站长，兵站到底怎么了？"

刘天洋犹豫再三："这些异变的怪物都是咱们自己的官兵，56号兵站的除了在这里的六个人之外，其余的都被感染了。"

郭南北顿时有一种毛骨悚然的感觉，到底是什么病毒感染，才能让一个人变成怪兽？而且，站在他面前的56号兵站算上刘天洋一共有七名幸存者，或许是刘站长没算自己？

刘天洋深深地呼了口气道："郭同志，时间紧迫，我给你介绍一下情况。"

刘天洋甚至没等郭南北表态,就自顾自地介绍了起来:"56号兵站是为了此次罗布泊综合性科学考察而设立的,你所指挥的5619部队也是从全国野战部队中抽调的精兵强将,不过面对神秘莫测的罗布泊和深渊探索,我们的准备似乎还不足。"

才说了几句话,刘天洋似乎有些疲惫,于是很随意地坐在一个弹药箱上继续道:"从全国解放开始,我军陆续进入罗布泊实际控制开始,就不断地与沙民发生冲突,这些冲突都是很小规模的,遇袭的小分队官兵都遭到残忍杀害,上级分析认为是马步芳残部,当时进行了几次大规模的清剿。前几年大发展,搞'向沙漠要粮',结果又有沙民出现。伴随着沙民的还有更为凶猛的沙兽,我们的屯垦点遭到了大规模的袭击,无论是沙民还是沙兽都携带着一种感染力极强的病毒,这种病毒会使得感染者身体发生某种异变,陷入歇斯底里的嗜血和疯狂。"

听了刘天洋的话,郭南北吓了一跳!回想起刚刚自己就差点被怪物咬到,如果咬到岂不是会被感染,随后变成怪物?想起那些怪物尖牙利齿的模样,郭南北不由得打了一个冷战。

刘天洋掏出自己的佩枪看了一眼空空如也的弹膛,从容地掏出一粒散装的子弹,压入弹夹道:"这种病毒感染异变的怪物初期非常厉害,但是随着时间的推移,它们就会弱化,甚至退化。这种病毒拥有极强的传染力,这一点钱医生非常清楚,我们的任务是查清病毒的来源,控制疫情,兵站方面与先遣队已经失去联络快一周了,恐怕给不了郭同志你什么帮助了。"

"钱医生你过来一下,给郭同志介绍一下情况。"

已经恢复了正常情绪的钱文斌有些尴尬地来到两人面前:"给两位首长添麻烦了。"

郭南北点了下头:"很正常的,你又不是战斗员。"

钱文斌搓了下手道:"病毒感染周期大概十几个小时,末期迅速变快,如果到了末期,就算是病员已经死亡,还是会发生异变,所以我判断这并不是一种通常意义上的病毒,很可能是一种变异的基因病毒,不过目前缺乏原样体和设备,还没能找到相关的证据。"

"基因病毒?"郭南北一头雾水。

刘天洋拿出一份文件递给郭南北道:"这里就是距离深渊最近的魔罗神庙祭台遗址了,X号目标就是在这里发现的,接着我们在深渊的第三阶平台上发现了代号'未来'的骸骨,科考队也是在这里遇袭的。"

郭南北迅速摊开地图,望着茫茫的大漠戈壁,郭南北心中泛起波澜,他怎么也没想

到这是这幅光景,自己的部队竟然失去了联络,5619部队刚刚组建就全军覆没。地图上只有一个X点,并没有什么深渊的标注,自己该怎么办?

犹豫片刻!

砰的一声,眉头紧锁的郭南北一拳砸到了地图上:"通讯员,立即呼叫01,我部已抵达56号兵站,兵站的同志们都是好样的,在刘站长的指挥下为此次科考行动付出了极大牺牲,另先遣队与兵站失联,我部将不惜一切代价深入戈壁腹地,寻找科考队,展开搜索营救。"

刘天洋向郭南北投去了感激的目光,检查了一下武器,刘天洋忽然把枪对准自己的太阳穴。刘天洋惊人的举动让郭南北顿时一愣,随即安抚道:"刘站长,56号兵站发生的事情,我也是当事人,我会向上级解释的,你不要犯傻,我们是牺牲了很多的同志,死是不能解决问题的。"

一阵风吹开了包裹着怪物尸体的帆布,里面露出的确实正常的人类躯体,之前几名负责包裹的战士顿时目瞪口呆。

刘天洋拉起袖子,胳膊上几乎全部变黑,粗大的血管内甚至能够看见黑色有如石油一般的血液在涌动。

郭南北等人惊讶不已,忽然想起了之前刘天洋介绍情况的时候只说了六名幸存者,自己原以为是刘站长数错了,没想到竟然是这种情况。

"刘站长不要激动,钱医生会有办法的,不要冲动,先放下枪。"郭南北狠狠地瞪了一眼钱文斌,示意他干点什么。

钱文斌望着刘天洋的胳膊无奈地摇了摇头:"没有用了,已经出现异变的末期征兆了。"刘天洋淡然地微微一笑:"大漠戈壁好啊!待久了就不想走了,也走不了啦!打兰州那会儿我才十二,全兵团最小的司号兵,解放之后原本以为不用打仗了,有好日子过了,结果来了这戈壁大漠,我把青春都留在了这里,前些年还总在想过几年回老家去,过过'三十亩地一头牛,老婆孩子热炕头'的好日子,在老娘床前尽尽孝,谁能想到啊!真是离不开这大漠戈壁了。"

刘天洋满脸的皱纹,看上去远远大于他的实际年龄,这都是大漠和岁月留给他的纪念,刘天洋的话让郭南北眼圈微微一红,身为军人常年枕戈待旦,每逢佳节倍思亲,心中的苦痛又有几人能够了解,最理解军人情怀的只能是军人。

刘天洋微微一笑:"谁也别劝我,我只想死得有尊严一些,我死后立即火化,把我的骨灰送回老家,交给我老娘,生当为国尽忠,下辈子再尽孝吧!"

郭南北啪的一个立正敬礼，一旁的全体官兵立正向郭南北敬礼，冲锋陷阵凭借的是一腔激情热血，而数十年如一日孤独的坚守，才是军人为国为民无私奉献的真谛。

哥哥走西口哦！小妹妹泪长流，送出来就大门口，小妹妹我不丢手……

粗犷豪放的信天游，青春无悔的誓言，只求还有人能够记得他们曾经的付出。

大漠蓝天，一声清脆的枪声飘荡在戈壁大漠之上！

56号兵站内燃起了一堆堆篝火，那是烈士的英灵在燃烧，留下一个班处理56号兵站烈士遗体，郭南北带领车队直奔X点而去。

坐在驾驶室内，郭南北抽出了印有"绝密"的文件夹，深深地呼了一口气，因为没有上级的命令，自己现在翻看这些绝密文件属于泄密行为，保密条例如同悬在军人头顶的达摩克利斯之剑一般。无奈形势逼人，郭南北也顾不得许多了，用微微颤抖的手翻开了文件夹。

文件并不厚，但是每字每句却都犹如重锤一般，敲打着郭南北坚强的心脏，热风如浪，郭南北却有一种不寒而栗的感觉，在距离深渊最近的魔罗神庙祭台遗址，发现了代号X的目标，接着在深渊的第三阶平台上发现了代号'未来'，科考队也在第三阶平台遭遇了袭击。这种突变怪兽也曾经多次袭击过56号兵站，怪兽口内有管状器官，将一种不明液体注射进人体，人体的血液就会呈现蛋白质化，而这种突变怪兽也正是以此为食，而代号未来则是指科考过程中在深渊的第三阶平台上发现了一具人类骸骨。根据代号'未来'的骸骨DNA碳14定年测试，这具骸骨的主人拥有二十四对染色体，拥有堪称完美的DNA链条，十分健康强壮，骸骨的强度是普通人的六十倍。碳14定年测试显示这副骸骨大约有一万五千年左右的历史。

根据文件记录，西域史料难见魔罗古国记载，好似刻意被人从历史中抹去，反而民间传说中却有大篇幅记载。近期对深渊遗迹的发掘，出土了很多证明魔罗古国确实存在的证据。西汉时期精绝古国也豢养过一些名为沙兽的动物，攻击性极强，伴随精绝武士征战四方。而魔罗古国也有相同的记载，强大的武士可以化身成为兽神作战，空手撕裂敌人，以一抵千，日行千里。

根据古精绝国豢养过沙兽的木牍结合魔罗古国出土的木牍、青铜器铭文可知，并不是所有拥有二十四对染色体的怪物都能够在人与怪兽之间自由转化，他们其中的一部分失败者变成了沙兽或者沙民。大量深渊遗址附近出土的石碑铭文和青铜器显示，古魔罗国铭文记载的那些可以自由转换成兽神战士的勇士，很可能就是二十四对DNA完美承载体，很有可能是人类基因发生突变，形成进一步进化。

根据数次交火冲突证明，我军现装备的轻武器对异变怪兽的杀伤力十分有限，而且异变怪兽的奔跑速度可达每小时七十至八十公里，体型在二米半左右，跳跃高度超过五米，体重一吨半到两吨之间。

X怪兽？代号未来？一万五千年前的超级人类？史前文明？古魔罗国？神兽战士？基因？DNA？

这份绝密档案对郭南北如同无字天书一般，剩下的只有目瞪口呆，但身为军人，郭南北敏锐地意识其中的关键所在，那就是位于深渊附近的一个古代王国拥有一种能够让人类突破基因锁链，再次进化的方法或者能力？

很明显，刚开始是按照控制疫情制定的计划。通过科考不断深入，最终发现了古魔罗国的秘密，郭南北很难想象出如果真的出现这样一支超人军队，该用什么武器去歼灭它们，难道要用核武器吗？

能够在人类与拥有超级力量的变异怪兽形态之间自由转换，无法有效甄别，悄然潜入社会，一旦暴起会造成巨大的损失。

什么变异生物，什么病毒，什么基因，这根本就是武器啊！单个生物个体陆地最强，而且防不胜防的武器啊！

郭南北惊出了一身冷汗，吩咐司机加快速度，不要爱惜车辆，不惜一切代价尽快赶到深渊废墟，赶到深渊就是胜利。

伸手不见五指的深渊中，都满大祭司站在第七阶平台的废墟祭坛之上，大批的魔罗族人聚集在废墟的祭坛前，一圈火把逐个被点燃，燃烧的火把发出淡绿色的怪异火光，火苗向上窜起跳动，发出呼啦呼啦的声音。

都满大祭司环顾一众族人叹道："神的光辉以不再照耀魔罗王朝和他的子民，入侵者带来了遗失千年的圣物，这是神的旨意，凭借着圣物我们可以再次打开神域，这将是我们最后的机会，让每一个魔罗子民都能够成为神兽武士，伟大的魔罗王朝将再一次得到复兴。"

都满大祭司激昂慷慨的陈词换来的是一片沉默，没有神域的圣液，魔罗人转化成为兽战士的概率低得惊人，运气好点的会变成沙民，成为行尸走肉，甚至很多人连沙兽都无法转化，只能慢慢地腐化等死。

都满大祭司看了一眼同样沉默的伦雅圣女："我的孩子，是什么令得你失去了往日的勇气？"

伦雅圣女犹豫片刻："尊敬的大祭司阁下，我并未失去对神的信仰和崇敬，也并未失去勇气，我只是担心我们现有的力量能否战胜我们的敌人。我们是在孤注一掷，如果不成功，我们将面临灭亡。"

伦雅圣女的话让魔罗人开始窃窃私语，本杰明向前一步："尊敬的圣女，您有些过于担忧了，作为魔罗人忠实的朋友，我会帮助你们战胜那些入侵者，保护你们的深渊。"

伦雅圣女眉头微微皱起，转向本杰明不屑道："好像你们同样也是入侵者吧？你不远千里穿越雪山戈壁大漠，来到深渊？是为了我们之间并不存在的友谊？魔罗王朝存在于阳光之下，而不是这暗无天日的深渊之中。"

伦雅圣女突如其来的责问，让本杰明尴尬地愣在了原地，都满大祭司无奈之下只好假意训斥伦雅圣女道："本杰明是我们的朋友，要好的朋友，给我们带来了急需的物资，怎么可以质疑我们忠实的朋友？"

伦雅圣女看了本杰明一眼，玩味道："我真的没有看出来，沙狼与白羊之间能存在友谊？每一颗恶毒的心，都是用十足的善意包裹着的，毒汁永远看上去是甜蜜蜜的。"

说罢，伦雅圣女一甩衣裙转身离去。

都满大祭司只能向本杰明和阿森曼报以一个歉意的微笑，暗影从都满大祭司身旁的黑暗中突然现身，吓了本杰明和阿森曼一大跳，阿森曼还因为受到惊吓跌倒在地，引发崇尚勇武的魔罗族人一阵嘲笑。

暗影单膝跪地，用沙哑飘忽的声音道："大祭司阁下，入侵者已经抵达第三阶平台了，正在架设绳索，看样子他们并不打算止步于第三阶平台，满部头领问要不要动手。"

都满大祭司来回踱步，又看了看似乎无动于衷的本杰明，沉声道："告诉满部头领不要动手，让我们的人都藏入回廊，我想看看这些入侵者到底玩的什么把戏。"

暗影得到了示下却跪在原地一动不动，都满大祭司略带惊异询问道："还有什么事吗？我最忠诚的侍卫。"

暗影沉默片刻，似乎下了很大决心道："大祭司阁下，有人传言这些入侵者携带了天眼和圣物来开启神域？这是真的吗？"

都满大祭司不悦地皱了下眉头，表情恢复自然道："一切都是神的旨意，我最忠诚的侍卫，我们一切都要听从神的旨意，明白吗？"

"属下明白！"暗影如同突然出现一般，又悄无声息地消失在黑暗之中。

一边擦拭着眼睛镜片的本杰明来到都满大祭司身旁，压低嗓音道："尊敬的大祭司阁下，作为您最忠实的朋友，我很好奇您为什么不行动起来，将那些可恶的入侵者彻底消灭？"

第十五章 黑暗侵袭

都满大祭司用目光上下打量本杰明，打量得本杰明浑身不自在，有一种力量似乎渗透进了本杰明的身体里面，是一种内心想法被看穿的感觉。就好像自己赤身裸体站在冰天雪地之中一样，这种感觉本杰明在另外一个女人身上也体验过。

片刻之后，那种力量似乎如同潮水般散去，本杰明脚一软，跌倒在地，都满大祭司也略微晃动了一下身子，连连感叹："老喽，不服老是不行喽。"

都满大祭司微笑着什么也没说，径直在旁人的搀扶下离开了，本杰明却犹如身陷酷寒一般，对于本杰明来说，都满大祭司神秘莫测一笑离开，到底是什么意思？

心怀鬼胎的本杰明陷入了恐慌之中，因为他记得都满大祭司曾经以玩笑的口吻说他可以读出其他人脑袋里面在想什么，这是历代大祭司相传的能力与秘术。刚刚本杰明也确实感觉到了一股力量在渗透他的身体，该死的，难道被老家伙发现了吗？温莎怎么还没到？

返回密室的都满大祭司似乎有些虚脱，吃力地坐在石台上，深深地呼了口气，注视着自己布满皱纹苍老的手。如果在十年前，他肯定能过获知本杰明真正在想什么，可是现在他用尽了全力，却一无所获，他真的老了。

望着刻满密室的魔罗阴文，都满大祭司无限感慨，作为魔罗一族现任的大祭司，他竟然连魔罗先人的阴文都认不全，可以说这间密室内刻满墙壁甚至顶棚的阴文，全部都是历代大祭司留下的珍贵记录。

都满大祭司轻轻抚摸着石壁上的阴文，就如同抚摸自己的孩子一样，他已经度过了一百九十新月年了，越来越虚弱的他自知恐怕等不到下一个新月年了，大祭司的位置交给谁？满部头领和伦邪头领似乎都不适合，能够领导魔罗人继续生存下去的只有伦雅圣女了，但从来没有圣女接任大祭司的先例，满部和伦邪两个头领又对大祭司之位早已垂涎三尺……位于深渊第八层的回廊大殿中，一名侍女快步来到伦雅圣女身后耳语几句，伦雅圣女摆了下手："我知道了！"

第十六章 深渊之下

深渊废墟的残垣断壁中，篝火将秦老实的脸映得通红，秦老实全神贯注一声不吭地在磨刀，似乎对那锋利至极闪着寒光的刀依旧不满意。

其中一名佣兵被秦老实扒光，用整张的伪装网包裹住了，剩余的两名佣兵面面相觑，酷刑他们听说得多了，但把人扒光用伪装网勒紧裹起来的酷刑他们却没听说过。

楚南飞向周芳华耳语了几句，周芳华流露出惊讶难以置信的表情，回头用怜悯的目光看了看三名佣兵俘虏，周芳华怜悯的目光让三名佣兵俘虏毛骨悚然。

楚南飞与正在磨刀的秦老实点燃了缴获的香烟，一边嘀咕一边用目光扫过三名佣兵俘虏。周芳华来到三名佣兵面前，其中一名大胡子佣兵用法语声嘶力竭地叫嚷："他们想干什么？解放军是优待俘虏的，连口袋的私人物品都不没收，我们非常清楚，他们骗不了我们！"周芳华好奇道："你们怎么知道中国军队的三大纪律八项注意？"

大胡子佣兵略微沉默："我父亲在韩战被俘过，是他告诉我的。"

听到佣兵俘虏吱哇乱叫，楚南飞叼着烟卷，拎着一根木棒走了过来，对着三名佣兵俘虏一顿猛打，打得三名佣兵俘虏惨叫连连，一名被打得受不了的佣兵用英语询问周芳华："我又没有叫嚷，为什么要打我？"

周芳华翻译给了楚南飞，楚南飞又是一顿木棒伺候，才不屑道："没办法，言语不通，影响了沟通，我道歉，不过只要他们有人乱喊乱叫，那就一起受罚。"

楚南飞的解释被周芳华翻译给三名佣兵，三名佣兵目瞪口呆，其中被扒光衣服的佣兵冻得瑟瑟发抖，抗议虐待俘虏，要求根据日内瓦公约给予相应的待遇。

周芳华翻译之后，三名佣兵又挨了一顿暴揍，累得气喘吁吁的楚南飞用棒子指着三名俘虏道："首先你们不是战俘，你们是武装潜入我国境内的间谍，杀害了我军战士，

不在日内瓦公约范畴之内,而且这里是大漠戈壁,中国有句古话叫将在外,君命有所不受。"

楚南飞离开整理佣兵看守的物资武器,大胡子佣兵似乎并不死心,小声询问道:"刚刚那个中国军人是什么意思,他想怎么对付我们?"

周芳华沉默片刻用法语低声道:"他的意思你们是武装渗透的间谍,杀害了他的士兵,不受日内瓦公约保护,而且这里是千里无人区的大漠,他可以随意处置,没人会追究他的责任,他和他的同伴准备用一种中国古老的刑罚来惩治你们。"

大胡子佣兵感觉浑身发凉,赶快追问:"上帝啊!那两名中国兵是光头尼克和疯狗格雷德杀的,和我们没关系啊!他们准备用什么古老的刑罚处置我们?"

周芳华转身看了一眼磨刀的秦老实,用同情的口吻道:"就是用网将活人裹紧,然后用锋利的刀从人身上一片片地把肉皮、脂肪、肌肉割下来,在中国这叫凌迟,是用来惩罚罪大恶极之人的,至少要割几百刀,人还能活两三天。"

大胡子佣兵的裆部瞬间传来一股暖意,周芳华嫌弃地掩着鼻子躲开了,秦老实提着刀走向三名佣兵,周芳华提醒三名佣兵:"如果你们把知道的情报告诉他们,也许会留你们一条命,最起码让你们死得痛快一些。"

三名佣兵顿时陷入了犹豫,疯狗格雷德和队长西蒙都是杀人不眨眼的家伙,背叛是有极大代价的。

正在犹豫,秦老实已经从那名被伪装网裹着的佣兵腿上割下了一片皮肉,惨叫声中,三名佣兵哭得有如被恶霸欺负的小学生一般,哭喊着供述自己所知道的一切情报。

从西伯利亚冰熊的兵力火力配置,到疯狗格雷德和队长西蒙的专长以及个人喜好,甚至连哪名队员是同性恋都供述了出来。

人多好干活,人少好办事,一直是秦老实为人准则。既然周芳华明显跟楚南飞是一路的,他就更没什么顾忌了,把三个俘虏的佣兵几乎扒光了,从迷彩外套到军靴,连车里备用的物资都拽了出来,打火机、雪茄、威士忌、巧克力,一切拿得动的都堆在一起,准备优中选优。

"这洋玩意还不赖!人是软蛋了些,东西确实不错。"秦老实扯了扯身上的M65三沙迷彩,此刻三大纪律八项注意早已被秦老实丢到九霄云外了。

顺着佣兵搭起的快速平台索道,三人很快下降到了二层平台,第一次使用索降的周芳华竟然没有半点害怕,反而显得十分兴奋。望着黑漆漆的深渊,呼呼的寒风上涌,楚南飞无法理解周芳华的兴奋究竟从何而来。

第二阶平台上两名佣兵正在篝火旁歇息,两个空酒瓶滚落一旁,显然,西伯利亚冰熊佣兵团内紧张的只有队长西蒙一个人而已，其余的人将这次行动看成获得丰厚养老金之前的一次旅游，仅此而已。

不过，佣兵就是佣兵，下降索道导向轮与背滑轮发出的摩擦声让其中一名佣兵察觉到了，醉眼蒙眬的佣兵提着一支榴弹发射枪仰头向上望去。

该死！不是我们的人，就在佣兵扳开榴弹发射器的保险，将枪口对准楚南飞的一刹那。噗、噗噗！噗噗！乌兹冲锋枪喷出了火焰，随着叮当掉落的弹壳和击针撞击弹壳底火发出的声响，两名佣兵先后中弹倒地。

顺利抵达第二阶平台的楚南飞检查了一下乌兹冲锋枪，这小玩意的射速远远超出了他的想象，一瞬间就把两名佣兵打成了筛子，乌兹冲锋枪确是近战利器，可是弹药消耗也十分惊人，短短几秒，一个弹夹的子弹就全部报销了。

楚南飞将没有子弹的乌兹冲锋枪丢在一旁，检查了一下第二阶平台的情况，确认安全才松了一口气。

秦老实从佣兵的装备中搜出了一部PRC-6手持无线电台，PRC-6是采用VHF-FM调制的手持电台，与AM调制的我军营级硅两瓦电台相比，非常明显地降低了背景噪声，而且便于携带，通讯距离更远，抗干扰能力更强。

没想到这帮佣兵竟然大批的装备了PRC-6手持无线电台，楚南飞和秦老实的脸色都不算很好看，因为既然对方装备了PRC-6手持无线电台，那么就一定规定了波段和联络时间，到时间无法联络就说明遇袭出了问题，自己的行动也就暴露了。

楚南飞看了一眼锁定的频道，忽然扭开了电源开关，把电台放在耳边听了片刻，微微一笑，关闭电源，将电台递给秦老实开心地笑道："以为老美的玩意有多牛，一样全都都是沙沙的强电磁干扰声。"

秦老实不以为然地将电台丢在地上："可惜是单频道的，要不我们就能够利用这玩意监听对方通讯了。"楚南飞拉动五六式轻机枪的枪机，哗啦一声推弹上膛："我们要加快速度，实在不行就给江参谋他们鸣枪示警。"

突然，第三阶平台方向响起一阵密集的射击声。

连续密集的枪声在深渊之中回荡，不时闪动着枪口喷焰，照亮深渊。

"该死！"位于第四阶平台上的西蒙眉头紧锁，仰头望着第三阶平台，到底是遇到了什么情况，如果不是情况危急，马格洛夫这样经验丰富的老兵是不会轻易开枪暴露目标的。耳边的PRC-6手持无线电中依然是沙沙一片强电磁干扰声，曾经数次救过西蒙的命的PRC-6无线电成了废物，西蒙嫌弃地将无线电甩给一旁的一名佣兵，抱怨道：

"用嗓子喊都比这破玩意好用。"

西蒙略微犹豫，一招手："格雷德你带队，我带几个人返回上阶平台看一下出了什么状况。"温莎悄然挡在了西蒙面前："恭喜你西蒙队长，又少了几个人分钱，这里活着的每一个人都可以多分一份，难道不好吗？"

西蒙发觉自己开始讨厌温莎这个魅力动人的女人了，美丽的女人犹如毒蛇一般，总是在不经意间渗透进自己的队伍，施以恰到好处的挑拨。从这个女人雇用西伯利亚冰熊之后，利用人性的各种弱点，让以前队员之间的信任和依靠荡然无存。

西蒙环顾一旁的队员们，显然温莎的话非常深入人心，西伯利亚冰熊在此之前是坚冰一样的团队。然而，温莎却将他们拉到炙热的大漠戈壁之上，西蒙有一种不祥的预感，冰熊正在融化，而且是从内部开始融化的。

枪声同样惊动了位于第六阶平台的江一寒，深渊上方传来突如其来的枪声，向导奥吉拉失踪，在返回查看情况还是继续向第七阶平台进发的问题上，江一寒与彭新宇发生了争执，彭新宇认为当前应该不惜一切代价迅速前往深渊底层，破解深渊之谜，拿到至关重要的样本。

江一寒则认为在准备严重不足，尤其是绳索不足以抵达第八阶平台的情况下，冒进是对小分队全体人员的不负责，更是对任务的不负责。彭新宇则认为江一寒是胆怯了，提出只搭设一条索道，不设安全绳，是完全可以抵达深渊底部的，江一寒毫不留情地回敬彭新宇"那是自杀"。江一寒与彭新宇之间爆发了激烈的争吵，以往坚决支持彭新宇的高格明意外地沉默了。

激烈的争吵中，彭新宇忽然呕出了一口鲜血把江一寒吓了一大跳，高格明无奈解释道："彭新宇博士已经是身患绝症了，此次科考是他的最后一次。"

听到这个噩耗，所有人沉默了。

沉默片刻，高格明缓缓道："之前科考队是在第三阶平台遇袭的，那些怪兽没有绳索，显然无法攀爬光滑的石壁，所以我敢肯定，深渊中一定有通向地面的通道。"

火把的映照下，高格明显得有些激动："同志们！现在我们每多下一层平台，就等于多探索了一步，为了祖国，我愿意用我的尸骨当作后人前进的路标。"

"继续前进！"江一寒一挥手。彭新宇和高格明都已经表明了态度，身为军人江一寒更不畏惧牺牲，他不可能让几个知识分子比下去。

第五阶平台上，一个壮硕的身影跪在温莎的面前，温莎面带微笑道："都准备好了吗？""都准备好了，希望你不要食言。"身影闷声闷气地回答道。

如果，江一寒和楚南飞在场的话，会无比惊讶地叫出身影的名字，他就是神秘失踪的向导奥吉拉！疯狗格雷德对于这个突然出现的家伙感到异常的愤懑，这么大一个活人，不声不响地出现在温莎身旁，这太让西伯利亚冰熊颜面无存了，想起温莎在自己耳边的软语，格雷德做出了一个让他后悔不已的决定。

他指使一名手下去挑衅奥吉拉，在格雷德眼中奥吉拉不过是个强壮的废物，一名北欧血统长着三角眼的佣兵故意推撞了奥吉拉，奥吉拉刚刚一瞪眼睛，佣兵扣在手中的战术刀就刺入了奥吉拉的肩胛骨的部位，刺入的深度刚好在三厘米，这是一个有分寸的警告。格雷德满意地点了点头，刚想放句狠话作为事件的结束，没想到奥吉拉忽然双手抓住了佣兵的肩膀，整个人向前一步，战术刀全部刺入了身体，他骨骼暴胀，毛发丛生，双手变成了毛茸茸带有利刃一般的巨大爪子。

在火把、照明灯的映照下，石壁上出现了一个硕大的怪兽身影，一口咬掉了三角眼佣兵的脑袋，肆无忌惮地咀嚼起来。

几乎所有的枪口都指向了恢复人形，正在擦嘴的奥吉拉，温莎风轻云淡地摆了下手，佣兵们略微迟疑地放下了武器。

温莎满意地点了点头："这就是魔罗一族的兽战士，亲爱的，点心吃过了，带我们走一些正常的路如何？"奥吉拉点了点头,闷声闷气回答道:"可以,我不是你的亲爱的。"

温莎耸了下肩膀："你们用了两千年的时间来复兴你们的魔罗王朝，结果魔罗人几乎成了濒临灭亡的物种？看来你们的历代大祭司还真非常努力，不知道都满大祭司这些年过得怎么样。希望丢失了最后一滴圣液的责任没有落到他身上，满部和伦邪两个头领没给他添什么麻烦吧？听说你们还多了一位伦雅圣女？"

奥吉拉停住了脚步，用凶狠的目光盯着温莎逼问道："你究竟是谁？"

温莎微笑道："我就是我，温莎 .B. 伯尼！"

"温莎 .B. 伯尼？温莎 .B. 伯尼？温莎 .B. 伯尼？科瑞 .B. 伯尼是你什么人？" 奥吉拉的声音开始变冷。温莎这毫不在乎道："是我的爷爷！"

"无耻的小偷！科瑞 .B. 伯尼是一个无耻的小偷。" 奥吉拉几乎是咆哮而出。

温莎用怜悯的目光望着奥吉拉："你就是当年把我爷爷引荐给都满大祭司的那个笨蛋吧？无论我爷爷偷没偷你们所谓的圣液，他都付出了生命作为代价，不是吗？"

奥吉拉警惕地望着温莎道："你来深渊到底想干什么？"

温莎轻轻地拍了拍奥吉拉的肩膀："我只不过想迎回我爷爷的尸骨，仅此而已。你只需要给我带路，明白吗？"奥吉拉沉默了片刻，木然地点头："好吧！"

第十七章 信任危机

楚南飞与秦老实、周芳华三人一路提心吊胆,却异常顺利地抵达了第五阶平台,楚南飞注意到了第五阶平台上的脚印少了很多,下降索道也仅仅只有一条,之前那伙使用专业器材架设索道的佣兵竟然在第四阶平台全部消失了?架设好的下降索道没有丝毫使用过的痕迹。楚南飞向下打了一发照明弹,把正在第六阶平台上架设下降索道的江一寒等人吓了一跳,急忙到处隐蔽。

秦老实的大嗓门再一次证实了,在一定条件环境中,科技受到干扰和限制,最原始的手段还有一定效果的,那就是交通基本靠走,通讯基本靠吼!

"江参谋长!""楚副连长!"

楚南飞与江一寒两人一见面,江一寒瞬间给了楚南飞一个结结实实的拥抱,对于江参谋的热情,楚南飞只好捏着鼻子笑纳,在抱过了周芳华香软温存的身体后,楚南飞对和男人拥抱真没什么兴趣。

"秦司务长!周芳华同志,欢迎你们归队!"江一寒拥抱过了秦老实,刚想拥抱周芳华,发现自已有点激动过了头,毕竟对方是女同志,一下尴尬地僵在了原地。反而,周芳华十分大方地拥抱了一下江一寒。

高格明激动不已地拉着周芳华的手:"孩子,你是怎么找到我们的?你们是怎么从魔罗古城遗址离开的?"

相对情绪比较平静的彭新宇看了看手表,搭设下降索道的材料出现了不足,加之人员疲惫不堪,无奈之下,彭新宇只好同意江一寒拆除上面一条下降索道,全体人员在第六阶平台休整的建议。

三堆呈品字型堆放的篝火噼啪地燃烧,楚南飞注意到了几乎每一层平台上都有很多年代久远的残垣断壁。

江一寒向楚南飞详细了解了整个过程，从魔罗古城遗迹脱险，到地下甬道逃生，闯魔鬼山死亡峡谷，再到袭杀境外武装佣兵。

有境外武装佣兵渗透我国境内，进入深渊，江一寒对此非常重视，立即清点了一下小分队现有的武器弹药。当听说这些佣兵在第四阶平台架设了下降索道，却并未抵达第五阶平台，反而神秘失踪后，江一寒眉头紧锁："你们汇报的情况十分重要，现在我们最重要的任务应该从寻找病毒原始样本发源地，转变为阻止境外武装佣兵，尽可能地全歼这伙匪徒。"

"江参谋长，我认为我们的主要任务不能改变，我们要抢在境外武装佣兵之前抵达深渊底层，取得原始病毒样本，这才是此次科考的真正意义所在，在恢复与上级联络之前，我还是这支队伍的负责人。"很显然，彭新宇对江一寒的擅自做主更改主要任务非常不满。

江一寒对彭新宇一直以来的一意孤行显然也到了忍耐极限，起身不客气道："彭博士，科考任务到此终止了，军事任务由我和楚副连长全权指挥，现在我们要面对的是武装到牙齿的境外武装佣兵，他们的目的非常明确，而我们要做的是，无论敌人怀有哪种不可告人的阴谋，我们一定不会让他们得逞。"

彭新宇对江一寒怒目而视，江一寒则毫不客气地用凌厉的目光瞪回去，一时间，两人可谓是针尖对麦芒，互不相让。

楚南飞很难想象，刚刚抵达56号兵站那会，江一寒对彭新宇还是尊敬有加，这期间到底发生了什么事情，让江一寒对彭新宇的态度出现了如此巨大的转变？

江一寒想起了魔罗古城遗址电台被破坏的事情，于是想将江一寒拉到一旁说明事情原委，不料，正在气头上的江一寒根本没注意到楚南飞的暗示，径直挥手道："这里都是革命同志，我们革命军人光明磊落，没有什么需要藏藏掖掖的，有话直接说。"

楚南飞犹豫再三，若无其事地看了眼彭新宇，下决心道："彭博士，你是不是有一支金笔不见了？"

彭新宇眉头紧锁望着楚南飞一言不发，在场众人也奇怪楚南飞为何关注彭新宇的金笔？一旁的高格明疑惑道："怎么楚副连长捡到了彭博士的金笔了？赶快还给他，那金笔他可宝贝着那。"

周芳华不声不响地坐在了彭新宇身旁，楚南飞深深地吸了口气："确实捡到了，不过是通讯员小赵在电台被破坏的现场捡到的。"

第十七章　信任危机

"就是电台被破坏那天？"江一寒转向彭新宇，手不自觉地按在了枪套上。

彭新宇额头渗出汗水，神态紧张一言不发，连高格明都发现了情况不对，急忙询问道："老彭，你好好找找，是不是放在哪个包里忘记了？"

彭新宇的表现让楚南飞可以完全断定，彭新宇就是破坏电台的那个潜伏敌对分子，退一万步讲，即便彭新宇不是那个潜伏敌对分子，彭新宇也应该清楚潜伏敌对分子的真实身份，否则怎么会将珍视的金笔落在现场被小赵拾到？

"一支1960年签名版的派克金笔，编号CO1960X0021，彭博士对吗？"楚南飞轻松的背出了金笔的编号，彭新宇则一脸沮丧。

江一寒一挥手对黄大壮等人道："抓起来！"

黄大壮与小眼镜一副苦大仇深的架势直奔彭新宇而去。

"慢！"周芳华张开双臂挡在了彭新宇面前："口说无凭，请楚副连长把证据拿出来。"楚南飞一摸自己装着金笔的口袋，心中顿时一惊，连续摸遍全身，金笔竟然不见了？楚南飞的目光扫过秦老实，在这种大是大非面前老司务长绝对可靠。

楚南飞的目光最终停留在了周芳华的身上，周芳华显得微微有些慌乱，近乎强词夺理道："拿不出证据就证明彭新宇教授是无辜的，彭教授你找一找你的挎包。"

彭新宇果然从挎包里面找到了他遗失的金笔，好似恍然大悟的彭新宇连连喃喃自语："看我这记性，看我这记性。"

江一寒疑惑地望着楚南飞，又看了看周芳华和彭新宇，在三个人中，江一寒不是傻子，周芳华提醒彭新宇找挎包那会，江一寒就能够断定，楚南飞不见的金笔就是被周芳华拿去了，要不要抓捕彭新宇和周芳华？

江一寒巡视四周已经人心惶惶的科考队员，几名战士的枪口都有意无意地抬起，保险拨片也放到了连发的位置上。

再三犹豫之下，江一寒的手从枪套上放了下来，拍了拍楚南飞的肩膀："刚刚是楚副连长和彭新宇教授开的一个玩笑，缓解一下大家紧张的情绪，好了、好了！没事了，大家抓紧时间休息，负责人我们开一个碰头会。"

开玩笑开到了剑拔弩张？开玩笑开到了几乎要绑人的地步？众人疑惑地分散到篝火旁边，显然刚刚的金笔事件让所有人的心底都蒙上了一层阴影。

篝火中的木头在噼啪地燃烧，江一寒、楚南飞、彭新宇、高格明、周芳华五人围坐在一起，气氛显得十分尴尬，楚南飞对周芳华完全一副视而不见听而不闻的架势，江一寒则目不转睛地盯着彭新宇，仿佛彭大博士有一点异动，就能迅速拔枪将其当场击毙。

左右为难的高格明万般无奈之下，长叹一声："我的同志们啊！当前的情况大家都是清楚的，境外敌对势力的武装佣兵潜入，我们还担负着采集病毒样本的重要任务，同时也要阻止样本流失，我们要团结、团结啊！"

高格明显然无法说服江一寒和楚南飞，沉默片刻，江一寒开口道："关于金笔的事情，我现在无法采信楚副连长的一面之词，因为证人通讯员小赵已经牺牲了，也不能完全听信周芳华同志和彭博士的言辞，所以我决定召开临时党小组会议，我提名江一寒同志担任组长。"

高格明有些惊讶道："彭新宇博士与周芳华博士还不是党员。"

江一寒咳嗽了一声，楚南飞略微犹豫，举手："我同意。"

江一寒打开笔记本："临时党小组通过表决，二票同意，一票弃权，暂时免去彭新宇同志科考队内一切领导职务。"周芳华和彭新宇几乎是目瞪口呆地望着江一寒式的民主投票表决，彭新宇好似泄气的气球一般无奈地点头接受事实，一瞬间，周芳华发觉彭新宇似乎老了十多岁。江一寒合上笔记本："根据现有掌握的情报，境外敌对势力武装分子已经渗透到了深渊里，这伙境外敌对势力武装分子进入深渊到底想得到什么？"

江一寒把目光转向彭新宇和高格明，之前彭新宇与高格明几次三番如同挤牙膏一样地将任务的具体内容一点点透露给江一寒，失去了耐性的江一寒认为彭新宇和高格明一定还隐瞒自己的事情。

而彭新宇似乎根本不买江一寒的账，楚南飞望着剑拔弩张的两人沉默不语，楚南飞很清楚这就是失去了信任的后果，彭新宇出于各种堂而皇之的理由隐瞒真相的那一刻起，就注定将失去人与人之间最为珍贵的信任。

楚南飞起身，望了周芳华一眼，周芳华刻意地躲开了楚南飞的目光。这一刻，楚南飞已经明白了，那不见踪影的金笔到底去了哪里。

楚南飞很想一把拽住周芳华问个究竟，难道一路上两人同生共死，互生情愫都是假象吗？周芳华陪着有些黯然的彭新宇离开，楚南飞也开始有些犹豫，自己做的到底是对还是错？一位兢兢业业为国家科研事业奋斗的专家学者，因为一支金笔成了重大嫌疑人？如果是别有用心之人故意盗窃丢在现场的？楚南飞不敢继续设想下去了。

"队伍准备出发，楚副连长你带着黄大壮在前面开路，老秦负责盯住几个不稳定分子，我在最后压阵。"

小分队经过短暂的休整继续向深渊底部进发，随着深度越来越深，温度也开始越来越低。都满大祭司站在一处石壁上的洞口静静地望着小分队向深渊底部进发，站在一旁

　　的暗影似乎犹豫了许久，试探询问道："尊敬的大祭司阁下，要不要阻止他们？"

　　都满大祭司摆了下手，指着小分队："勇敢和愚蠢往往只是一线之隔，希望他们把我们需要的东西都带来了，千年帝国的复兴，伟大的魔罗帝国将在废墟上再次崛起。"

　　暗影弯腰鞠躬退到一旁，都满大祭司略微犹豫道："本杰明的朋友都到了吗？"

　　暗影点了点头，用沙哑的嗓音道："不过本杰明他们来的人似乎多了些，而且还带着叛徒奥吉拉。"

　　都满大祭司不由自主地皱了皱眉头："是几十年前因为圣女的侍女叛出深渊的神兽武士奥吉拉？""对，就是他，还请大祭司阁下定夺。"暗影谦卑地退到一旁。

　　都满大祭司抚摸着石壁，若有所思道："欲望是人最大的敌人，如果本杰明和他的人有异动，就让他们长眠在深渊中吧！深渊的秘密是属于魔罗帝国的，不允许任何人染指。""是！尊敬的大祭司阁下。"暗影如同他诡异地出现一般，悄然消失在黑暗之中。

　　西山脚下，寒意十足，几片倔强的叶子孤零零地挂在树枝上，是眷恋远去的秋天还是迎接不远的春天？一栋青砖灰瓦的欧式小楼树立在半山腰的树林之中，如果不是冬季，很难发现在半山腰的树林中还有一栋别墅存在。别墅的外围被高高的围墙圈起，四周有军人牵着军犬在巡逻，山脚下的路口设有检查站，一副闲人莫进的架势。

　　这栋青砖灰瓦的小楼就是披着神秘外衣的总参谋部二局所在地。

　　地下二层的电讯室内，一份密电确认签字，转呈，确认签字，再转呈，很快来到了位于东侧三楼的一间办公室门前，站在门口的警卫对手拿密电的女机要员报以一个微笑，而女机要员却视而不见一般，径直大声道："报告，5619部队密电。"

　　办公室内传出一个苍老带有四川方言的声音："进嘛！"

　　宽敞明亮的办公室内，三位老者正围绕在一张地图前似乎在研究着什么，沙盘前几名年轻的参谋正在进行沙盘作业，一位古铜色皮肤的中年人则站在窗前独自抽着烟。

　　见有人抽烟，漂亮的女机要员微微一愣，老首长一辈子不吸烟，也不太喜欢别人吸烟，没听说过有人敢在老首长面前抽烟。

　　一位白发苍苍的老者身着笔挺的军服，头发梳得工工整整，女机要员将密电呈递到老者面前："一零一首长，这是5619部队转发来的密电。"

　　老者戴上眼镜，接过密电签字后可谓是一目十行，漂亮的女机要员离开之前，拿了一个茶杯走到古铜色皮肤的中年军人面前，一举。

　　中年军人微微一愣："我不喝水。"

　　漂亮的女机要员绷着脸："没让你喝水，这个房间禁止吸烟。"

中年军人面露尴尬:"没人告诉我啊?"

漂亮的女机要员这毫不客气道:"现在知道了吧?"

中年军人无奈掐灭烟卷,老者无奈地摇头笑道:"沈建军,这下你知道厉害了吧?我不管你,自然有人管你。"

沈建军急忙立正敬礼:"首长,您是我父亲的老领导,也是我的老领导,我哪里敢在您面前放肆,这几天没睡,烟瘾犯了没控制住,请您原谅。"

老者摆了下手:"当兵的,少做女儿惺惺姿态,你过来看看郭南北这份密电。"

老者转身安抚漂亮女机要员道:"小王,给你介绍一下,这位就是军区鼎鼎大名的侦察英雄,老虎团沈团长。"

女机要员有些尴尬地敬礼道:"沈团长,对不起,我不知道你是团长,但就算你是师长,也不能在这里抽烟。"

沈建军无奈地一笑,老者踱步将电报递给沈建军:"我军尚未恢复军衔制度,士兵两个口袋,干部四个口袋,司令员和司务长没区别,这制度早晚要改的。"

沈建军看过电报,来到沙盘前,几名参谋立即让开位置,沈建军眉头紧锁望着罗布泊的地形沙盘。

许久后,沈建军沉声询问道:"真的有这么严重?"

老者点了点头:"如果被用于武器用途,或者病毒大规模扩散,恐怕后果极为严重。"

沈建军围着沙盘转了两圈之后,仿佛下了很大决心道:"近期上级要组织测试新式武器,如果5619零点部队行动失利,为了顾全大局,我们可以在重点区域实施测试。"

老者来回踱步道:"新武器的可靠性还有待商榷,那里面可还有我们自己人啊!"

沈建军面无表情:"战争是残酷的,您是从战火中走出来的,您清楚很多时候我们需要壮士断腕,如果我执行这次任务,若是没能完成任务,我也希望有人能够做出正确的决定,牺牲小我完成大我,这是军人的职责天命所在。"

办公室内悄无声息,就连人的呼吸声都变得大了起来,老者缓缓坐回位置上,摆了摆手:"我有点累了,按既定计划执行吧!另外给郭南北发一份密电,命令他不惜一切代价务必完成任务,空军方面的最后期限是四十八小时。"

都满大祭司望着抵达深渊底部的小分队面露狰狞道:"这两千年以来,还从未有外人进入神域。"站在一旁的伦雅圣女面无表情:"神域已经不再是我们魔罗人的神域了,已经两千多年了,没有任何一个魔罗勇士踏入过神域,恐怕只有兽神才知道神域里面到底发生了什么。"

都满大祭司深深地呼了口气："兽神已经苏醒，所以大沙暴才让湮灭千年的古城重现人间，让这些外人能够带着天眼和圣物来到深渊开启神域。"

温莎与本杰明似乎对伦雅圣女和都满大祭司的对话丝毫不感兴趣，他们的注意力全部集中在了刚刚抵达深渊底部的小分队身上。

"天眼和圣物到底是什么？"本杰明好奇地询问都满大祭司，都满大祭司却神秘莫测地微微一笑，并未替本杰明解惑。

温莎轻轻拍了一下本杰明："天眼是一个完美球体的晶石，功能应该是放大，而圣物就是神匙，它的材质不属于地球，通过特定的装置，天眼内的地图能够得到放大，而神匙则是用来开启神域大门的。"都满大祭司惊讶地望着温莎道："看来你对我们魔罗一族了解得很多啊，告诉我，你还知道什么？"

温莎拿出一本古朴的牛皮封面日记，微微一笑："这是我爷爷的日记，还有生死不明的蒋教授夫妇，相信他们比我爷爷更了解深渊和魔罗文明，对于深渊的了解我只知道这么多，至于需要几把神匙打开神域，为什么都满大祭司不亲自去打开神域之门，这个恐怕就得问大祭司本人了。"

都满大祭司微微有些诧异，好一会工夫才缓缓道："科瑞那个老家伙，确实是一个不错的朋友，只不过他太贪心了，对吗？"

温莎听了都满大祭司的话略微犹豫，大祭司是在自言自语，还是在询问自己？想起爷爷在雷雨之夜变成狰狞恐怖的怪兽，温莎不寒而栗，但那恐怖惊人的破坏力和生命力，又让温莎羡慕不已。

都满大祭司起身离开，喃喃自语："老喽，真的是老喽。"

第十八章 死亡魔咒

楚南飞很难想象，深渊的底部竟然是一个巨大的地下溶洞，几公里长由大块青石铺成的甬道旁流淌着冰凉的地下泉水，道路的尽头一个庞然大物隐藏在黑暗之中。

同样是一条路，在楚南飞和高格明眼中却截然不同，在连续拍了十几张胶片后，高格明望着每块重约三吨的青石赞叹道："真是难以想象！在生产力如此落后的时代，修建这样一条道路是多么浩大的工程，完全可以和金字塔媲美，称为第九大奇迹也毫不过分。"

楚南飞望着激动不已的高格明，拍了下秦老实的肩膀嘿嘿一笑道："咱们的大科学家又在叽咕什么？"楚南飞检查了一下武器："方向018，无风，无修正，间距五米！上膛关保险！警戒队形前进！"

随着楚南飞的统一指挥，七名战士围成了一个椭圆形，每个人都拥有15度到30度角的射界，最里面的人绝对不会被外圈的人挡住视线。

而且15度到30度角的狭窄区域，可以保证战士们有足够的精力观察，更便于火力集中分配，行进中转换战斗队形也十分便利，更便于保护位于中间的专家和科考队员。

队伍刚刚前进一百米，一直充当乖宝宝的李同飞有了惊人的发现！他在路上拣到了一把已经腐烂到只剩下手柄的兵器、铠甲、头盔、马鞍底板、铜牌等等。

随着队伍前行，越来越多的武器伴随着白骨出现了，经过辨认高格明等人的嘴已经合不上了，因为这些遗物竟然跨越了几千年的时间跨度。

从石器时代的石斧到殷商时代的青铜战戈、大汉朝的首环刀、宋朝的步人甲的残片、明朝的火枪、清朝御前侍卫的佩刀、日军的三八式步枪、纳粹党卫军的头盔，但是无一例外的是没有一支队伍到达过前方已经显露出轮廓的古城废墟。

楚南飞看得出,随着武器的跨时代进步,后续的队伍已经越来越接近了,尤其是二战日军的一支小分队,他们已经接近废墟的大门,在距离大门几米的地方,日本人最终还是功亏一篑。散落的白骨,被刺穿的头盔及满地散落的冷兵器,显示着废墟的守护者也付出了巨大的代价。

距离废墟越来越近了,每个人的心都提到了嗓子眼上,一直没有说话的楚南飞此刻对于未知的密境有一种强烈的危机感,而且这种危机随着越来越近的废墟而更加强烈。

在越过了一队装备着美制M28汤姆逊冲锋枪的日军尸骨后,在巨大的地下溶洞中,一座二十几米高,完全由石材建造起来的六边形建筑物耸立在众人眼前。

厚厚的青苔让巨石变得十分湿滑难以攀爬,楚南飞清楚在生产力落后的古代,如此浩大的工程规模,尤其在地下溶洞之内,是难以想象的。

一路走近,路旁比比皆是手持巨大盾牌和刺枪的武士石像,结合建筑物的形式,楚南飞似乎觉得这个六边形的金字塔一样的玩意,最初建筑的目的可能并不是用来居住的,似乎和祭祀有关。楚南飞端着枪向众人打了个"后退"的手势,黄大壮、老秦等几个人向后退出几步,依然保持着攻击队形。

周芳华与彭新宇并肩而立,高格明仰望着神秘的六面体建筑,赞叹不已:"真是奇迹!"

周芳华见楚南飞众人后退,不禁皱眉:"建筑材料与洞壁如出一辙,但上面的青苔显示这里已经被遗弃很久了,至少两千年——不过我有一个疑问,青苔何以存活到现在?这里没有阳光!"

彭新宇疑惑地摇摇头,一言不发地向六面体建筑走去,周芳华狐疑地向前走两步,欲言又止,高格明上前两步拉住彭新宇:"这里的一切都不要触碰,包括那些青苔!"

小周说得对,按照自然规律而言,在数百米深的地下溶洞之中是不会长出青苔的。第三层平台是三百七十五米,而这里是第五层平台。

彭新宇甩开高格明,一言不发地缓步向前,差点撞在江一寒的枪口上。彭新宇推了推眼镜,想用手拨开枪管,枪管纹丝不动。

江一寒冷冷地看着彭新宇:"你现在已经不是组长了,为了团队安全,必须听从命令!"彭新宇刚想反驳,楚南飞率领小队后撤回来,楚南飞盯着六面体建筑后方,一种莫大的危机感从心底冒出来,浑身的毛孔瞬间张开,就如同一把抓在仙人掌上的感觉。"我要采集苔藓样本!"彭新宇突然怒吼道。

江一寒手中的枪管一寸不让,也不再和他废话,身体却向前逼迫两步,彭新宇不由自主地后退，急促的喘息声预示着这位看似儒雅却反复无常的专家就要爆发。

高格明上前拉住彭新宇："老彭，以大局为重！""什么是大局？执行中央命令，探索未知领域，完成政治任务才是大局！"彭新宇喘着粗气咆哮起来，黑暗无底的空间传来阵阵回声。回声里面夹杂着一种鬼一样的呼吸声！

楚南飞回头狠狠地瞪着彭新宇，穿过彭新宇变形了的脸，目光却落在周芳华的身上。周芳华无奈地耸耸肩，楚南飞冷静垂头："彭专家，你想成为祭品？"

江一寒想笑，却笑不出来。

耳边传来碎石掉落的声音，在绝对安静的环境里，这种声音竟然与呼吸声形成了鲜明的对比。江一寒的身体立即紧绷起来，向楚南飞打了个手势，楚南飞点点头。

深渊四壁是砂岩石、花岗岩和石英石质化的岩壁，光得连壁虎都得滑下去，而且四百米深的岩壁之下没有壁虎——连活物都不可能有，除了那些怪异的魔罗族人。

昏暗的手电光亮照在六面体的建筑物上面，掠过那些"苔藓"，地面上突然出现一个硕大的头颅，不过没有人能看见。又一阵碎石坠落的声音传来，彻底打破了寂静。

彭新宇忽然用力推开江一寒的枪管，奋力向神秘的祭坛奔去，而地面上的那个神秘的头颅影子却缓缓消失。

突如其来的变故让江一寒大吃一惊，想要追彭新宇已经来不及，彭新宇从楚南飞和秦老实中间的空当冲了出去。

一往无前！嗒嗒……嗒……嗒嗒！

楚南飞毫不犹豫地扣动了扳机，子弹破空没入六面体侧面持刀武士所在的黑暗之中。同时，一个硕大的影子从黑暗之中掠过，发出"砰砰"的声音。

彭新宇跑出五米多远的时候，身体失去了平衡，一头栽倒在地，鲜血从彭新宇的腕间流下，滴在看似潮湿的"苔藓"上，彭新宇的手按在上面，感觉软绵绵的——身体也软绵绵的，力量在枪响的瞬间就被抽空了一般。

秦老实也冲着黑影飞掠的方向开火，只听到令人头皮发麻的惨叫声瞬间响起来。

不是人的惨叫，也不是野兽的咆哮——那是一种只有在地狱里才能听到的声音。

六面体神秘建筑后面的黑暗中，一道暗影逐渐消失不见。

第七层平台的暗道角落里，伦雅圣女如一尊雕像一般望着上方，黑暗之中深渊的入口显示出红色的光晕，如同黑夜里暗淡的星星一般，不过这里只有一颗"星星"。

上方传来一阵枪声，伦雅圣女紧皱眉头：他们进入到第五层平台了吗？满布守候在那里，不过大祭司已经下令不要阻止他们。

第十八章 死亡魔咒

地面出现了轻微的震动，伦雅圣女望向角落，昏暗的火把光里隐隐出现了一个黑影，黑影不断地扩大，地面的颤抖也随之剧烈起来。

伦雅圣女冷傲地看着隐藏在黑暗中的影子："你为什么回来？"

"满布在关键时刻发难，他们无法接近圣坛。"黑影沙哑的声音显得有些苍老，含混不清。伦雅圣女摇摇头："他不知道魔罗一族脆弱得不堪一击吗？想办法阻止满布鲁莽的行动！""谨遵圣女之命。"火把光摇曳几下，黑影退隐而去。

伦雅圣女面如冰霜地看了一眼圣坛方向，叹息一声。

黄昏即临，横卧的沙山边线染上了一抹金黄色的光芒，凹凸有致，犹如绝美的少女一般，娴雅而冰冷。一条"沙龙"突然横卷过来，在深渊废墟附近停下，沙尘飞扬飘散，终于露出三辆军车的影子。

郭南北跳下车，后面的警卫立即成防御阵型围拢过来，生怕首长发生什么不测。郭南北拿出一支老旧的望远镜望着深渊废墟方向，脸色不禁凝重起来：废墟的边缘地带停靠着两辆越野车，防御沙袋和断壁残垣连成一体，几支汽油桶在沙地上滚动着。

郭南北打了个手势，两个侦查员立即向废墟摸去。

江一寒没有想到楚南飞胆子大到直接向彭新宇开枪，在枪响的一瞬间竟然失语。他没有阻止，也没有咆哮，直到秦老实一梭子子弹打在那个野兽的脑袋上的时候，才反应过来。江一寒冲到彭新宇近前，不由分说地将他提起来夹在腋下后撤。

同时，秦老实和黄大壮形成掩护，两支冲锋枪与前面的楚南飞的枪管形成了三百六十度无死角攻击队形。

不过一切都已经晚了，当三人刚刚喘口气的时候，从另一侧的武士后面掠过两条黑影，一股腥臭的阴风从上面压下来，全然不顾冲锋枪子弹洞穿身体。

三人本能地向三个方向散开，秦老实只跑出去三米便转身射击，人高马大的黄大壮却慢了半拍，枪管被沙兽砸中，但还是在愤怒地扣动扳机，身体却被强劲的力量拍到了石雕武士上面，滚落在地。

楚南飞一枪打爆了那家伙的脖子，硕大的脑袋却飞了过来。楚南飞灵活地躲过，那颗头颅撞在黄大壮后面的石雕武士上，发出"砰"的一声闷响。

头颅并没有滚多远，而是面目狰狞地盯着黄大壮，似乎要咬他一口似的。

黄大壮吓得"嗷"地从地上弹起来，他终于看清了沙兽的本来面目：就如一只被踢爆了的干瘪的篮球扔到海里陈酿了好几年，上面长满了海蛎子然后又被枪打烂一般。黄大壮拔出匕首嗷嗷怪叫，却一脚踢飞了头颅，楚南飞挥手便是一枪，头颅在空中被打爆，里面溅落出黏液，一股刺鼻的腥臭随即飘散。

楚南飞横冲过来，一枪打爆了在地上挣扎的沙兽，同样是爆头。这些家伙们形同魔鬼，丢胳膊断腿不影响运动，只剩下一个脑袋都能吃人！

最关键的是被这些玩意咬一口之后，被咬的人就会成为"僵尸"，如同56号兵站所发生的那样。楚南飞想起了菜市场杀王八的一幕，用胶皮手套将王八惹怒，王八探出脑袋一口咬住手套，然后手起刀落，王八脑袋被斩断，嘴却还死死地咬着手套。

江一寒愤怒地将彭新宇扔在地上，拉开滑套打开保险，子弹上膛，一言不发。

几名队员成防御队形掩护专家组后撤，楚南飞、秦老实和黄大壮三人后背紧靠在一起，成三百六十度警戒。

神秘的六边形建筑的顶端闪过一道黑影，溶洞石阶尽头正有一双冒着绿光的眼睛注视着圣坛下面的人。

所有人都没有看到祭坛上投下的暗影，因为他们就在暗影之中。

周芳华不断地后退，直到踩到了一具骸骨摔倒在地。骸骨爆裂发出"咔嚓"的声音，江一寒的枪口立即对准周芳华。

绷紧的神经几乎随时都会断裂一般，让人透不过气来。周芳华骇然地指了指地上的骸骨，江一寒本能地点点头，枪口转过去保持警戒态势。

足足有五分钟的时间，所有人没有动一下！

彭新宇舔了舔干裂的嘴唇，刚要起身，却被江一寒的大手牢牢按住，动弹不得。

楚南飞用枪筒向小眼镜和李同飞示意，远离那些石雕武士，所有人都撤出神秘的祭坛位置，秦老实和黄大壮依然保持着高度戒备状态，目光都望向楚南飞。

这让江一寒多少有些不自在，但他现在没有时间考虑这些，当务之急是确定有无必要再次进入危险地带。楚南飞后退两步，看向江一寒，江一寒摇摇头，楚南飞绷紧的神经稍有放松："危险没有解除，持续警戒！"

李同飞和小眼镜立即与秦老实、黄大壮组成防御队形。李同飞将一路捡来的破烂轻轻地放在脚下，生怕弄出声音来。

楚南飞活动一下脖子，发出关节错位的声音："我有一种被窥视的感觉！"

这是一种本能，或者说叫条件反射。当一个人置身于绝对危险之中的时候，身体的潜能就会被激发出来，并且不受思想意识所左右。就如左右大脑被短路一般，感觉信号会直达脑干中枢，其反应将超前于理性判断。

这叫直觉，或是第六感。彭新宇似乎没有第六感，当他决定突破江一寒的束缚，不

顾一切地奔向祭坛看那些"苔藓"的时候,他所想的不是危险,而是那些酷似苔藓的古怪生物。他的脑袋似乎瞬间"短路"了——对于一名科学家而言,这种"短路"有助于集中精力搞研究,但方才的鲁莽之举差点让这个团队毁灭掉。

周芳华看不出楚南飞是什么表情,是紧张愤怒?还是冷静淡然?

"我们不能裹足不前,这是第五层平台,必须要通过!"彭新宇忽然声嘶力竭地喊道。

空间里传来一阵回音,音波达到一定强度后逐次递减。

"你闭嘴!"江一寒毫不客气地怒吼一声,冲锋枪的保险立即打开。

高格明下意识地擦一把脸上的汗水:"老彭,科学考察固然重要,但一定要遵守纪律不是?"彭新宇的眉头紧皱,眉宇间拧成了一个疙瘩,眼睛微眯着,瞳孔似乎缩小了不少,难掩的痛苦让他的喘息忽然急促起来,握着拳头的手在微微颤抖着。

一滴血滴到地上,转瞬之间便消失不见,没有人注意到这个细节。

楚南飞放松了一下,淡漠地看着彭新宇:"彭专家,我们有必要了解一路而来的那些骸骨的经历,也许对您的科考任务有帮助。"

彭新宇脸上的痛苦减少了几分:"我不是学历史的。"

高格明谨慎地点点头,看向周芳华:"小周,我们都忽略了这些细节,也不是这个专业的。"周芳华耸耸肩:"我只能说这里曾经发生过无数次的争斗,应该是从汉朝的时候便开始了,蒋教授的日记里提起过这些,最引人瞩目的是第二次世界大战期间,德国人曾经进入过这里,那些带着"卍"字符号的钢盔便是明证。"

"所有人全部被杀死,无人逃脱。"江一寒冷肃地看一眼周芳华,他忽然感觉到这位"周博士"的确不简单!

众人都怔了一下,江一寒才发现自己的话似乎有些不妥,但这是事实。

"也就是说没有人像我们这样如此接近过这里?"楚南飞转头望向硕大的六面体祭坛,忽然想起了魔罗古城废墟的一幕。古城里面也有一个如此高大的六面体建筑,规模却比这个逊色一点,向导奥吉拉还跪在祭坛前面虔诚地礼拜。

楚南飞盯着硕大的六面体建筑,周芳华似乎也想起了什么,忽然走过来,拍了拍楚南飞的肩膀:"南飞,两千多年前这里曾经有重兵把守,魔罗族的勇士誓死也要保护祭坛,说明了什么?""说明我们走对路了。"彭新宇的情绪冷静了不少,起身拍了拍身上的灰尘,歉然地看着江一寒:"江同志,无论是从科考的角度还是完成任务的角度,我们必须通过这里,这是唯一正确的路。"

一将功成万骨枯,这句话是万世真理。当小分队下到第五层平台的时候,就注定他们是踩踏着千年前冒险而入者的尸骸走到这里的。

"我有必要重申，我的任务是保护专家组的安全！"江一寒语气生硬地回应。

楚南飞微微点头，江一寒的这句就是废话。从某种角度而言，这次保护任务是彻底失败的，从56号兵站出发时的十七名专家到现在只剩下了三位，而一个连的兵力也损失殆尽。江一寒似乎也意识到了这点，不自在地看着楚南飞，似乎是征求意见，他拿不定主意。

楚南飞用枪管指了指六面体建筑："不知道你们注意到没有，古城废墟广场上的跟这个一模一样。奥吉拉说这是魔罗族的圣坛，是魔罗人与天地神明沟通的地方。"

江一寒皱眉："南飞同志，请记住无论何时何地我们都是无神论者。"

秦老实向楚南飞努努嘴："你这娃的脑子什么时候被虫子嗑了？"

楚南飞冷哼一声，迈上台阶。这不是什么耸人听闻，自从进入深渊开始，他便怀疑那些打不死的玩意是不是"神"，或是魔鬼！

小分队以攻击队形跟在楚南飞的后面，彭新宇的目光炙热地望着楚南飞，刚要有所动作，却被江一寒给挡住去路。高格明尴尬地看着江一寒："江同志，危机解除了吧？"

周芳华嗤笑："一朝被蛇咬，十年怕井绳，这不是科学的态度！"

江一寒正自窘迫，他想像猛士一般冲过这道魔障，理性却告诉他每前行一步都将带来无法预料的后果，因为这里是深渊。

地面忽然传来一阵轻微的震动，所有人都僵硬在当下，楚南飞忽然俯身，耳朵贴在地上，震动清晰地传进耳中。不是落石的声音，而是一种奇怪的呼吸声！

硕大而神秘的六面体后方的黑暗之中，一道黑影缓慢地逼近，在距离圣坛二十几米的地方停下来。一双赤红的眼睛盯着祭坛上方，一道星光垂直倾泻，射到了祭坛上的微弱光线已经被黑暗所吞噬，但细微的光线似乎能穿透黑暗，不偏不倚地射在祭坛的顶端。

而就在楚南飞再次逼近六面体建筑之际，其后面石阶尽头，正有一个硕大的黑影在移动，每移动一寸，地面便发出轻微的震颤。

赤红的眼睛望向震颤传来的方向，黑影贴着洞壁移动过去，竟然没有一点声息。

魔罗族的兽战士与兽神将的区别就在于此，而那些进化失败的族类无疑会成为沙兽，或是干脆变成沙民——最低等犹如孤魂野鬼一般的存在——或是称之为行尸走肉。

进化成功者会成为魔罗族勇士，而两千多年来，进化成功者寥寥无几。犹如都满大祭司一般存在的，只有他一个人而已，而进化为兽神将的也只有区区三个！

赤红的目光盯着石阶尽头的影子，暗影之中明显有一双绿色的眼睛。

第十八章　死亡魔咒

"你想破坏伦雅圣女的计划？"洞壁发出轻微的震动，犹如水波纹一般荡漾着，而空间内并没有任何声音——或者说以人的听力是听不到这种声音的。

或许狗可以听到次声波，而人无法感知这个波段——所以，狗有的时候比人更专精。

"奥吉拉，你是魔罗族的叛徒，无权也不可能阻止我，任何进入圣坛的异族都将成为祭品，我不在乎多几个！"那双绿色的眼睛闪动几下，洞壁同样出现了波纹流动。

他是奥吉拉。

如果楚南飞此刻看到异化成甲兽将的奥吉拉，一定会立即爆掉他的头！

奥吉拉似乎就要狂暴起来，他不能容忍满布如此对待自己，虽然在百年前便被都满大祭司驱除出圣坛，但他依然是魔罗族的勇士，至少有伦雅圣女始终都在庇护着他！

奥吉拉的身体忽然膨胀，一双半透明一般的爪子直接拍向满布无形的威压立即，使得坚硬的玉石一般的洞壁寸寸开裂，无数细小如刀片一般的石英碎片纷纷射向满布。

空间中忽然传来一阵尖锐的呼啸，楚南飞蓦然停下脚步，打了个手势，手停在半空，头却出现了瞬间的晕厥。攻击小队立即停止前进，小眼镜忽然惊叫一声捂住脸，叫声甚为恐怖。所有人的目光都看向小眼镜，只见小眼镜的脸上流下一道鲜血，玻璃镜片寸寸碎裂，犹如蜘蛛网一般，一块碎片割伤了他的脸。

楚南飞立即回头，只见彭新宇正在用衣裳擦着眼镜，显然是被小眼镜的惊叫给吓了一跳，擦完眼镜戴上，镜片完好无损。

秦老实慌忙过来："我的亲娘，这娃是咋的了？"

小眼镜举着碎裂的眼镜，惊惧地看向楚南飞，楚南飞收回目光，撕下一块布条递给他："怎么回事？"小眼镜擦了一下血，把眼镜举到眼前又戴上，眼镜碎裂得十分匀称，戴上之后眼前一片雾蒙蒙的。

周芳华走过来，把自己的眼镜丢给小眼镜："是次声波共振所致，用我的吧！"

小眼镜感激涕零："革命军人不动老百姓一针一线，我怎么能要你的眼镜？"

"少废话！"周芳华懒得搭理这个死脑筋，转向楚南飞："南飞，你说得没错，这个祭坛与古城废墟的那个一模一样，只是基座部分被苔藓遮住了，上面也应该有魔罗文字。"楚南飞点点头，却发现江一寒始终挡在彭新宇的前面，生怕他再次冲到那些"苔藓"上面去。而旁边的高格明却与彭新宇拉开些距离，也不再劝阻。

彭新宇显然极为愤怒，擦完眼镜戴上："这些不是什么苔藓，而是在溶洞特殊环境下形成的新物种，它们并没有跑出自然规律，也会发生光合作用，光是从深渊上方下来的，小周，取些样本吧。"

周芳华迟疑一下，刚要动手，楚南飞却拦住："任何人都不得触碰，这是纪律！"

"我们要拿回实验室进行科学研究！"彭新宇暴跳如雷。

江一寒皱着眉，看一眼楚南飞，现在是拼涵养的时候，一路而来他对楚南飞的感觉是"眼里揉不得沙子"，不要说是人对他吼，就是火车拉笛他都骂娘。

若是在平时敢有人如此对待自己的话，楚南飞早就一脚踢他个七荤八素了，而现在却淡然地看着彭新宇："彭专家，你确定能活着回实验室？"

彭新宇的眼角抽搐几下，没有说话。

"这里遍布文物，从两千多年前的到两年前的！"楚南飞抱着冲锋枪向小眼镜努努嘴。小眼镜干咳一下："保护文物是我爹毕生的追求……"

秦老实一咧嘴："现在你保护的是比文物都重要的专家哩！"

话音未落，楚南飞忽然打了个手势，快速转身，一个箭步冲到周芳华的后面，冲锋枪保险瞬时打开，却没有射击。

地面传来轻微的震动，空间内也隐隐地传来令人难以忍受的噪音。

黑暗的洞穴空间道路的尽头，满布庞大的身躯晃动几下，撞在洞壁上，无数飞出的晶石碎片射入他的躯体里，发出一阵细微的声音，满布身上涌出许多绿色的黏液。

满布硕大的爪子在空中挥动，电光火石一般砸向奥吉拉，只听"砰"的一声，爪子竟然抓在光滑的洞壁上，奥吉拉的影子变得虚幻起来。洞壁寸寸碎裂，那种螺旋形状的水波纹不断地荡漾着。"我以伦雅圣女的名义再次警告你，破坏圣女计划将被驱除出神域！"奥吉拉的声音低沉而威严，不容置疑。

伦雅圣女是都满大祭司的独女，是全魔罗族血统最完美的传承者，很有可能再次成功进化。这点满布心知肚明，但大祭司的位置实在太过诱人，还有一个家伙在惦记呢。

而现在他不得不退缩，他知道完全进化的奥吉拉战力莫测——虽然他只是一个甲兽！但无论如何，满布都不会去触怒一名成功进化的勇士的，这是兽王阁下的旨意。

满布愤怒地注视着隐去的黑影，喉咙里发出古怪的声音，回头望向后面的手下。那些不争气的家伙们都匍匐在黑暗之中，一种无形的威压笼罩整个空间，很显然奥吉拉的战力对那些奴隶般的可怜族人们是一个不小的震慑。

甲兽可以轻而易举地将所有卑微的奴隶们撕成碎片，或是直接吞噬——如果奥吉拉愿意的话。满布向后退缩，每走一步，身上沁出的黏液都在垂落。

这就是奥吉拉的实力。

虽然他已经被都满大祭司驱除出魔罗一族，但还在为伦雅圣女服务，这是他们达成的契约，或者奥吉拉有某种暗藏的意愿！

六面体建筑前面，江一寒、周芳华、高格明、秦老实等人痛苦地在地上挣扎着，黄大壮和小眼镜在地上翻滚，但还是抱着冲锋枪不放。

唯有楚南飞和彭新宇看起来没有那么痛苦，但彭新宇满脸汗水，扭曲变形的脸死死地盯着楚南飞，感到不可思议。

楚南飞并不轻松，空间内的噪音几乎让他崩溃，眼见着战友在地上痛苦地翻滚，看着周芳华蜷缩在地上，他的心忽然疼痛了一下。

疼痛并非来自肉体，而是内心最深处。

楚南飞移动到周芳华近前，伸手拉起她。

周芳华竟然靠在了楚南飞的肩膀上，沉重地喘着粗气："次声波可以杀死人！"

楚南飞的身体有些僵硬，一股淡淡的女人的香味钻进鼻子里。楚南飞抖动一下肩膀，漠然躲开女人的手，抱着枪走到江一寒身边，拍了拍他的肩膀："没事吧？"

江一寒已经恢复了正常，其他几个人也从地上爬起来，疑惑地看着楚南飞。

"次声波是从地面传来的，越接近地面受到的干扰就越大。"楚南飞打了个手势，走上祭坛的台阶，秦老实等几个人紧张地形成防御队形保护。

江一寒快步跟上，警觉地观察着周围的环境，望着黑暗的尽头，一种莫大的危险似乎就在前面，而他却对此反应太迟钝。楚南飞无疑是最出色的特战队员，虽然他是一个刺头。"彭专家，取样吧。"楚南飞回头瞥了一眼彭新宇，淡漠地说道。

彭新宇推了推眼镜摇摇头："已经取完了，当务之急是快速通过第五层平台，我们的目标是深渊第九阶。"

"你确定能活着走到第九阶平台？"楚南飞瞪一眼彭新宇，冲锋枪上肩，放松了身体围着祭坛转了一圈，秦老实和小眼镜机械地跟在后面。

彭新宇显然十分愤怒，刚要发作，周芳华却爽声道："这里是深渊第五层平台，垂直距离超过四百五十米，如果不确定正确的方向和路径的话，我们很有可能死无葬身之地。"江一寒警惕地看着彭新宇，时刻防范他做出什么过激的举动，也对周芳华的这番话也感同身受，从某种角度而言，他信任周芳华要比彭新宇多一些。

"彭博士为了科学可以视死如归，但我们不能无谓地牺牲。"江一寒的语气缓和了一些，毕竟彭新宇是专家，而且是此次考察的组长——虽然被剥夺了组长的头衔。江一寒不想让这次行动留下太多的遗憾。

高格明严肃地点点头："小周说得对，蒋教授的日记明确指出，第五层平台不仅仅是一个祭坛，这里是进入深渊内部的瓶颈。"

正在此时，楚南飞大步流星地过来，奇怪地看着高格明："深渊内部？难道四百五十米还没有进入内部吗？你还知道些什么？"

高格明尴尬地摇摇头："具体说我的信息都是从日记上知道的，蒋教授夫妇是研究魔罗文化的泰斗，而我是学地质的。"

也就是说他只是一个传声筒，但这个传声筒似乎不愿意把知道的信息分享出来。文人相轻自古就是中国知识分子的积习，延续了千年也没有改观。关键是在这个时候他们还在挤牙膏，让楚南飞有一种一拳打飞他的冲动。

"我有一种直觉，古城废墟上的那座祭坛是这个祭坛的复制品，这个才是真正魔罗族的祭坛。"楚南飞看向周芳华，发现周芳华正在打开怀表。

那支怀表楚南飞已经见识过，是一款1902年瑞士生产的欧米茄机械金怀表，圆润的包浆，双面水晶球形设计，中间连接部分使用黄铜制成，球体下方有一个独特的喇叭体——在找水源遇险后周芳华骑在楚南飞身上时候，金表就在她丰满的胸前摇摆。

楚南飞活动了一下脖子，奇怪地看着周芳华，她手里的怀表双面水晶闪烁着诡异的光芒。周芳华打开怀表，指针在疯狂地旋转着，根本看不准时间。周芳华扬了扬怀表，无奈地耸耸肩，刚要收起来，却被楚南飞抓住，连同她凝脂一般的玉手一起抓住！

周芳华"啊"的一声惊呼："你干什么？"

"看看你的表！"楚南飞毫不客气地将金表从周芳华的脖子上摘下来，拿在手里，仔细观看，黄铜喇叭口做得十分圆滑，显然是磨损所致。而表内固定表针的细杆却很长，形状尖锐，犹如探针一般。

楚南飞一下将怀表扣上，扔给江一寒："我怀疑这块表有问题。"

江一寒接住怀表并没有打开，而是皱着眉看一眼楚南飞。他见识过各种各样的间谍装置，有口红形状的，有钢笔形状的，也有怀表。当然，这些装置大多是信号发射器或是微型照相机。"这是什么？"江一寒将怀表举在半空目光逼视着周芳华。

周芳华第一反应便是怒视楚南飞，然后冷傲地看着江一寒："这是温莎爷爷的遗物，我归国的时候送给我的纪念，快还给我！"

"我们被跟踪跟你有莫大的关系，请你说明白。"江一寒寸步不让。

他感觉这支科考队太出乎意料了，本以为这是一次简单的保护行动，却在无意之中陷入了无妄的深渊。之前彭新宇破坏了队内的电台，导致三台机器全部损毁，让队伍陷入了绝境。而楚南飞在进入深渊入口的时候，发现了非法跨境团队。

江一寒的直觉告诉他，后面有一支实力强劲的对手无时无刻不在跟踪着他们。

而罪魁祸首很有可能是周芳华！

高格明与彭新宇相视一眼，缓步走到江一寒近前："江同志，大家都是为了革命，小周是海归派，是经过组织上认可的，就不要疑神疑鬼了吧？"

在没有弄清楚怀表作用之前，江一寒不可能退缩半步。这些头上扣着"科学家"光环的人没有他想象的那么单纯，一个是脾气暴躁不可理喻的彭新宇，另一个是言语刻板一竿子打不出个屁的高格明。

周芳华没想到一只怀表竟然让江一寒大动肝火，倔强地走上前来就要抢夺怀表，却被楚南飞给拦住："周同志，请你说明白这是什么。"

"我已经告诉你们了，这是我的好友温莎爷爷的遗物！"周芳华愠怒地看着楚南飞："温莎是我的闺蜜，我们无话不谈，他的爷爷是考古探险家，这块怀表是留给她的最后的纪念——你还想知道什么？"楚南飞无语。他想知道周芳华为什么明知道深渊里的磁力异常，任何表计都不会准确地显示，还经常拿出来看时间？是看时间还是在发送某种信号？江一寒打了个手势，小眼镜立即持枪过来："参谋长！"

"周芳华同志有嫌疑，你暂时负责看管！"江一寒把怀表扔给楚南飞，楚南飞接住，撕下一大块布条，将怀表包裹得里三层外三层，然后塞进怀中。

周芳华怒不可遏地指着楚南飞："你……你……"

"这是纪律，在没有搞清楚真相之前我负责保管！"楚南飞转身又望向神秘的祭坛顶端，那里出现了一个银色的亮点，与深渊入口的亮点似乎是重合的。

"你也隐瞒了秘密，我现在就拆穿！"周芳华从挎包里拿出一个包裹得严严实实的东西，举在手里。所有人的目光都望向她手的物件，楚南飞猛然转身，不可思议地盯着周芳华。

第十九章 神域地图

荒漠的月色没有想象中那么美。

黑暗笼罩的大漠尽显苍凉和诡异，尤其是废墟周边的断壁残垣和远处黑黝黝的砂岩土堆，看起来如青面獠牙的怪兽一般，让人浑身不舒服。残垣断壁之间的临时掩体周围不时晃动着卫兵的影子，紧张的气氛与周围的环境相得益彰。

郭南北率领的增援部队已经完全清除了沙漠周边的外籍佣兵，缴获了两辆越野车和四桶汽油、一张红色的太阳伞和两个被捆绑得跟粽子似的外国人。那两个家伙被发现的时候全身包裹着尸布，战士们以为是干尸呢，接近后才发现是喘气的。

郭南北望着残垣废墟，距离营地几十米之外就是目标X点，也就是刘站长称之为深渊的地方。

黄昏的时候郭南北查看过那里，随后对两个外国人进行了讯问，得知他们只是留守负责警戒看管装备，其他人都沿着滑索下去了。

五名卫兵呈防御队形保护着郭南北，生怕发生什么不测。

郭南北有些不自在，自从抵达56号兵站的时候，他便有一种直觉：这次的任务有点怪！不仅是怪，更让他想不通。如果不是亲眼所见补给兵站凄惨的一幕，他这辈子也不会相信世界上有什么妖魔鬼怪，虽然他也不确定那些东西到底是不是传说中的怪物，却比怪物更让人不寒而栗，郭南北还记得老刘似乎称那些玩意叫"沙兽"。

"天亮后开始行动！"郭南北下达命令后快步向中心帐篷走去。

警卫员刘建设慌忙应答："是，首长！"

郭南北一头钻进帐篷，油灯忽闪了几下，小刘进来给郭南北倒水，手有点发抖。郭南北皱着眉头看一眼小刘："你哪里不舒服？"

"首长，我有点激动！"

"害怕了？"

"不，是激动，真的！江参谋长能率领战友们下去执行任务，我们也能，而且会做得更好！"刘建设把茶缸子递给郭南北，梗着脖子，脸上火辣辣的。

郭南北微微点头，他是来增援的，从目前的情况来看，已经不是增援而是救援。而且能不能救到人还不一定，从补给兵站的战斗情况来看，对手绝对不是普通的敌人。

"废墟卡哨盯紧点，两个小时一换岗，设定口令！"郭南北喝一口水，把缸子放在油桶盖上，从包里拿出那份绝密文件。

刘建设立正："首长，口令是什么？""战天斗地！""大有作为！"刘建设敬了一个标准的军礼，转身出去。

郭南北打开绝密文件，紧皱眉头看着每一个数据，那些怪异事件早已刻在他的心里，而补给站所发生的一切犹如过电影一般涌上心头。他不禁望了一眼黑黢黢的外面，一种前所未有的紧迫感油然而生，正在此时，报务员却匆匆进来。

"报告！"郭南北摆了摆手："是不是老首长不放心了？告诉他我郭南北抵达X目标位了，救援行动即将展开——一切顺利！"

"首长，北京来电，行动任务的最后期限是四十八小时！"报务员将电报纸递给郭南北。郭南北一愣："开什么玩笑？"

郭南北接过电报纸，凝重地扫视一眼，抬起手腕看一眼腕表，只见腕表的分针在飞速旋转，而时针却卡在那里一动不动，立即紧张起来："立即通知班长以上人员开会！"

楚南飞没有想到周芳华会拿金属卷轴要挟，更对自己没有及时收回感到万分懊恼。也许她早就料到了这个形势，故意而为之。

楚南飞没有解释，目光仍旧望向神秘的六面体建筑，脑子有点乱。

所有人的目光都聚焦在周芳华手里的布包上，秦老实却看着周芳华："周同志，你这是什么意思？这个玩意楚连长已经解释过了，是进入大漠之前一个小姑娘托付给他的。"周芳华不屑地瞪一眼秦老实，缓慢地打开布包："一个小姑娘无缘无故地将魔罗族最珍贵的神匙给了楚副连长？托付她什么事？为什么托付他？为什么不托付给你？"

秦老实无言以对。

高格明惊讶地看着周芳华手中的金属卷轴，半天没说出话来，看一眼彭新宇，发现他的手在抖动，眼睛直勾勾地盯着神匙。

"老彭，蒋教授的日记里有关于神匙的记述，神匙是进入深渊内部的钥匙，这在补给站的时候大家已经讨论过了。"高格明皱着眉头说道。

周芳华的脸微微扬起:"的确曾经说过这件事,但此一时彼一时,我忽然想到一个问题,楚副连长能否正面解释一下?"

"解释什么?"楚南飞回头瞪一眼周芳华,他忽然发现女人都是不可相信的,尤其是有知识的女人。那种建立在共患难基础上的信任,就如沙子一般,脆弱不堪。

"向导奥吉拉失踪,神匙突然现身,前三次探险彭博士只突破了深渊第三层,而现在在你的率领下到了第五层——我想知道你的超能力是从哪来的。与魔罗一族究竟是什么关系!"周芳华的目光咄咄逼人,她想看透了楚南飞内心深处的思想,却发现有些无能为力。牙尖嘴利有时候是一种武器,语言对人的伤害远比刀子厉害,尤其话是从最信任的女人口里说出来的。

彭新宇气急败坏地拿过发着银色光晕的金属卷轴:"有什么好解释的?江参谋,难道你要庇护一个内奸吗!"

江一寒陷入两难的境地。楚南飞是绝对可以信任的,他是从基层选拔上来的尖兵,是"顶花带刺"那种,怎么可能与魔罗一族有联系?倒是周芳华失了方寸倒打一耙,诬陷的本事倒是不小。

高格明尴尬地拍了拍彭新宇的肩膀,缓声道:"老彭,事情不要闹得这么僵嘛,小楚一路的表现足以证明他是自己人,而小周是组织上认可的,更不会是什么内奸——当前形势复杂敏感,我们要加强团结,而不能离心离德。"

彭新宇用金属卷轴点指着高格明,几乎是咆哮:"敌人亡我之心不死,做科学固然重要,但思想上首先要过得硬!"

楚南飞忽然转身盯着彭新宇:"请问你的思想很过硬吗?隐瞒行动目的让行动组几乎全军覆灭!"

周芳华站在彭新宇的侧后方,忽然向楚南飞轻轻地摇摇头,目光却闪烁地望向祭坛。

楚南飞微微皱眉,他不是粗枝大叶的人,周芳华的一举一动他都看在眼中,目光却毫无动摇之意。

江一寒也凛然地看着彭新宇:"我想要庇护所有革命同志,而他们现在都成了烈士!彭专家,你想怎么处理?"

江一寒的目光犹如一把刀子,冷硬而锋锐,扫过彭新宇、高格明和周芳华的脸。

周围的气氛几乎降到了零点,几名战士都紧张地看着彭新宇。

"我建议处决他们,包括小周!"彭新宇几乎是在咆哮,蜡黄的脸已经变形,挥动

着手里的金属卷轴,跟那些"沙民"几无区别。

他没有裁决别人命运的权力。

周芳华诧异地看着彭新宇,几乎不敢相信自己的耳朵,脸上的惊惧不可描述。一个怀表就能让她死无葬身之地?这是什么逻辑!周芳华几乎崩溃一般抽泣起来,她似乎能够触摸道彭新宇的无情和冷漠,是那种宛如实质一般的冷漠。

彭新宇变得越来越不可理喻!

秦老实抱着冲锋枪向前走了两步:"江参谋,此事先放一放,我敢用脑袋担保,这娃绝对不是什么内奸,周同志也不是——怀表和钥匙的事情到此为止,当务之急是通过这层平台!"江一寒冷肃地看着秦老实,他想把事情弄得水落石出,但弄清楚了又能怎样?这里是深渊,是魔鬼地狱,不是军事法庭,他也不是法官。

彭新宇显然十分赞同秦老实的建议,竟然把金属卷轴直接扔给江一寒:"时间已经不多了,我们必须快速通过五层平台!"

高格明如释重负地深呼吸一下,微微摇头。

江一寒忽然感到一种无形的压力压在心头,彭新宇的思维似乎发生了某种变化,是那种跳跃式的思维:方才还咆哮着要枪毙两个人呢,而现在却似乎忘记了这件事。

难道科学家都是这样的吗?

"既然如此,我们必须要精诚团结——但这件事没有结束!"江一寒把金属卷轴放在怀中,打了个手势,小眼镜、黄大壮和李同飞立即守住祭台入口台阶处。众人向祭坛上面走去。楚南飞一声不响地把枪上肩,拔出尺许长的匕首走向神秘的祭坛,秦老实和黄大壮紧随其后保护。

"我说副的,你还是爷们不?"秦老实低声埋怨,"有人用枪指着鼻子要枪毙你,为嘛无动于衷?还得我这个老家伙釜底抽薪!"

楚南飞闭口不言,却拔出匕首看着祭坛周边那些酷似"苔藓"的东西,一下刺了下去,后面传来一声惊呼,周芳华跑过来:"南飞,别动!"

但已经为时已晚,锋刃匕首插进"苔藓"里面,只听"咔嚓"一声,匕首碰到了坚硬的岩石,而让楚南飞崩溃的是,"苔藓"竟然会动!

只见匕首周围的苔藓状物纷纷翻转,露出了黑色的底部,发出一阵"沙沙"的声音。楚南飞方发现"苔藓"个体长得跟细碎的小耳朵一般。被匕首伤及的个体流出淡绿色的汁液,一股不可名状的酸味钻进鼻子。

楚南飞轻轻地松开匕首,慢慢后退,撞到了周芳华的身上,惊得慌忙转身,四目相对,楚南飞的目光却扫向彭新宇。彭新宇推了推眼镜："这种未知生物具有中枢神经系统，能根据外来危险进行简单的自我保护，从某种角度而言，它已经具备了动物的特性，但它确实是植物。"

楚南飞对这玩意没有一点兴趣，不管是植物动物还是介于两者之间，总之深渊内到处充斥着危险，走错一步都会致命。

周芳华盯着插在"苔藓"的匕首，忽然惊呼一声："你们看！"

所有人的目光都盯着插在"苔藓"的匕首上，才发现匕首柄周遭升起一团薄雾，而那些会动的植物正逐渐包裹住匕首，转瞬之间，匕首消失不见。

周芳华拉一下楚南飞的胳膊，楚南飞才有所惊觉，却冷漠地后退两步。

"不要生气了嘛！"周芳华的蚊子声也那么悦耳——关键是在绝对寂静的环境里，任何声音都会被无限放大，包括那些未知的生物"翻转"的声音。

楚南飞冷眼看着可怜兮兮的周芳华，一个海归大美女在他的面前所展现的那种温婉贤淑似乎超出了所有人的预料。楚南飞无所谓地摆摆手："祭坛所用的材料与洞壁是一样的，而同样是祭坛，古城废墟用的是花岗岩。"

楚南飞皱着眉头，避开周芳华的目光，似乎是自语一般。

周芳华紧张地点点头："如果有光的话，应该很漂亮！"

他们不是来欣赏碧玉祭坛的，蒋教授的日记里有过交代，第五层平台是通向深渊内部的"瓶颈"——这句话该怎么理解？是因为第五层平台隐藏着进入深渊内部的通道？还是很难通过第五层平台？

楚南飞的逻辑思维能力的确有限，但他对这些科学家的逻辑分析却不敢恭维。就拿这些植物与动物特性混搭的"苔藓"而言，他们并没有发现其有致命性。

能够融化精钢的液体除了强酸以外，楚南飞想不出其他东西，他心疼的是那把匕首，伤过不少沙民，虽然卷刃了，但也没有被腐蚀掉，可见这种生物分泌的汁液是何等的霸道。

周芳华下意识地掏怀表，动作虽然很轻微，但还是被楚南飞洞察。

"不用看时间了，现在是午夜。"楚南飞望着祭坛顶端的"星光"，星光不知何时呈现出碧绿的颜色，犹如怪物的眼睛。

第四层平台的神庙前，西蒙小队十多名队员正在搭设进入第五层平台的悬索，而西蒙正用强光手电照射着古老的神庙。

神庙之下随处可见干尸和骸骨，各式各样的兵器，还有神庙花岗岩墙壁上密集的弹痕。西蒙警觉地走上神庙台阶，看着脚下一具硕大的骸骨："这里发生了最惨烈的战斗，

探险者无一例外全部被杀死,还有这些大块头!"

"头儿,这里就是地狱,我们得快点离开!"尼古拉走到西蒙旁边,抱着突击步枪惊惧地看了一眼地上的骨骸说道。

西蒙凝重地望着神庙黑暗的空间,里面似乎有某种吸引力一般,他不由自主地走上神庙的台阶,绕过那些干尸和骨骸,站在神庙的门口。强光手电洞穿了神庙的黑暗空间,但也仅仅能照亮巴掌大的地方。

光线扫过,神庙里面一片狼藉。墙壁和穹顶上有精美的雕刻,地面几乎没有发现干尸骨骸,唯有四周伫立的花岗岩石像不时闪动着黑色的暗影。

"那些入侵者至死也没有冲进去,或许他们选错了路线!"西蒙怪笑着退出神庙,因为他感到有些心慌,甚至有些恶心。而尼古拉却一头冲进去,西蒙的强光手电射在尼古拉的身上,继而扫射在神庙墙壁上,发出一道幽幽的绿光。

"你干什么?蠢货!"西蒙盯着尼古拉漫骂道。

尼古拉站在神庙的中心地带,仰望着穹顶,上面似乎射下一道微弱的光线。尼古拉惊奇地喊叫:"头儿,上面有宝石,我们出生入死来这里难道不是为了它们?"

穹顶上方的黑暗中果然有一个泛着碧绿光泽的物体。

尼古拉举起枪瞄准,西蒙想要制止已经来不及了,只听"嗒嗒、嗒嗒嗒"连续的突击步枪短点射,尼古拉竟然想打下穹顶镶嵌的宝石。

黑暗的神庙空间忽然发出一阵石头开裂的声音,声音很小。

西蒙声嘶力竭地怒吼:"尼古拉,快出来!"

尼古拉正贪婪地望着穹顶,那块碧绿的幽光正在下落,只听"咔嚓"一声巨响,一块硕大的巨石从神庙的穹顶急速落下,尼古拉连惨叫的声音也没有,完全被巨石砸扁。

而穹顶上方那块如"星光"一般的"宝石"依然还在那里,没有发生一点变化。

那不是什么宝石,而是深渊入口拇指大的光圈。

江一寒抱着冲锋枪警觉地冲到祭坛入口之处,黑暗中传来隐隐约约的枪声让所有人都紧张起来。楚南飞看一眼周芳华,快速打开冲锋枪滑套和保险,顶上子弹冲到台阶入口处,秦老实紧随其后。五分钟的静止,空间内又恢复了平静。

"后面有尾巴!"江一寒镇定地望着黑暗的来路,声音有些沙哑。

从枪声判断,对手应该持有先进武器,而绝对不是自己人。按照时间推算,去56号补给站求援的人不会这么快就搬来救兵,就算刘站长派来援军也不可能鲁莽地下潜深渊。楚南飞回头看一眼周芳华:"你说你那个朋友叫温莎?"

"温莎·B.伯尼，怎么了？"周芳华疑惑地看着楚南飞。

"没什么！"楚南飞拎着冲锋枪走回台阶上："后面是一支越境的入侵者，外号西伯利亚之熊的佣兵队，他们先于我们进入深渊，为什么在我们的后面？"

彭新宇冷肃地看着江一寒："我建议立即进入第六层平台，甩掉他们！"

彭新宇一心想要下潜，不管发生什么事情都会成为他的理由。

江一寒与楚南飞对视一眼，现在两人的已经达成了默契，通过目光交流完全可以理解对方的想法。楚南飞点点头："为了确保专家组安全，必须干掉他们！"

江一寒转身快步走到彭新宇近前："希望各位予以充分的配合，只有干掉那些入侵者我们才能安心抵达深渊底部！""我同意！"高格明谨慎地看了一眼彭新宇，继而目光又转向周芳华。周芳华顺从地点点头："我们必须尽快解开蒋教授日记里的疑惑，不能走错路，我也同意江同志的安排部署。"

彭新宇孤掌难鸣，虽然他想沿着溶洞直接闯进去，但发生的一系列危险让他有些缩手缩脚。江一寒开始部署防御点，利用祭坛周边的石雕武士及六面体的建筑为掩护，在关键位置部署火力。黄大壮和秦老实负责入口突袭，李同飞和小眼镜负责策应，三名专家隐藏在祭坛后方的黑暗之中，而江一寒和楚南飞负责正面伏击。

这叫"请君入瓮"。

在深渊有限的空间内部署防御是极度危险的，弄不好就有可能成为阵地战！

彭新宇的手腕还在滴血，伤口的血在二十分钟内竟然没有凝固？苔藓分泌的汁液能够腐蚀钢铁匕首，却没有腐蚀皮肉，这让彭新宇感到不可思议。

彭新宇和高格明躲在黑暗之中，望着硕大的祭坛，一言不发。

身为生物病毒学家，他只对这些奇怪的生物感兴趣，而对历史考古和地质状况没有半点感觉。而高格明恰好相反，他所关注的是深渊地形地貌的状况，以及这个奇怪祭坛的建筑形式。高格明从来没有见过如此庞大的深渊建筑，从一入深渊开始，这里所有的一切都是那么不可思议，他只能用"不可思议"来形容自己心里的震撼。

楚南飞盯着祭坛顶端微微的绿光，穷尽脑汁思索。后面忽然传来一阵清雅的女人香味，他知道是周芳华，却无动于衷。

"入口的光亮能射在那里并非偶然，而是刻意而为。魔罗族学会利用光的反射原理来装点他们心中的圣坛，但这里并非是祭祀所用，而是降神的地方。"周芳华显然是在跟楚南飞说话。

楚南飞对此毫无兴趣，自从周芳华"出卖"了他，他便对女人有所警觉，甚至拒绝

她的声音，她的目光，以及她的一切。

"蒋教授的日记里记述，月圆之夜魔罗族的神域之门会打开，神明会赐予他们力量。"周芳华如同自语一般，很显然他对楚南飞的冷漠已经有所察觉，语气中隐含着丝丝的伤感，无奈地看着楚南飞说道。

楚南飞不乏好奇心，尤其是对女人。自从周芳华在沙漠里把自己压在身下之后，他便时时产生一种征服的欲望，而这种欲望在周芳华"出卖"他之后，变得若有若无起来。

"把兽眼给我。"楚南飞警觉盯着祭坛顶端的微光说道。

"什么兽眼？"周芳华迟疑一下，方想起从魔罗人异变的怪物眼睛里得到的宝石。

楚南飞回头冷淡地看一眼周芳华，周芳华耸耸肩："那个叫星光宝石，在高老那儿。"

周芳华走进黑暗之中，不多时又出来，高格明尾随在后面，警惕地看了一眼楚南飞，把星光宝石拿出来："你要干什么？"

楚南飞没有说话，他跟这些专家几乎没有共同语言，直接将星光宝石拿过来，握在手中，浑身立即感觉到一股凉意。楚南飞围着祭坛绕了一圈又回来，祭坛上面没有能放置"兽眼"的地方——说不定在"苔藓"下面隐藏着，但楚南飞十分忌惮，怕这些古怪的玩意把自己吞噬了。"南飞，你到底要干什么？"周芳华终于不耐烦地问道。

楚南飞透过星光宝石望着祭坛顶端的绿色光亮，宝石里面呈现出红色的线条来。仔细分辨一下，是没有任何意义的线条。

"这是兽眼，为什么把这东西藏在眼睛里？"楚南飞深呼吸一下，改变一个角度继续看。

暗淡的星光宝石里面又出现了少许红线。按照他所知道的光学理论，光线会被分成不同颜色的单色光，在光谱里可以分辨出来。不过透过"兽眼"只能看到红色的光。

周芳华灵机一动："这绝对不是怪兽原有的眼睛，很可能是后安装进去的，用以替代眼睛的功能。"这种解释很牵强，因为楚南飞想象不出这东西如何能替代眼睛。楚南飞摇摇头："因为这东西很珍贵，或者说那家伙就是保护这东西的。"周芳华缓步过来："让我看看！"

周芳华拿过星光宝石冲着祭坛顶端的绿光看着，忽地惊呼一声："是红色的光线！"

女人就是稀奇古怪的动物，随便什么都会引起她们大呼小叫，楚南飞无奈地摇摇头："毫无规律的线条，能是什么？"

"我判断这些红色线条并不是分解光线获得的，而是宝石自身所带的！"周芳华变换着角度，继续看着星光宝石。

楚南飞却怔怔地看着周芳华的脸。

透过完美的星光宝石折射之后，那抹微弱的绿光在周芳华的脸上投下一抹暗淡的红光。楚南飞快步走近周芳华，盯着女人凝脂一般光滑的脸蛋。

红光之下呈现出复杂的线条！"看什么？难道没见过漂亮的女人？"周芳华脸上火辣辣的，目光与楚南飞的目光相碰，没有碰撞出任何火花。

"你看到了什么？"楚南飞的呼吸有些急促，根本没有注意周芳华带有挑逗式的语言，他的精力全部集中在周芳华脸上的线条之上。

周芳华摇摇头："是红色的线条，十几根，估计是星光宝石的裂隙所致。"

"而你的脸上却有一副地图！"楚南飞盯着周芳华的脸，喃喃自语。

周芳华移开星光宝石，看着地面，地面上没有任何反应，更没有什么"线条"。

"光折射到不同物体上会呈现出不同的状态，因为地面是石头的，反射能力很差，所以看不到。"楚南飞猜测道，这是他所能想到的最"科学"的解释。

周芳华兀自摇摇头，又擎起星光宝石，她的脸上立即出现了红色线条，移开宝石，线条消失！高格明站在楚南飞的后面，惊奇地看着星光宝石："蒋教授日记中记述过，星光宝石里面隐藏着深渊神域的地图！"

楚南飞气得不想说话，更不想看高格明一眼。这种挤牙膏式的透露信息让他有一种崩溃的感觉。

"第五层平台是进入深渊内部的瓶颈，如果发现进入神域的通道的话，我们会取得成功。"周芳华思索着。

楚南飞拿过星光宝石，不断地变幻着角度，他的脸上出现了一副清晰的线条地图。周芳华怔怔地看着楚南飞坚硬的脸颊，自己的脸忽然火辣辣的。

那是一种奇妙的感觉。楚南飞伸出手掌，保持着星光宝石不动，移动手掌，手掌上突然出现了那副地图！周芳华、高格明和江一寒的呼吸不禁急促起来。

"快记下地图！"楚南飞焦急地喊道。

没有照相机，谁也没有那么好的记忆力能记下地图，即便是有相机也毫无用处，不能及时洗出照片来。楚南飞盯着手掌里的线条，粗细均匀而清晰，弯曲之处竟然有几只完美的小圆点，显然是比较重要的位置。而地图的形状与深渊的地形完全不同，说明并非深渊地图。

楚南飞的脑子飞速旋转着，每一条线条所在的位置都快速凝成一条实体的细线，纵横相错的细线彼此勾连，脑中形成了一副完整的地图——是一张三角形状的地图，就如

第十九章　神域地图

金字塔的形状一般,而每条线似乎能够流动一般,鲜红如血!

那是真正的鲜血——是楚南飞的血。

汗水不断地滴答下来,皮肤上的红色地图逐渐模糊,楚南飞感到双腿发抖,身体如同被掏空一般,一头栽倒在地,手里死死地握着星光宝石。

周芳华惊呼一声上前搀扶楚南飞:"你怎么样?"

江一寒把楚南飞搀扶起来,焦灼看着他的眼睛,里面似乎有某种怪异的光射出来。

楚南飞摆摆手:"这玩意是用冷光成像的,而且是利用人的血液才能显示出来,也就是说血液是显影的媒介,地图隐藏在宝石之中。"

周芳华惊讶地看着楚南飞张大嘴巴:"那是不可能的,完全违反科学常识。"

"深渊的存在本身就违反科学常识!"楚南飞深呼吸一下,方才地图定格的瞬间,他感觉到血液几乎凝固,如果再看一会,保不准心脏崩裂而亡,所以他才出现了短暂的大脑缺氧。掌握神域地图就等于一只脚迈进了神域!

第二十章 祭坛混战

温莎坐在光滑圆润如玉的椅子上，后面站着两名全副武装的佣兵，而本杰明正在焦急地来回踱步，最后面带怒容质问道："温莎小姐，您的佣兵队已经进入了深渊第四层，为什么毫无动静？难道在等待大祭司的指引吗！"

没有人回答本杰明的话，因为他问得很愚蠢。

伦雅圣女忽然从黑暗的甬道中出现，后面跟随着一个貌相丑陋的随从。

温莎微笑着起身："魔罗族的圣女果然是与众不同，您一定给我们带来好消息了！"

伦雅圣女冷哼一声："这些外来的闯入者无疑都有自己的算盘，他们想要进入神域，更想得到神之进化液？得到永生？神之进化液是魔罗族强盛的根本，不容任何人染指。但大祭司已经确定了行动计划，没有人敢违背！"

满布违背行动计划已经遭到应有的惩罚，他为此付出了代价！

伦雅圣女知道，魔罗一族想要进入神域并获得兽神的恩赐，是一件不可能的事情。上一次降神发生在一千多年前，而自从魔罗族分崩离析之后，就没有再出现过降神仪式。而且仅凭大祭司的力量是不可能让魔罗族再度辉煌的，只有神之进化液才能让魔罗一族重现辉煌。

本杰明与温莎对视了一眼，显然伦雅圣女并不知道如今的科学技术早已突飞猛进，几支突击步枪和机枪代表不了什么，大规模毁灭性武器瞬间能让魔罗一族灰飞烟灭。

为了得到进入神域的机会，伦雅圣女想尽一切办法，但问题是神匙失踪了几百年，没有神匙就不可能打开神域之门，更别提得到降神的恩赐了。不过好消息终于等来了：奥吉拉探查到了神匙信息！

这为伦雅圣女再度进入神域提供了千载难逢的机遇。

同时，温莎和本杰明这两个外来的闯入者，也明确了帮助大祭司打开神域之门的意愿，但伦雅圣女早已看透了他们的心思：都想进入神域以满足他们无尽的贪欲，而对魔罗一族百害而无一利。都满大祭司也是如此。

权力掌握在大祭司的手里，伦雅也不能忤逆父亲的意愿，他是魔罗族的最后一位武士，唯一有资格与神域兽王大人沟通的人。

"温莎小姐，您的队伍正在通往第五层的通道之中，该是行动的时候了。"伦雅圣女的脸上露出一抹难得的笑意："当然，魔罗勇士们会责无旁贷地助战，得到神匙是我们最终的目的。"温莎缓缓起身，那种难以隐藏的贪婪表露无遗："多谢伦雅圣女提醒，大祭司阁下要求我的人尽量守住第五层平台的入口，其他事情由本杰明去完成——本杰明先生，这次你放心了吧？"

本杰明的目光一滞，眉头紧锁成一个疙瘩，露出难以置信的表情："我的分队完全能胜任战斗，但伦雅圣女需要的是完美星光宝石和神匙，我全心全力协助大祭司进入神域的承诺没有改变，但需要您的全力协助！""那岂不更好？"

温莎阴鸷地看了一眼本杰明："只要你牵制住那些人，我相信西伯利亚之熊会把他们撕成碎片！"

伦雅圣女微微皱眉，第五层平台的人不容小觑，他们拥有"天眼"和"神匙"，而且奥吉拉说他们已经解开了"天眼"的秘密，唯有依靠血液的力量才能解读出复杂的神域地图。按照大祭司的计划，他们将永远止步于第五层平台——包括本杰明的小分队、温莎的佣兵队和那些战斗力颇强的勇士们。

对讲机里面发出一阵电磁干扰的声音，伦雅圣女扫了一眼玛丽手里的对讲机，信号灯正在闪烁着绿色的光芒。

温莎优雅转身，玛丽恭恭敬敬地把对讲机放在她的手里。

"温莎小姐，我们成功通过了第四层平台，现在在去第五层平台的通道，请指示，西蒙！"温莎骄傲地挺起胸脯，看了一眼伦雅圣女和本杰明："我的人已经准备好了，下面该你们表演了！"伦雅圣女微微点头，转身离开。

本杰明望着温莎的背影，额角的细汗不知什么时候滴落下来，而在温莎后面站立的玛丽却无动于衷地看着这个色鬼，他心里想的那些龌龊事情早已被她洞察。

温莎握着对讲机，迟疑了一下："西蒙阁下，我命令你们截住他们的退路，任何人都不能逃走——我说的是任何人！"

温莎把对讲机扔给玛丽，对讲机里面响起西蒙的声音："收到，老板！"

黑暗的通道中，西蒙把对讲机关掉，挂在腰间，几道强光手电的光芒犹如射线一般四处晃动，巨大的溶洞内没有水，极度干燥，很冷。这种环境让西蒙很难受，犹如进入地下冰窟一般，尤其是脚下随时都会出现的深渊，让他如履薄冰。

　　"那个娘们就是个野心勃勃的家伙，到这种该死的地方执行任务，我发誓这是最后一次！"德里克正了正头盔，头盔上的行灯来回晃动着。

　　西蒙拍了拍德里克的肩膀："小心不要让温莎小姐听到，她会变成机甲怪兽一口咬掉你的脑袋！""哈哈！"众人发出粗鲁的笑声。

　　西蒙打了个响指："我发誓做完这一次我们就可以享受真正的生活了——为了真正的生活，兄弟们，加油！"

　　西伯利亚之熊佣兵队执行过许多古怪的任务，但这次西蒙几乎没有胜算。还没有接触到对手，佣兵队便已经损兵折将，就在第四层平台的神庙里面，尼古拉被坠石砸扁——现在无人想到尼古拉，那个可怜的家伙已经没有机会享受真正的生活了。

　　西蒙小分队在第五层平台入口处踟蹰不前，原因很简单：路上白骨累累一片狼藉，一落脚便发出踩碎骸骨的声音，让队员们胆战心惊。无法想象前面的人是怎么走过去的，但温莎小姐已经告诉西蒙，对手就在第五层平台！

　　"现在是显示西伯利亚之熊信心和手段的时候了，不要做缩头乌龟，否则就没有下半辈子！"西蒙挥动着冲锋枪粗鲁地骂道。

　　尼古拉斯打开强光手电向前面照去："头儿，这地方就是地狱，我从没有来过这种鬼地方。我不怕死人准确地说我什么都不怕！"

　　西蒙一脚踢飞一只骷髅："我们的任务是堵住入口——哪里是他娘的入口？"

　　小分队所在的位置恰好是第五层平台的边缘，旁边便是深不见底的深渊，西蒙想要找一个进可攻退可守的有利地形，这里显然不是最好的选择。

　　溶洞入口处堆积着骨骸和干尸，所有队员都对此感到恐惧，虽然他们的嘴很硬，但心里都不可避免地产生恐惧。

　　祭坛周围死寂异常。

　　江一寒匍匐在祭坛台阶下的暗影之中盯着祭坛入口，那里似乎有微弱的光点在移动。后面忽然传来沉重的喘息声，江一寒回头阴冷地瞪了一眼彭新宇和高格明所在的位置，两个人在搞什么鬼？趴着也消耗体力吗？

　　这些专家在某些领域的确有非凡的造诣，但是在对敌作战的时候就是十足的累赘。尤其是彭博士，思维和行事方式怪异，自私自利至极，这样的"专家"若是在部队里铁

定是个孬货！楚南飞背靠一尊持剑武士，望着对面江一寒隐藏的位置不禁暗自深呼吸一下：这种"请君入瓮"的战法实在是有待商榷，弄不好就是引火烧身。因为在有限的空间内最好的御敌之法便是伏击，但需要强力的火力支持。

小分队仅剩下七名同志，加上三位专家也不过十名，而对手的实力未知。

楚南飞所考虑的不是能不能胜利，而是如何全身而退。

正在此时，楚南飞的肩膀忽然被轻轻地拍了一下，惊得楚南飞一身白毛汗，立即调转枪口，才发现是周芳华。

"为什么出来了？快隐蔽！"楚南飞气得六神无主，一股说不出的香味钻进鼻子里，也许这就是女人味？楚南飞不知道，他只知道这丫头会恶人先告状，言而无信的典型。

周芳华把嘴巴凑到楚南飞的耳边："彭博士有问题，我怀疑他受伤中毒了，所以才故意透露神匙给他，看他如何反应。"

楚南飞愣了一下，狐疑地盯着周芳华。他也发现彭新宇有问题，但问题究竟出现在哪儿却无法评估，应该是脑子！

楚南飞转过身继续隐藏好："你最好回隐蔽点，脱险之后再说！"

周芳华轻抚着楚南飞的肩头，似乎传递着某种意思，楚南飞的反应只是一震，是那种初次被女人抚摸时的诧异和矜持。虽然在沙漠里楚南飞已经被周芳华"侵犯"过，但此时此刻还是出现了本能的反应。

正在此时，后面洞壁忽然出现了震动，跟方才出现的那种蜂鸣般的震动如出一辙。楚南飞快地转身，一把抓住周芳华的手，把周芳华拉到自己的身后，然后打开冲锋枪保险，盯着溶洞黑暗之处。震动来自楚南飞选好的后路方向，这是最致命的。

震动消失不见，却传来一阵古怪声音，楚南飞的神经立即绷紧，枪口对着黑暗的溶洞通道，手指轻点，一梭子子弹立即射了出去，随手拉住周芳华："卧倒！"

周芳华猝不及防，一下扑倒在地，对面传来一阵剧烈的枪声，子弹打在方才站立的位置，碎石纷飞。枪声骤起，子弹在空中穿梭，小分队展开了最坚决的反击。

楚南飞翻滚到石像背后，才发现那些隐藏在黑暗之中的敌人，一共有七八个之多——他们的武器火力极强，绝对不是魔罗人，而是潜入者！

这里位于中国腹地，千里黄沙没有人烟，是不折不扣的死亡之地，这些家伙是什么时候进来的？怎么潜入的？什么时候潜入的？他们是谁？

楚南飞的脑子飞速旋转不能确定对手是不是西伯利亚之熊，他们是从第六层平台摸上来的，也就是说他们与西伯利亚之熊佣兵队有着千丝万缕的联系。

本杰明手持着冲锋枪靠在洞壁上嘶吼:"混蛋,进攻,进攻,一个都不要放过。"

几名佣兵硬着头皮往前冲,手中的冲锋枪喷出一条火舌,枪声的回音持续往复,震得耳膜生疼。江一寒无论如何也没有想到接触战是从后方发起的,但楚南飞率先发动的攻击的时候,大脑出现了短暂的休止,当发现对手反击之际,才意识到之际的部署出现了致命的问题:没有了退路!

对手的突袭火力猛烈异常,扇面形的攻击让祭坛周围全在火力范围之内,而方才部署的防御已经失去了作用,双方开打的一瞬间便完全失效了。

江一寒调转枪口,扫了一眼己方的几处火力点,紧张才有所缓解。只有楚南飞、秦老实和黄大壮的三处火力点在反击,而其他的四处并没有动静。

这是事先约定好的策略,防止发生意外状况。

所谓的"意外状况"就是指魔罗族那些怪物突然袭击时,能有足够的力量保护专家组。

江一寒盯着溶洞通道里晃动的黑影,手指轻扣扳机,一梭子子弹呼啸而去。

本杰明正在声嘶力竭地指挥,鲜血忽然喷溅了一脸,旁边的一个家伙一头摔到他的身上,将本杰明撞在洞壁上,本杰明本能地抹了一下脸,发出两声痛苦的呻吟。

第五层平台入口处,西蒙的对讲机里忽然传出一阵电磁干扰的声音,而后是温莎那种极富挑动性的声音:西蒙,我们应该做点什么了!

西蒙拿起对讲机放在嘴边:"收到,美丽的温莎小姐!"

猛烈的反击将溶洞的通道死死地压住,本杰明气得七窍生烟,踢开脚下同伴的尸体冲到队员的后面:"想办法把那些该死的处理掉!"

"是美制装备!"西蒙佣兵使用的正是温莎高价购来的美式轻武器装备,而楚南飞在深渊入口截获的装备却是苏制的,火力更猛,压得对手抬不起头来。

本杰明气急败坏地拿出一枚手雷,打开保险环奋力投了出去。

"轰隆!"祭坛的中心地带发出一声剧烈的爆炸,碎石乱飞,地动山摇。强烈的爆炸冲击波将周芳华抛了出去,楚南飞在地上滚出了十多米远,从地上弹起来向周芳华坠落的位置冲去,石块和洞壁碎屑纷落下来。

空间内传来一阵蜂鸣,楚南飞痛苦忍受着次声波的攻击,翻滚到周芳华的身边。

爆炸所产生的声波远远超出了任何枪械的攻击,尤其是对于本杰明小分队,他们是第一次听到这种杀伤力极强的声波,几乎所有人都痛苦地倒在地上,用手捂着耳朵,鲜血却从指缝间流出来。

江一寒冷静地按了按耳朵里的棉球,心里满是苦涩。若不是楚南飞提早有所防范,

这次恐怕真的要全军覆没了。

楚南飞却没有堵塞耳朵，彭新宇也没有。

在黑暗的空间内，听觉是唯一洞察敌情的手段，楚南飞不想让自己成为聋子。

不成为聋子的代价就是他要忍受两轮声波的攻击——爆炸所产生的超声波几乎要将耳膜给震裂，听觉似乎暂时消失了一般。在楚南飞抓住周芳华的手的时候，只觉得眼前发黑嗓子发咸，瞬间便喷出一口鲜血！

"南飞！"周芳华痛苦地看着楚南飞，鲜血滴在她那张标致的脸上，如暗夜里盛开的罂粟。楚南飞躺在冰冷的青石碎块上面，望着漆黑的祭坛，祭坛顶端的绿色光亮似乎暗淡了许多，上面被震碎的石块纷纷下坠，硕大而坚固的祭坛似乎要在一瞬间就要倒塌一般。溶洞通道里的本杰明小分队更为凄惨，比那些被枪爆头的家伙们更惨——剧烈的震荡引发的冲击波将前面开路的队员掀起抛到洞壁上，还没等享受次声波的眷顾便被砸得骨断筋折。

本杰明痛苦地靠在洞壁上，满脸鲜血，浑身散架了一般，摸到一支冲锋枪顶在洞壁上艰难地站起来，祭坛方向却传来一阵难以察觉的声波。

一名侥幸受轻伤的队员爬起来，原地转了好几圈，径直向祭坛方向冲过去——手里没有任何武器！

次声波犹如紧箍咒一般扼住本杰明的脖子，耳膜似乎破裂一般疼痛，他眼睛凸出，呼吸急促。本杰明本能地跟着跑出去，尽管祭坛内有更强劲的对手，尽管不知道对手隐蔽在哪里！坑道内狭小空间内，次声波被光滑的洞壁往复传递，形成了循环伤害。

那个侥幸生存的队员之所以冲出去，并非是他知道次声的杀伤力，而是本能。

人处在危险之地的求生并不是凭着经验，而是本能。

祭坛传来一阵急促的枪声，那名队员刚好跑到祭坛台阶的位置，楚南飞便将其击毙——而埋伏在其他隐蔽点的同志却没有反应！

不是没有反应，而是都在痛苦地抵御着次声的干扰。

唯独楚南飞对次声似乎有某种天然的抵抗力，或者是小分队在找到第一轮次声攻击的时候，他发现了抵御的办法。

可怜的家伙几乎没有发出任何声音，便被子弹洞穿了胸膛，一只脚踏在祭坛台阶下的"苔藓"上，直接陷入其中。

如果没有那些苔藓，估计这家伙能保个全尸。

当鲜血注入那些"苔藓"的瞬间，"苔藓"纷纷聚拢，犹如嗜血的细菌一般聚拢，而那家伙即将倒下的身体上却以肉眼可见的速度在膨胀——应该说是爆裂！

彭新宇盯着祭坛下中枪而没有倒下的"人"，呼吸不禁急促起来，起身跑出隐蔽点，尽管高格明奋力抱住彭新宇，却被一股强大的力量给甩了出去，摔在洞壁上，坠落在地上痛苦地呻吟着，惊恐地望着彭新宇的背影。

这超出了高格明的意料。彭新宇是一名学者，弱不禁风，带着五百多度的近视镜，最关键的是老彭身患绝症！

高格明捂着胸口发出一阵剧烈的咳嗽，将耳朵里的棉絮抠出来："老彭……"

彭新宇已经跑到了祭坛之下，对面便是那个被"苔藓"包裹取来的"巨人"，而通道口的本杰明也闯了出来，惊惧地望着硕大的祭坛之下的手下，抱着冲锋枪浑身战栗。

"上帝啊，他怎么了？"本杰明兀自后退，却撞到了侥幸逃出来的两名队员。

满脸鲜血的两名队员此刻早已惊得目瞪口呆，望着祭坛下不断膨胀的"怪物"，连叫喊的声音都消失了，甚至心跳都快停止了！

楚南飞用身体挡住周芳华，两个人不断地向洞壁方向后退，就在退无可退的时候，只见彭新宇竟然从隐蔽点跑出来，奔向祭坛下正在被"苔藓"所吞噬的人！

楚南飞想一枪爆掉他的脑袋，而周芳华却愕然地望着彭新宇的身影："他就是一个疯子！"声音很弱，近乎自语，瞬间淹没在坠石的轰鸣声中。

楚南飞抱着冲锋枪飞身一跃，翻滚到彭新宇近前，一把抱住了他的脖子，用力向后面一甩，却没有甩动他，彭新宇只打了个趔趄，而且眨眼间便挥拳砸中了楚南飞的胸膛，发出"砰"的一声！"南飞！"周芳华被眼前的一幕惊得目瞪口呆。

彭新宇如野兽一般冲着祭坛嚎叫："我要研究这些未知生物的特性！"

"你这是自私自利！"楚南飞从地上弹起来上去一招擒拿手，扣在彭新宇的脖子上，彭新宇张牙舞爪地比画着，楚南飞狠狠地扣住他的喉咙，腰间一用力，将彭新宇甩了出去。

正在此时，那个似乎能无限膨胀的躯体竟然爆裂开来，近两米多高的躯体在空中忽然解体，没有骨头碎裂的声音，甚至没有任何声音，就像一只装满了水的气球一般在空中爆炸，一股腥臭难闻的气息瞬间扑鼻而来！周芳华捂着鼻子跑到楚南飞近前："快走！"楚南飞胁迫着彭新宇退出十多米远，高格明也从黑暗之中跑了出来，抱住彭新宇："老彭，你疯了吗？那些苔藓的酸性极强，能腐尸化骨！"

彭新宇的手腕鲜血淋淋，应该是伤口撕裂所致。

楚南飞用冲锋枪顶住彭新宇的脑袋："退后！"

本杰明惊惧地望着祭坛，方才人体膨胀已经让他吓破了胆，而出乎意料的爆炸让他

的小分队无疑成了牺牲品——现在只剩下他一个人了。

祭坛入口出现一缕强光手电的光亮，楚南飞立即意识到真正的"尾巴"终于露面了，西伯利亚之熊佣兵队是专业特种作战佣兵队，他们的手段和武力远超过在通道内伏击的那些人。"隐蔽！"楚南飞虎吼一声冲出去，冲锋枪随即喷出一条火舌。

隐藏在其他三处隐蔽点的秦老实、黄大壮和小眼镜也开始发动攻击，祭坛内立即陷入一片混战。西蒙一脚将拿着强光手电的家伙踹倒在地，沙哑地嘶吼一声，翻身卧倒在地："消灭那些中国人，胜利属于我们！"

摔倒在地的家伙本能地从地上爬起来，半跪在地上刚要举枪射击，从三个方向袭来的子弹直接把他打成了筛子。楚南飞已经冲到了祭坛之下的台阶上，却发现脚下的苔藓正在以肉眼可见的速度聚拢！

这是极为可怕的一幕，方才那家伙被这些"苔藓"给吞噬掉的情景历历在目。楚南飞想要移动脚步，但意识却忽然陷入了模糊，双腿发麻，胸口疼痛，眼睁睁地看着自己的胳膊在膨胀！

周芳华忽然意识到了什么，失声叫喊："南飞……"江一寒和秦老实也发现楚南飞出事了，不禁惊得目瞪口呆：完了！一切似乎都已经结束。

"快……打死我……我不想化成血水！"楚南飞痛苦地看着手中的冲锋枪吼道。

江一寒和小眼镜手足无措，秦老实和黄大壮一边反击一边骂娘，而李同飞却冲到祭坛之下，愤怒的子弹飞出去，他想挡住楚南飞，免遭对手的射杀，身上却挨了十多枪，鲜血瞬间喷涌——却没有倒下！他也没有死。

李同飞看着自己被打得血肉模糊的身体，看着鲜血流淌在"苔藓"之上，无声无息地消失不见，而"苔藓"却疯长，李同飞的身体在膨胀！

"小李子……"楚南飞痛苦地看着前面即将爆体而亡的李同飞咆哮一声，却没有阻挡住战友死亡的速度。

李同飞在某个瞬间，整个身体爆裂，头颅飞了出去，脖子以下的身体化为血水，冲锋枪坠落在地上，被"苔藓"给包裹，消失不见。祭坛之下似乎从来没有出现过李同飞一般。李同飞的头颅咕咚一声砸在地上的骸骨之上。

"胜利是属于我们的！"西蒙举着冲锋枪连续射击，十几名手下也如同打了鸡血一般，从地上一跃而起，却被江一寒和秦老实猛烈的反击给暂时压了下去。

周芳华绝望地跪在地上，楚南飞的身体几乎膨胀到了极限——足足有三米多高，但却没有爆体！李同飞后被那些神秘生物所感染的，却先于楚南飞爆体而亡。

楚南飞将星光宝石放在掌心，他想把石头扔给江一寒，此刻却连拿石头的力量都没有！深渊第七层，都满大祭司惊异地望着第五层平台方向，脸上露出不可思议之色。祭坛下储存着古魔罗的鲜血，但就算是真正的甲兽都不敢前进半步。因为那些致命的生物会侵入人的神经，掌控人的意识，毁灭人的灵魂！

"大祭司阁下，本杰明那个蠢蛋已经成了孤家寡人，那些中国人也支撑不了多长时间，只要您稍稍动一下手指，后患就全部解决掉了，我们有大把的时间去开启神域之门！"温莎晃动着手中的红酒兴奋道。

都满大祭司摇摇头："他们有神匙和天眼——那是魔罗族的圣物！"

"那又能怎样？过一会圣物就是我的了——哦不，是大祭司阁下您的了。"

伦雅圣女从黑暗中走出来，面色凝重地看着都满大祭司："父亲，祭坛支撑不多久了，本体已经被损坏，我担心……"

都满大祭司摆手，缓步走到一处洞壁前，双手在洞壁上轻轻地拍打，翠绿色的洞壁便产生了一道道水波纹："该是我们行动的时候了，万能的兽王陛下，魔罗族的希望在此一举，这里有最纯正的魔罗族血统的人，请万能的您眷顾魔罗族吧！"

温莎不屑地看着都满大祭司，嘴角露出一抹残忍的笑容："大祭司阁下终于准备出手了吗？"都满大祭司手执权杖向第五层平台方向挥动，空间内传来了一阵刺耳的蜂鸣，深渊的洞壁上松动的石头纷纷坠落。温莎惊得目瞪口呆：难道这就是爷爷所说的兽神武士的威力吗？太不可思议了！

伦雅凝重地望着第五层平台，黑暗的空间内传来一阵剧烈的震动，脚下的地面的都为之震颤，险些将温莎给晃倒。伦雅阴鸷地瞪了一眼温莎，转身向黑暗之中隐去："我必须阻止第五层平台的坍塌，否则我们这里也不会安全！"

温莎忽然想起了自己的手下，慌忙拿起对讲机，喊了半天，里面除了电磁干扰的声音之外，没有任何回音。"温莎小姐，你的人很安全，他们正在与那些武士们战斗呢！"都满大祭司的脸上露出一股嘲讽之色。

温莎强作欢颜地点点头："西伯利亚之熊是世界上最强的佣兵队，没有之一！"

西蒙也是最老到的指挥着，他知道一切战术战略，更知道如何取得最终的胜利，这点是让温莎最终决定雇佣西蒙的主要原因。但事情没有绝对，因为现在西伯利亚之熊佣兵队已经到了毁灭的边缘！

祭坛之下一片混战！

西伯利亚之熊的佣兵们完全丧失了温莎眼预想中的那种所谓的超强战斗力，十多名

第二十章　祭坛混战

久经沙场的精英面对一群发疯了的"干尸",子弹显然不管用,那些沾染上鲜血的尸骸和干尸竟然如苏醒一般,纷纷从地上爬起来,手里拿着古老的青铜武器对佣兵们展开了攻击。这是一场让人骇人听闻的战斗。

如果没有看到这样的战斗景象的人,绝对不会相信干尸会复活。西蒙以及他的手下更是闻所未闻见所未见,他所关注的是隐藏在祭坛里中国军人,而这种突发状况完全不在他们的掌握之中。

而对于楚南飞和江一寒而言,这种情况再熟悉不过了。一路而来"零点部队"遭到了多次"沙人与沙兽"的疯狂袭击,还有那些恐怖的魔罗族武士。

奥吉拉便是魔罗族的武士,尽管他不过是一级甲兽而已。西蒙早就对魔罗族武士忌惮三分,那家伙一下子拗断了手下的脖子,生吞活吃了。

尼古拉斯挥动着大马士革刀,与冲上来的两个沙尸抱在一团,锋刃刺中沙尸的胸膛,发出"扑哧"的声音,一股灰尘随即飘散,沙尸却没有流血。

沙尸没有血?在尼古拉斯惊诧的瞬间,脖子却被沙尸给扼住,他挥刀斩断了沙尸的胳膊,自己的身体却被一根长矛洞穿!

鲜血喷溅而出,尼古拉斯被举到空中,然后甩了出去。甩得很远,因为西蒙只看见了他的身体划出一条抛物线,然后便淹没在深渊的黑暗之中。

西蒙一边射击一边声嘶力竭:"撤退,快撤退!这是什么东西?"

佣兵队员纷纷后撤,却发现前面的沙尸越聚越多,地面还有不少沙尸缓慢地爬起来。他们似乎得到了某种命令一般,在古老的深渊第五层平台蛰伏千年之后被激活。

祭坛之下的境况更让人焦灼!

楚南飞膨胀的身体在某个瞬间却停下来,江一寒、秦老实、小眼镜和黄大壮负责掩护楚南飞,祭坛之下的攻击却戛然而止,江一寒也发现了异常情况:丧尸被激活了,而且替他们挡住了佣兵队凶猛的进攻。

彭新宇在高格明的拉扯下跑到祭坛之下,周芳华半跪在地上,望着祭坛石塔之下的楚南飞。楚南飞痛苦地站在石塔之下,皮肤上的青筋条条可见,上衣寸寸爆裂,露出健硕的肌肉——就如同健美运动员一般站在祭坛台阶上。

江一寒呆呆地望着楚南飞,心中有一种说不出来的痛:"楚副连长,你这是怎么了?"

没有人回答。

彭新宇盯着变形了的楚南飞,眼中闪过一抹兴奋之色:"老高,他的体质不同于常人,没有被那些不明病毒感染,反而似乎在形成抗体,或许这也是进化的一种形式。太神奇了，太神奇了！"

高格明木然地看了一眼彭新宇："但他沾染了魔罗族的血液，以我们现在的技术手段根本无法破译血液中的病毒核。"

周芳华一把抓住彭新宇的胳膊："彭叔叔你是病毒专家，快救救南飞呀……"

周芳华哭得伤痛欲绝。

彭新宇冷漠地摇摇头："没有人能救得了他，除了他自己。""为什么？究竟是为什么！"周芳华疯了一般向楚南飞扑去，却被江一寒给拦住："任何人都不许接触祭坛！"

"你忍心看着南飞死无葬身之地？"周芳华情绪激动地指着江一寒："如果没有他探险队早就命丧黄沙了……"

江一寒内心痛苦不堪，脸上却冷若冰霜，即便是所有的人都牺牲了也要确保完成任务，这是命令！

秦老实悲哀地看着楚南飞，其实彭专家说得对，现在估计能救楚南飞的只有他自己。

祭坛之下的混战打得难分难解，西蒙的佣兵队在沙尸的攻击之下节节败退，被打得落花流水，又有三名手下被沙尸给撕成了碎片。

"江参谋，当务之急是保护楚连长安全！"秦老实单手提着冲锋枪看一眼江一寒，"所以我建议部署好防御阵地，下面那帮玩意早晚得打上来。"

江一寒挥动冲锋枪，秦老实和黄大壮立即冲向祭坛入口，小眼镜和江一寒形成第二道防线，而彭新宇和高格明、周芳华就在楚南飞旁边守着。

第六层平台。

一个曼妙的声音从黑暗的空间出现，伦雅圣女望着第五层平台，耳边传来阵阵厮杀声，脸上不禁露出一抹残忍的笑容："奥吉拉，上面的情况怎么样了？"

奥吉拉行平胸礼："圣女殿下，本杰明分队只剩下两个人，一个是本杰明，另一个是他的助手阿森曼，楚南飞分队伤亡一人，温莎分队只剩下五人了。"

伦雅圣女微微一笑："任何私自闯入圣坛的人都会遭到最无情的报复，他们不会有人生还！告诉满布，该是我们行动的时候了。"

奥吉拉皱紧眉头："圣女殿下，神匙和天眼还在楚南飞的手里，我们应该联合他们打开神域之门，这是魔罗族最后的希望。""可是大祭司已经和温莎达成了协议，我们不能背信。"伦雅皱着眉看一眼奥吉拉："温莎团队已不足虑，神匙和天眼早晚都是我们的。"奥吉拉叹息一下："未必呀殿下，祭坛遭到破坏，祭坛血池防护已经被损毁，大祭司所设置的封印完全失去了作用，万一……"

"你是说万一圣坛倒塌会引起第六层平台的倾覆？"伦雅圣女惊异地望向第五层平台，保护祭坛血池的是深渊特有的生物酸菌，这种细菌有着丰富的神经系统和记忆系统，可以产生强生物酸，融钢化铁，肉体正是酸菌的美餐。

不过伦雅圣女对与奥吉拉"骇人听闻"的推断感到无足轻重，要想将圣坛推倒只有魔罗族武士才能办到，而具有这种能力的人只有大祭司。炸药是炸不倒祭坛的，只能将祭坛毁坏而已。

奥吉拉紧张地看着伦雅圣女，他在等待圣女殿下的命令。

沙尸没有思想，也没有方向感，他们只攻击能看到的任何活着的生物。

十几具沙尸似乎嗅到了祭坛上有"人"存在，竟然放弃了佣兵队，向祭坛走来。有的提着生锈的步枪，有的扛着长矛大刀，更有的沙尸戴着头盔拿着盾牌；有的是汉朝人，也有的是"十字军"一样打扮的人，还有死在祭坛入口处的日本兵。

秦老实和黄大壮看着沙尸群上了祭台，惊得下巴差点没掉下来——早知道这样提前把那些干尸扔到深渊里啊。

"老子不信邪了！"秦老实跪姿几个短点射，子弹打在沙尸干瘪的身体上，却打不死！沙尸被强火力打得骨肉横飞——基本也没有肉，只是些干瘪的肌肉组织而已。

黄大壮抡圆了轻机枪直接砸在一具沙尸的脖子上，一脚将沙尸踹飞，沙尸脑袋撞在洞壁上，撞得粉碎。两具沙尸左右围过来，一个举着长矛另一个端着生锈的步枪，吓得大壮慌忙后退，却被台阶绊倒在地。

两具沙尸似乎只对血感兴趣，而且是祭坛上的血！

当黄大壮狼狈不堪地爬起来的时候，更多的沙尸放弃了围攻西蒙佣兵队，都涌向了祭坛。"怎么回事？"秦老实打完了一个弹夹的子弹才发现子弹打光了，没有子弹的冲锋枪都抵不上烧火棍，甭管是美制的还是苏制的。

西伯利亚之熊佣兵队也是一样，他们的子弹早打光了，跟僵尸展开了血腥的"肉搏"！西蒙卡住一具僵尸的脖子，僵尸却抓住他的胳膊，西蒙疼得"嗷嗷"直叫，挥手就是一刀，把沙尸的胳膊砍断——就在这时候，所有的沙尸似乎都听到了某种命令一般，松开了对手，调转攻击方向，向祭坛涌去。

西蒙沉重地喘息着，发出一阵剧烈的咳嗽，躺在冰凉的地上望着漆黑的洞穴。

"头儿，他们怎么撤了？我们怎么办？"一名受伤的手下爬过来喊道。

西蒙喘着粗气："狗娘养的，温莎那个婊子应该加倍付给我们报酬！"

西蒙从地上爬起来，被眼前的景象给镇住了！

大批的沙尸在缓慢地移动，黑暗之中如同晃动的鬼魂一般。

秦老实和黄大壮累得筋疲力尽，且战且退，却与小眼镜和江一寒碰个正着。

"参谋长，怎么办？"黄大壮挥动着一把生了锈的长矛，以横扫千军之势砸向那些沙尸，沙尸倒下一片。

江一寒不畏战，尤其是面对穷凶极恶的敌人的时候，他能表现出更为顽强的斗志。但现在所面对的是沙尸——闻所未闻见所未见！

江一寒的手里握着冲锋枪，里面也没有了子弹。

"我说江参谋，咱们撤退吧！"秦老实回头看一眼祭坛之下，却突然惊呼一声："副连长！"众人吓得一哆嗦，秦老实如此稳重的人，惊吓得声音都变了，望着祭坛石碑方向目瞪口呆。

楚南飞迈出了第一步，就在秦老实回头的刹那间，楚南飞如一阵旋风一般便冲到了祭坛台阶处，挥起拳头砸在两具沙尸的脖子上，沙尸的脑袋应声而飞，楚南飞一脚便将无头的沙尸给踹飞，骨架散落一地，空中飘荡着浓重的灰尘。

江一寒慌忙拉住秦老实和黄大壮："快撤！"

"不能撤，我要和楚连长一起战斗！"黄大壮挣脱江一寒的手掉头冲到楚南飞近前，挥动长矛跟沙尸搏斗在一处。秦老实抹了一把脸上的血也冲了出去，尽管力量和敏捷度相比楚南飞差得多，但手中的钢刀还是上下翻飞，三个人一时间竟然将沙尸群给逼下了祭台。西蒙小分队的一名佣兵端起冲锋枪瞄准楚南飞，却被西蒙一拳给砸倒在地："对真正的勇士是需要心怀敬畏的，你杀了他，谁去抵挡沙尸？"

这是作为一名真正的军人唯一的选择，他对勇士的敬重已经超越了敌我之辩。而且，老奸巨猾的西蒙已经看清了形势，现在唯有联合中国的勇士才能将眼前的这些鬼东西消灭掉，否则的话对谁都没有好处。

"我命令你们参加战斗，这些鬼东西才是真正的敌人！"西蒙粗鲁地吼叫着，抱着冲锋枪开始对沙尸进行反击。

楚南飞赤裸着上身将十几个沙尸给打碎，他的拳头犹如铁榔头一般，眼睛充血一般赤红，喉咙里发出一阵如野兽一般的叫声——一切迹象表明楚南飞的身体出现了某种状况，而这种状况在第三层平台发现星光宝石的时候便出现过，这是第二次！

江一寒一把抓住秦老实的胳膊拽到一旁："老秦，楚副连长有些不对劲！"

秦老实喘着粗气望着跟沙尸战在一处的楚南飞，心如刀绞："江参谋，甭管怎么着他还活着！"彭新宇怔怔地望着楚南飞，喉咙里突然堵塞一般："他发生了进化……"

周芳华目瞪口呆地望着楚南飞,彭新宇的话让她有一种崩溃的感觉。

黑暗的洞穴通道里忽然闪过数十条黑影,地面传来微微的震动。

楚南飞砸飞了两名沙尸之后,迎面正与西蒙所率领的佣兵队碰上,楚南飞喘着粗气瞪着西蒙,西蒙讨好一般地指了指沙尸,由指了指自己,意思是我们现在是联合对抗沙尸。

西蒙立即命令所有手下将冲锋枪的保险关上,以示对中国勇士的敬畏。

楚南飞冷然看一眼西蒙:"你们是西伯利亚之熊?"

西蒙吓得后退了三四步才站稳,他发现眼前这位中国军人就如同野兽一般——身体肌肉紧绷绷的,双目赤红,浑身上下散发着一种野兽的味道。

"你们才是真正的勇士!"西蒙把冲锋枪扔到了地上,向手下打了个手势,转身满脸堆笑:"我们不是敌人——从现在开始!"

楚南飞漠然地摇摇头,似乎感知到黑暗之中的危险一般,快速转身冲到江一寒近前:"我们中埋伏了!"眼前的一切都被江一寒看在眼中,西伯利亚之熊佣兵队虽然示好,但绝对不能掉以轻心,这些外来的佣兵对考察队有莫大的威胁。现在不动手不等于一会儿不动手,而动手之后己方显然处于弱势:目前能够保护考察队的有生力量仅剩下五个人,而且弹尽粮绝!

江一寒立即意识到楚南飞的意思,望向黑暗的通道,洞壁的振动声音急促起来,借着强光手电的光亮,他看到了通道里面闪烁着的绿光和沉重的喘息声。

"老秦、大壮立即保护专家组!"江一寒不由分说转身跑到彭新宇和高格明近前,抓住两个人的胳膊便向祭坛之下隐蔽,周芳华欲哭无泪地望着楚南飞,被秦老实和黄大壮夹起来给拖到安全之地。

西蒙也望着通道方向,一种莫大的危险正在那里潜伏。

江一寒抱着冲锋枪打出了一梭子子弹,子弹打在怪物的身上,如泥牛入海一般,根本不起反应。

楚南飞却看到了怪物身体上流出绿色的腥臭的黏液。

西蒙也扣动了扳机,不过完全不起作用。

怪物终于被激怒,转身盯着祭坛后面的几个人,喉咙里发出一种让人心颤的低鸣,而随着低鸣声音,地面为之震动。

楚南飞在惊愕的瞬间便反应过来,发出一声怒吼便挥拳向怪物冲了过去,他的身体虽然变得很大,但相对于黑暗之中的怪物而言还是小了几号,尽管奋力冲到了怪物的近前却无法施展手脚,而那个怪物发出了一震讥讽的笑声,饶有兴致地看着楚南飞,挥动着长着乌黑色的鳞片的爪子迎向楚南飞。

在这一瞬间空气似乎凝滞了！江一寒、秦老实等人几乎不相信自己的眼睛，一向谨慎的楚南飞何以要与怪兽同归于尽？他有一百种办法化解眼下的危机，但楚南飞却选择了最直接的那种。

西蒙抱着冲锋枪也被楚南飞这种对战方式给镇住了，所有人的目光都投向了楚南飞和那个硕大无比的怪物。几乎没有任何悬念，怪物一出手便砸在楚南飞的身体上，楚南飞应声倒飞出去，砸在祭坛石塔之上，发出"砰"的一声闷响，楚南飞坠落在祭坛台阶之下。

黑暗之中无数双冒着绿色光亮的眼睛盯着祭坛上的战斗，他们都是满布的手下——是那些没有成功进化的魔罗族族人，也就是所谓的"沙人"。他们不敢越雷池一步，只要都满大祭司没有下达攻击命令，他们甚至不敢走过第五层平台的祭坛！

高大的石塔发出一阵蜂鸣，上面的碎石不断地坠落。

伦雅圣女皱着眉头望向祭坛上的楚南飞，满布的这一击并没有用尽全力，甚至连三成的力量都没有用出来。

"圣女殿下，神匙和天眼都在他们的手里，您打算如何处置？"奥吉拉意识到战斗已经结束了，他对满布取得胜利没有任何怀疑。

伦雅摇摇头："一切行动都是大祭司部署的，我无权干预，但有一点，不能让满布得到神匙和天眼。"奥吉拉消失在黑暗之中。

地面冰凉，甚至冰冷。

楚南飞的身体一接触到祭坛下的地面，那些"苔藓"便纷纷避让，但还是有大部分"苔藓"被楚南飞给碾得粉碎，楚南飞在地上滚出了好几米才停下，浑身散架一般疼痛。

祭坛台阶之下那些生物菌正在以肉眼可见的速度消融，转瞬之间便分泌出红色的黏液，将楚南飞给包裹起来，似乎要吞噬楚南飞一般。没有人能够救得了楚南飞。

江一寒不能，秦老实更不能，他们甚至看不到楚南飞究竟是什么情况。

红色的黏液将楚南飞几乎完全包裹起来，而楚南飞似乎在与黏液做着痛苦的搏杀，面红耳赤，双眼喷火一般，健硕的肌肉出现了某种变化，似乎要爆裂一般。

楚南飞的鼻子、嘴里和耳朵都流出鲜血，整个身体如同泡在地狱血池里一般。

满布移动到祭坛之上，挥动起爪子便向楚南飞砸了下去。

此时楚南飞却挣扎着站了起来，双拳迎向满布的爪子。

拳头是最原始的武器，但两个"人"的拳头似乎不在同一个层级之上的——满布的

爪子是魔罗族三级甲兽进化而来的,而楚南飞的拳头却是实打实的血肉。

"砰!"一声剧烈的碰撞声陡然响起,地面为之震颤!

不出所料,满布轻轻地一挥手,楚南飞便被砸飞,撞到祭坛地面的武士石像上。,硕大的石像竟然被楚南飞撞倒,"轰隆"一声爆响,武士石像轰然倒地,楚南飞重重地摔到地上。满布惊讶地看着自己的爪子,他从来没有遇到过这种情况。无论是多么厉害的角色他都有信心一击必中,而且对手不会有任何反抗的机会。

但今天毕竟不同,他的对手是楚南飞,是"零点部队"中最厉害的角色。

楚南飞被这一击打得七荤八素,但身体的某些部分却出现了奇怪的感觉。

满布大步流星地走到石像武士近前,低头仔细看着倒在地上的楚南飞,现在他只要轻轻地碰一下楚南飞,他必死无疑。

满布怒吼一声,挥动着爪子便砸了下去。

黑暗之中的洞壁忽然震颤了几下,发出"咔咔"的声音。就当满布的爪子要砸到楚南飞的脑袋上的时候,黑暗之中忽然出现一个影子——是影子,不是人或者是其他的什么怪物。满布的爪子恰好砸在黑影之上,发出剧烈的碰撞声音,洞壁在微微颤抖。

碰撞的结果却是让人出乎意料:之间满布高大的身躯晃了晃,险些摔倒。

黑影逐渐清晰起来,竟然是一只与满布同样大小的"甲兽"奥吉拉。

似人非人,似兽非兽。

在魔罗族人的眼中,进化为一级甲兽是通向兽神战士的第一步。数以万计的魔罗族人都是倒在了第一步进化的路上,进化成功者寥寥无几,而失败则意味着立即成为沙兽或者沙民。

沙兽是魔罗族的奴隶,终生为魔罗族服务,他们还可以再度进化——如果在有生之年能够得到深渊神域的眷顾的话。

而那些沙民还不如奴隶——他们基本丧失了进入深渊的资格。

沙兽勇猛,可以保护魔罗族的圣地,而沙民只是作为牺牲品存在在世上,任由其自生自灭。奥吉拉瞪着满布,喉咙里发出一阵低鸣,他的后背塌陷一般,显然是被满布强烈的撞击所致。

满布举起爪子看了看,爪子上站满了绿色的浓稠液体,猩红的眼睛不屑地看着祭坛上的所有人,以那种"君临天下"的姿态俯视着这些手下败将——包括奥吉拉。

奥吉拉似乎极为痛苦地喘息着:"你违背了圣女殿下的旨意!"

满布硕大的头颅摇晃着,一掌拍向祭坛前面的空地。

一股强劲的罡风平地而起，地面的花岗岩石板寸寸碎裂，碎石飞向黑暗的空间，砸在洞壁上又纷纷落下。地面上的骨骸兵器悉数被拍成齑粉，坠入深渊。

西蒙的小队就在那块平地上，一名队员直接被拍成了肉饼，随同那些垃圾坠入了黑暗之中。而仅有的是几名队员则借着洞壁凹陷的地方躲过一劫。

西蒙满脸鲜血，惊恐地抱着AK冲击步枪靠在洞壁上大口喘息着，他没有射击，也没有反抗。人类在这种怪兽的攻击下不堪一击，任何反抗都显得有些可笑。

其他队员也是如此。

当恐惧占据了他们的灵魂的时候，任何反应都是适当的，包括任人宰割。

满布用尽全力打出的一掌将祭坛前面的台阶悉数破坏，光滑的洞壁出现了裂纹，开始发生坍塌！而那座神秘的六面体建筑却纹丝不动。

楚南飞和江一寒站在祭坛下的台阶上，后面是瘫软在地上的周芳华和高格明。

"我只听从大祭司的旨意！"满布回头望着漆黑的洞穴通道，里面不时闪过绿色的光芒，那是他的手下们。

作为新进化的一级甲兽，他对这些留守在圣地的主人们有一种天然的威压。虽然他们之间相隔了一个层次。

但成功和失败是两个极端。

"他好像在忌惮什么！"秦老实抱着冲击步枪上弹，打开保险，准备随时拼命。江一寒冷峻的面孔似乎变形了一样，方才的一幕不亚于一颗小型手雷爆炸，而只是怪兽的一巴掌而已。如果这巴掌拍到人身上的话，一下子就能拍成肉饼。

他们看到西蒙小分队队员的惨状。

"楚连长，我，我们没退路了！"江一寒碰了碰楚南飞。

楚南飞丝毫没有反应，而是直视着满布。

一人一兽，两道骄横的目光碰撞在一起。

"你们退后，不要离开祭坛！"楚南飞厉声命令。

江一寒犹疑地看一眼楚南飞，他的意思很明显：唯有在祭坛周围才能确保安全。或者是那个怪兽不敢攻击祭坛。

满布真的不敢攻击祭坛，似乎是在忌讳着什么。

秦老实和黄大壮将高格明和周芳华拖到祭坛的后面，回头却找不见了彭新宇，秦老实搜寻了半天也没发现他的影子。

奥吉拉显然被满布的气势所震慑，没有进一步发难。他似乎也发现了满布并没有准

备好与伦雅圣女进一步对抗，至少他没有进攻祭坛。

就在奥吉拉喘息之际，满布突然望向祭坛下的人，眼中露出一股凶狠之色，仿佛被激怒一般，挥起爪子便向楚南飞所在的地方扫去。

星驰电掣一般的一击凭空而来，罡风四起，碎石纷飞，江一寒还没看明白是怎么回事，身体便倒飞出去，砸在黄大壮的身上，两个人一起翻滚到黑暗之中，砸在洞壁上，发出"砰砰"两声。楚南飞顺势趴在地上，感到强劲的罡风从后背扫过去，脊梁骨冰凉。同时一股腥臭味直逼过来，几乎无法呼吸。

而就在满布的爪子扫过去的时候，楚南飞竟然从地上弹起来，突击步枪里喷射出一道火龙，愤怒的子弹倾泻在满布的爪子上，楚南飞竟然没有直接爆头！

不过满布的手臂从爪子被打到了肩部的部位，干瘪的肌肉悉数被洞穿，空气中发出一股难闻的烤肉烧焦的味道。

满布愤怒地扬起手臂横扫回来，楚南飞的身体忽然膨胀起来，以肉眼可见的速度膨胀，似乎瞬间便大了一圈！

爪子砸在楚南飞的身上，楚南飞横着飞向了祭坛。

"南飞！""副的……""楚连长！"

周芳华声嘶力竭地冲出黑暗，却一下摔倒在地，而秦老实怒喊一声，子弹倾泻在怪兽的身上，同时江一寒也开始向满布射击。

楚南飞摔在神秘的六角形祭坛石头上，人却没有滚落下去，而是贴在了上面！

楚南飞盯着十几米外的满布。

人的形状，兽的状态。

这是魔罗族人成功进化的状态，体型发生了惊人的变化，虽然是人的形状，但从牙齿到皮肤、从毛发到四肢已经与真正的人类完全不同！

四肢长出了利爪，与野兽没有分别，皮肤完全角质化，犹如鳞片一般泛着微微的亮光。而干枯的手臂被乱枪打得千疮百孔，流出那种绿色的黏稠液体，不知道是血还是什么。

尽管手臂被乱枪打得惨不忍睹，但仍然却不影响满布攻击。干枯硕大的头颅上嵌着发红的眼睛，其他五官一概隐在黑暗之中。

满布的喉咙里发出声声怒吼，锋利的爪子凭空向楚南飞砸下！

雷霆一击，吓得周芳华一下晕倒在地。

"砰！"一声沉闷的轰响，随之祭坛附近的石头都翻滚起来，冲下深渊。

江一寒趴在地上望着爪影和倒下的楚南飞，无论如何也不能相信楚南飞就这么被怪兽打死了，大脑一片空白。

血，滴落。人，倒下。周围一片死寂。

满布低吼的声音愈发急促，爪子没有移动开，生怕楚南飞逃跑一般，足有五分钟的时间。奥吉拉愤怒地跳过来，一拳砸在满布的前胸上，满布也仅仅晃动一下，另一支爪子横扫在奥吉拉的腰间，奥吉拉横飞出去，撞在洞壁上，滚落。

洞壁尽头出现一道黑影，落寞地望着祭坛。

"圣女殿下……满布已经丧失了心智，我无法阻止他。"奥吉拉痛苦地挣扎着起来，已经恢复成一个普通魔罗族人的状态，大口地吐血。

伦雅圣女漠然地点点头："你退下吧。"

伦雅圣女轻轻地挥手，举步向祭坛方向走过来。

"圣女殿下，这是个绝好的机会，我怀疑神匙就在他们的身上，只要抓住他们我们就能成功地进入您想去的地方！"本杰明从黑暗之中走出来，挡住了伦雅圣女的路。

本杰明的话还没有说完，身体已经被一名护卫给轻松地抓起来，吓得本杰明哇哇怪叫："放开我你这个蠢货，难道我说错了吗？他们不仅有神匙，还得到了星光宝石！"

伦雅微微皱眉，护卫将本杰明放下，本杰明连滚带爬地稳住身体，靠在洞壁上，却发现洞壁出现了微微的震动。祭坛前面，满布的手轻轻地抬起，干枯的手掌以可见的速度缩小，筋骨寸寸断裂，皮肉在寸寸剥离他的身体，继而整条胳膊忽然折断！

楚南飞从黑暗之中突然冲天而起，双手抱着满布的小臂，身体如旋风一般旋转，满布的胳膊寸寸碎裂，腥臭的液体如漫天飞雨一般溅落。

满布的胳膊被楚南飞生生给拗断，抛到了深渊之下！

满布只能眼睁睁地看着与自己一般大小的楚南飞从地上站起来，非但没有被砸成肉饼，反而发动了最致命的攻击。

但当满布意识到危险的时候，楚南飞发出了一声怒吼，旋转的身体升到的半空，一脚踹在满布的脑袋上。

这是楚南飞最擅长的招数，尽管他的体型已经发生了变化，但仍不影响动作的灵活和准确。致命一击，不是用枪，而是脚。

满布的身体摇晃两下，另一支爪子砸过来，楚南飞一把抱住他的胳膊，愤怒地嘶吼一声，两只胳膊撞在一起，"砰"的一声闷响，楚南飞倒飞出去。

他不是甲兽，虽然体质发生了惊人的变化。

满布怒不可遏地冲向祭坛，却被一道无形的屏障给挡住，速度锐减。

第二十章 祭坛混战

西蒙和那些手下被眼前的一幕惊得目瞪口呆，但楚南飞以他们无法想象的手段反击的时候，西蒙忽然有一种无力感：也许这是一次永远也无法完成的任务！

满布向前冲的瞬间，被无形的力量挡住，兽性大发的家伙嘶吼着回头，正看见黑暗之中伦雅的影子。

伦雅淡然地望着被破坏得狼藉不堪的圣坛，叹息一声。

"为什么？"满布极为不满地吼叫道："他们是入侵者，我在执行都满大祭司的命令！"

伦雅圣女望着祭坛顶端的星光："今日是第六千八百九十八个月圆之夜了，你不希望神域之门开启？"

满布残缺的断臂和千疮百孔的身体在摇晃着，阴狠地瞪着伦雅圣女，回头望向祭坛顶端的星光。星光忽然暗淡下来，满布感觉前面的阻滞感突然消失，失衡的身体扑向站在祭坛下面的楚南飞。

楚南飞与满布相比，个子还是小了很多。

"砰！"一阵激烈的碰撞，强烈的罡风横扫周围，西蒙小分队的两名队员被冲到了洞壁上，惨号一声口吐鲜血，片刻间便消失了生命的迹象。

楚南飞抱住满布的爪子，另一只手里赫然握着一把血红色的匕首，猩红的眼珠子瞪着满布，脖颈青筋直崩，匕首插进满布的胳膊。

只见满布的胳膊以肉眼可见的速度干瘪下去，楚南飞一用力，干瘪的胳膊寸寸断裂，犹如枯柴朽木一般断裂，整条胳膊化为碎片！

满布还没有反应过来，楚南飞已经冲到了近前，一拳砸在满布的脑袋上，满布仰面倒在地上，不可思议地瞪着腾空飞过来的楚南飞，想要说话，却被一片黑暗所淹没。

血红的匕首插在了满布的眉心处，满布的身体瞬间变得如同干尸一般，肌肉寸寸萎缩，骨骼寸寸断裂，楚南飞被忽然感到一阵眩晕，一股剧烈的撞击里冲进他的心底，不是真正的相撞，但绝对有那种相撞的真实感觉，就如灵魂被电击了一般。

楚南飞倒飞出去，撞在一尊高大的石人武士上，石头雕像被撞成了三段！

周芳华不顾一切地冲到楚南飞近前，抱住楚南飞："南飞……你怎么样？"

江一寒一挥手，秦老实、黄大壮和小眼镜从了过去，三人以攻击态势做好防御，而高格明愣愣地望着祭坛下的楚南飞，下巴差点惊掉。

"他……变异了。"后面传来冰冷的声音，彭新宇缓步走出来，不可思议地看了一眼楚南飞等人，拍了拍高格明的肩膀："现在明白蒋教授为什么要潜心研究这里了吧？"

高格明瑟缩一下摇摇头："这……这是违反科学规律的，人怎么可能变异？除非……除非是细菌感染！"彭新宇诡笑一下："科学就是探索未知，你怎么知道他不是科学的结果？你我不知道而已。"

祭坛周围一片沉寂。周芳华握着楚南飞的手，颤抖不已。

楚南飞已经恢复了正常的状态，脑袋晕乎乎地看着黑暗之中的周芳华，眉头紧皱："发生了……什么？""南飞，你没事吧？"周芳华啜泣着。

江一寒拍了拍楚南飞的肩膀，把楚南飞搀扶起来，突然感到一种前所未有的冷，不禁诧异，但没时间询问更多的问题。

楚南飞怔怔地望着黑暗之处："他们在那边！"

"谁？"江一寒的枪立即对住了黑暗之处，但又放下，枪里已经没有子弹了，吓唬人还行。不过他知道楚南飞口中的"他们"是谁。

西蒙率领仅存十几个人的小分队站在祭坛的边缘，点燃了火把，照亮了一小片黑暗之地。对讲机里传来温莎的声音："西蒙，你这个笨蛋，究竟发生了什么事情？"

西蒙拿起对讲机，张了张嘴，不知道该怎么说，将旋钮直接关闭。

伦雅圣女眉头紧皱，盯着楚南飞方向："他很强。"

"圣女殿下，您的第一次行动败在了他的手里。"奥吉拉苦涩道："他是一名军人，一名出色的武士。"

"不幸的是他染上了病毒。"

"但病毒并没有控制住他。"

"却发生了变异？"伦雅圣女惊异地上下打量楚南飞。

奥吉拉畏缩地点点头："但这里没有多余的圣液啊！"

"但这里是圣坛，每次的进化仪式都是在此举行的，也许那些守护圣坛的小家伙们得到了圣液的滋润——而他被小家伙们传染上的病毒。"伦雅圣女饶有兴致地看着楚南飞，缓步走出黑暗。奥吉拉跟在后面，一声不响。

楚南飞立即紧张起来，江一寒也似乎感觉到了危险，但眼下没有任何反击能力！

西蒙小分队举着火把站在祭坛下的台阶上："嗨，伙计们，干得不错——是你救了我们，天那，鬼才知道我们为什么会撞在了一起，还有那个该死的怪物——我想说的是，你真的了不起！"

江一寒转身盯着祭坛下的火把队，楚南飞淡然地苦笑："他们就是西伯利亚之熊，在上面的时候我绑了两个望风的。他们是受雇的佣兵队，十分危险，接触与否你决断吧。"

楚南飞将血红色的匕首插在皮靴上,就是先前被那些"苔藓"卷走的那把,楚南飞以为精钢匕首被强酸融化了,没想到滚落的时候又找到了。这不是偶然,他现在对那些"苔藓"没有多少恐惧,不过是一种特殊的洞穴生物罢了。

"要保护专家组,不能跟他们接触。"江一寒冷然地回头望一眼彭新宇和高格明说道。

不过楚南飞比谁都明白,一个连的特战队只剩下了五个人,如果此刻寻找救援部队的人抵达第五十一号兵站的话,他们应该能及时赶来。

但纵使赶来更多的人也无济于事。

这里是绞肉机,是恶魔的领地,是地狱!

西蒙的喊话没有得到任何回应,几名手下面面相觑。西蒙讪笑:"我只是在完成一个护送任务,看在钱的面子上,不会影响你们——从某种角度而言,我们是朋友——朋友,你们明白吗?"楚南飞淡然地望着火把队:"你们是非法入侵者,必将得到惩罚!"

西蒙无奈地耸耸肩,命令所有队员原地待命,他不想惹起更大的冲突,在钱还没有到手的情况下,他现在甚至萌生了想要撤退的念头。

那个该死的温莎小姐!

楚南飞忽然感到一阵眩晕,摇晃两下,一屁股坐在地上。

"我说副的,是不是饿的?"秦老实立即抱住楚南飞惊惧道。

彭新宇走到近前:"不是饿的,而是体力透支所致。人都有不同量级的潜能,有的人能够充分激发出来,而有的人不能。楚连长的体质很特殊,所以在深渊环境下表现得更优秀。""彭老,您一定知道深渊的秘密,为什么不提早告诉我们?"周芳华不满地看一眼彭新宇。彭新宇不置可否。

奥吉拉从黑暗中现身出来,瑟瑟缩缩地走到距离五米之处停下来。

"奥吉拉?"周芳华一眼便看出来这家伙就是那位消失的向导,而在这里看到他显然是给吓了一跳。江一寒和楚南飞的目光同时看向奥吉拉。

"伦雅圣女想跟你们谈判!"奥吉拉面无表情地说道。他对楚南飞的兴趣更大一些,他羡慕楚南飞的体质,接近于传说中的兽神武士所特有的体质。

这种体质万里挑一,千年不遇。是那些魔罗族族人所仰视的对象。

江一寒看一眼楚南飞:"怎么办?"

楚南飞耸耸肩:"听从组织安排,谈判这种事我不擅长。"

奥吉拉阴冷地望了一眼祭坛下面的西蒙小分队,眼中露出一抹杀机,但瞬间又恢复了正常。转向楚南飞:"你是怎么做到的?"

第二十一章 伦雅圣女

楚南飞面无表情地看了一眼奥吉拉，还是那个苍老不堪的向导，衣着样貌一点也没有变化。唯一的变化，是楚南飞终于看清了他的本来面貌——他是一个进化成功的魔罗族人！楚南飞还是第一次体验到进化，若不是彭新宇和高格明挤牙膏似的透露关于深渊的神秘现象，这辈子他也不会相信人能够进化。

彭新宇走到楚南飞近前："楚连长，我们必须快速通过这里。"

江一寒冷冷地瞪了一眼彭新宇，抱着已经没有子弹的冲击步枪挡在他的面前："这是一场阴谋，我们必须认清形势才能展开行动！"

"什么阴谋？我们是科学考察，你们是增援保护！"彭新宇又激动起来，挥动着手臂挡开江一寒的冲击步枪，"少拿这个吓唬我，里面已经没有子弹了！"

江一寒气得想砸他一枪托！

楚南飞拍了拍江一寒的肩膀："我们已经尽力了，让他去吧！"

江一寒："保护专家组是政治任务，你怎么能……"

"我们不能保证能否出得了第五层平台！"楚南飞对奥吉拉摆了摆手，"是不是有人想见我，让他出来吧！"

奥吉拉微微点头，依然是那样谦卑，谦卑得让所有人有一种虚幻感。方才他还是一个实力强劲的怪兽，现在他是一位魔罗族的老人。

彭新宇怒不可遏地瞪了一眼楚南飞，这次他没有坚持，也没有反抗。黑暗中，出现了三个人影。

一种无形的威压从周围涌来，江一寒只觉得突然心神不宁起来，有一种被洞穿身体的感觉，血液流速忽然加快，心脏好像要飞出去一般！

江一寒本能地后退两步，秦老实和黄大壮似乎也产生了这种感觉，保护着周芳华和高格明后退。而彭新宇捂着胸口大口地喘息着，从兜里掏出一把药塞在嘴里，还没等咀嚼便被江一寒一把拉到了旁边。众人被威压逼迫到洞壁边缘。

唯有楚南飞一动没动。

伦雅圣女在两名武士的保护下走出黑暗的空间，借着祭坛下西蒙小队昏暗的火把光，楚南飞终于看清楚了那个隐藏许久的真身。

奥吉拉单臂放在胸前，退到一尊石像武士的旁边，跪伏在地上。

一袭黑纱罩在白皙得近乎透明的脸上，清澈的眼眸如深潭一般幽深，凹凸有致的身子随着款款而行的步伐婀娜摇曳，伦雅在距离楚南飞三米之处停下，仰望着神秘的六面体建筑。

楚南飞依然没有动。

伦雅双手举起，向着祭坛顶端举起，一股神秘的力量源源不断地冲向神秘的六面体建筑，光滑的祭坛方尖塔底座忽然闪过一道红色光，红光沿着塔身缓慢的旋转，呈螺旋形向上不断延伸！

"圣女殿下！"奥吉拉忽然惊骇地喊了一声。

伦雅没有回头，但红光显然停滞一下，而继续向塔顶旋转。

随着红光闪现，神秘的方尖塔内部同时闪烁出碧绿的光芒，与红光浑然一体，仿佛被点燃一般！楚南飞惊呆在当下，感觉到方尖塔表面似乎有某种神秘的力量在流动，而那种力量被红色的光芒所束缚，冲不出来又压不下去。

红色光一直延伸到塔的顶端，与那道星光融为一体。

整座方尖塔在伦雅的激发下通体绿色泛着红光，表面上突然出现无数道裂隙。楚南飞盯着那裂隙，分明与自己先前在星光宝石里看到的那副地图一模一样！

祭坛空间被绿色的光芒所笼罩，所有人都在凝望着方尖塔。

唯有楚南飞才能理解那些看似杂乱无章的线条。

两名护卫武士跪伏在地上，犹如在膜拜魔罗族的神灵。

第七层平台上，温莎激动地望着爆发绿色光芒的祭坛，手里的对讲机坠落在地上却浑然不知。而在旁边的所有魔罗族人全部跪伏在地上，不敢抬头仰望。

都满大祭司举起权杖，不可思议地凝视着第五层的祭坛："今日要降神了么？我可怜的孩子，你已经到了突破之境——魔罗族的神灵啊，请你赐予伦雅力量吧！"

"大祭司阁下，那是什么？"温莎凝重地望着方尖塔问道。

都满大祭司兴奋地笑了笑："降神即将开始，这是神的旨意！"

"哦？""也许你还不了解魔罗族的降神仪式，上一次降神是在一千年前，这是魔罗族百年不遇的盛事啊！"都满大祭司显然十分兴奋，不过一看到温莎贪婪的目光，都满大祭司不禁冷然以对。

温莎报之一笑："我爷爷说上一次降神造成了魔罗族的分裂，一脉魔罗族迁移到的地面，形成了魔罗城邦，而您和您的主人守在神域，就是为了等待今天吧？"

"是的！"都满大祭司不无遗憾地叹息一下，放下权杖，坐在碧玉椅子上，"他们偷走了神匙抢走了天眼，想要以此断绝与神域的一切联系！"

"总是有人希望自己不断进化而成为最强者，无论是偷走神域地图的人还是拿走神匙的人，他们不过是希望压制对手而已，是不是？"温莎不屑地看一眼都满大祭司，"强大的魔罗族分裂之后便一蹶不振，虽然建立起繁盛的城邦，却根本无法延续其繁荣，最终被黄沙所掩埋。"都满大祭司狡猾地笑了笑："你爷爷把所有的秘密都告诉你了吗？"温莎摇摇头。

祭坛的绿芒正在逐渐减弱，而期间的红色光晕已经被吞噬殆尽。

伦雅的脸色极尽苍白，一线鲜血从嘴角流下，随着绿芒的减弱，伦雅似乎已经耗尽了所有力量，身体微微颤抖，摇摇欲坠，终于在某个瞬间倒下！

"圣女殿下！"奥吉拉惊恐地嘶吼一声，却看见伦雅圣女倒在楚南飞的怀中，而两名跪伏的武士没有任何反应。

楚南飞手足无措身体僵硬，只感觉到臂弯里的女人软软的，轻轻的，与周芳华截然不同。

遮面的黑纱落在地上，绝美的脸庞一览无余，嘴角的血犹如盛开的罂粟一般，妖冶而香艳。西蒙小队举着火把围了上来，几乎所有人都没有意识到这点。

他们的枪背在后面，没有任何攻击迹象。这是一种很奇怪的现象：危机共存法则！当敌对所面对共同的危机的时候，往往敌对双方会选择合作，而非对抗。

当楚南飞的目光一接触到伦雅圣女绝美的脸庞之际，脸色瞬间变得恐惧起来——是那种被惊吓所导致的恐惧！

"蒋依依！"楚南飞失声。

是的。

他还清晰地记得在绿皮罐头车里拘押的那个绝美的女孩，那个被无名劫匪刺杀的女孩，那个倒在血泊中给楚南飞金属卷轴的女孩，那个嘱咐楚南飞一定要找到失踪父亲的

小女孩！楚南飞知道，她叫蒋依依。

江一寒等人围上来，在距离楚南飞三米远的地方停下。

秦老实怪异地看着楚南飞："我说副的，注意革命军人形象！"

楚南飞窘迫地看一眼江一寒："我怀疑她是用力过度所致，昏迷了。"

江一寒凝重地点点头，看向奥吉拉："她受伤了吗？"

奥吉拉痛苦地摇摇头。

彭新宇皱着眉头盯着楚南飞怀里的伦雅圣女，露出不可思议的表情："很显然，她掌握了一种特殊的能力，可以将自身的能量转化为光线——这是不可思议的，用科学完全无法解释！""深渊里的一切都不能用科学解释，包括石英洞壁和这里的石头！"高格明不知道说什么好，方才已经被方尖塔绚丽的光线所震慑，而现在彭新宇所提出的疑问更让他不知所以然。

周芳华盯着伦雅圣女美丽的面庞，忽然惊异道："南飞，她就是在魔罗古城王宫里面出现的那个女孩！"所有人的目光都射向楚南飞。

楚南飞点点头："是的，就是她。"

楚南飞有一种恍然隔世的感觉，她是被刺杀的蒋依依，蒋教授的女儿。她是在魔罗古城废墟王宫里所见的那个红衣女孩，消失在古城的迷雾之中。而奥吉拉现在叫她伦雅圣女，她是魔罗族的圣女？

伦雅圣女终于苏醒过来，脸色冰冷苍白。

微微睁开双眼，注视着楚南飞，深邃如潭的眼中似乎充满了某种期待。

"圣女殿下，您没事就好！"奥吉拉及时说道。

伦雅疲惫地从楚南飞的臂弯里起来，似乎还带着某种羞涩："谢谢你。"

"你怎么？"楚南飞的意思是怎么成了蒋依依，难道这里有什么不为人所知的秘密吗？世界之大无奇不有！

伦雅圣女优雅地擦拭一下嘴角的鲜血，冷漠地注视着楚南飞。楚南飞仿佛从她的眼中发现与蒋依依临死前的那种不甘和痛悔。

"这里是魔罗族降神祭坛，刚才圣女殿下在召唤万能的神灵再次眷顾，但她没有足够的力量冲破大自然的束缚，失败了。"奥吉拉痛楚地望向祭坛。

楚南飞似懂非懂地点点头，忽然感觉伦雅的目光似乎有穿透力一般，看得见他的心事，触摸得到他的灵魂。

奥吉拉不失时机地走过来："圣女殿下以自己的能量激发祭坛，期望能打开大地与天空之间的联系通道，以便能进入神域，让兽王大人再次眷顾多灾多难的魔罗族圣地，但是失败了。"楚南飞摇摇头："奥吉拉，魔罗族相信可以降神？"

"降神是魔罗族最神圣的仪式，千年一遇，受到垂青的人会完成第一次进化，而失败者我不说您也知道。"奥吉拉谦卑地看着楚南飞："圣女殿下是魔罗族兴盛的唯一的希望，她现在介于第二次和第三次进化之间，但功亏一篑。"

没有人相信奥吉拉的话。

在高格明和周芳华的眼中，这种所谓的"降神"行为不过是一种宗教仪式而已，虽然他们都解释不了伦雅为何能让方尖碑亮起来。

科学不相信有超能力，更不相信有超能力的人。

但在深渊里，科学不能解释的事情太多——包括那些不同时代的人为什么都会死在第五层平台一样。因为这里是蒋教授所说的"瓶颈"，是魔罗族人的神圣之地。

楚南飞知道，伦雅圣女以所谓的"超能量"所激发方尖碑之举，有更深的含义。

伦雅圣女轻轻地拭去嘴角的血迹，依然是那么高傲，圣洁的高傲。

周芳华几乎不相信自己的眼睛，在这个暗无天日的深渊内部，古老的魔罗族圣女竟然是如此的美丽，如此的高贵。她甚至怀疑只有浸淫在历史之中日久才会诞生如此不凡的女人。比如那些古代的美女们。

而她的回忆还停留在魔罗古城开启之际那个在王宫里回眸一笑便消失的身影，现在她明白那种笑的含义——高傲，孤独和冷漠。

伦雅圣女清澈的目光注视着楚南飞，嘴唇轻起："敌视与贪婪是这个世界的标签，但不输于魔罗族。你们侵入了我们的领地，这是不明智的。"

"你与蒋依依是什么关系？"楚南飞并没有放弃自己内心的问题，是好奇心促使他要弄明白这件事。

周芳华皱着眉头："谁是蒋依依？"没有人回答她的问题。

"你看到的不一定是真实的，听到的也不一定是虚幻的。"伦雅圣女依旧注视着楚南飞，白皙的脸恢复了些许血色，看起来依然是那么高傲，那么楚楚动人。

"是因为神匙的关系？你在魔罗古城出没也是因为神匙？还有方尖塔所显示的地图也是为了神匙？"楚南飞的喉咙动了动，带有磁性的男人的声音似乎打动了伦雅圣女。

伦雅微微点头，神色落寞地注视着楚南飞："你的智商超过了我所见过的所有人，包括我的族人，但很遗憾，你不是那个开启神域之门的人。"

"我想知道你们的存在是不是只是为了得到进化。"楚南飞冷声问道。

"进化不是唯一的目的，魔罗族一定要强大起来。"

"奥吉拉说进化只有万分之一的成功率，不能进化的魔罗族人会成为奴隶——彭教授和高教授说将会染上一种病毒，一种高级病毒。"

"能够进化的人才有资格继承魔罗族的血脉，那些失败者献出生命去维护血脉的延续，这是魔罗人的信仰。"

"你听我说，按照科学的解释，他们是被一种叫作X的病毒所感染，而不是生命的血脉！"楚南飞有些恼怒，他对科学上的事情完全不懂，所说的一些零星的理论不过是与专家组接触的数个小时内道听途说的罢了。

周芳华警觉地看着楚南飞和伦雅圣女，一把拉住楚南飞的胳膊，面带不善地盯着伦雅圣女："你在跟他说什么？"

楚南飞没有理会周芳华。

江一寒等众人面面相觑，彭新宇凝重地看着楚南飞："现代的科学证明控制人和动物思维的是神经系统，而神经系统受控于大脑各个活动区，神经中枢接收到各种指令后才会判别是否执行以及如何执行——只有智力高度发达的人类才拥有这样的能力。"

"而且这种能力不是什么超能力，不过是人类的本能而已。"高格明望着楚南飞，"但魔罗族人拥有的并非是人的本能，而是通过某种神秘方法激发出来的人的潜能，也就是超能力。"彭新宇兴奋地点点头："若是能找到激发人的潜能的方法，我们将无往而不胜！""这也是彭教授一以贯之的研究目的！"高格明热切地看着楚南飞，"楚连长，了解一下魔罗族人是通过什么法子拥有的超能力！"

楚南飞回头瞪了一眼彭新宇和高格明，目光中充满不屑和愤然。

"闭嘴！"楚南飞忽然暴怒起来，"我只想知道怎么走出去！"

这招果然好用，彭新宇和高格明果然闭上了嘴巴。

楚南飞余怒未消地看着伦雅圣女，心里却犹疑不定起来。

"你想要我解释他们的问题，但你对他们很不满，是么？"伦雅圣女扫视着祭坛空间，深邃的目光里只有神秘的圣坛和眼前这个不凡的男人。

楚南飞冷冷地点头。

"是某种不可预知的原因。"伦雅圣女饶有兴致地看着楚南飞，轻轻地走到他旁边，低语，"你已经感染了所谓的病毒，最好乖乖听我的，否则你会变成可恶的满布，或是奥吉拉！"

一股说不出来的感觉从楚南飞的心底油然而生，是那种被洞穿思想的恐惧感和对未知世界的好奇感。

"当然，你一定会说我是一个可恶的女人，既然你选择来到这里，既然你的体质胜过几百上千年来的魔罗族人，就必须服从我的安排，或是命令。"伦雅圣女露出一种神秘的微笑。

"如果我不答应呢？"楚南飞倔强地盯着伦雅圣女，他发现世间最难以揣测的，是女人心。从某种角度而言，伦雅与周芳华没有本质区别。

"那你们会死得很惨，所有进入圣地的人都不能出去，都会成为魔罗族的祭品。"伦雅圣女优雅地转身，回眸一笑，留下一抹温柔的笑："真正的战士会突破魔障，用你手中的神匙打开神域之门，我们在第七层平台见！"

"方尖塔上显示的是星光地图？"楚南飞忽然发现这个女人知道他所想了解的一切，关于深渊，关于病毒，关于魔罗族的一切，但他不知道该从哪里发问，甚至不知道该问些什么。

楚南飞心乱如麻。

伦雅圣女掀开黑色的面纱，专注地看着楚南飞，莞尔一笑："那是神的谕旨。"

两名护卫恭谨地跟在伦雅圣女的后面，隐没在黑暗之中，悄无声息。

楚南飞满头大汗，呼吸有些急促，身体犹如被掏空一般，摇摇欲坠，眼前的一切都变得虚幻起来，尤其是祭坛上方的方尖碑，似乎在释放着某种能量，压制着楚南飞内心深处的思想。

周芳华跑过来扶住楚南飞："南飞，你怎么了？"

江一寒和秦老实等人都围了上来，却都束手无措。

彭新宇不可思议地看着楚南飞："这是一种生物中毒现象，我们没有更好的办法。"

"生物中毒？"江一寒惊惧地看一眼彭新宇："彭博士，你早就知道来到这里会感染致命病菌吧？"彭新宇不置可否。

"为什么不提早告诉我们？难道只是为了你的科研项目？我们都是试验牺牲品？"江一寒终于愤怒了。他年轻气盛血气方刚，从来不会绕弯子说话，在这种情况下没有时间跟一个自以为是自私自利的家伙废话！

"当务之急是通过第五层平台进入深渊内部！"彭新宇忽然暴躁地喊道，"而不是颐指气使地指责我，他已经感染了X病毒！"

"为什么！"江一寒一把抓住彭新宇的脖领子，挥拳如风，拳头却在距离彭新宇几寸的地方停住。

秦老实慌忙拉开江一寒："我说江参谋，都是革命同志闹什么矛盾？彭专家是为了科考任务，我们要全力配合。"

江一寒转身抱起楚南飞走进黑暗之中。

秦老实慌忙布置防御，以免发生不测，外面还有一支佣兵队虎视眈眈呢。

"我们开一个小会，讨论接下来的行动。"江一寒声音低沉，"三名专家，南飞和老秦，其余人戒备。"彭新宇刚要发火，却被周芳华拦住："彭老，我们很有必要协调一致行动，只有思想的统一才能指导行动的统一，否则我们不可能完成任务。"

高格明慌忙点头："芳华同志说得对！"

周芳华握着楚南飞的手，大手汗津津的，冰凉。

楚南飞的意识恢复了一些，碰触到周芳华温软的手，心下不禁一沉，呼出一口浊气坐起来才发现几个人在围着自己。

"南飞，你哪里不舒服？"周芳华关心地问道。

江一寒的眉头紧皱，瞪一眼周芳华："现在开会，部署接下来的行动计划，大家各抒己见，知无不言。""立即突破第五层平台，这就是我的意见！"

"我们已经没有了武器弹药和给养，现在已经四十八小时没有进食了，人的体能极限是七十二小时。""所以，必须在二十四小时内回到深渊上面，否则即便有所发现也不会传递出去。"

黑暗之中只能凭借声音辨别说话的人，楚南飞很清醒地认识到目前只有彭新宇是死硬分子，而周芳华和高格明很理性。

"老秦，你说活。"

秦老实抱着没有子弹的突击步枪盯着黑暗中的楚南飞："我说副的，你感觉咋样？"

秦老实的话很有意思，很婉转。作为一名老兵，他知道即便是理论上能够挺到人的体能极限，但也绝对不可能顺利返回到深渊之外，尤其是这几位专家更无法与他们相比。

如果坚持继续行动，结果可能只有一个：死无葬身之地。

军人的意志不容置疑，关键时刻可以随时牺牲。

"消灭入侵者，我们就有办法胜利返回。"楚南飞低沉道："没有枪没有炮，自有敌人给我们造，没有水没有粮我们抢他们的！"

"我同意！"江一寒举手，尽管没有人看得见他的手在颤抖。这是一个不小的决定，只许成功不许失败。

"对手可是佣兵队，作战素质很高，没有累赘，而我们……"秦老实知道不能说长他人威风的话，但事实摆在这里，三个专家完全不能参与战斗，而对方十几个人都是佣兵，高下立分。

楚南飞起身，活动一下四肢关节，发出一阵错位的动静，感觉舒爽了许多："就这么办吧！江参谋、小眼镜和大壮负责三位专家安全，我和老秦跟他们干！"

"这怎么行？老秦细心，负责专家，我们一起去！"江一寒冷然地看一眼楚南飞，他不想争辩什么，现在的楚南飞绝不是当初组建时的那个刺头！

而江一寒之所以听取楚南飞的意见，很大程度上是因为方才他力战那只怪兽，彻底扭转了战局。

楚南飞变得令他不可思议，不管是他感染了病毒所致，还是真如彭新宇所说的"发生了变异"，江一寒都感觉这是冥冥中注定的事情——虽然他是彻头彻尾的无神论者。

正当众人讨论之际，对面的洞穴深处忽然传来声声低吼，地面不断地传来轻微的震动。

第二十一章　伦雅圣女

第二十二章 死亡通道

祭坛上发生的大战已经让西蒙感到了无形的威压，他从来没有见识过人与"兽"会发生如此震撼的较量，更没有想到那个中国军人竟然以摧枯拉朽的气势将那个怪物给收拾了，"西伯利亚之熊"强劲的攻击力在怪物面前显得不堪一击，而再联想到那名中国军人，西蒙彻底没了脾气。小分队始终在祭坛之下的地域逡巡，不敢冲上祭坛，害怕引发冲突。正在此时，一名队员的对讲机里发出一阵电磁干扰的声音，西蒙瞪了一眼那名队员，队员立即将对讲机关掉。

"头儿，怎么办？现在撤退还来得及！"洛佩斯晃动着火把走过来讨好似的问道。声音有些抖，发音口型明显不对昧。

西蒙打开自己专用的对讲机，瞪一眼洛佩斯："我们没有退路！"

"好吧，西蒙队长，没有什么能让西伯利亚之熊胆怯！"

对讲机里传来温莎气急败坏的声音："该死的，怎么联系不上？"

"温莎小姐，这边发生了一点事故……您要冷静些，我们正全力以赴赶往第六层平台，如果有第六层平台的话，OVER！"西蒙的语速有些快，显然他陷入了一种极端的不安和矛盾之中。"那些黄皮肤的猴子都处理掉了吗？"对讲机温莎的声音令人讨厌，傲慢而无礼。

西蒙望一眼祭坛上方的黑影，冷哼一声，如果那娘们看到中国军人力战魔罗族武士的话，就不会这么说话了。

"亲爱的温莎小姐，我们与他们激烈正酣的时候，伦雅圣女突然出手，还有那个该死的不知道从那冒出来的一支小分队，不过我们的伤亡不大，请指示！"西蒙尽量压低声音，他看到了洛佩斯正做着鬼脸，嘲讽地笑着。

"伦雅出手拯救了他们？"温莎的声音里有些不可思议，不过片刻之后便恢复了正常："保存实力，小心通过第六层平台！"

西蒙深呼吸一下："遵命，我的小姐，看在英镑的分上，随时愿意为您服务，OVER！"

正当西蒙收起对讲机的时候，从祭坛上忽然走过来两名中国军人，一前一后，站在祭坛最下面的台阶上。

火把光映红了楚南飞坚硬的脸颊，一双眼睛变得深邃，里面充斥着一股难以形容的煞气！"我说副的，怎么跟他们摊牌？"秦老实抱着美制冲击步枪，摸了摸腰间的匕首问道。

"让他们先行通过第六层平台，或是……联合通过。"

秦老实下意识地摇摇头："按照江参谋长的意见，不能跟敌人联合，你千万别犯原则性错误。"有些错误不能犯，政治的红线是高压雷区。但有的时候必须冒着犯错误的风险去执行。比如跟入侵的佣兵队联合作战。

楚南飞淡然地看着前面的佣兵队："谁是头儿？"

西蒙上前两步，把枪背在后面，稳稳地站在楚南飞和秦老实面前，敬了一个标准的军礼。楚南飞下意识地也敬了个军礼。

这是常规做法，但所表达的意思却很诡异。

"这里是地狱，我是说你竟然将魔鬼打败了，真是不可思议。"西蒙用生涩的汉语恭维道，"西伯利亚之熊只为了钱，无意冒犯中国军人，你知道我们是佣兵，所以……"

"西伯利亚之熊？"楚南飞一字一顿地从牙缝中挤出几个字来，玩味地看着西蒙："你们入侵中国的领地，我有权把你们绳之以法，你们的行为是侵略，不过一切要等到出去再说。""是的。"西蒙竟然没有反驳，回头指了指十几名队员，"他们都有良好的军事素质，但绝对会听从我的指挥，如果有机会出去的话我们会……嗯，会向贵国边防部门认罪的。"楚南飞忽然想笑，他只是打死了一个怪物而已，但这种震慑力远比击溃一支佣兵队来得更直接，更有效。

"你们快速通过第六层平台吧，或许里面有意想不到的发现！"楚南飞摆摆手，"我们要修整一下，第七层平台见！"

西蒙诧异地看着楚南飞，他的脑子里想出了不下十种对付中国军人的办法，却没有一种办法能有效地对付眼前这个超强的家伙！

"信任是基础，我们不会在后面发动攻击，却很有可能是救助你们的人。如果愿意

的话，请尽快通过！"楚南飞摆了摆手，转身走上祭坛台阶，威风凛凛地站在方尖塔下。

秦老实站在旁边："这就完了？""嗯。""他们会相信？""不知道。"楚南飞凝神望着漆黑的通道尽头，那里似乎闪过一抹绿色的光芒，一闪即逝。

西蒙真的处于两难的境地，他不想放弃任务，也不想跟那家伙硬碰，硬碰的结果只能是两败俱伤。西蒙挥手，全副武装的小分队鱼贯通过祭坛，从楚南飞和秦老实的面前走过。

火把队消失在通道的尽头。

江一寒等人站在通向第六层平台的洞穴口，所有人都检查完装备后待命。

所谓的装备，不过是三颗高爆手雷、两颗燃烧弹和一百发子弹而已，而这些子弹是楚南飞从深渊入口佣兵队望风的两个倒霉鬼那里缴获的，还有他们的枪支。

"我和老秦打前锋，十五米距离保护，专家组居中，发生险情由江参谋负责掩护撤退。"楚南飞把子弹压上，打开保险，又检查一下腰间的匕首，"出发吧！"

江一寒想再重申一下，但楚南飞并没有给他时间便已经出发了。江一寒顿了一下，并没有提出异议，也许在众人的心里，楚南飞俨然成了实际的领导者，江一寒并不否认。

弯弯曲曲的洞穴通道让西蒙直犯嘀咕，按照前几层平台的情况，这段通道将在十几分钟内就会通过，然后抵达第六层平台。

但前面的黑暗似乎没有尽头！

西蒙的对讲机里发出一阵电磁干扰的声音，在寂静的空间你内令人毛骨悚然。西蒙立即诅咒着想要关闭对讲机，空气中忽然传来一股尸臭的气息，西蒙立即停下，还未等观察气味的来源，便看到最前面的一个队员竟然凭空横飞出去。

火把撞在洞壁上，火星乱溅，滚落在地上散开。

所有队员都呆住，紧紧地盯着墙壁。

他们只注意到了脚下的路，却没有足够细致地观察洞壁。

洞壁已经完全改变了面貌：不是那种光滑的石英凝结体，而是斑驳不堪的灰色岩石。

那名被撞飞的队员滚到地上，惊恐地乱叫着，本能地挣扎着，满脸鲜血，胳膊已经被生生地拧断！

"快！"西蒙举起枪便射击，子弹打到洞壁上发出"噗噗"的声音。

前面的队员已经撤回来，借着火把的光亮，可以看到一群干瘪的人影正在晃动，最前面的如同僵尸一般的家伙手里正提着一支血淋淋的胳膊，眼睛闪着绿光盯着佣兵队。

西蒙的枪法很准，一梭子子弹射进那家伙的身体里，干瘪的尸体被子弹打得颤抖起来，却没有倒下。

"该死的沙尸，他们是沙尸！"西蒙嘶吼着往后退却，所有队员都在后退。

被子弹打成筛子的沙尸将断臂扔在地上，舔了一下手上的鲜血，喉咙里发出一种奇怪的声音，后面随即便闪烁出无数绿色的光芒。

"我早就知道这是一个陷阱！"洛佩斯挥动着AK自动步枪惊恐地喊道。

西蒙立即下令发动反击，火力成扇面倾泻而去，狭窄的通道中立即火星四溅，那些绿色眼睛的怪物在黑暗中舞蹈。

有的怪物被直接爆头，一团绿色的雾腾空而起，尸体摔倒在地。

"没有人能够救我们！"西蒙端着冲锋枪向前冲去，封住了怪物们的进攻，而后面的队员则策应西蒙和洛佩斯，火舌扑向那些僵尸，密集的子弹将他们压制住。

黑暗的尽头，一双暗绿色的眼睛盯着洞穴里的战况。

看不清的他的面貌，感受不到他的呼吸，甚至没有人知道他的存在！

"冲啊，你们是魔罗族最勇敢的战士，把这些入侵者撕成碎片吧，勇士们！"黑暗中的影子下达了攻击指令，丧失心智的魔罗族人蜂拥上前，堵在洞口，喉咙里发出阵阵野兽般的吼声。第七层平台的入口处，伦雅圣女把手按在光滑的石壁上："伦耶阻挡住了他们，这是大祭司的旨意么？"

奥吉拉蜷缩在角落里，倾听着来自洞壁里的声音："圣女殿下，我不想污蔑神圣的大祭司，虽然他杀死了我的爱人，但依然是魔罗族的大祭司，仍然是你的父亲。""你的意思是大祭司下达了攻击命令？"伦雅无奈地叹息一下，"我没有能力探查到他的所思所想，也不能确定伦耶为何没有听从我的指令——好吧，任何侵入魔罗族圣地的人都会得到应有的惩罚！"

奥吉拉单臂放在胸前："请原谅我不能去劝服伦耶，他要比满布的城府深得多，既然他认为现在是最好的时机，出手阻挡他们是理所当然的。"

伦雅圣女移开手掌，正想转身之际，本杰明却贼头贼脑地出现，满脸堆笑："伦雅小姐，您真的非常非常漂亮，哦不，你是我心中的女神，我只用一袋金币就收买了伦耶，他手下的战士攻无不克，果然是大祭司阁下手中的一张王牌！"

"你！"伦雅圣女不屑地瞪一眼本杰明，这个市侩的家伙怎么会这样？她知道这些入侵者无非是想得到进入神域的门票，并且为此不择手段。

伦耶被本杰明收买了吗？一袋金子就能让他背叛魔罗族？伦雅圣女没有时间思考这个，她发现似乎陷入了某种阴谋之中。

"您如果愿意，我们可以做一个公平的交易！"本杰明搓着双手，凹陷的蓝灰色的眼睛在伦雅圣女凹凸有致的身体上不断地游移着，似乎是一个狩猎者，伦雅不过是一个猎物而已。但本杰明深知这个"猎物"有些棘手！

"想说什么？"伦雅优雅地转过身，不屑地看着猥琐的本杰明，淡然地笑了笑，去探查本杰明的思想，但现在伦雅圣女的力量几乎消耗殆尽，要等到下一个月圆之夜才能够恢复。

两天后便是月圆之夜。

所有人都在等待那个时刻。无论是伦雅圣女还是都满大祭司，或者是温莎。他们都知道这个月圆之夜是多么不寻常，因为这是千年一遇的月圆之夜！

本杰明精明地看着伦雅圣女："大祭司阁下已经答应我进入神域之门，请您放心，我只和助手阿森曼两个人进去，我们是纯粹为了帮助魔罗族兴盛，绝对没有半点私心，如果说有……"本杰明小心地看一眼伦雅圣女，没有说下去。

第七层平台，都满大祭司不安地坐在翠玉王座上，手执权杖，默不作声。

"大祭司阁下，如果我说得不错的话，伦耶已经投入的战斗，他们都在为进入第六层平台而厮杀，而最终的结果也不难预见！"温莎傲慢地看了一眼都满大祭司："伦耶违反了您的命令，严重伤害了我的利益，倘若我的队员蒙受损失的话，您可得做一些弥补！"

都满大祭司的眼中依旧是古井无波的模样。

他知道伦耶为何突然发难，一切看似是计划好了的，守护在第六层平台的伦耶一定是得到了某种指令，难道是伦雅指使的？

都满大祭司不愿意猜测任何一种结果，因为所有结果都不能避免一个非常简单的原因：满布在第五层平台战死，已经没有人能够阻挡伦耶前进的脚步。他似乎感到了大祭司之位触手可及！除非在月圆之夜伦雅成功进化。

大漠很少有月清如水的时候。

郭南北焦急地望着在深不可测的洞口搭设脚手架的部下，猛吸了两口烟："什么时候能搭建完毕？我们的时间不多了！"警卫员慌忙跑过去。

风中传来一阵群情激奋的号子声："同志们那，加把劲啊，战风沙啊，不惧怕啊！同志们那，加把劲啊，战天斗地股勇气啊！"

"刘建设，快拿绳子来。"

"好嘞！"

郭南北望一眼圆月,一阵冷风吹来,不禁打了个哆嗦。

"报告首长,还需要一个小时才能搭好架子,洞口掌子面石头太滑。"

"为什么不借用原先的速降装置?"郭南北有些焦急,自打接到京畿电报已经过去了两个多小时,而自己的兵甚至还没有进入洞口!

警卫员窘迫地看着郭南北,嘟囔:"咱们没有速降滑轮。"

"救人第一,安全第一,快点吧!""是!"

这就是普通战队与零点特种部队的最大区别,而郭南北也无能为力。他不能因为增援救助下面的战士而无谓地牺牲自己的部下,绝对不能扩大损失,这是原则。

而他只有四十八小时的营救时间!

黑暗的洞穴通道内发出阵阵急促的枪声和惊恐的吼叫声,楚南飞盯着前面纷乱的火把光和晃动的人影,握紧了AK冲锋枪,血往上涌:"佣兵队被伏击了!"

"我说副的,怎么办?"秦老实抱着枪在楚南飞的侧后方防御。

"看情况!"

正在此时,江一寒等人跟了上来,周芳华惊惧地望着前面的火把光,小腿有些颤抖:"南飞,怎么回事?"楚南飞回头瞪一眼众人:"分散,后撤!"

"南飞同志,我们没有退路!"江一寒握着冲锋枪盯着楚南飞:"除非放弃。"

楚南飞靠在洞壁上,也许下一刻隐藏在黑暗中的敌人就会发起进攻,而对于只有四名有生力量的他们而言,将毫无反抗能力。

这是一场阴谋,而始作俑者却躲在暗处偷窥,楚南飞忽然感到有一种被偷窥的感觉!

魔罗族的圣女话中的玄机难道就是第六层平台的凶险吗?既然如此她为什么还信心十足地告诉他在第七层平台相见?神秘莫测的女人!

如果西伯利亚之熊佣兵队覆灭的话,对探险队而言百利而无一害,除掉这个强劲的对手是楚南飞的既定目标,但没有想到是以这种方式。

"你们原地待命,我去探探!"楚南飞检查一下保险和匕首,猫着腰冲出了黑暗。

"注意安全!"周芳华的声音不大,瞬间便被淹没在一阵杂音之中。

彭新宇握着拳头砸了一下洞壁,高格明拍了拍彭新宇的肩膀:"老彭,耐心点,也许这是我们必须经历的磨难。""蒋教授没说如何通过瓶颈吗?"彭新宇沙哑地问道。

高格明摇摇头,叹息一声:"教授的日记里只说突破瓶颈后会抵达一个缓冲面,但没有标注是否就是第六层平台,日记在此处就中断了,剩下的都是关于魔罗族的文字研究和传说,按照前五层的经验,第六层平台应该不是这里。"

彭新宇无力地点点头，摘下眼镜擦了擦，没有说话。

通道内的混战已经达到了白热化，那些干瘪的看似不堪一击的"怪物"拼命地冲击着西蒙的佣兵队，他们似乎不怕子弹，而事实也是如此，子弹打在他们的身上基本不起作用，只能减缓进攻，而不能将他们真正地杀死。

这是最让西蒙崩溃的地方！"头儿，快没子弹了！"洛佩斯滚到西蒙近前惊恐地喊道。

西蒙气急败坏地踹一脚洛佩斯："停止进攻，点射他们的头部！"

枪声戛然而止。

三名佣兵队员匍匐在地上，举着冲锋枪，盯着对面的黑暗之处。那些丧心病狂的家伙们似乎不知道什么是死亡，他们根本打不死！

西蒙靠在岩壁上喘着粗气："爆头，爆头，知道吗笨蛋们，不要无谓地浪费子弹！"

没有人回应他的话。

十多个沙民冲了过来，仿佛是黑夜里的鬼怪一般，虽然没有了手，没有了脚，没有了下半身，但并不影响他们战斗。

"打！"西蒙的声音有些变形，恐惧、愤怒、无助、仇恨，都夹杂其中，三名狙击手同时扣动了扳机，冲在最前面的几个怪物纷纷被爆头，干瘪的脑袋在空中被打爆。

枪声又戛然而止。

西蒙挥手打爆了一个在地上只有上半身爬行的怪物的脑袋，一团绿色的液体飞溅。

楚南飞在距战场二十多米的地方停下，火把光依然在跳动，却听不到枪声。

"老秦，那些玩意就是沙民，打不死的怪物！"楚南飞淡然道。

秦老实参加过几次与沙民的作战，知道那些家伙们的攻击力非比寻常。如果他们跟沙民打一场遭遇战的话，结果只能是一个：同归于尽。

"现在是歼灭他们最好的时机，动不动手？"秦老实抱着冲锋枪瞄准。

楚南飞按低冲锋枪枪管："还不到出手的时候。"

两个人隐藏在黑暗之中。

洞穴内一片狼藉，地面上随处可见干瘪的断臂残肢，西蒙一脚踢飞了一支大腿，大腿撞在岩壁上，碎成一段一段。

"头儿，又损失两名兄弟！"洛佩斯抱着冲锋枪懊恼喊叫道。

西蒙冷冷地瞪了一眼洛佩斯，并没有说出压在心底的话，他现在后悔一路上死了这么多队员。前途未卜，现在最缺的是人，而不是欣喜于少了几个分赃的。

沙民们的进攻不知为何退去了，方才还一大群不知死活的怪物呢，现在却凭空消失。

"检查一下子弹，不要轻易开枪！"西蒙在满是残肢的地面上向前继续摸索前进。

一名队员忽然惊恐地大吼一声，西蒙回头才发现一个干瘪的脑袋一口咬住了他的小腿，甩都甩不掉。西蒙上去一脚将那怪物的脑袋踢飞，队员的裤子直接被撕开，鲜血淋淋。

还剩下八名队员，这是西伯利亚之熊自打组建以来最血腥也最失败的一次行动。

黑暗之中，伦耶望着洞穴通道内的火把光发出一阵阴森的笑："满布的手下真可怜，也许他们还不知道自己的首领已经死了吧？"

"本来可以把他们吸收到您的帐下，为什么不那样做？"一名衰老不堪的警卫缩头缩脑地看着伦耶问道。

"他们？如果在此之前我会考虑，但现在我改变了想法。"

"您是怕大祭司不高兴？他的位子早晚是您的啊！"

伦耶赞赏地点点头："你很有头脑。"

一支干瘪的手已经抓住了警卫的脑袋，锋利的爪子嵌进了他的头颅，伦耶轻轻地向后面一甩，干瘪的尸体抛进了深渊。

周围的警卫没有人关心这个，而是跟随着伦耶消失在通道之中。

西蒙小分队原地休整，几乎所有队员们经此一战都已经浑身湿透，面对遍地狼藉的残肢断臂没有人认为他们打了一场胜仗。

"头儿，我们上当了，那些家伙们把我们当成猴子耍！"洛佩斯抱怨道。

西蒙下意识地回头，愤恨地砸了一下枪托："该死！我们最好快速通过第六层平台，不要跟他们过不去！""您怕？""执行命令！""是，头儿！"火把队继续沿着通道进发。

秦老实长出了一口气，擦了一下额角的细汗，点燃火把，回头看一眼楚南飞："终于可以稳当点了，那帮家伙看来伤亡惨重啊！"

楚南飞抱着枪走出黑暗之地，江一寒等人快速汇合。

眼前的一幕让他们感到一阵恶心，到处散落的断臂残肢，空气中还飘荡着火把燃烧的味道。

"有他们开道恐怕要省心不少，至少可以替我们挡挡灾！"江一寒长出一口气，望着远处跳动的火把微光苦楚道。

彭新宇想要冲在前面，却被江一寒用枪管给别了回去。彭新宇懊恼地瞪了一眼江一寒，竟然没有发作。黄大壮打扫了一下战场，竟然发现了两具佣兵尸体，补充了一些子弹，还找到了两只水囊和零散的压缩饼干，其中一只已经被抓爆了，只剩下了皮囊。

这对探险队而言无疑是最大的好消息，毕竟他们现在已经到了山穷水尽的地步。每

人分了一块压缩饼干,补充了一点水之后,精神恢复了很多。

队伍再次出发,很快便走出了那段低洼不平的通道。

周芳华拉着楚南飞的胳膊,亦步亦趋地跟在后面:"南飞,为什么不说话?"

"说什么?"楚南飞冷漠道。

他对女人从没有过这样的冷漠,让周芳华有些意外。

"当然,当然是你如何一招杀死那个大怪物的!"周芳华似乎对方才的战斗还意犹未尽。"不知道。"楚南飞略显疲惫地叹息一下,"那个是一级甲兽,按照奥吉拉的介绍,应该是进化成功的魔罗族人,他的能力超强。"

"这个我知道,但你是怎么做到的呢?"周芳华满脸疑问,一副打破砂锅问到底的架势。彭新宇从后面追上来:"我有话跟楚连长说!"

周芳华只好放开楚南飞,与高格明并肩而行。

"感觉怎么样?"彭新宇低沉地问道。

楚南飞若有所思地看一眼彭新宇:"不怎么样。"

"请你认真回答我的问题,这是科学考察的一部分!"彭新宇上来就声嘶力竭,情绪激动地拉住楚南飞吼道。

楚南飞一把握住彭新宇的手腕子,甩掉:"请你尊重一名战士的选择!"

"你已经成功地进化了,"彭新宇放开楚南飞:"按照魔罗族所流下来的零星文献显示,只有体质超乎寻常的人才能获得进化的机会,你不是魔罗族人,也没有得到进化所需的东西,却发生了进化,难道你不奇怪吗?"

楚南飞一愣:"这是你的科学研究?荒唐!"

高格明冷静地看着楚南飞:"南飞同志,彭老的意思是你具有魔罗族人都不具备的超强体质,但不知道为何发生了进化,也许是祭坛里的某种物质被你吸收从而引发了进化。"

江一寒看一眼楚南飞,两人的目光相碰,又各自闪开。

"祭坛是魔罗族人祈祷降神的地方,那个女人想要开启,却没有成功。"周芳华分析道:"她不具备足够的能量,虽然如此,也打破了我对科学的认知,普通人是无法做到让石头发光的。"

深渊的世界不能用科学去解释。

存在即合理。

"他们或许领悟错了,祭坛是他们的祭祀的地方,但却不是魔罗族修建的。"楚南飞望着前面的一片开阔地淡然道:"很多值得去质疑的地方,比如魔罗族的那个女人很像我们在小站停留的时候被杀死的一个女孩,为什么?难道世界上存在一模一样的人吗?"

"世界上没有两片完全相同的叶子,也不存在完全不同的叶子,任何事情都要辩证地去看,正确地去解释。"周芳华思索道:"这是一个哲学问题,但要准确证明其过程,则是科学的范畴。"

彭新宇思索一下:"为什么说方尖塔不是魔罗族人修建的?"

"因为上面有一幅奇怪的地图,那女人也不是在开启什么降神祭祀活动,而是要给我们展现那幅地图。"楚南飞黯然地叹息一下,那幅刻在方尖塔上的地图与在星光宝石里所发现的地图完全吻合。

楚南飞的记忆力一向很好,这是他被"顶花带刺"选拔到零点部队的一个原因。

但识别地图和记忆地图并不是记忆力好就能做到的,想要把那些复杂的线条解读成一张地图,对于没有任何地理和绘图知识的楚南飞而言绝对是不可思议的。

是天赋异禀还是能力超群?没有人知道。

这里的一切都不能用科学来解释,魔罗族的文化传承和所谓的进化到底指的是什么?让那些沙民变成沙尸的原因是否就是 X 病毒?拥有超能力的魔罗族勇士究竟是怎么炼成的?还有这支科考队进入深渊的真正目的是什么,这一切都困扰着楚南飞。

彭新宇拍了拍楚南飞的肩膀,以前所未有的温和态度笑了笑:"人类的进化是 DNA 序列的重组过程,如果这种重组过程永不停息的话,人类的进化就会永不停息,但可惜的是在几十万年前,这种进化便停止不前了,你明不明白?"

"不懂。"楚南飞忽然停下脚步,地面似乎传来某种诡异的震动。

江一寒脸色微变,与楚南飞对视一眼:"怎么了?"

"佣兵队又遭遇袭击了。"楚南飞望着幽深的洞穴尽头,那里仿佛正在发生着某种激烈的搏杀。江一寒紧皱眉头,扫视一眼秦老实和黄大壮,两个人都摇摇头。

"你们听到什么异动了吗?"众人摇头,目光射向楚南飞。楚南飞将手掌按在岩壁上,岩壁里面传来的震动让他极度不安,但周围则是一片死寂。

是幻听幻觉,还是先知先觉?

楚南飞的耳朵紧贴着岩壁,里面传来细微的开裂声音。

所有人都注视着楚南飞。

江一寒不安地走到楚南飞近前，耳朵贴在岩壁上仔细倾听，里面没有任何声音。

楚南飞忽然望着漆黑的洞穴顶部，趴在地上辨别着方才那种碎裂的声音。声音很微弱，却的确存在，而且是那种递次增强的声音。周芳华古怪地看着楚南飞："有什么问题吗？"

"是岩石碎裂的声音，但不确定是哪里。"楚南飞又冲到对面的岩壁下仔细倾听，脸色不禁阴沉下来："洞穴岩壁正在开裂！"

江一寒等众人面面相觑，摇摇头："我没听到，你们呢？"

众人都狐疑地望向楚南飞。

"裂隙很深很遥远，但我不确定！"楚南飞转身走到高格明近前："您是地质学家，这里的地质结构有没有发生地震的可能？"

高格明看一眼楚南飞摇摇头："一般情况下地震必须有板块的碰撞和挤压才会形成，我国的震带主要有两条，一个是环太平洋地震带，另一个是欧亚地震带。"

"这么说有发生地震的可能？"楚南飞语速加快，呼吸有些急促："我感觉要发生地震！"高格明苦笑一下："这是不可能的事情，一路而来我仔细观察过深渊的地质结构，表层覆盖沙子，内部则是花岗岩层、砂岩堆积层，这里没有大的山脉，地域空旷，基本不会发生地震。"周芳华若有所思地看着楚南飞："你发现了什么征兆？"

"岩石在开裂，很深，很远！"

"高老，能不能是其他地区现在发生了地震？"周芳华不安地问道。

高格明微微点头："有这种可能，不过……"

"不过什么？"彭新宇无所谓地拍拍岩石："这些岩石结实得很，怎么会发生地震？我们还是快点走，尽快抵达第六层平台！"

高格明下意识地看了一眼彭新宇，疑虑重重地点点头："地震的预测需要很多精密的仪器和复杂的计算，而且还需要经验丰富的专家会商才能确定是否发生地震，在哪里发生和什么时候发生都是未知，以目前最先进的美国为例，可以提前十秒预测地震，而我们却达不到。"楚南飞依然凝重地思索着。

彭新宇怔怔地看着楚南飞："你听到了什么？"

"是岩石碎裂的声音！"

"你能觉察到？"

楚南飞微微点头："我能听到那种声音，就如冬天冰面开裂发出的声音那样，但不能确定方向。"江一寒松了一口气："大家准备好，以防万一，真要是发生地震必须分散隐蔽！"众人继续前行。

彭新宇凝重地看着在前面开路的楚南飞的背影："老高，很奇怪！"

"你说的是他？"

"不是，我也产生了一种莫名的感觉，心里难受，头有点晕。"彭新宇咬着牙，加快了步伐。

高格明无奈地跟上："从科学的角度而言，这里不可能发生地震，要引发地震势必要的一些关键条件，这里不具备。"

"他发生了进化，能体察到常人感知不到的东西，比如声波和震荡波。"彭新宇心思沉沉地说道。

第七层平台。

一个模糊的影子跪伏在都满大祭司前面的地上，后面跪伏一群魔罗族战士。都满大祭司手里擎着权杖，老态龙钟的他注视着伦耶，回头望一眼对面的黑暗空间，伦雅圣女从里面走出来。

"我的宝贝女儿，你又试验激活圣坛降神吗？"都满大祭司神色落寞地看着伦雅，声音里带着一种复杂的色彩，"降神要等待千年月圆的时刻，不要再浪费你的精力了。"伦雅圣女脸色苍白地点点头，盯着跪伏在地上的伦耶和其身后的魔罗族战士，收回视线："尊敬的大祭司，他们不可能通过那里，我想是否要引导他们避开困境，直接抵达这里？""他们是闯入者，会遭到神的惩罚，不过神会做出英明的决定的。"都满大祭司挥手，伦耶和他的部下们都起来，不断地诵读着古老的魔罗族经文。

第二十三章　破碎空间

本杰明一句也没有听懂，狡猾地望向温莎，温莎的脸上浮现出一抹嘲讽的笑容，扬了扬下巴："他们在说，仁慈的大祭司，您是魔罗族的救星，圣洁的伦雅圣女，您是魔罗族复兴的希望，本杰明先生，您还想知道什么？"

本杰明耸耸肩："我想知道第六层平台在哪里，如果没有人指引的话你的佣兵队和那支探险队将会在深渊里迷失，彻底地迷失！"

温莎紧锁眉头瞪了一眼本杰明："古老的魔罗文明消失之地不知道承载了多少神奇和未知，不过我是来替爷爷还愿的，他对魔罗文化的研究达到了痴迷的地步，也是大祭司阁下的尊贵客人，不像你打着兴盛魔罗一族的幌子，心怀叵测！"

本杰明故作委屈地抱着头："大祭司阁下可不这么想，我为他们提供的一切都是不求回报的，阿森曼先生可以做证明！"

"你最好放聪明点，作为圣地的客人应该知道什么该做，什么不该做，否则就会和你的探险队一样，永远留在这里。"温莎带着一种挑衅的意味瞪一眼本杰明，款步走到伦耶的附近，脸上带着欣赏之色看着伦耶。

伦耶贪婪地盯着温莎丰满的身体，挑逗一般地笑了笑。

温莎从腰间拿出精巧的怀表在伦耶面前晃了晃："勇敢与智慧并存的伦耶先生，这是我爷爷送给我的1818年瑞士产的限量版金表，我曾经在你和满布之间难以抉择，但现在……赠送给你了。"伦耶望向都满大祭司。

都满大祭司古怪地看了一眼温莎和伦耶，脸上露出一抹淡淡的嘲讽意味，微微点头："这是温莎小姐的心意，收下也无妨。"

伦耶接过金表，左臂放在胸前，低头致谢。转身望向都满大祭司："再过十个时辰便是降神日，那些不知死活的家伙们就进献给兽神大人吧，我已经做好了一切。"

都满大祭司擎着权杖："这是百年来最隆重的一次祭祀，上一次还是科瑞先生在的时候，伦雅也是那个时候成功进化的。"

"也许这就是兽王大人的旨意，这次圣女殿下一定能够再次成功进化，作为魔罗族的战士，我愿为其扫除一切障碍！"

黑暗中，伦雅显露出傲人的轮廓，淡然地望着祭祀宝座周围聚拢的几个人。父亲已经老迈不堪，他想借助入侵者除掉伦耶吗？但这不是计划之中的，而伦耶一贯的阴险似乎麻痹了父亲的心。"那你就去执行吧。"都满大祭司挥动着权杖，"如果能在降神日到来之前夺下神匙和天眼，你就是魔罗族最勇敢、最智慧的人，你会得到你想要的一切！"

伦耶立即跪伏在地上，阴阴地看着祭司权杖。黑暗中似乎射来一道尖锐的目光，伦耶的心不禁一颤，慌忙守住心底的思想，平静地点点头："谨遵大祭司之命。"

伦耶率领手下退下。

伦雅款款地走出来，本杰明不禁后退两步，阴鸷地看着这位绝世美女，心里不知道是恨还是欢喜。第五层平台发生的那幕还记忆犹新，自己的探险队横遭魔罗族人的屠杀，而他却无能为力。伦雅没有出手拯救他的人，虽然他自称是为魔罗族的兴盛而来的。本杰明发现自己真的快成为了一个跳梁小丑，所有的付出都在不经意间成为笑柄，唯有阿森曼还在意犹未尽地进行着自己的研究，也许这是他唯一的欣慰。"我有一种不好的预感，也许会发生意外！"伦雅紧张地看着父亲，"我探查不到伦耶的所思所想，但最糟糕的是他设计将满布的手下全部杀死了，要知道他们也是魔罗族的战士呀！"

都满大祭司无所谓地点点头："知道了。"

"您还不知道，这是伦耶一贯的伎俩，剪除满布是蓄谋已久的，而夺取权杖才是他最终的目的。"

"那又能怎么样？"都满大祭司冷哼一声，"如果你能在神降日完美进化，带领魔罗族再次走向辉煌的顶峰。而他，不过是一个充满野心而又卑微的战士而已。我老了，不能永远握着权杖不放，也许这是最后一次降神的机会，也是最好的一次。"

本杰明油滑地察言观色，他感到了来自魔罗族内部的争斗，但作为外人是不能指手画脚的，虽然他指手画脚惯了，但他压错了宝，那个看似实力强劲的满布实则就是一个笨蛋！赔了夫人又折兵，本杰明忽然有一种无力感。

温莎温婉地看着伦雅圣女："作为魔罗族的世代的老朋友，我将一如既往地支持您，也许正如大祭司阁下所说，降神之日便是您成功的时候，我祝福您！"

伦雅淡然地看着温莎："你的佣兵队几乎全军覆灭了。"

空间内突然传来两声"咔咔"的声音，所有人都望向对面的黑暗之处。

洞穴空间内闪动着火把光亮，秦老实举着火把小心地移动着："都注意脚下，小心摔倒！"周芳华一把拉住楚南飞的胳膊，楚南飞想甩却没有甩掉，周芳华有些愠怒："你懂不懂什么叫怜香惜玉？""不懂。"楚南飞擦了一下汗津津的脸，回头瞪了一眼周芳华。

脚下的路变得狭窄起来，空间也变得局促了许多。向下延伸的路似乎没有尽头，让人产生一种不真实的幻觉。"那个女人是不是给你使了什么法术？"周芳华抓得更紧，语气却温柔了很多。女人总会在男人面前表现出强硬的姿态，而这种姿态一旦不管用的时候，就会思考改变方式。周芳华对楚南飞的感觉就是这样，因为他是依靠，有他在就有安全感。虽然还有一位冷傲的江一寒，但在周芳华的心里，他不过是一个指挥者——

第二十三章 破碎空间

不是可以依靠的人。彭新宇忽然停下脚步，大口地喘息着："我们是在钻地缝吗？为什么还没有到第六层平台？蒋教授的日记是怎么说的？"

"老彭，蒋教授只说第五层平台是瓶颈，没有提及第六层平台。"高格明擦了一下脸上的汗不安地望着前面无尽的黑暗，"难道他止步于第五层平台？"

正在此时，黑暗之中突然出现了星星点点的火把光，目测距离至少有一百米以上。楚南飞停下来盯着远处的火把，江一寒快步过来："是佣兵队吗？"

"不知道。"楚南飞擦一下额角的汗水，佣兵队不可能走那么快，更不可能出现在那个位置，除非洞穴的走向有问题，这里是如此狭小，跟地缝没有任何区别。

周芳华忽然指着前面的火把光："有些奇怪呀！他们是在空中飘浮吗？"

"为什么这么说？"楚南飞感觉浑身压抑得要命，汗水几乎流成了小溪。

"这条洞穴是始终向下的，感觉与第五层平台的落差近一百米，而火把光出现的位置应该比这里高！"周芳华刚想掏自己的怀表，才发现已经不在身边了，不禁叹息了一下："除非那个位置与我们的位置不在同一个平面，或是走的不是一条路。"

江一寒冷冷地盯着远处的火把光："没有第二条路。"

"这条洞穴路是人工开凿的，不是地缝，当然也可能是借助地缝开凿的，不过我不认为佣兵队脱离了路线而选择了另外一条路，他们也一定是在下潜。"楚南飞叹息了一下。

秦老实转身看一眼楚南飞，脸色不禁一变，楚南飞满头大汗，而再看看其他人，除了彭新宇之外，其他所有人都没有出汗的迹象！

江一寒也意识到了这点，凝重地拍了拍楚南飞的肩膀："身体不舒服吗？"

"空气的温度很高，我很热！"

周芳华狐疑地看着楚南飞："这里？空气温度？洞穴是恒温恒湿的，没有任何变化，如果说是变化的话，是下潜深度接近了五百七十多米！"

"楚连长的感觉很敏锐，空间温度的确在上升！"彭新宇擦一下热汗，"我们加快速度，抵达那里！"楚南飞贴着岩壁倾听，里面依然传来冰裂一般的声音。

"我不会形容也不会解释，但我感觉到前面很危险！"楚南飞紧张地盯着远处的火把光。就在此时，火把光却一个一个消失，最后湮灭在黑暗之中。

楚南飞一把夺过秦老实手里的火把向前面跑去："你们都别动，有情况！"

虽然洞穴空间狭小，又是倾斜向下的路，但楚南飞的速度极快，身影一闪便冲了出去。周芳华随即大喊："南飞，注意安全！"

彭新宇也紧跑了两步，回头诧异地看着周芳华："快，你再喊两声！"

周芳华一愣："彭老？"

"快喊！"彭新宇气急败坏地喊道。

"南飞！"

彭新宇回头盯着楚南飞，火把光突然出现在一百多米远的地方！

江一寒大惊失色，提着冲击步枪往前跑，"停下，不要往前走！"彭新宇大喊一声，江一寒猛然停下脚步，彭新宇追了上来，喘着粗气："你们没发现有问题吗？"

江一寒、秦老实和黄大壮怔怔地望着百米之外的火把光发呆，江一寒冲着彭新宇和高格明吼叫："你们是专家，怎么解释这个？南飞有没有危险？"

这种话基本是废话，因为危险就在眼前！

当江一寒再次回头望向远处的火把光亮的时候，耳边传来一阵剧烈的"轰隆"声，狭长的洞壁突然颤抖，地面在抖动，远处闪过两道闪电，随即一声剧烈的轰鸣，就如雷电劈到坚硬的岩石上一般！"快撤！"秦老实抱着冲锋枪往回跑，却被彭新宇一把抓住："卧倒，快！"

江一寒把周芳华按倒在地，回头惊惧地望着电闪之处，狭长的洞穴忽然变得透明起来，岩壁上闪烁着星星点点，从洞穴的上方不断地滚落着硕大的岩石，就如雪崩一般层层脱落。强劲的冲击波几乎将狭长的通道给翻过去，趴在地上的几个人被吹得如同树叶一般，在地上翻滚着。江一寒死死地抓住周芳华的胳膊，抵靠在岩壁凹槽处，感觉劲风犹如刀子一般从脸上刮过去，几乎不能呼吸！

"轰隆！"地面传来阵阵的轰鸣，洞穴开始晃动，而坠落的石头砸在地面上，向下方滚去。震动持续了十几秒钟，天崩地裂一般的十几秒！

江一寒头晕目眩地起来靠在岩壁上大口地喘息着："彭教授……高专家，老秦！"

周芳华强自起来，拉住江一寒的胳膊："真的地震了……大家都还好吗？"

通道内二十多米的范围内一片狼藉，秦老实和黄大壮趴在地上挣扎着，两个人受了轻伤，好在被风给压到了岩壁上，从上方坠落的巨石没有砸到他们。

彭新宇在地上摸索着眼镜，但让他崩溃的是眼镜不知道摔到哪儿去了。其实在这种环境下戴不戴眼镜基本没区别，仅依靠声音和感觉而已，视力基本不起作用。

"大家都怎么样？我点名！"江一寒拄着冲锋枪："彭博士？""在这呢！""高专家？""有！""大壮？"黄大壮晃晃悠悠地爬起来："到……""小眼镜？"

没有任何回应。"小眼镜！？"江一寒又吼了一嗓子。

大家才意识到问题,小眼镜已经不在了。

都满大祭司擎着权杖,不可思议地望着洞穴通道尽头的位置:"神啊,终于等到这一天了!千年降神就要到来了吗?我终于等到这一天了吗?"

第七层平台上的所有魔罗族警卫都跪伏在地上,一动不敢动。

"如您所愿,大祭司阁下!"本杰明恰逢时机地拍着马屁,"我真的非常高兴能为您效劳,当然,这是魔罗族值得庆祝的时刻。"

都满大祭司仰望着黑暗之处,沉默半晌,才转身看着温莎,情绪显得很激动。温莎玩味地笑了笑:"我爷爷说是您带领魔罗族勇士开辟的那条洞穴通道。"

"终于感动了兽神大人,魔罗族兴盛不远了!"都满大祭司兴奋地来回踱步,"第六层平台消失了整整五百年,上一次出现的时候兽神大人赐予了魔罗族生存的希望,这次会有什么恩赐呢?"

温莎暗中不屑地瞪了一眼都满大祭司,继而娇笑:"当然是千年难遇的圣液,只有得到圣液伦雅才有机会再次进化,魔罗族才能走向兴盛——但我认为您应该找到神域之门,与其受制于人不如掌握主动!"

"魔罗族的成功有你们的功劳,我是不会忘记的。"都满大祭司坐在碧玉椅子上盯着温莎,"但神域是无论如何也进不去的,魔罗族是神域最忠诚的守护者,任何人都不能进入其中!"

"如果我帮您找到神域之门呢?"温莎的眼中露出一抹贪婪之色。她知道,魔罗族并非不想进入神域,而是他们根本连神域之门都找不到!

都满大祭司故作深沉地思索着,却没有回应温莎的话。

伦雅怔怔地望着前面空旷空间里的火把光,抚摸粗糙的岩壁,久久没有说话。消失的第六层平台终于出现了——虽然所付出的代价很大,但还是值得的!

这是一处极为特别的空间。伦雅只记得父亲曾经说过,第六层平台只存在于魔罗族人的记忆里,现实当中她不曾见过,而通往第五层平台的洞穴通道就是父亲当年进化不久之后才开凿的,父亲也因此成为魔罗族的大祭司。

几百年来没有发生改变。但现在不同,觊觎大祭司之位的伦耶早已虎视眈眈。他的体质已经超出了自己的预料,依靠所存不多的圣液就完成了进化,其实力超过了满布和奥吉拉,是侥幸也是不幸,魔罗族的不幸。

伦雅似乎猜测到了什么,但她不愿意去想。伦耶出手夺取大祭司之位越来越近了,而他已经靠着阴谋算计了满布!"圣女殿下,那个蠢货竟然进去了啊!"伦耶不可思议地望着空间内晃动的火把光诧异道。

伦耶阴鸷地看着伦雅圣女："如果您愿意的话，我略施小计就能把神匙拿回来！"

"你可以试一试。"伦雅圣女转身走进黑暗之中，"不过我提醒你，拥有神匙的人不一定能打开神域之门。"

伦耶不满地瞪一眼伦雅圣女，挥手，两名战士匍匐过来。

"去吧，那个蠢货已经毫无价值了，杀死他们，把神匙夺回来！"伦耶愤怒道。两个手下立即向新诞生的平台走去。

而在洞穴通道的尽头，西蒙佣兵队们正打着火把艰难地穿行着，对后面所发生的事情全然不知。他们所走的还是那条洞穴通道，似乎没有尽头一般，无边的黑暗，无尽的恐惧！楚南飞背着彭新宇艰难地走到通道台阶上，另一面却疯狂地跑来一个人影，到了近前不由分说将楚南飞给抱住，一股女人特有的香味冲鼻而来，楚南飞不禁眩晕一下，差点把彭新宇给扔在地上。

周芳华忘情地抱着楚南飞，泪水横飞。

随后赶到的江一寒等人也飞奔过来，惊异地查看着平台空间。

"女人真麻烦！"楚南飞无奈地放下彭新宇嘟囔一句。

周芳华倔强地抱着楚南飞的胳膊："南飞，到底发生了什么事情？那些星光是什么？为什么突然消失了？"楚南飞正色地巡视着战友，秦老实拍了拍楚南飞的肩膀："我说副的，又见面了，跑那么快干吗？"

"报告楚连长！"黄大壮还没说几个字，"哇"的一声便嚎了起来，眼泪鼻涕流了一脸。江一寒抱住楚南飞的肩膀，两人相拥在一起。

"一寒，究竟发生了什么事？"

"我也想知道。"江一寒痛楚地说道："你飞奔去探路，瞬间发生了地震，难道你没有感觉到？"楚南飞不可思议地摇摇头："我跑下去的时候才发现一脚踏空了，直接滚到第六层平台上面，然后晕死了一会你们就来了。"

"地震过后，洞穴通道发生了坍塌，专家们说不是地质原因发生坍塌，而是空间坍塌。""空间坍塌？"楚南飞不明白空间坍塌和地理坍塌有什么区别，他几乎没有什么感觉。因为洞穴坍塌的瞬间，他在空中，没有地震的感觉。

彭新宇从怀中拿出包裹着周芳华的金表的小布包，一层一层地打开，在火把的微光下仔细看着，脸色不禁大变。

"你消失了一分钟时间！"彭新宇擦着嘴角的血迹把金表递给周芳华，"小周同志，表并没有坏,在第五层平台的时候因为磁力的缘故出现了异常,而在这里又恢复了正常。我清楚地记着时针的位置!"周芳华不可思议地看着怀表。

"你怎么解释这个现象?"彭新宇直勾勾地看着周芳华。

周芳华把怀表的盖子扣上,又小心地用布包好:"两个不同维度的空间,在围绕时间轴的融合过程中出现了偏差,也许那个空间里的时间轴与三维世界的时间轴不在一条基准线上。"周芳华将怀表小包递给了江一寒:"也就是说空间在融合的过程中发生了时间偏差。"彭新宇苦楚地摇摇头:"我们出发吧!"

黑暗之中的岩壁上忽然闪过一个影子,伦耶的手里握着温莎赠予的金表,里面传来清晰的谈话声,而当他想要仔细倾听的时候,声音却隐隐地消失不见。

"他们闯过去了?我们怎么办?"一名警卫惊惧地看着伦耶问道。

伦耶心思沉沉地望着洞穴空间,一边收起怀表一边兴致勃勃地笑道:"让他们自相残杀,我们作壁上观好了。"

"可是?""可是什么?你担心大祭司再度跟外人合作吗?""是的。"

伦耶踌躇满志地点点头:"这是最好的选择,只要进入了神域之门,我会再度进化,那时候就是魔罗族兴盛的开始——我将让你们见识祭祀权杖的威力!"

"您是大祭司最合适的人选!"

伦耶傲然地望向第七层平台,探手轻抚一下对面的岩壁,岩壁发出轻微的震动,那是伦雅圣女特有的监视手段,只是震动极度微弱,与伦耶所熟悉的相差甚远。也许是伦雅的潜能遭到了消磨所致,也许是她只是想探到伦耶的位置,而不想了解他究竟要干什么。"伦雅圣女无处不在,你最好闭紧嘴巴!"伦耶阔步向前走去,后面的警卫吓得面如土色。

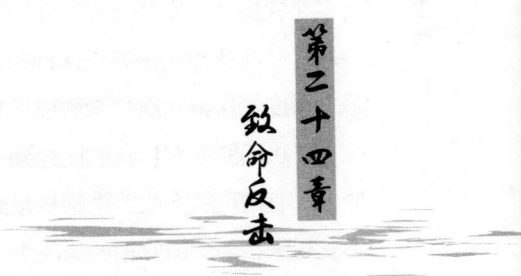

第二十四章 致命反击

空气中飘浮着一股难闻的脂肪燃烧的味道,应该是洞壁上燃烧的火把所致。

江一寒与楚南飞对视一眼,挥手示意展开防御队形。楚南飞不禁苦笑,现在只剩下四名战友,如何能做到全方位无死角防御?

众人停下来,观察着通道环境。通道内每隔十米左右的距离便有相错布置的火把,火把显然是用动物脂肪做燃料的,那种燃烧的焦煳味道让楚南飞想起了焚尸炉。

彭新宇剧烈地咳嗽着,满头大汗,弯腰扶在洞壁上沉重地喘息着。作为一名身患重病的高级知识分子,显然无法承受这种探险科考活动,支持他坚持下来的理由是对科学的执着和追求。还有一个不为人知的秘密!

"彭老,您哪里不舒服?"周芳华不失时机地拍打着彭新宇的后背。

彭新宇摇摇头:"也许时间不多了啊!"

"为什么这么说?"周芳华惊讶地看一眼高格明,高格明轻轻地摇头,周芳华只好打住了话头,"您对科学的专注精神让我感动,但也要多注意身体呢,毕竟身体才是革命的本钱。"彭新宇微微点头,从怀中掏出一把药,江一寒递过一只水囊,忽然发现他的手腕在滴血,不禁一怔。彭新宇有意地擦了擦腕间的血迹:"地震的时候被石头刮擦一下,不碍事的。"

"我们开一个小会,现在已经突破了第六层平台,前面会更加凶险,他们早已经准备好了!"江一寒靠在洞壁上凝神看着楚南飞:"我有一个疑问,他们为什么没有发动攻击?"那些沙民始终阴魂不散地围绕在探险队周围,一抓住机会就会发动突袭,以至于一个连的兵力到现在仅有四人生还,而十八人的专家组也只剩下三个人。

这对于探险队而言是最大的损失。

从某种意义上而言，这次探险活动已经失败。

但彭新宇并没有说出这个事实。作为这次科考活动的队长，他的表现让人感到费解，一名生物病毒学家并没有表现出那种科研精神，而是如猎奇者一样，只想下潜到深渊第九层！"我认为应该终止这种探险，返回地面，只有这样才能确保专家组的安全，也能最大限度地保留此次科考的成果！"江一寒冷冷地看着彭新宇："彭专家，你的意见是？"

"决不能放弃！我们已经到了深渊第七层，所发生的任何事件都会成为这次科考的成果，有的可能会成为中国科学的突破！"彭新宇激烈地反对，而且情绪突然变得躁动不安起来，与知识分子的形象大相径庭。

江一寒微闭着双眼叹息一下："我尊重您的意见，但眼下的形势已经不容许我们再前进，如果不能确保你们的人身安全的话，所有成果都将毁于一旦！"

"小江，你知道我们此次科考的任务吗？你不知道，只有我理解！"

"但不能以全军覆灭收场吧？我只对你们的安全负责，而不能任由局面失控！"江一寒斩钉截铁地喊道，"我们已经牺牲得太多，如果再来异常地震怎么办？"所有人都沉默了。方才那一场仅有十几秒钟的地震已经让他们感到了自然的力量和深渊内部的环境的恶劣，没有人敢保证他们能全身而退。

"我们最好把此行的发现整理一下，然后交给能够出去的人带回去，这是确保此次科考成果最好的办法，否则……"高格明脸色晦暗地看着彭新宇，没有继续说下去。

彭新宇微微点头，从背囊里掏出一本黑色的卷边的日记本："好吧！"

"我负责病毒和生物发现方面，老高记录一下地质发现，小周呢？"彭新宇看一眼周芳华，似乎是征询她的意见。

周芳华理了一下秀发："我的疑问太多，包括人文方面、空间科学和洞穴探险经历。"

"不要记录那些没有用的！"彭新宇粗鲁地打断周芳华的话，在日记本上写字。

周芳华有些愠怒，她并不了解这个在中国生物病毒学界有着超凡影响力的专家为什么如此粗鲁，那些知识分子应该有的谦逊和严谨在他的身上一点也没有，更没有的是作为一个男人的气度和对他人的尊重。"好吧，我要记录的是在特定的环境中可能存在平行空间，若是两个平行空间互相碰撞，会产生新的不可预知的空间，或者也可能产生吞噬效应。"周芳华叹息一下，"还有，碰撞的时候磁力引力都会发生变化，最后会被强大的空间所湮灭。""扯淡！"彭新宇嘟囔一句，但还是记录了几笔。

周芳华不悦地瞪了一眼彭新宇，扭头走到楚南飞的身边。

楚南飞正凝重地望着通道，火把在安静地燃烧，昏暗的空间内似乎有着某种不为人知的风险。"南飞，能说说你消失的那几分钟都发生了什么事情吗？"周芳华轻轻地碰了一下楚南飞的手指，脸上不禁羞红。

楚南飞若有所思地摇摇头："那里的引力有些失常，我不太确定是什么原因造成的，而且星光宝石可以悬浮在空中，但我无法解释。""是失重现象吗？"

"不知道，若是失重，我为什么没有漂浮？"楚南飞叹息一下，"我对科学一无所知，但可以确定的是，那个空间是人造的。""何以见得？"周芳华疑虑重重地看着楚南飞："什么人可以重塑空间？目的是什么？他们是怎么做到的？"楚南飞沉默地看着周芳华，目光碰撞在一起："我真的不知道。""好吧，其实你才是真正勇敢的人，回去我会向部队汇报，让你戴大红花！"周芳华俏皮地看着楚南飞。

正在此时，通道的转弯处忽然出现三个黑影。

楚南飞猛地起身："戒备！"江一寒也发现了问题，慌忙指挥秦老实和黄大壮展开防御队形，望着远处地面上移动的影子，不禁紧张起来。

只看到了影子，却没有看到人。彭新宇收好日记："走吧！"

他对江一寒的戒备不明所以，更对即将到来的风险一无所知。当他抬起头的时候才发现气氛有些不对劲，看一眼高格明和周芳华："怎么了？"

"有危险！"高格明低声说道。

"从深渊下潜就有危险，那能怎么样？我们不也是抵达了第七层吗？垂直距离超过了前三次的总和！"彭新宇忽然情绪激动地挥舞着手臂大声嚷道。

"老彭，你冷静点！""我怎么能冷静？难道在这里陪着你们无聊吗！"

楚南飞回头狠狠地瞪着彭新宇："你——闭嘴！"

彭新宇吓了一跳，刚要发作，却被高格明死死地抱住："蒋教授就是在这里消失的，他的日记只记录到了第五层，而后的事情谁都不知道！"

楚南飞收回视线，死死地盯着前面地上的影子，脑子里忽然又想起了在小站停车的时候遇难的蒋依依。那个女孩临终的托付让他难以忘怀，她要他找父母双亲，也就是高格明提到的蒋教授夫妇。

他们是研究魔罗文化的专家，但给楚南飞的印象远远不止这些。从某种程度而言，他们能进入到深渊内部，是得益于蒋教授的那本探险日记。蒋教授夫妇是深渊探险的先驱，而其所付出的不仅仅是失踪的代价，还有其女儿的生命！

楚南飞忽然做出了一个让所有人都大吃一惊的举动，他迎着地面上的影子走去，手里只握着一把赤红色的短匕首。

"南飞！你要干什么？"周芳华喊了一声。

楚南飞蓦然停下，转身望着周芳华，没有解释更多。女人显然对自己的决定有些莫名其妙，但楚南飞知道自己在干什么。前面的危险无处不在，尤其是地面上的三条影子。

影子已经不动了。楚南飞继续缓步向转弯处行进，后面似乎传来江一寒的命令声："保护专家组，策应楚连长，快……"

江一寒显然也意识到了问题的严重性，楚南飞虽然是武警部队里有名的刺儿头，但一路而来的拼杀让江一寒对其有了更深入的了解。

楚南飞是那种有思想、会思考、有行动的人，他不会标新立异，也不会哗众取宠，他是最坚强的战士，最可信赖的朋友！

没有选择，他们的行动已经确定了所选择的路：一往无前。

楚南飞盯着转弯处的昏暗之地，硕大的影子的主人正伫立在那里。

是一丈多高的石英石武士塑像——不是三尊，而是一排——甬道两侧的雕像一字排开，沿着弯曲的甬道向上排列，气势恢宏，压迫心神。这就是所谓的第七层平台入口？

楚南飞极力思索着。之前所经历过的几层平台相对于这里，可谓是简陋至极，唯有第五层平台的祭坛能与此处相比。而出现了这么多硕大的雕像，实在是让人匪夷所思。

后面的人跟上来，周芳华静静地站在楚南飞的身边，仰望着巨石雕刻，不禁连连赞叹。

"这些都是魔罗族历史上著名的勇士，蒋教授的日记里有过记载。"高格明激动地望着蔚为壮观的雕像群，"真是不可思议，魔罗族在近千米的深渊底部建造了属于他们的城堡，这是多么浩大的工程啊！"

彭新宇淡然地点点头，他对这些石头雕像没有任何感觉。如果说是有一点感觉的话，就是一个字"大"。"这里不是深渊的底部。"彭新宇站在台阶上望着昏暗的尽头嘟囔着："也许深渊没有底部，谁知道呢？"周围死寂异常，唯有燃烧的火把不时发出燃烧的声音。是的，燃烧的声音！

看不清巨石雕像的面貌，只能感觉到其宏大。而每座雕像的下面都有方形的石座，周芳华借着火把光仔细观察着，石座上雕刻着一个奇怪的兽首和古魔罗族的文字。

"真是一个伟大的奇迹，没想到古魔罗人会在这里创造出灿烂的文明！"周芳华不禁由衷地赞叹。

"史籍记载在西汉时期魔罗古国便达到了盛世顶峰，却在一朝一夕之间迅速衰落，许多历史学家在论述这段历史的时候都有过精彩的分析，一般认为魔罗古国的兴衰与古丝绸之路改道不无关系。"高格明沉吟道。

周芳华微微点头:"环境的改变和恶化让这里不再适合人居住,河流的变迁和消失让丝绸之路上的许多人失去了家园,为了生存,他们必须做出选择。"

"你说的不无道理,蒋教授的日记里面有过相关论述,魔罗古国是西域三十六国之一,也是最神秘的国度之一,历经两次兴衰,而自宋朝第二次衰败之后,就没有再崛起过。"高格明缓步走上台阶,"他们在一夜之间便消失在历史的长河之中,就如他们从来没有出现过一样。""却不想魔罗族人在深渊下面建立了属于自己的文明。"周芳华唏嘘不已。

"蒋教授最后得出了一个结论……"高格明看了一眼在前面行走的彭新宇:"老彭,现在是验证蒋教授日记中所提出的疑问的时候了,他说魔罗族的文化在一千年前便停止了进化,原因是他们醉心于体质的进化,妄图以健硕的体质赢得族群的优选进化,而忽略了文化的演进。"彭新宇凝重地点点头,前面出现了一层缓步台,众人在缓步台上聚集。

"所以,魔罗族的进化还停留在一千年前,我们所看到的便是一千年前的景象。深渊就如魔罗族的墓地,埋葬了他们的历史,也葬送了他们的未来。"彭新宇紧皱眉头地望着甬道上面,仿佛这条路没有尽头一般。

楚南飞迟疑地看一眼周芳华:"他是什么意思?一个研究细菌病毒的又扯上历史了!"周芳华嗤笑着碰了碰楚南飞,吐了吐舌头:"那又能怎样?其实彭教授说得不错,我们就是停留在一千年前的魔罗族的历史中呢,而且这是写实的,不是史书和文字记录。我怀疑魔罗族人的生活一千年都不曾发生改变。"

"一群怪兽而已!"楚南飞对魔罗族人没有任何好感,但转而又想起了向导奥吉拉和圣女伦雅,不禁感慨良多。不得不否认,伦雅的智慧超出了那些沙民不知道有多少倍,而她却长得跟蒋依依一模一样。

这个问题始终在困扰着楚南飞,挥之不去。

彭新宇独自走得很快,他的体力仿佛与其年龄和身体状况有些不大相符。而其边走边嘟囔着什么,距离太远什么也听不清——或者他只是在自言自语而已。

周芳华不禁苦笑:"但凡有成就的大家都会有些怪异,他也不例外。"

楚南飞凝重地摇摇头,彭新宇就是一个偏执狂!

正当楚南飞和周芳华拾级而上之际,忽然发现一尊雕像投在地上的影子里似乎动了动,一种奇怪的声音传进耳中。

那是打开枪支保险的声音!

对于作战经验丰富的特战精英而言,任何时候都会保持超高的警惕,而江一寒和楚南飞显然属于这种。在那个声音响过后的几秒钟,两人便做出了反应,楚南飞拉着周芳

华冲到甬道中间，一下扑倒在地。

"防御！"江一寒保护着高格明也卧倒在地。

秦老实和黄大壮立即打开枪支保险，匍匐在地上。

唯有彭新宇依然站在最前面的台阶上，对后面发生的事情一无所知。

"十点钟方向，准备防御！"江一寒观察着周围的形势，心不禁沉到了谷底：他们正处于空旷甬道的中间位置，距离两侧的雕像至少有十米，而且没有任何阻挡。

他们的防御显得有些可笑！

兵者，诡道也。但没有任何防御掩体的防御，就是一个笑话。

楚南飞盯着武士雕像的阴影，悄悄地拔出赤红色的匕首，向江一寒打了个手势，江一寒向秦老实和黄大壮做了个"策应狙击"的手势，然后悄悄地向目标位匍匐前进。

彭新宇转身，却看不到了队伍。硕大的武士雕像的阴影将所有人都笼罩其中，整个甬道变得空旷而诡异。正当彭新宇诧异之际，楚南飞直接将其扑倒，彭新宇正想挣扎叫喊，嘴立即被楚南飞给捂住："有情况，别动！"

彭新宇气急败坏地狠砸一下地面："你究竟搞什么鬼！"

楚南飞不屑跟他废话，猫着腰闪身向巨型雕像奔去。

嗒嗒！嗒嗒嗒！一阵剧烈的枪声陡然响起，武士雕像的背后闪出三个人来，每个人都抱着美式冲锋枪，枪口的火光清晰可见！

正当江一寒想要下令反击之际，另一边的武士雕像也传来了枪声。

沉寂了千年的石刻甬道是魔罗族的圣地。

魔罗族从不吝啬人力物力修建了这条供奉着历代大祭司雕像的甬道，也许这是他们唯一能够留住悠悠时光的方式。倘若穿行在甬道之中，会感到与千年前的古魔罗人进行着心灵的沟通和谈话。

这里承载着魔罗族的文化和精神寄托，因为每一座祭司雕像的石座上都铭刻着一个时代的故事。只是这些擅自闯入者们没有能力解读，他们只是一群闯入者，或者是野蛮的入侵者。但现在跟他们对话的，是枪声。

楚南飞快似灵猴一般冲到了巨石雕像的阴影之中，超强的感知能力让楚南飞早就预料到了石像后面隐藏的伏击者，反手握着的匕首无情地插在一个家伙的脖子上，向外面轻轻一挑，鲜血喷溅而出。

子弹打在石雕上面迸溅出一片火星，而子弹却滑飞，呼啸声此起彼伏。

楚南飞靠在冰冷的石像上，目光望向地面的影子。

当对方露出一双惊恐的眼睛之际，他所看到的是一柄赤红的匕首，还没有来得及反应过来，匕首已经刺入了他的喉咙。地面上的影子挣扎着，滚出去，成了尸体。

楚南飞趁势扑向第三名狙击者，一个趴在暗处正在开枪的家伙，强有力的大手抓住枪管，向上用力扭动，狙击者依然在开着枪，子弹却射穿了自己的头颅！

楚南飞夺过冲锋枪，一脚将死者踢飞。另一侧，江一寒成功地解决了石像后面的狙击者，并将其拽到了甬道中心地带。"他们是什么人？"秦老实低头查看，顺便卸下死者的枪扔给黄大壮。江一寒盯着狙击手："美国人，或者是英国人。"

楚南飞提着冲锋枪站在石像的阴影里，一种奇怪的声音忽然由远及近地传来。

"快！"江一寒挥动着手臂，所有人都意识到了危险，立即卧倒隐蔽。

在伦耶的眼里，江一寒所谓的隐蔽就是一个笑话。

"本杰明先生，你的队员太弱了！"伦耶阴鸷地看着目瞪口呆的本杰明嘲讽道："没有等到我的增援他们就被收拾了，这种合作简直是无聊透顶！"

本杰明脸色苍白地望着前面甬道里横陈的尸体："伦耶阁下，还不快解决掉他们？抢到了神匙我会帮助你打开神域之门，您将再一次完美进化，大祭司之位非你莫属！"

伦耶挥手，几十名沙民堵在甬道口。幽深的绿色目光都盯着甬道里的探险队，对于这些骁勇善战的魔罗族战士而言，他们不过只是在等待一声命令。他们有着所向披靡的攻击力，更有让人毛骨悚然的攻击方式。"我要你跟他们谈判！"伦耶的头上戴着兽首钢盔，手里提着一柄锋利的青铜剑，不屑地望着阴影当中的楚南飞。

他感知到了潜在的危险，那个在雕像里伫立的人。

"怎么回事？我给您一大批的物资，按照事先商定的条件，我可以指挥你的手下做任何事情——而不是你指挥我！"本杰明咆哮起来。

伦耶看了看锋利的青铜剑："不同意的话，我可以把你送给他们，然后执行大祭司的命令，迎接他们去第七层平台。"

本杰明怒视着伦耶，他是卑鄙无耻之徒，而在伦耶面前竟然显得高尚了许多！"好吧，我尽力，但你要确保我的安全！"

"没问题！"

本杰明硬着头皮向前缓步走去。他的心在滴血，仅剩的六名队员被人瞬间秒杀，而这是他赖以图存的最后希望，还有那位在国际上知名的生物学家阿森曼，也许能将深渊病毒带回去牟利，这是一个不错的选择，但现在看来很难。

两名健硕的沙民跟在本杰明的后面，面无表情。

江一寒、秦老实和黄大壮成防御队形保护着专家组，而楚南飞如同一名旁观者一般，站在石刻雕像的阴影之中，凝视着伦耶，似乎对本杰明一点兴趣也没有。

"嗨，各位早上好……我是本杰明，出身于欧洲最有势力的家族，我们可以谈谈吗？"本杰明惯有的油滑腔调，让他似乎瞬间产生了某种自信。不过他说的是英语，而对面的江一寒连二十六个英文字母都不认识。江一寒看一眼周芳华："他说什么？"

"他叫本杰明，是欧洲最有势力家族的代言人。"周芳华凝重地上下打量本杰明，而后面面貌狰狞的两个沙民战士让她感到不寒而栗。

"告诉他，这里是中国的土地，任何未经允许的闯入者必须伏法！"江一寒抱着冲锋枪严肃地看着本杰明。

周芳华紧张地点点头："这里是中国，您已经违反了中国的法律，必须死。"

本杰明突然变得激动起来，对于自以为绅士的闯入者而言，他有任何理由拒绝领受这种没有任何人道可言的命令。而实际上周芳华的翻译并不准确，江一寒所说的是"伏法"，而不是杀死他。"我是外国公民！"

楚南飞冷冷地盯着本杰明身后的两个沙民战士，那种与生俱来的杀气瞬间涌上心头。现在还没到谈判的时候，即便是谈判，目标也不是本杰明这种微不足道的跳梁小丑，而是都满大祭司或是伦雅圣女。

楚南飞缓步走出石刻雕像的阴影，稳稳地伫立在本杰明面前，本杰明竟然吓了一跳，本能地向后退了两步，惊惧地看着楚南飞。他已经认出了楚南飞的身份，在第五层平台力战魔罗勇士满布的那名中国军人。

本杰明退缩到三米开外，一边怒吼着一边指手画脚："神匙在他的身上，快点把他抓起来。"两名沙民贪婪地看着楚南飞，在某一个瞬间，两个家伙如同脚下安装了弹簧一般，从地上崩起三米多高，四支干枯的爪子向楚南飞迎面袭击而来。

不愧是伦耶训练的手下，两个沙民袭击的方式与众不同：一个沙民晃动身体袭击楚南飞的上路，而另一个袭击下路，快如电闪一般，眨眼便到了楚南飞的近前。

一道强劲的罡风迎面而来，夹杂着难闻的腥臭气息。楚南飞出手更快。

他没有躲，而是以更快的速度直接袭击沙民的脑袋。只见红光一闪，那柄赤红的匕首竟然如切菜一般将沙民的脑袋削掉了一半，两具尸体"扑通"一声栽倒在地，而四个爪子恰好抓到了楚南飞的衣服和皮肉。楚南飞连踢两脚，将沙民的尸体踢飞。四支断臂爪子坠落在地上，摔得粉碎。本杰明惊得目瞪口呆，掉头就跑，楚南飞一个箭步便追上他，探手抓住本杰明的腰带，向后面一带，然后抛向后面，本杰明的手枪坠落下来，楚南飞接住，扔给江一寒。黄大壮一脚踩住本杰明的脑袋："别动！"

楚南飞出手干净利落，看得伦耶有些目瞪口呆。

江一寒的心下不禁大惊：他对楚南飞的能耐十分清楚，何以精进到如此地步？

伦耶擎着青铜剑在空中摇动，沙民如同潮水一般向楚南飞扑来。

楚南飞后退两步："你们快走！"

周芳华吓得瘫软在地上，江一寒、秦老实和黄大壮几乎同时迎上去，拉开架势要跟沙民拼命。就在这时候，一尊石像上面突然出现一个硕大的阴影，罡风扫过沙民，黑影落在楚南飞的前面。一级甲兽奥吉拉！

众沙民们突然停下来，惊恐地看着身躯庞大的奥吉拉，没有一个敢上去一战的。

楚南飞打了个撤退的手势，他知道纵然留在这里也无济于事，那些可恶的沙民们根本不怕枪，枪也打不死他们。

周芳华痛苦地摇摇头："南飞，注意安全！"

楚南飞现在对女人的这种话感到很受用，以前若是听到这话的时候是嗤之以鼻，而现在多少有些怦然心动。江一寒命令形成第二层防御，必要的时候拼死也要保护专家组的安全。"奥吉拉，难道你疯了？他们不仅是闯入者，而且还藏有魔罗族的信物，是不折不扣的强盗——你在帮助强盗！"伦耶怒不可遏地挥动着青铜剑，但不管怎么下达命令，那些手下都不敢动一下。一级甲兽对于这些进化失败者而言，就是神。

奥吉拉晃动着硕大的身躯，低吼着："这是一场阴谋！放下的你的剑和所谓的自尊，圣女殿下已经探查到了你的心机，你终将会遭到神的惩罚！"

伦耶阴恻恻地看着奥吉拉："一个被驱逐出圣地的叛徒没有资格跟我说话！"

伦耶举起青铜剑指向空中："勇敢的魔罗族勇士们，用你们无畏的精神和生命把这个叛徒吞噬掉吧！"伦耶的青铜剑挥落，附近二十多名警卫的胳膊齐刷刷地被砍掉，但砍掉的胳膊如同被施了法术一般，闪电一般飞向奥吉拉，而那些被砍去胳膊的沙民战士们犹如打了鸡血一般，纷纷向奥吉拉攻去。

楚南飞惊诧地看着二十多条胳膊射向奥吉拉，在接触到他身体的瞬间，那些爪子张开，嵌入奥吉拉的皮肉之中。奥吉拉突然暴怒，庞大的身躯忽然跳起来，那些爪子纷纷落地，而冲上来的沙民碰到奥吉拉便被震飞，有的沙民战士侥幸咬住奥吉拉，被奥吉拉扭断了脖子，拍碎了脑袋，顷刻间身边便留下三十多具尸体。

楚南飞后退十几米，看着奥吉拉在狂暴地反击，心里却生出些许的不忍。他是魔罗族的战士，是一个"进化"了的甲兽。但究竟什么是进化？伦耶再次擎起青铜剑，后面

又一大批沙民战士涌了上来，他们的攻击招数如出一辙，手中的武器也十分简陋，但攻击速度十分之快，顷刻间便将奥吉拉团团围住。奥吉拉左冲右突，身边很快便堆满了沙民的尸体。

伦耶终于按捺不住了，只见他仰天长啸一声，硕大的青铜宝剑在空中舞出几百道影子，人却在转瞬之间便到了楚南飞的近前，还没等楚南飞反应过来，胸口已经遭到了伦耶的致命一击。楚南飞凭空飞了出去，撞碎了十几块台阶石板，喷出一口鲜血，险些晕死过去。"把神匙交出来！"伦耶的宝剑在空中依然闪动着剑花，周围的空气忽然变得狂暴起来，青铜剑剑身不断发出阵阵蜂鸣。

那是一把特制的青铜剑。蜂鸣声似乎被不断地放大，充满整个甬道空间，而随着声音的不断扩大，那些在跟奥吉拉战斗的沙民们居然纷纷爆体，更令人恐惧的是，爆体之后的沙民头颅都拼命地冲向了伦耶！

"快阻止他合体！"奥吉拉怒吼着想要冲出堆积如山的尸体，却被一道剑锋砍中，绿色的液体立即喷溅出来，硕大的身体轰然倒在尸山之上。

甬道最顶层的平台上，一个擎着权杖的身影死死地盯着狼藉不堪的战场。堆积如山的沙民尸体在都满大祭司的眼里视同无物，进化失败的魔罗族人命如草芥，即便这些人是他们的战士。"本杰明与伦耶合作就是自取其辱，一个跳梁小丑想要有所作为简直是痴人说梦！"温莎款款地站在都满大祭司的旁边，绝美的脸上露出残忍的笑容。

都满大祭司沉默地望着那个伫立在战场上的"骷髅战士"，不禁动容。在他的记忆里，进化成功的一级甲兽具有超强的作战能力，但不会借助其他力量。

他们有骄傲的资本，但这种实力已经超出了他的想象！

这是不折不扣的威胁。

而这对于阴谋成性的伦耶而言并不适用。但那些喷着鲜血的头颅在空中飞舞的时候，那种极度兴奋状态呼之欲出。满空飞血，绿色的血。

骷髅碰到伦耶的青铜剑上便会化为血水，缓缓地侵入到伦耶的体内，伦耶的形体也在不断地变化着，本就硕大的体型竟然与旁边的雕刻石像相当。

都满大祭司冷峻地望着狂暴的伦耶，脸色不禁惊变："他在二次进化的边缘！"

"爷爷曾经说过二次进化需要大量的圣液，伦耶从哪里得到的？"温莎故作镇静地看一眼都满大祭司。都满大祭司失望地摇摇头。

"伦耶吸收了进化失败者的血液，从中提炼出所需要的残余圣液，也许用不了多久就会进化成为兽神将。"伦雅圣女悄然出现在都满大祭司的身边，目光凝重地盯着恶鬼一般的伦耶。她对一级甲兽虽然有所了解，但没有想到伦耶会以这种办法持续进化，而且已经到了突破的边缘。伦雅忽然想到了那些被伦耶吞噬的族人，不禁生出一种莫名的悲哀。聪明如伦雅圣女都没有想出这种进化的办法，伦耶的城府可谓深不可测。

"这不能让魔罗族兴盛，而是走向败亡！"都满大祭司面如死灰，不相信魔罗族会出现这样嗜血狂魔式的人物，这是祖先和兽神大人所不允许的。

温莎却兴奋地望着战场，舔了舔嘴唇，一场激烈的大战就要开始，谁能笑到最后呢？

楚南飞诧异望着状如雕刻石像一般的伦耶不禁后退了几步，他从来没见过这样的猛兽，比大象还要硕大，比狮子还要狂暴，比恶魔还要嗜血！

伦耶狂傲地擎着青铜剑："快交出神匙！"

江一寒等人保护着专家组后退，所有人都领教过这种猛兽的威力。从某种角度而言，魔罗族进化的人就是野兽，这是人类进化的倒退。但不可否认的是，他们的攻击能力得到了大幅度提升，正常的人根本无法与之抗衡。

楚南飞也不能！楚南飞快速后退，本想预留出作战缓冲区，防止怪兽伤及众人，但回头一眼便看到了站立在台阶顶端的三个人影，心中不禁叫苦：被包饺子了！

江一寒也发现了这个问题，但还是硬着头皮保护专家组后退。

"那个女人在，快撤！"楚南飞嘶吼一声，挥动着尺许长的短匕首，一道红光乍现，竟然让伦耶为之一愣。不过他根本没把楚南飞放在眼里，他的对手在台阶上面——那个擎着权杖、老态龙钟的大祭司！

伦耶的青铜剑劈空而出，一股强劲的罡风平地而生，周边的残肢断臂被卷到了空中，在罡风的搅动下竟然形成了一股尸块旋流，恐怖至极！

"交出神匙！"伦耶低吼一声，硕大的青铜剑直劈楚南飞，狂暴的力道犹如惊雷一般倾泻而出，同时一道红光刺破了漫天的罡风，消隐于昏暗之中，没有引起半点波澜。

那些旋转的尸块几乎同时砸向江一寒等人。

惊天动地的一声炸响，青铜剑将坚硬的石英石台阶劈开一道裂隙，碎石随之乱飞，如同下了一场石头雨一般，攻击所到之处一片狼藉。

伦耶只出了一招而已。江一寒等众人被罡风席卷，冲上了第七层平台，而平台上观战的都满大祭司、温莎和伦雅圣女不禁都惊呼失声。

这就是兽神将的威力，虽然伦耶还没有完成第二次进化，但他以血腥的方式吸取圣液竟然获得了成功！但这等威力并没有达到预期效果。伦耶本想全力一击能将第七层平台劈成两半，剑锋所指向的是都满大祭司。而那个擎着权杖的老头依然站在那里，毫发

★第二十四章 致命反击

无伤。楚南飞没有动,不是不想动,而是不能动。

在青铜剑劈下的瞬间,一道黑影撞在了楚南飞的身上,楚南飞奇迹般地躲过了剑锋,双脚却陷入了裂隙当中。在那一瞬,他只做了一件事,赤红的匕首飞了出去,就是那道闪电一般的红光!奥吉拉被青铜剑剑锋劈成了两半,硕大的身体却没有倒下。一片死寂。

温莎吓得瘫软,好在被旁边的警卫搀扶住,早已没有了往日那种女王一般的霸气。在绝对实力面前,她就是一个笑话!

"伦耶!魔罗之神是不会饶恕你的!"都满大祭司颤抖地用权杖指着伦耶,愤怒地吼着。然而他的声音是那么微弱,微弱到可以忽略不计。

伦耶一阵狂啸:"没有人能阻挡我取回神匙,也没有人阻挡我成为魔罗之王!"

这是宣言,也是宣战。一个即将进化成兽神将的一级甲兽的怒吼,足可以震撼整个深渊世界。跪伏在甬道深处的那些沙民们早已经准备好迎接新任大祭司的降临,他们从来不缺少忠诚,但他们只对强者忠诚!这是深渊世界的生存法则。

青铜剑之下一片血腥,伦雅圣女未曾料到这个阴险的家伙竟然会以这种方式向大祭司宣战!罡风散去,青铜剑发出一阵蜂鸣,奥吉拉的尸体竟然凭空飞起坠入无尽的黑暗之中。楚南飞出现在伦耶的面前,毫发无损。方才他只看到了奥吉拉的尸体,没有想到奥吉拉的后面还站着一个人,一个他从来没有放在眼里的人。就在他愣神的瞬间,楚南飞竟然以令人难以置信的速度冲向伦耶!时间仿佛凝固,世界似乎静止。

"轰隆!"

一声闷响,楚南飞整个人撞在了伦耶的身上,手臂如同利剑一般穿透了伦耶的身体,随即红光乍现,宛如一道霹雳闪过黑暗的空间。楚南飞感觉骨头散架了一般,伦耶的身体坚硬如同石头一般,但当他发现竟然精准地找到了那柄刺入伦耶身体的匕首之际,一阵狂喜,匕首将伦耶的身体划出一道半米长的口子,绿色的鲜血瞬间喷涌而出。

伦耶终于暴怒,一拳砸在楚南飞的胸口,楚南飞犹如断线的风筝一般向深渊飞去,红光闪过众人的眼际,那惊鸿一般的影子快速坠落,最后被黑暗所淹没。

而黑暗之中不知道什么时候出现一道黑影,飘飘的衣袂阻挡住了深渊的风。许是在那个荒凉的小站,楚南飞初次看到了那张标致的脸;也许是在魔罗古城的宫殿里面,那双绝美而忧郁的眼神让他怦然心动。

就在楚南飞即将坠入深渊的一瞬间,伦雅出手了。

一道黑纱帘幕从天而降,黑纱上面镶嵌的宝石如同黑夜的星光一般闪烁。伦雅优雅地抱住了楚南飞,飘飘坠落,摔在第七层平台之上。

石板当即碎裂，鲜血喷溅而出，伦雅和楚南飞双双昏死过去。

伦耶的致命一击让所有人绝望，都满大祭司的权杖停在半空，江一寒手中的枪竟然没有响，而温莎和他的警卫们没有半点反应。

这是一个绝好的机会，伦耶怎么能放弃？怎么会放弃！

青铜剑凭空闪过一道刺眼的金光，锋锐的剑锋已经锁定了都满大祭司，而伦耶几乎没有动一下，长剑便重重地落下。惊天动地的气势，无坚不摧的力道，一切似乎已经结束。

"吼！吼！吼！"都满大祭司愤怒地吼着，擎起权杖迎向伦耶的青铜剑。

权杖顶端的兽首忽然变得活灵活现起来，真如活物一般的兽首双眼中射出两道碧绿的光芒，而随着都满大祭司的怒吼，他的身体发生了惊人的改变——在转瞬之间竟然变大了三倍不止！神域兽首权杖乃是魔罗族大祭司传宗之物，唯有当世的大祭司才配拥有。而能够成为魔罗族大祭司的人绝非等闲之辈，都满大祭司已经在第二次降神之中成功地进化为初级兽神将。就在伦雅出手的那一瞬间，都满大祭司已经预感到了什么，但他所能做的，不过是拼尽全力去保护大一名大祭司的尊严。

他的尊严是魔罗族的荣耀，而现在即将葬送这份荣耀的，竟然是他曾经最为倚重的手下！他没有料到会发生这样的变故，更没有料到伦耶已经通过吸血突破了一级甲兽的层次，没有想到他会以这种血腥的方式争夺大祭司之位。

只有拥有权杖的人在通过祭祀大典之后才有资格成为魔罗族的大祭司。

伦耶即便是战败了都满大祭司得到了权杖，他也不会得到魔罗族的认可。但都满大祭司似乎算计错了，伦耶只想得到权杖，而不在乎什么祭祀大典。

那是迂腐的人才会做的蠢事！

权杖在都满大祭司的手中开始飞速旋转，兽首的绿光形成一片立体的镜面，射出耀眼的光芒。青铜剑劈在那片绿色的光芒之中，镜面只波动了数下。这是两个强者之间的较量。

一个是老态龙钟的魔罗族大祭司，另一个是血气方刚嗜血成性的甲兽！

这种较量在魔罗族的千年历史当中绝无仅有，但伦耶下定背叛的决心的时候，便已经注定了结局——他要引领魔罗族走向兴盛和光明——这是多么堂皇的理由！

"死吧！"伦耶怒吼着将青铜剑向下压着，而神域兽首权杖所发出的护佑的力量却源源不断，那面碧绿的光屏上面不断波动着，却没有被击散。

温莎惊惧地注视着眼前的一幕，她在判断究竟谁能取得这场较量的胜利，但真的分辨不清。她想把胜利的希望压在都满大祭司身上，因为他是正宗的魔罗族大祭司。但伦

耶的实力显然更胜一筹!

她是一个自私而势力的女人,做任何事情都会经过周密的思考。

都满大祭司怒目圆睁,但体力却在无形之中不断地消散,这种消散从绿色的光屏逐渐暗淡便能看得出。而伦耶的青铜剑上的金光却源源不断地增强,以至于所有人都不得不避开!伦耶狂放地大笑。

野兽也会笑。只是笑起来跟鬼哭似的!

绿色的暗淡与金色的耀眼形成了鲜明的对比。

一边是狂放的大笑,另一边是绝望的愤怒!

"你……为什么!"都满大祭司愤怒地低吼着,须发都竖立起来,犹如全神贯注打斗的雄狮一般,只是他的牙齿已经不再锋利,他的目光已经不再坚定。

这里不是野兽的丛林,魔罗族几千年来的生存不是靠着血腥的残杀才得以保留至今的,而是一种难以启齿的文化——都满大祭司将之称为"卑微者的乞食"。

一个依靠进化才能兴盛的民族,其命运始终掌握在别人的手里。他们的主人是"神"!

伦耶也发出了狂暴的吼叫:"你是魔罗族的罪人,用不可饶恕的罪人!当你擎起至高无上的权杖时候,可否想到了大祭司的责任?丢失信物是魔罗族的耻辱,引外人开启神域之门更是魔罗族的禁忌。"

只有想不到的没有做不到的,这句话用在都满大祭司的身上的确不为过。

在上次降神之后的五百年来,魔罗族内部发生了大分裂,一部人迁居到地面,建立了庞大的魔罗城邦。那是一群不依靠进化而生存的族人;另一部分则留在了深渊,都满大祭司将一切希望寄托在神域之中的兽神大人身上,通过神域的圣液让那些拥有纯粹魔罗族体质的人进化。这种进化的概率是万分之一以下,所以大部分族人都沦为奴隶或者是沙民。而能进化成功者寥寥无几,有几个进化成功的一级甲兽,则被都满大祭司冠以莫须有的罪名驱除出深渊圣地。奥吉拉便是其一。

尽管奥吉拉对都满大祭司忠心耿耿,但在与伦雅圣女身边的贴身侍女相爱被发现之后,都满大祭司还是毫无人性地将那位善良的女人活祭了,随后便派遣伦雅圣女追杀奥吉拉。伦雅圣女对这种做法颇有微词,但慑于大祭司的权势,她不能公开反抗父亲。她只能将奥吉拉流放,以至于奥吉拉成为魔罗族的叛徒,直到战死也没有洗清这个身份,虽然他自始至终都在为伦雅圣女做事。

"你胡说!"都满大祭司奋力挥动着权杖,但他感到从内心深处激发出来的能量正在慢慢流失,权杖兽首所爆发出的光芒逐渐暗淡。

伦耶阴笑不已："你以为那些外来者是帮助魔罗族兴盛而来的吗？他们是为了神域，为了那个传说中的神域！"

温莎有些不自然，如果说是为了魔罗族的兴盛而来，她宁愿躲在伦敦的乡间别墅里面逍遥自在。那是爷爷的事业，与她无关。

周芳华爬起来望着台阶上丰满而妖娆的女人，忽然头晕目眩起来。真的是温莎？周芳华此时才明白，这个一向风流成性的女人有着极深的城府，尽管在归国的时候，温莎与她难舍难分，并且赠送了一块纯金的瑞士表给她！

周芳华想要质问温莎，但不是现在。

伦耶和都满大祭司都在愤怒地坚持着，在这个节骨眼上谁要是稍有不慎，必将造成无法挽回的结果。

都满大祭司忽然放慢了权杖旋转的速度，就在兽首的光芒即将暗淡之际，一口鲜血喷溅出来，恰到好处地喷在了兽首之上，只听一阵剧烈的蜂鸣之声凭空传来，兽首如同获得了新生一般，疯狂地在空中旋转起来，碧绿色的光芒忽然大盛，将金光反压下去。

伦耶大惊失色，这难道是大祭司最后的撒手锏吗？

血祭权杖！

以都满大祭司的鲜血进行血祭，这在魔罗族的历史上还是第一次！

神域权杖猛烈地攻击，伦耶第一次感到了力不从心，也第一次感到了死亡的气息。青铜剑上所爆发的金光已经成为暗金色，剑锋正在慢慢地变钝，而剑身则在缓慢地变形。就在最紧要的关头，一道红芒突然凭空射出，犹如电闪一般穿过绿色的屏障，没入暗金的光环之中，随即便听到一阵"咔嚓"的声音，青铜剑剑身寸寸碎裂，最后一抹金光陡然消失不见。

伦耶没有发出任何声音，硕大的身躯被强劲的力量冲击得千疮百孔，在地上跪伏的魔罗族战士们竟然不知道发生了什么，一阵阵痛苦的哀号充满整个空间。

深渊变成了真正的地狱！

一道赤红色的光柱环绕着神域兽首权杖，而权杖却没有握在都满大祭司的手里——都满大祭司在红芒切入的瞬间便被震飞，一道黑影接住了那柄象征魔罗族最高权力的权杖——不是伦雅圣女，不是温莎，而是楚南飞。

环绕权杖的红芒在飞速地旋转着，一股巨大无比的力量直逼楚南飞，而楚南飞却定定地望着甬道尽头，那里是人间地狱。

石像纷纷碎裂，一寸寸地碎裂。那些承载着魔罗族千年荣耀的石像在神秘力量的破

坏下化成了齑粉！所有人都头晕目眩，而温莎早就瘫软在地上，不知道此刻生死，也不知道置身于何处。她的眼中依然还有着贪婪的色彩。

"快扔掉权杖！"伦雅圣女嘶哑地喊叫，但在剧烈的轰鸣之中，她的声音微乎其微。

周芳华也在叫着楚南飞的名字，声音同样被淹没。

红芒逐渐暗淡下去，在某个瞬间竟然钻入了楚南飞的眼中——或者是消隐于深邃的眼中！楚南飞只感觉到一股强劲的力量击打在他的心头，浑身瞬间变得赤红，血管根根暴起，甚至能看到血液在流动。

一口鲜血喷溅而出，权杖坠落在地上，而楚南飞也轰然而倒。

空气中还飘荡着血腥味道，却看不到一个活动的人。一场旷世的大战就此落下帷幕，没有最后的胜利者，都满大祭司跪伏在碧玉王座下，满脸鲜血淋淋。而楚南飞则仰面倒在地上，望着深远而黑暗的空中。空中似乎有一颗星星在闪亮，那是深渊的入口。

楚南飞的衣服寸寸碎裂，满身鲜血淋淋。他是钢铁一般的战士，更是血肉之躯，在这场实力悬殊的较量之中，他竟然成了左右战局的关键。

而他所凭借的，不过是一把尺许长的匕首而已。

没有人知道，那把匕首已经浸染了祭坛的圣液，也没有人知道一名普通的军人早已感染上了X病毒——魔罗族人将其称作"圣液"——而楚南飞的体质竟然对病毒具有天然的适应性。他是骨骼已经完成了一次进化，而这次则是血液。

温莎拾起神域兽首权杖，贪婪地观察着精雕细琢的兽首和碧玉一般的杖身，并没有发现什么玄机。她知道这柄权杖是魔罗族的象征，只有大祭司才可拥有，但这又能怎么样呢？现在权杖在她的手里！

但权杖在温莎的手里不过是烧火棍罢了。

周芳华爬到楚南飞近前，艰难地抓住他的胳膊，搬动着他的肩膀，把楚南飞抱在怀中，失声痛哭。江一寒、黄大壮、秦老实跑到楚南飞近前，拼命地呼喊他的名字，却得不到任何应答。彭新宇呆呆地望着周围的断壁残垣："老高，你看明白了吗？"

高格明漠然地摇摇头。

"蒋教授的日记里面之所以没有记载第六层平台，是因为魔罗族有意隐藏了它，而他所记载的魔罗族的文化和历史，来源应该是石像上面的铭文。"彭新宇仰望着黑暗的空间不禁叹息一声，"那些被病毒感染的沙民是魔罗族人进化失败的产物，而他们所说的进化成功，跟我们所说的对病毒有天然的免疫是一个道理，体质得到增强，能力也得到了提升。"

高格明微微点头："这就是为什么有那么多人进入深渊的原因，都想得到让自己变得强大的病毒，不惜一切代价进入深渊，但他们却在第五层平台迷失。"高格明痛楚地摇摇头，向楚南飞缓步走去。

彭新宇神经质一般地望着甬道里的尸块，喃喃自语："原来是病毒控制了他们，那些病毒也就是他们所说的圣液，圣液能够让人进化，能够制造出超人……"

温莎狂傲地擎着权杖，冷漠地扫视一眼周芳华，她现在还不想跟这位闺蜜沟通——其实也没有什么好沟通的，爷爷给他的两个无线电怀表真的是一个好东西，若是没有怀表，她怎么知道芳华和她的探险队的行踪呢？

最关键的是，权杖在自己的手中，这是最好的筹码。

进入深渊不是目的，毁掉魔罗族的圣地也不是目的，目的当然是找到神域之门，进入神域！"把权杖还给我。"冰冷的声音忽然响起，伦雅圣女面无表情地看着温莎，她厌恶这个女人的一切，而此刻更激起了伦雅的仇恨。

温莎的两名警卫抱着冲锋枪挡在了伦雅的面前，温莎变得傲慢而无礼，显露出了她的本性。

"有本事你抢走！"温莎擎着权杖，看似纤弱的手臂忽然膨胀起来，但转瞬之间又恢复了原状。

"这是魔罗族的信物，你无权拥有！"伦雅举起双手，就如他在祭坛的时候一样，只见权杖忽然挣脱了温莎的手，凭空到了伦雅圣女的手中。

伦雅圣女看了一眼手中的权杖，款步走到都满大祭司的近前，心疼地扶起父亲。还没来得及说话，权杖被都满大祭司一把夺了过去。真是一个莫大的讽刺！

温莎暴怒地看着伦雅，无计可施。

伦雅怔怔地看着父亲，难以置信地摇摇头，但那种失望之色立即消失。

"父亲，怎么样？""我老了……没有发现伦耶心怀鬼胎，他是魔罗族的最强头领，为什么？"都满大祭司颓然地坐在王座上，手里紧紧地握着权杖。

伦雅圣女冷漠地转身："这是一场阴谋，您是策划者也是实施者。满布和伦耶都是牺牲品，您早就知道会发生内斗厮杀，却故意没有出手阻止。"

都满大祭司漠然地望着伦雅。"权力在您的手里并没有为魔罗族人造福，反而成为您满足个人私欲的工具，难道这就是大祭司的职责所在吗！"伦雅悲愤地看着父亲，这是她始终想要说的话，现在说出来了，轻松了很多。

"我要开启神域之门，我要让你再度进化，要你执掌大祭司之位——我替你扫清了

一切障碍，难道不好吗？"都满大祭司冷冷地看着女儿，"无论在什么情况下，魔罗族的利益永远是放在第一位的，我不想看到你成为自相残杀的牺牲品，你是我的女儿，是魔罗族兴盛的希望啊！""可我不想让族人永远被神域所束缚，更不想永远生活在暗无天日之中！"伦雅发出一声悲鸣，"如果可以，我会率领族人们离开深渊！"

第二十五章 神域之门

放弃永远比获得更困难,在这个暗无天日的地下世界也无时无刻不发生着权力的争斗。

周芳华与温莎的相见并没有那么热烈。当两个无所不谈的闺蜜在这种形势下相遇的时候,唯有尴尬和沉默,虽然温莎极尽心思去解释,但周芳华只是报之以冷漠和嘲讽。

有些时候不经历一些事情人是不会长大的。"我是来完成爷爷未竟的事业的,他在这里待过很长时间。"温莎狡猾地观察着对面的小分队,暗自揣测每个人的身份。

楚南飞已经醒转,面对方才所发生的一切并不以为意,他以自己特有的方式结束了都满大祭司和伦耶的武力争夺,而他只是双手受到了一些灼伤而已。

位于第七层平台下面的雕刻甬道一片狼藉,伦耶爆体的威力显然超出了所有人的预料,曾经跪伏在甬道口等待新任大祭司出现的那些魔罗族战士成了牺牲品,还有那些体型硕大的石英石雕像。而平台之上的气氛有些诡异。

温莎站在平台的角落正在与西蒙窃窃私语。这支号称实力强劲的西伯利亚之熊佣兵队,经过磨难之后也仅仅剩下八个人,其中还有三名队员受伤,让西蒙的压力倍增。

江一寒、秦老实和黄大壮形成三角防御之势警戒,专家组正在与都满大祭司谈话,而一向油滑的本杰明独自一人坐在台阶上,跟受气包似的郁郁寡欢。

毋庸讳言,本杰明是最悲摧的存在,他的探险队到目前为止只剩下了他和病毒专家阿森曼。好在阿森曼加入了江一寒的专家组——很显然,他的目的和彭新宇如出一辙!

楚南飞平静地靠在石英石岩壁旁边警戒,他对专家组们的讨论不感兴趣,尽管他也想知道究竟发生了什么。"谢谢你了。"伦雅圣女苍白的脸色显得异常忧郁,但在楚南飞面前还是表现出了女人温柔的一面,白皙的脸上似乎浮上一层娇羞之色,矜持之中还

有些许少女的温柔,而深邃的美眸里闪动着那种特有的光亮。

楚南飞若有所思地看了一眼伦雅:"我想知道蒋教授夫妇究竟在哪儿。"

这是楚南飞唯一想知道的事情。他曾经答应那个可怜的女孩临终所托,而面对长相样貌与蒋依依一模一样的伦雅,他的心在愧疚。

"这是一个谜,等待你来解开。"伦雅兀自叹息一声,"蒋教授是温文尔雅的人,是我所见过的最了解魔罗族文化和历史的人,也是一位值得尊敬的人。"

楚南飞沉默地点点头,望向甬道尽头那无边的黑暗。

"你不想听魔罗族的传说吗?"伦雅透过黑色的面纱温柔地看着楚南飞,眼前这位冷冰冰的男人曾经是他最强劲的对手,曾经两次行动都失败在他的手里。而现在他则成了拯救魔罗族的恩人!从敌人变成恩人,这种结局让伦雅有些措手不及。

"我的任务保护专家们的安全,希望我们之间不要再起冲突。"楚南飞疲惫地望着深渊上方如星斗一般的光亮,淡然地看着伦雅,"更无意冒犯你们——请相信我说的话,这里是中国的土地,你们是民族大家庭中的一员。"

楚南飞说这话的时候脸有些发热,上面是这么宣传的。

"魔罗族世代守护着神域……"

"我纠正你的说法,共产党人是无神论者,不相信鬼神,也不迷信鬼神,而我们是人民子弟兵,是人民的保护神,在我的眼里只有同志朋友和敌人坏蛋,没有鬼神!"楚南飞对言必称鬼神的人最为反感,虽然此行经历了太多的诡异之事。

尤其是魔罗族进化成野兽的事实,让他几乎颠覆了世界观。按照彭博士的解释就是他们都中了"X"病毒,是病毒在控制着他们的行为,跟鬼神一点关系也没有。

伦雅叹息一下:"第六层平台被兽神大人封印,消失了近五百年,今日重新出现并非偶然,预示着神域之门将会被打开,而距离这个时间,还有十多个小时,不管你是否相信,这是魔罗族的一个传说,也是我们的历史记载。"

"嗯。"楚南飞漠然地望着西蒙佣兵队,那些家伙竟然奇迹般地躲过了地震,而且也避开了惊天动地的大战,运气好到爆表也就算了,那个妖娆的女人竟然是他们的头儿!

如果楚南飞知道温莎与周芳华是闺蜜的话,他将更加难以置信。

彭新宇、高格明、周芳华和阿森曼四位专家坐在王座旁边的地上,而都满大祭司手持权杖在滔滔不绝。

"那不是什么病毒,而是神域兽王大人所赐的圣液——只有具有纯净体质的人才会吸收圣液,完成一次完美的进化,第一次进化可以成为一级甲兽,而后可以成为兽神将,成为魔罗族真正的勇士。"都满大祭司淡然地看一眼彭新宇,"但进化失败的人将会成为奴隶,一生只有一次机会重新进化,但这种机会十分渺茫,至今为止也只有那个叛徒才享受到了这种待遇。"

都满大祭司所说的"叛徒"无疑指的是奥吉拉。

作为一级甲兽,奥吉拉虽然具备了进化所需要所有苛刻的条件,但没有足够的圣液去给他,因此百年来他始终停留在一级甲兽的层次,无论在实力和心智上都没有再次进化。阿森曼耸耸肩:"大祭司阁下,您所说的圣液是什么?在进入这里之前我曾经研究过那些沙民,所有科研数据都证明他被一种怪异的病毒感染,试想一个没有痛觉甚至没有知觉的人何以能够生存?"

"圣液是兽神大人的恩赐,我们从来不怀疑。"都满大祭司不满地瞪了一眼阿森曼,"对于不了解魔罗族历史的人而言,这里充满了血腥和屠杀,而实际呢?这里是感恩和责任的世界,我们不会为外加的繁荣所诱惑,誓将终身忠诚与自己的责任,那就是保护神域。"

"是的!"阿森曼苦笑着摇摇头,"但我发现那些被病毒感染了的沙民的确有着非同常人的能力,他们是天生的战士。"

都满大祭司冷然地笑了笑:"魔罗族人是真正的战士,他们具有超强的能力,也有着不同于普通人的生活,但你们打乱了这里的平静,难道只是找什么病毒吗?"

周芳华若有所思地点点头:"大祭司阁下,您能解释第五平台下面骨骸堆积的原因吗?正是因为魔罗族战士有着超人一般的能力,才会有那么多的人前赴后继地来到这里,妄图寻找一种能让常人变成超级战士的方法。"

众人都沉默。"据我所知第二次世界大战期间,德国人派出一支两万人的军队来到这里,他们要寻找魔罗族的秘密,要制造出能征惯战的超级战士,但他们铩羽而归。"周芳华轻叹一声,"他们甚至相信这里将通向地心,那里存在他们所需要的秘密,但整个行动却以失败而告终。""这是魔罗族的历史,面对入侵者我们从不手软。"都满大祭司略显疲惫地扫视着众人,"如果你们是抱着找什么病毒的目的而来这里的,我奉劝各位好自为之。但如果是为了支持魔罗族兴盛而来,我举双手表示欢迎。"

彭新宇和周芳华相视一眼,彼此心照不宣。

寻找X病毒才是此行科考任务的关键,至于支持魔罗族兴盛则与科考任务无关。"我只谈合作。"彭新宇淡然地看着都满大祭司说道。

"合作?"都满大祭司哈哈一笑,用权杖指着阿森曼和温莎,"他们都是我的合作

伙伴，也是我最信任的朋友，没有诚意，何谈合作？"

"可这里是中国的土地，他们擅自闯入已经违反了法律，要找到法律制裁的！"彭新宇的情绪有些激动。

都满大祭司冷然看着彭新宇，挥动一下权杖："在深渊世界，这才是法律！"

"好吧，我们谈一谈如何进入神域的问题。"始终沉默的高格明突然插了一嘴，他关心的除了深渊的地理地貌之外，还对都满大祭司所说的"神域"产生了相当大的兴趣。这也是彭新宇和阿森曼所最想知道的问题，因为在这里并没有传说中的"圣液"，唯有依靠所谓的"降神"才可获得。

"这要从降神日说起。"都满大祭司似乎陷入了某种回忆，扭头望着深渊第五层平台的地方，那里曾经是降神的祭祀之地。

作为魔罗族的大祭司，他掌握着祭祀的各个关键仪式。几百年来，这种仪式始终在延续，尽管如此，没有一次成功。

"传说中的降神日是在满月之日，当神域之门打开的时候，神使大人会出现在祭坛，为魔罗族带来圣液恩赐。"都满大祭司想起了五百年前的那次成功的降神祭祀活动，那是多么幸福的一件事啊。

那时他还年轻，当成功地进化为一级甲兽的时候，他知道迎接他的将是无限的光明。

但他未曾料到以后的日子里，希望会在一次次的祈祷中泯灭。

"只要找到神域之门，就有进入神域的机会？"彭新宇诧异地问道。

阿森曼对这种问题表现出的是更多的不屑，而周芳华却兴奋起来："你说的神域之门是否是存在于深渊之中？或者说是另外的一个空间？"

"那里是神邸，不容亵渎。"都满大祭司阴鸷地看着周芳华，"魔罗族守望着神域几千年，不会允许任何外来人染指分毫，但倘若你们能帮助我找到神域之门，当然可以另说了。"

"好吧，按照你们的规矩来办。"彭新宇起身活动一下四肢，大祭司的谈话没有给他更多的启示，也许那种特殊的"病毒"并不是天然存在的，而是被人为制造出来的。

什么人能够制造出能让普通人成为"超级战士"的病毒呢？难道这世界上真的存在"神"吗？都满大祭司缓缓地起身，擎着权杖走到一处石英石雕像面前，单臂放在胸前："兽神大人，千年降神日即将来到，魔罗族已经等待太久了，我们需要您的眷顾，请您赐予魔罗族更多的圣液吧！"

那是一尊玲珑剔透的石英石雕像，目视着第六层平台的方向。

都满大祭司做出了一系列令人难以理解的动作，应该是某种祈祷或者是请求之意。对于生活在外面的人而言，他的动作是那么滑稽！

"大祭司阁下，我想知道这里是否有与现实世界同时存在的空间，譬如是一个绝对与世隔绝的世界？"周芳华依然还惦记着他的空间碰撞相错的理论，因为这太重要了。

如果在这个神秘的深渊世界里，真的存在与现实世界平行的空间，则意味着一个崭新领域的诞生，空间相错理论。在周芳华的心里，两个不同的空间并存的世界是会发生矛盾冲突的，就如板块理论一样，将会引起世界级的轰动！

地质板块移动将会造成碰撞，形成地震等地质灾害。但如果能证明相错的不同空间可以相互碰撞呢？能不能造成如同第六层平台那样的"空间溢出"效应？

温莎对与都满大祭司有意的冷落倍感恼火，把所有的怨气都撒在了西蒙的身上，怪罪西蒙为什么不在第五层平台将那些闯入者一网打尽。而西蒙的心里更是憋着火气，若不是那些骁勇的中国军人挡住怪兽的进攻，西伯利亚之熊佣兵队早就化为尘埃了。

正当彭新宇和都满大祭司等人相谈甚欢之际，温莎也想加入进来，却被江一寒挡住。江一寒以那种惯有的目光盯着温莎："这里是中国，你的行为已经触犯了中国的法律，在没有确定你的身份之前，不得参与任何有关深渊的行动！"

语气十分霸道，态度也足够威严。不过江一寒的义正词严对温莎而言毫无作用，她的霸道是与生俱来的，而且继承了她爷爷那种野蛮的性格。

"这里是深渊，一切解决问题的办法要按照这里的规则去解决！"温莎面带不善地看了一眼江一寒，"实力才是决定性因素，而不是你们的法律。"

温莎抚摸着江一寒手里的冲锋枪枪管，傲然地瞪了江一寒一眼："麻烦你让开，否则我的佣兵队将会一举消灭你们！"

江一寒猛然扣动扳机，子弹贴着温莎的脑袋呼啸而去，打在对面的石英石雕像上，碎石纷飞。温莎也着实吓了一跳，但随即又镇定自若地做出一个挑衅的手势："对于你们这些臭男人只有以牙还牙！"

所有人都停止了交谈，愕然地看着一触即发的冲突。

周芳华慌忙过来："温莎，你太过分了！"

"我过分？难道他用枪向一个手无寸铁的女人射击不是过分？达令，这种话你也能说得出来！"温莎愠怒地瞪一眼周芳华，"我是大祭司阁下最尊贵的客人，而你们呢？你们是可耻的闯入者。"黄大壮抱着冲锋枪冲了过来，虎目圆睁瞪着温莎。

温莎不惧黄大壮威严的目光，反而把手搭在冲锋枪枪管上，只见温莎的脸色突然变

得狰狞起来——一个温柔的女人若是在瞬间改变了脸色，一定蕴藏着莫大的阴谋。

黄大壮顿时暴怒，双臂一用力，想要甩开这个可恶的女人，但令人震惊的事情发生了：温莎双目赤红，狰狞的面貌犹如地狱的恶魔一般，纤细的手忽然变成了爪子，随着一阵兽吼之声，冲锋枪的枪管成了麻花，而黄大壮在巨大的扭力下撒开了冲锋枪，一头栽倒在地。温莎将扭曲的冲锋枪摔到地上，面目瞬间又恢复如常。

江一寒惊得目瞪口呆，黄大壮是特战队里最勇猛的战士，何以被一个女人在瞬间制服？他甚至没有出手的机会！所有人的目光都盯着温莎。

都满大祭司擎着权杖喃喃自语："温莎小姐发怒了，哈哈！"

"如果大祭司阁下不欢迎我可以直说，不要请这些毫不相干的人扫我的兴致！"温莎冷冷地看着都满大祭司手里的权杖，旁若无人一般。

西蒙此刻已经面如死灰，远远地便看到了温莎的动作，但没有想到会如此震撼。好在方才没有动怒，否则脖子早就被扭断一百回了！

伦雅震惊不已，与楚南飞相视一眼："她进化了！"

楚南飞安静地点点头，并没有轻易出手。眼下的形势扑朔迷离，温莎后面的佣兵队已经做好了攻击准备，而无论是在人数上还是实力上，特战队都处于下风。

彭新宇奇怪地看着温莎若有所思。一个被病毒感染的人为什么还会保持如此理性？难道魔罗族所谓的进化真的存在？如果存在的话又会是什么性质？病毒还是基因变异？

彭新宇缓步走到温莎近前，上下打量着眼前的女人。

温莎似乎被这种"轻浮"的观察彻底激怒了，挥拳便向彭新宇的面门砸去，看似柔弱无力的攻击实则蕴藏着巨大的危险，一双能将枪管拧成麻花的手，绝对能一拳把彭新宇的脑袋给打烂。彭新宇没有躲闪，甚至没有任何反应。

拳风扫过彭新宇的面门，头发被吹动，而拳头在距离彭新宇的鼻子半寸的时候忽然停下。彭新宇岿然不动，目光依然盯着温莎的眼睛，将拳头轻轻地挡开："温莎小姐，我想知道你现在是什么状态。"

温莎忽然娇笑："彭博士果然是搞科研的，临危不乱，有大将风度，不过我不会告诉你我的状态。"彭新宇点点头，转身对都满大祭司点点头："我不想在这上面浪费时间，如果您所说的神域真的存在的话，最好尽快地找到，这是魔罗族兴盛的关键。"

都满大祭司紧张地点点头。今天发生的事情太让他震撼，一向高贵典雅的温莎小姐竟然已经进化到如此地步了？

秦老实搀扶着黄大壮站在江一寒的身边，他几乎无法从江一寒的脸上读出任何信息，因为那张冷峻的脸惊骇得已经变形。

"我建议各派代表参与寻找神域之门，这样对各方都是公平的！"伦雅淡然地看了一眼温莎："如果以即将突破甲兽的超能力对普通人下手，对他们而言也是不公平的，对吗，温莎小姐？"伦雅的洞察力让温莎有些吃惊！

"既然圣女殿下的意旨，我没有理由不遵从。爷爷曾经告诉我，不要轻易触碰进化的红线，但事与愿违。"温莎兴奋得满脸潮红，挑逗的眼神越过伦雅，直视着楚南飞。

都满大祭司的脸上浮现一抹狡猾之色："彭先生，您的意思呢？"

"当然可以！"彭新宇未及思索便答应下来，仿佛对江一寒、楚南飞以及其他人视而不见一般。

他只是一个只醉心于学术的学者，而不是阴谋家。

江一寒对彭新宇的这种做法极度痛恨，不是不满，是痛恨！自私的人从来不会为别人考虑，这是铁律。但事实摆在他的面前：他们只是普通的特战队员，几乎没有能力与那些有"超能力"的人抗衡，尽管他们是病毒感染者！

如果温莎现在发难，江一寒等人只能坐以待毙。在超能力者面前，他们的反抗只是一个笑话。温莎的队伍派出的是西蒙；魔罗族自然是都满大祭司和伦雅圣女；而专家组自然由彭新宇担纲，他挑选了半天，也没有选出一个合适的人选，楚南飞一路披荆斩棘保护专家组的功劳，在他的眼中仿佛一文不值。

"彭博士，你还要选出一位代表。"伦雅提醒道。

"我！"楚南飞擦一下嘴角的血迹不屑地瞪了一眼彭新宇和温莎等人，吐出一口血沫子。"既然楚连长毛遂自荐……也可以。"彭新宇对楚南飞并不在意。一个不懂学术、不能决策的代表可有可无。

他现在不需要保护，更不需要那些凡人保护。

周芳华和高格明等人相视一眼，无奈地叹息一声，他们没想到国内病毒生物专家竟然是这种人。

本杰明与阿森曼作为可有可无的存在，也被邀请。

都满大祭司志得意满地扫视着众人："按照魔罗族的传说，神域是区别于深渊空间的存在，那里是兽神之王的领地，若想要得到神的眷顾，势必要对其极度忠诚。在魔罗族的千年历史当中，有过七次大型的降神祭祀活动，也就是说在过去的几千年当中，魔罗族的祖先曾经七次承蒙神域的恩赐。"

"但没有一次能够主动进入神域，其中第六次的降神日发生在五百年前，大祭司阁

下就是在那次获得了进化。"温莎温柔的声音响起，而每个字似乎都击打在都满大祭司的胸口，让他如鲠在喉。伦雅若有所思地看一眼温莎，她似乎感受到了这个女人内心深处的贪婪和恶毒。那是人类自古以来就有的，不过她更加强烈。

都满大祭司叹息一下："温莎小姐说得没错，五百年前的降神日也是在第五层祭坛发生的，兽神侍者降临圣地，为魔罗族带来了光明和希望，但没有人知道神域之门究竟在何方。""那是另一个世界，对于我们而言是虚幻的世界，但它是真实存在的，唯有超乎寻常的人才会发现那个世界，也唯有实力超强的强者才能打开神域之门。"温莎淡然地看着都满大祭司，"大祭司阁下，我爷爷曾经对我说他见过神使大人，要想打开神域之门，必须借助他的神匙！"

伦雅若有所指地看一眼楚南飞，脸色有些晕红。神匙是开启神域之门的关键，而这个男人不禁拥有神匙，还有天眼！

难道是机缘巧合吗？还是命中注定？楚南飞从来没有想过有一天会成为"神使大人"，更没有想过要进入所谓的"神域"。他是一个无产阶级战士，是一名无神论者，他不相信这些人所说的"另外一个世界"，所以才认为他们所谈论的不过是无稽之谈而已。伦雅淡然地点点头："温莎小姐对于魔罗族历史的认知十分丰富，也十分准确。的确如您所说，想要打开神域之门，必须要有两件信物，一件是神匙，另一件是天眼。传说神匙是打开神域之门的钥匙，是进入另一个世界的信物，而天眼则是进入神域的地图，两者缺一不可。"

温莎不屑地扫视着众人："我还知道一个信息，神域之门虽然是虚幻空间的入口，但却有迹可循，传说只要将三张地图重合在一起，便能定下神域之门的位置。"

"三张地图？"都满大祭司震惊地看着温莎，老脸的褶皱都拧在一起，想要在温莎的脸上搜索答案，却发现那张标致妖冶的脸上面无表情。

楚南飞不由得一愣，暗自揣测温莎所说的三张地图究竟指的是什么，不禁下意识地看一眼伦雅，发现伦雅微微地点头，似乎猜测到了什么。"这三张地图均藏于深渊之中，我所知道的是，一是天眼，二是碑魂，三是星空。"都满大祭司凝重地看着温莎："我执掌大祭司几百年，未曾听说过这种事情。不过我老喽，对那些铭刻在深渊各处的文字很少研究，并没有发现地图的记载啊！"众人面面相觑。对于温莎所言的"三张地图"显然感到有些神乎其神，但她的确说出了三张地图的名字！

所有人的目光都望向楚南飞。

"你难道不知道那三张地图吗？"温莎阴鸷地盯着楚南飞，眼神之中似乎有一把利刃一般，想要刺穿楚南飞的心神。能够发现第六层平台的人绝非凡夫俗子，而又能机缘巧合地在那个诡异的空间看到了星光宝图的人，唯楚南飞一人而已，奥吉拉虽然也看到了，但他已经灰飞烟灭。楚南飞幽幽地叹息。所谓"天眼"，指的便是星光宝石里面的那张地图，他早已烂熟于心；碑魂更不用多解释，一定是在第五层平台祭坛上那座方尖碑上的地图，伦雅以自己的潜力引入方尖碑，并利用星光激活了"碑魂"！

楚南飞一想到"碑魂"二字，心里最坚定的无神论信仰又占了上峰——碑只是石头，那里有什么魂魄？作为最智慧的人都没有魂魄！

第三张地图，就是在消失的第六层平台岩壁上雕刻的星空宝图。

这三张地图都印刻在楚南飞的心底。他曾经在那个怪异的空间内对此进行过深入的比对，看似相同的地图其实存在着很大的差异，但差异究竟在什么地方，他不得而知。

神域天眼图，揭示的是神域空间内繁复的地理构造！

魔罗碑魂图，揭示的似乎是关于深渊文明的构成图！

秘境星空图，揭示的是被封印的秘境空间内的星图！

三幅地图在楚南飞的脑海里不停地旋转，最后竟然形成了混沌的模样——所有地图复杂的线条都混在一起，分不清东西南北，找不到基准坐标——基准坐标！

楚南飞忽然想起进行侦查演练的时候所绘制的地形图，那种是最简单也最直接的作战地图，绘制之前一定要定一个基准坐标点，围绕着基准点绘制出来的作战地图才能有效地使用，否则白忙活。三张地图在手，这是完成任务的最关键的筹码！

楚南飞不可能轻易地将这三张地图拿出来跟这些野心勃勃的家伙们分享，他没有这个义务，更没有兴趣。

真但楚南飞陷入沉思之际，心忽然被针扎了一下一般，忽然疼痛难忍，而脑海中的的某个区域发生了某种抵抗之力。就如同某种神秘的外力侵入了体内想要探查他的思想一般。楚南飞本能地抗拒那种外来的力量，双手不禁紧握拳头，盯着温莎："你找死！"

拳头直接砸在坚硬的石英石地板上，地板应声而碎，一条手指宽的缝隙射向温莎的位置，她还来不及躲避，缝隙骤然加宽，惊得温莎慌忙跳开。

这是何等的力道！如果伦耶在世的话，也未必能做到这点，虽然他的青铜剑能开山裂石，但一只拳头绝对达不到这种效果。

楚南飞愤怒地瞪着眼前这个妖娆的女人，方才她分明使用了洞察之力侵入了自己的心神，差点让楚南飞崩溃。

所有人都一惊，骇然于楚南飞竟然敢向即将突破甲兽之身的温莎发起挑战！而这个

普通的中国军人所具有的能力，远远超过了他们的认知！"

彭新宇错愕地看着石英石地板上的裂隙，不禁唏嘘道："楚连长，你有什么话要说？探索未知空间是此行的科考任务，你要竭尽全力帮助专家组。况且他们也在为此努力。"彭新宇一语双关，每句话说得都是那么堂皇，让人难以拒绝。

"彭博士，我什么都不知道。"

"既然不知道，请交出神匙！"彭新宇一反常态，这位国内知名的生物病毒学家似乎根本没有把楚南飞当盘菜，他那种天然的傲慢和不合常理的颐指气使让楚南飞有些气短。自私自利的人永远不会想别人的感受。

温莎阴鸷地瞪一眼楚南飞："如果你以这种姿态对待我们，我无话可说，但对虔诚的魔罗族人而言是极大的不公平！"

都满大祭司微微点头："温莎小姐说得不错！"

伦雅圣女犹豫一下，小心地看一眼楚南飞："你需要的是一个基准坐标吗？"

楚南飞忽然发现有点晕：他怎么知道我方才想的是基准坐标的事情？难道……

楚南飞从伦雅白皙而阴郁的脸上似乎读懂了什么。伦雅催发自身的潜能探查了楚南飞的所思所想，而楚南飞则误以为是温莎所为，遂对温莎做出过激的反应，而温莎为什么甘愿背这个黑锅？

两个女人之间的较量，远远比看上去精彩得多。

都满大祭司似乎明白了什么。温莎已经到了进化的边缘，她的实力或已超过了伦雅，但在洞察潜能激发的方面还略逊一筹，方才她不知天高地厚的去探查楚南飞，却被伦雅强行阻拦。

两个女人在洞察楚南飞的思想较量之中激烈交锋，受伤的却是楚南飞。但令人费解的是，楚南飞并没有太多的痛楚，如果放在江一寒或者是秦老实的身上，早已经意志崩溃死掉了。"深渊的基准坐标点在哪里？是消失的第六层平台还是五层祭坛？"温莎犹疑地看着都满大祭司，"或者是这里？"

都满大祭司摇摇头。他对魔罗文化的研究远没有温莎丰富，而对那雕刻石像底座的古魔罗文字更是一知半解，至于神域之门的基准坐标位置更是无从知晓。

但大祭司就是大祭司，他可以不知道，但不能说出来。

"基准坐标位是神域立足的根本，没有人能够洞察！"都满大祭司煞有介事地看着温莎，"当年和你爷爷探讨这个问题的时候就曾经遇到过瓶颈，老伯尼伯爵猜测神域是虚幻的空间，可能在我们的意识之内，也可以在我们的记忆之中，更有甚者有可能在我们的幻梦里，所以……想要找到神域之门几乎是不可能完成的任务。"

温莎失望地点点头："爷爷没有告诉我具体的位置，但他曾说那个神秘未知的空间是变幻莫测的，基准坐标点很有可能位于这个世界的零点。"

"零点？"伦雅诧异地看着温莎，白皙的脸色更为苍白。

楚南飞下意识地点点头，他不知道这个世界的"零点"在什么地方，但感觉很惊奇。

"温莎小姐提供的信息很重要，科学界公认的基准坐标零度经线是在英国的格林威治天文台，由此化为二十四个时区，每个时区分成十五度，这是地理的零点，也是时间的零点。"阿森曼凝重地看着都满大祭司，手不停地比画着，"但不知道温莎小姐所说的虚幻空间的零点是不是这个。"阿森曼所说的是零度经线，是当前世界上公认的，零度经线是区分时区的基准线。其分为东西经线，一条为零度经线，另一条是180度经线，两者是同一条经线，以180度重合而已。

虚幻空间的零点究竟在哪？这是一个世界性的难题，而对于这些身处深渊内部的人而言，却是亟待解决的问题。

温莎也束手无策起来，以她的"博学"竟然搜索不到关于"零点"的任何信息，或者是是关于神域之门的线索。伦雅若有所思地注视着楚南飞："神使大人，您应该知道基准线在哪里吧？我们可以达成谅解与合作，一起找到神域之门。"

楚南飞不置可否，其他人似乎对他也不屑一顾：一介莽夫何以知道如此高深的问题？他只知道护卫而已！"零点基准线是虚幻的，他可以在世界的任何地方。"楚南飞的声音略显得沙哑，但却十分清晰，潜意识告诉他，那个所谓的"神域之门"绝对不会在外国，更不会在深渊之外的任何地方，就在深渊内部。

彭新宇傲慢地瞪了一眼楚南飞："废话，零度经线不也是一条虚幻的吗？按照小周的空间板块碰撞理论，虚幻空间与现实空间交汇之处应该算作零点，而空间是相互作用的，零点当然不固定。两个空间碰撞的结果只能是相互吞噬，或者会引发空间溢出效应，零点产生漂移运动！"

"的确如此，我们所在的三维空间是已知的，另一个虚幻的空间是未知的，怎么才能得知那个空间的位置呢？"楚南飞并没有被彭新宇的话所激怒，而是平静地盯着他的眼睛："作为被吞噬的一方，虚幻空间想要保存而不被吞噬的话，只能借助空间的漂移，但两个空间的能量若是达到了均衡，相互不会侵入对方，零点的位置也就相对固定了！"

这是楚南飞的猜测。

一个没有念过几年书，整天与战友们摸爬滚打的中国军人的猜测。而这种猜测已经

超越了他的知识，超越了在场的许多人的理解！

"因为你们承认剩余空间存在，并且认为是虚幻的空间，而且还存在这个世界上，所以，零点标分线一定在深渊内部，而不可能在其他地方。"

彭新宇紧皱眉头看着楚南飞："我不相信存在什么神域，在这上面简直是在浪费时间！""你可以怀疑，但不要诋毁！"伦雅愠怒地瞪一眼彭新宇，又转向楚南飞，"神使大人，您继续说！"

楚南飞嗤笑一声："我不是什么神使大人，不过是一名中国军人，不过在猜测神域之门之前，我想是不是要达成什么协议之类的？"

"什么协议？"温莎冷峻地看一眼楚南飞，她现在终于知道了这个当兵的并非等闲之辈，他所说的每一句话都具有相当的震撼力，思索出的结果都是那么的正确！

"你的佣兵队必须缴械！"楚南飞阴森地看着温莎，从牙缝里挤出几个字。

所有人的目光都射向温莎，而西蒙则满脸阴云，面带不善地看着楚南飞："妄想！"

"你们是非法侵入者，现在不缴械结局只能是，全军覆灭！"楚南飞淡然地笑了笑："我们的后续增援部队已经抵达了深渊第二层，如果你们不想葬身于此的话，最好乖乖地缴械！"江一寒在角落里盯着楚南飞，下意识地点点头。求救增援的人马应该早已经抵达了51号兵站，而且这次执行的是特殊任务，中央直属部队的领导或可早已知道了科考队的状况，后继增援早就在路上了。

事情并没有江一寒预想的那么完美，郭南北所率领的增援部队虽然早就抵达了深渊目标位，而且深渊入口的脚手架已经搭建完毕，但现在主力并没有深入第二层平台，而是仍然停留在进洞的状态。

原因很简单：他们不过是普通的士兵。纵使郭南北心急如焚也没有任何办法让下降的速度加快，而且荒漠上又吹起了沙尘暴，他们不得不终止了下洞作业。

事实是增援部队还没有抵达第一层平台。

西蒙拔出大马士革狗腿刀晃动着："你这个混蛋！"

他的声音在发抖，他的心在惊颤，他不想和这个怪异的家伙打交道！

在楚南飞面前，西伯利亚之熊佣兵队只是一个笑话。

"好吧，为了表示我的诚意，我的佣兵队可以服从贵国军队的指挥，但绝对不是投降，而是协同作战！"温莎采取了委婉迂回的策略，她不想在这个关键时候给自己惹来麻烦。

西蒙一脸质疑地看着温莎："温莎小姐？"

"军人以服从命令为天职，虽然你们已经退伍了。"温莎淡淡地说道。

本杰明拍手称快，江一寒惊诧不已。楚南飞可以算得上将才了！

"下面我以中国军人的方式接受你们的协同作战请求，把所有的冲锋枪都扔进深渊吧！"楚南飞威严地看着西蒙命令道，"在深渊世界里，你们的枪比烧火棍还无用！"

西蒙气呼呼地把冲锋枪抛进了深渊，佣兵队员们也纷纷效仿。丢了枪的士兵，已无法掌握命运。

楚南飞忽然变得睿智而锋芒毕露。在场的所有人都感觉到了楚南飞的与众不同，但没有一个人能清楚地说出道理来。

尤其是彭新宇，他预感到了楚南飞的身体发生了某种变化，或者是感染病毒！

他不知道X病毒的作用机理。那些所谓的"进化"失败者，都具有的共性是嗜杀、暴躁、没有痛感，而且肢体的残缺不会影响生命的继续，唯有被毁掉头颅才会死亡。这是他所看到楚南飞与沙民的无数次较量之后才体悟到的。

也就是说，X病毒通过控制人的大脑来达到控制人的意识行为的目的，而且阻断了大部分人的神经系统，让那些沙民成为杀人工具。

而进化成功者成为"超能力者"。彭新宇所了解到的一部分是通过蒋教授的日记，另一部分是亲眼所见。奥吉拉、满布、伦耶，乃至伦雅圣女，他们都是进化的成功者——一级甲兽。从这个称呼上可以说明，魔罗族人使用了带有X病毒的所谓"进化液"，失败者被病毒所控制，成功者发生进化。但令彭新宇感到困惑的是，那些成功者为何没有进化成更"先进"的"人"，而变成了"兽"？

实际上这种进化是因为X病毒具有激发人体潜能的作用！

楚南飞已经感染上了X病毒，但让彭新宇感到万分奇怪的是他并没有变成"兽"。彭新宇小心地看一眼腕间的血迹，手不禁哆嗦一下，遂握紧了拳头。

X病毒不仅能激发人体的潜能，而且对抗癌症细胞有特殊的功效。这是一个惊人的发现！江一寒与楚南飞相视一眼，挥手把冲锋枪扔给秦老实："扔了吧！"

"参谋长！"秦老实不解地看着江一寒。

"没有子弹的枪还不如烧火棍！"江一寒冷峻地望了一眼对面的佣兵队，八名队员，三名重伤，实力稍微强于己方，不过他有信心能把他们制服！

秦老实把四支冲锋枪扔进了深渊。

所有人都如释重负，打破的平衡再次归于零点。

都满大祭司擎着神域兽首权杖，威严地望着深渊上方的星光："黑夜即将降临，千年神降日就要到来，属于魔罗族的荣耀将会再次开启——神啊，你们的永生将是对魔罗

族的恩赐！"温莎对此不屑一顾，在她的眼里唯有进化才是终极目标，而要取得持续的进化必须要有大量的进化液，都满大祭司给不了她所需要的进化液，势必要进入神域。而魔罗族不过是一个踏脚石而已。伦雅紧张地看着楚南飞："神使大人，请您赐予魔罗族希望吧！"楚南飞想笑，却笑不出来。

"伦雅小姐，我不是什么神使大人，也不知道神域之门在那里，但中国军人诚心实意想帮助魔罗族走出深渊的意愿没有改变。"楚南飞从怀中掏出星光宝石，捏在手里，在众人面前展示一番。都满大祭司吃惊地看着楚南飞手里精光熠熠的黑色宝石，张大了嘴巴呆住："这就是魔罗族传说中的天眼！"

鹅卵大小的六面体星光宝石在楚南飞的手里变得诡异异常，众人的目光都被它所吸引，而楚南飞却淡然自若地将宝石扔给伦雅。

"天眼里面蕴含着神域地图，只有具有超能力的人才能激发出来，而也只有洞察一切的人才能解读它。"伦雅幽幽地叹息一下，"尊贵的神使大人，您已经做到了吗？"

楚南飞微笑着点点头："我曾经答应蒋教授的女儿蒋依依寻找她的父母，而你长得和那位可怜的女孩一模一样，所以……我尽其所能吧。"伦雅黯然地点点头，眼中似乎有着某种晶莹之色。"星光宝石里面所蕴含的是神域天眼图，只能用血液才能够解读出来。地图显示那里是一片极端复杂的空间，与我们所在的三维世界完全不同。"楚南飞缓步走到都满大祭司的近前，紧盯着他手里的权杖。

权杖顶端是一个面貌狰狞的兽首，兽首的双目之中似乎有着某种诡异的力量，是一种潜在的虚幻能量，似乎在吸引着什么似的。兽首黑瞳发出一股深邃的幽光，俯视着深渊里的一切。

所有人的目光都集中在楚南飞的身上，没有人对都满大祭司手中的权杖感兴趣。从某种意义上而言，那柄代表着权力与荣耀的权杖现在一文不值。

"你什么意思？那个神秘的世界真的存在吗？"彭新宇焦躁不安地看着楚南飞质问道，"这东西只不过是怪兽的眼睛，你所看到的或许只是它临死前的情景！"

楚南飞不置可否，他不知道是什么人在星光宝石里面绘制了那个陌生世界的地图。

"彭教授说得对。"伦雅淡然地点点头，"兽神将有超乎寻常的能力，他的眼睛何以化作天眼，但不是所有兽神将都可以做到，在魔罗族的传说中，只有上一任兽神将，大祭司玛伦奴才能做到。"玛伦奴？！

温莎怪异地看了一眼都满大祭司，之间他的脸色有些不正常，擎着权杖的手似乎在抖动，显然"玛伦奴"三个字让他想起了什么。

"玛伦奴是五百年前魔罗族大祭司，神降日之后便消失不见了。有人说他去了神域，也有人说他离开了深渊。"都满大祭司叹息一声，"他只留下了权杖给魔罗族人，并告诫不要轻易寻找神域之门，因为……"都满大祭司迟疑一下收住话头，仰望着深渊尽头，沉默不语。"因为一旦神域之门打开，必将导致魔罗族的毁灭吗？"伦雅凝重地看着都满大祭司，这个手握着魔罗族权杖的老者，目光是那样深邃，思想是那么遥远，而在深邃的目光和遥远的思想之外，似乎隐藏着许多不为人所知的秘密。

都满大祭司没有回答，而是落寞地坐在翠玉王座上，权杖兽首正对着楚南飞。楚南飞才清楚地看到兽首额头中间的位置似乎也有一只"眼睛"，只是那只眼睛毫无光泽，或者是有眼无珠！他忽然想起了在第三层平台发现星光宝石的一幕。

何为"天眼"？并非"天之眼"，而是能洞察鬼神的眼睛。

楚南飞想起了"二郎神"！"彭博士说得对，星光宝石里面所保存的神域地图不是绘制上去的，而是他临死前所看到的景象。"楚南飞盯着权杖兽首，脑子纷乱不堪。

如果是那个怪兽看到了神域而在"天眼"中留下了地图影像，则说明它进入过神域——也就是说这世界上存在神域！伦雅似乎明白了楚南飞的意思，仔细看着手中的星光宝石若有所思："尊贵的神使大人，您是说？"

"你可以试一试！"伦雅款步走到碧玉王座近前，单臂行礼，低头看着都满大祭司，"父亲，星光宝石应该是权杖的一部分！"

所有人的目光都射向都满大祭司手中的权杖，就在此时，伦雅手中的星光宝石忽然闪烁精光，如活物一般灵动起来！

伦雅双手托起星光宝石，闪动着精光的六面体宝石忽然悬浮起来，而权杖兽首的黑瞳似乎感觉到了什么，从深邃如海的眼中射出两道幽深的绿光。绿光射在星光宝石上，星光宝石如流星一般撞在兽首之上，立即爆射出一道金色的光芒！

金光刺眼，无法直视！

都满大祭司惊得目瞪口呆，握着权杖的手下意识地松开，权杖立在王座旁边的石英石雕像前，金光与两道绿色的光芒交相辉映，场面壮观至极。

都满大祭司仿佛意识到了什么，想要抓住权杖，在他的手接触到权杖的刹那间，一双白皙而纤弱的手轻轻地握住了权杖，伦雅虔诚地望着权杖上的花纹："父亲，玛伦奴是怎么死的？"干瘪的老手停在空中，都满大祭司愕然地看着伦雅，苍老的面容露出一抹阴森之色："他不辞而别。"

"但我看到了一场杀戮，玛伦奴和他的护卫被残忍地杀死，他的双目被无情地夺走，

神域之门匆匆地关闭。"伦雅眉宇低垂,面无表情地看着都满大祭司,"而执行任务的——就是您?!""你胡说些什么!"都满大祭司突然暴怒,一把抓住权杖,而他的身体却摇晃了两下,险些摔倒。

而伦雅立即感觉到一股躁动的戾气充满了权杖,一股巨大的力量突然爆发而出,伦雅被击倒在地,吐出几口鲜血。

楚南飞慌忙扶起伦雅,怒视着都满大祭司。人若无情,人神共怒!

第七层平台上的所有人并没有关注这个细节,他们所关注的是权杖。

金光出现了轻微的波动,在两到看绿色光芒的指引下,三道光线在深渊的顶层交汇,并与那道星光重合。

温莎兴奋地望着光柱,双手合十:"深渊的入口便是基准坐标点,难道你们没有看出来?"都满大祭司的身体在不停地颤抖,他的体力已经消耗得太多,根本无法坚持太久。但干瘪的手依然坚定地握着权杖,仿若一撒手就会失去一般。

怕失去也没有用。当金光的余韵射在都满大祭司的手臂上的时候,身体内的能量在一点一点地被吸走,悄无声息地流逝着。

再看他的脸,正在以惊人的速度老去。他已经有五百多岁。

五百多岁能是什么样子? 从楚南飞看都满大祭司的眼神就能看出来,那家伙仿佛是从古墓里刚刚挖出来一样。江一寒等人错愕地望着眼前的一幕,而周芳华的目光死死地盯着楚南飞和伦雅,脸上带着愠怒。

周芳华不知道哪来的勇气,几步就到了楚南飞身边,一把拉住楚南飞的胳膊:"南飞,怎么样?"她的声音没有引起任何关注。

"神使大人,降神日就要到来了吗?"伦雅喃喃自语道。

楚南飞摇摇头,眼角的余光发现都满大祭司颓然坐在王座上,大口地喘着粗气:"伦雅……快……降神日……神域之门!"

伦雅恍然大悟,拉住楚南飞的手,楚南飞也意识到了这点,却不知道该如何处理。他不是"一级甲兽",更不是什么"兽神将"——他只是一个兵!

温莎如鬼魅一般到了权杖近前,一把抓住权杖,犹如抓住了进入神域之门的把手一般。但在下一秒便意识到了问题,身体内的潜能在不断地被权杖所抽取! 温莎忽然暴怒,纤细的手臂忽然发生了变异,皮肤寸寸开裂,鲜血淋漓。而手则便成了爪子,锋利的指甲陷入了自己的肉里。再看温莎的脸竟然便成了可怖的怪兽模样:赤红的眼睛滴着血,角质化的脸上生出浅灰色的鳞甲,额头中间竟然开裂一般,似乎是"天眼"!

伦雅一阵眩晕："兽神……玛伦奴！"

温莎的形象与第三层平台上发现的那个怪兽"玛伦奴"何其相似！

"快想办法打开神域之门！"温莎一阵低吼，虔诚地仰望着权杖兽首爆射出的光芒，仰空怪笑，而随着阵阵笑声，温莎的体形也发生着剧烈的变化，逐渐变成了一个真正的怪兽！楚南飞立即意识到了什么，慌忙从怀中拿出一支小布包打开，里面是小金属卷轴——所谓的"神匙"！他心烦意乱地举着金属卷轴："怎么用？谁知道怎么打开！"

没有人知道怎么打开神域之门，都满大祭司此刻已经成了行将就木之人，自保都成问题。江一寒等人更是爱莫能助。

彭新宇一把抓过金属卷轴，仔细观看，上面没有任何机关设置，也没有能够打开的地方。"你得到的时候没有人告诉你怎么使用吗？"彭新宇气急败坏地质问楚南飞。

楚南飞夺过金属卷轴："拜托，我怎么知道是开启神域之门的？！"

楚南飞情急之下将金属卷轴探进了金光之中，手像被灼伤一般疼痛难忍，但楚南飞还是倔强地地握着金属卷轴！

金属卷轴亮银色的光泽退去，变得透明起来，透过卷轴可以清晰地看到权杖顶端的兽首。而楚南飞所看到并非是兽首。

透明的卷轴本体上出现了一幅赤红色的地图——神域天眼图！

所有人都屏住了呼吸，看着楚南飞怪异的动作：透明的金属卷轴被轻轻地擎起，卷轴之上缓慢地闪现出红色的线段，彼此交错延伸，继而形成了一幅高度复杂的地图。

"神域天眼图！"楚南飞喃喃自语，随着天眼图的开启权杖兽首发出的金光忽然增强，第七层平台悉数被金光所笼罩。

都满大祭司错愕地望着权杖，那柄他曾经掌握了五百多年的权杖竟然蕴藏着天大的机密——不过他已经没有机会了。

权力的旁落让都满大祭司彻底成为一个旁观者，而夺走至高无上权力的不是满布，不是伦耶，更不是女儿伦雅，而是那个口蜜腹剑、笑里藏刀的女人！

楚南飞的脑海中又出现了祭坛上那个神秘的方尖碑，伦雅在催发潜能激活方尖碑上的图案，奇迹般地出现了一幅地图。巧合的是翠绿色的方尖碑上的地图也是赤红色的，与神域天眼地图如出一辙。就在这个时候，透明的金属卷轴发生了微妙的变化：一副更为鲜艳而妖冶的赤红地图突然乍现，所有的线段几乎盖过了神域天眼图，但诡异的是大部分线段几乎重合在一起，而权杖兽首所爆发的金光又增强了数倍！

"天啊！"伦雅失声惊呼，"权杖在解读的你的记忆，小心！"

　　楚南飞如同未闻,而旁边的周芳华等人完全不能直视那道金光,几乎所有人都趴在地上——并非是跪伏,而是生怕睁开眼睛就会被刺瞎!

　　第七层平台之下跪伏了一大片魔罗族战士,个个吓得战战兢兢,没有人能想到这就是神降日!"这是方尖碑上的地图,被你催发出来的时候印刻在我的记忆中。"楚南飞喃喃自语道:"那里是魔罗族的祭坛,而这幅图很可能是魔罗族的记忆,而不是我的记忆——你明白吗?"伦雅错愕地点头:"魔罗族有关于这幅图的传说……被称之为……魔罗之魂图!""魔罗之魂?!"都满大祭司陷入了某种回忆,但他的大脑中一片混沌,一个行将就木的人没有太多的记忆,而伦雅的提醒也只是昙花一现罢了。

　　楚南飞盯着金属卷轴上的两幅地图痴痴发呆。这种景象在他的脑海中不止一次地出现,他曾经刻意地将三幅地图进行记忆重叠,百分之九十的部分是一模一样的,但也有所不同。这种比较对于楚南飞而言轻车熟路,作为基层战队的"刺头",在执行任务的时候他总能发现行动瑕疵,因此没少挨训斥。所以他在记忆不同的地图的时候,采取的是惯用的思维。

　　温莎低吼着,颤抖的双臂似乎再也不能把持权杖,她处在变幻的中心位置,所受到的冲击是最严重的。"神域之门!"都满大祭司忽然发疯一般扑向权杖,在即将接近权杖之际身体却被一股强横的力道给打飞,摔在地板上,将地砸出了一个坑!

　　伦雅不屑地瞪了一眼父亲,那个自私自利、阴谋迭出的人竟然是她的父亲?他策动了许多阴谋,玛伦奴大祭司就是死在他的阴谋之下的,满布、伦耶、奥吉拉等等,无不如此。

　　透明的金属卷轴熠熠生辉,两副赤红的地图交相辉映,而金光直刺深渊之顶,似乎要脱开权杖的牵绊一般。

　　楚南飞微眯着眼睛看着金属卷轴,难道这个诡异的东西真的是在读取自己的记忆吗?他的记忆真的似乎被掏空一般,剩下只有那幅在第六层平台上偶然发现的秘境星空图!

　　透明的金属卷轴上的赤红色的地图忽然变得灵动起来,而就在此时,一片星光乍现,不是从金光里,也不是从金属卷轴里,而是从深渊的顶端!

　　楚南飞怔怔地望着星空,第六层平台上发生的一幕奇迹般地再现。那是楚南飞的记忆,而记忆是如此的真实。权杖的确是在读取着楚南飞的记忆,而记忆中的三幅地图在缓慢地重叠,丝丝缕缕地映衬在透明的金属卷轴之上。金光终于被星空所吞噬。

　　所有人都置身于浩瀚的星空之中,权杖,兽首,温莎的爪子;深渊里的一切都成为星空的一部分。他们曾经与星空为伴，却不知道星空是如此的浩瀚精深；他们曾不止一次地仰望星空，却不知道那里还存在着不同于三维世界的另一个空间！

他们看到的是星空，而楚南飞却真真切切地看到了一座门黑暗和光明交错的门！

三幅地图完美地重合在一起，所有相似的部分被星空所吞噬，而留下的三个不同之处竟然形成了一座金字塔！天眼，魔罗之魂和星空——形成了金字塔的三条边线，边线外溢着金色的光芒！楚南飞将金属卷轴轻轻地放开，金属卷轴悬浮在"金字塔"底端的边线上，本来浑然一提的卷轴慢慢地融化，渐渐地消失。

而就在此时，温莎一声悲鸣，鲜血喷溅到"金字塔"上，只见外溢的金光将鲜血悉数吸收，金字塔成为暗金色，里面似乎有鲜血在流动。而当鲜血流动到塔顶之际，忽然从深渊顶端倾泻而下一道光柱，"金字塔"的门豁然开启！

所有人没有任何反应，被那道光柱悉数席卷而去。

神域权杖顶端的兽首突然爆裂开，深渊第七层平台顿时坍塌，而平台下跪伏的魔罗族战士们在错愕中跌进了无底的深渊！一轮圆月挂在空中，月光如水，云淡风轻。

郭南北望着黑洞洞的深渊入口，焦急地来回踱步："难道还没有下到第一层平台？如此怎么能在四十八小时之内完成救援，现在已经过去二十个小时了！"

郭南北一阵暴怒，吓得所有战士不敢大声喘息。

首长的脾气已经很好了，作为战略增援部队，他们在二十个小时之前便开始了救援行动，而直到现在还没有突破第一层平台！

就在此时，深渊入口的三脚架突然一阵颤抖，入口处猛然爆发出一道骇人的金光，随即地面开始震动，地下发出一阵轰鸣，深渊入口的沙子排山倒海一般向深渊里翻滚！

所有的战士惊得目瞪口呆，郭南北被警卫员扑倒在地。

"首长，发生大地震了！"

郭南北望着席卷一切的沙暴，半天没有反应过来。

一分钟之后，地面震感消失，盘旋在深渊入口的沙暴开始消退，而大多数战士都埋在沙子里，挣扎着钻出来。

"发报，现场发生不明震动，救援受阻，请求延长救援时间！"郭南北不想发这份电报，这个消息一经发出将会引起京畿老首长们的震动——但他更不想因此放弃救援，唯一的办法就是请求延时救援时间。四十八小时的救援，军方为何如此着急？

郭南北不相信眼前的这一切，根据事先所得到的X位置的地质情况信息，这里历史上从未发生过地震。而方才所发生的一切都显示着是至少七级以上的地震，有地震光

出现，地面有强烈的震感，不是地震是什么？

作为一名作战经验丰富的老兵，郭南北有着丰富的指挥经验，他第一时间想到的是深渊内部出现了问题，而依靠这支部队的能力是无法解决的。

这不是X病毒大爆发，而是一场无法预测、无法干预、无法救援的灾难！

"立即救援，不得延误！"郭南北吐出满嘴沙子，无法想象在第一层平台涉险潜入的战士们现在是什么状况，但根据以往的经验，他只能选择救援，而不是继续下探。

深渊第七层平台已经不复存在，连同一起消失的，还有那片浩瀚的星空！

这里已经成为真正的禁区，没有人。没有一个活着的人。

魔罗族引以为傲的圣地被无情地摧毁，没有留下任何可以辨识的痕迹。仿佛随着神域之门的打开，魔罗族真正地在这个世界消失了一样。

而在第三层平台上，那只发现星光宝石的怪兽却在黑暗之中慢慢地化成了微尘，被深渊的风吹散。正应了玛伦奴大祭司被杀死前的那句忠告：不要打开神域之门，它意味着灭亡！星空浩瀚，承载着几多生死轮回；时空流转，又有多少文明的更替？

三千多年前，古老的东方文明崛起，逐渐成为世界文明的一部分。而在东方文明诞生的时候，一个古老的民族已经存在了千年，这就是古魔罗族。

那时，这里不是沙漠，广阔而辽远的水域面积达到了一万多平方公里。

那时，这里也不是荒无人烟，胜似杏花烟雨的江南，繁盛的魔罗古国在这里创造了辉煌灿烂的文明。那时，这里的星空是那般纯净，星空之下的魔罗族人也不是嗜血的野兽。他们也是有血有肉有情有爱的人。千年以后，一切都回归了零点！

第二十六章 史前文明

人类是第六季文明的开拓者。

相对于四十六亿年的地球年龄，只有几千年的人类文明不过是转瞬之间。即便是从诞生在四百四十万年前的东非古猿开始计算，人类的文明也不足为道。而语言诞生的时间则更短，不过是一万年的时间。语言是文明诞生的标志，这已经成为世界的共识。

1932年，法国的科考队走进了非洲马里共和国的原始部落，发现了一个叫作"达贡"的部族，并了解到了第五季文明的相关线索。达贡人对太空的了解让人吃惊。他们说他们的祖先曾经对天狼星进行过细致的研究，并指出"波"星和"太"星是天狼星的两颗卫星。"波"星的质量是太阳的一半，而"太"星是由大量的水组成的，质量是太阳的两倍。然而"波"星发生了大爆炸，导致天狼星的轨道发生了变化，也就是从那个时候我们才能肉眼可见到天狼星。

而后这些原始部族的知识被现代科学家所认可。达贡人所说的"波"星就是天狼星 β，发生过特大的爆炸；而"太"星则是天狼星 α，由氢元素组成。

"这些说明了什么？"周芳华仰面躺在冰冷的地上望着如墨的夜空呢喃自语，"说明在人类文明之前存在上一季文明，其文明的发达程度要远远高于我们。也说明了交错时空的存在，与我们所在的时空并存于宇宙之中，所以——这里的一切都是真实的！"

"这里"是什么地方？没有人能够说清楚，也没有人能够形容。

浩瀚的星空深邃而辽远，闪烁的星光缥缈而虚幻，一轮蓝色的圆月悬在星空上，如梦似幻。而在星空之下，目光所及之处形成一个穹顶，穹顶似乎贯穿了整个星空，但又似乎与曾经的那个世界连通。星空之下，硕大的穹拱形建筑和金字塔型的建筑散落各处，发出淡淡的幽光。整个世界静寂无声，仿佛睡去了一般。

"第五季文明毁灭于洪水，洪水持续了一万年之久，所以现在世界各地都充斥着鹅卵石。还有，金字塔研究者解读出相关线索，证明第五季文明毁灭于洪水的证据。"周芳华握着楚南飞的手，他的视力终于恢复了正常，而身体的知觉却还处于麻木状态。

　　楚南飞的手指动了动，潜意识还处在深渊的世界，但周围的环境的确已经发生了改变。他发现自己处在一种难以形容的状态。他清楚地记得在通过神域之门的时候，就如同从百米高空跳水一样，在入水的刹那间，身体被高度压缩，血液几乎爆出血管！

　　而通过神域之门后，那种挤压感依然存在，以至于久久不能缓和。

　　"我们知道大禹治水的故事，估计就是那时的大洪水，一万年的大洪水，禹王赶上了个尾巴。"楚南飞搜寻记忆，想了半天才搜寻出这段信息。这也是他所知道的最高层次的"知识"了。楚南飞活动一下胳膊，那种穿越的痛感犹存，却无法形容。

　　"交错空间一定是存在的，它与我们生活的世界时空并存，就如地球上的板块那样，他们互相作用，互相碰撞，甚至互相挤压，便形成了火山、地震、海啸等自然奇观，所以才产生了高山、平原和大河。"周芳华活动着身体，发现血液倒流一般，头晕目眩，一头栽进了楚南飞的怀里，晕死过去。

　　楚南飞抱着周芳华痴痴地望着星空之下的穹拱形的建筑，记忆逐渐恢复，意识也变得清晰起来，他们穿越了"神域之门"，抵达了不知名的空间！

　　这个空间与深渊世界甚至整个三维世界空间都有所不同，楚南飞感到这里的时间过得很慢，很慢，因为他的血液流动速度似乎放缓了很多，那种隐藏在内心深处的疲劳似乎在慢慢地释放，慢慢地消失。楚南飞不是第一次单独抱周芳华，应该是无数次了吧？感觉已经逐渐适应了女人的体香，也适应了这种"有碍观瞻"的拥抱。按照部队纪律，这种行为足以开除他一百回！但这的确是一种奇怪的感觉。

　　"江一寒——江一寒，老秦！"楚南飞抱着周芳华站起来，身体摇晃着，却感到女人很轻，轻得如同无物一般，但为何脚步如此的沉重？

　　楚南飞喊着战友的名字，四处搜寻着。一起进入的神域之门，却为何只有他和周芳华在一起？其他的人呢？江一寒他们呢？伦雅和温莎都去了哪儿？

　　没有人能告诉他。周芳华悠悠醒转，在楚南飞的怀中挣扎了一下："南飞，我们去哪？不要轻易乱闯，万一失败就再也回不去了！"

　　楚南飞的心猛然紧缩，忽然意识到了什么，蓦然停下脚步："回不去了……我们到底是在哪？这里究竟是什么地方？"周芳华摇摇头："按照魔罗族的人的说法这里就是神域，但我认为是一个相对交错的空间，是与现实空间平行的空间，但绝对不是深渊，你明白了吗？"楚南飞不明白。

他是无神论者，根本不相信有什么"神域"，如果有也仅存于那些神话传说之中，比如昆仑山仙境，比如南海观音岛，比如天宫，然而这些都是不存在的！

楚南飞放下周芳华，"扑通"一下跪在地上：我在哪里？这里是什么鬼地方？

"南飞，你冷静点，这里就是一处相错的平行空间！"周芳华痛苦地抱住楚南飞："暂时忘记我们曾经待过的世界吧，无论是空间还是时间都要重新认识，你对这里的环境要快点熟悉，因为你掌握着这里的地图！"

"地图？""是的，就是神域天眼地图呀！"

周芳华的话犹如醍醐灌顶，楚南飞终于想起了开启神域之门的那一瞬间，温莎吐血而倒，伦雅失声惊呼，都满大祭司、江一寒、黄大壮、老秦，还有彭博士和高教授——他们无一例外都进入了这个空间。

就在这时候忽然发现地上躺着一个黑影，楚南飞惊呼一声上前抱住，双手立即沾染了黏稠的鲜血。原来是一个西伯利亚之熊佣兵。佣兵的脑袋已经被挤扁了，面目全非，而身体各处的骨骼也寸寸碎裂，血肉模糊。

楚南飞遗憾地放下佣兵尸体，泣不成声，泪却流不下来，挂在眼角模糊了视线。

这是一种极其复杂的情感，在此之前他们是势不两立的仇敌，恨不得一枪把他打死。而现在则发生了根本性的转变，楚南飞更想他是活着的——至少应该是喘气的活物。

人类的情感是复杂多变的，当处于极端困境之中的时候，情感因子将会发生变化，人的意识会受到影响，化敌为友只是一瞬间的事情。

周芳华也本能地看一眼那个佣兵，不禁诧异："南飞，他为什么死了？我们为什么还活着！"这是一个十分困难的问题。关键是活着将面对更大的痛苦！

楚南飞平静下来："说明会有更多的人还活着，当务之急是找到他们，然后想办法出去。"周芳华凝重地点点头："你要尽快恢复记忆，那幅神域天眼地图至关重要。"

记忆在开启神域之门的时候似乎是被抽取了一般，直到现在楚南飞对那三幅地图的情况一无所知！"你刚才说过第五纪文明？"

"是的，大约在七百五十万年前诞生的。"周芳华淡淡地叹息一下。

"第四纪文明呢？"楚南飞安静地看着周芳华，"是不是六千五百万年前的恐龙灭绝那次？小星星撞地球造成了文明的灾难……"周芳华迟疑一下："你怎么知道？"

"江一寒告诉我的——芳华，我的记忆好像出现问题了，或者说那幅地图有问题——那根本不是平面地图，而是这个空间三维空间图！"楚南飞仰望着穹顶的星空茫然道，

"因为开启神域之门起决定作用的星空图，三幅地图重叠在一起，里面隐藏着神域之门，而进入这个空间之后，就要将形成神域之门的部分去除掉，而后剩下的就是立体空间地图。"周芳华苦恼地摇摇头："不知道你在说些什么啊！"

她的确不知道奥楚南飞在说什么。周芳华虽然是杂学百家的学者，比较擅长的领域是历史文化，而对其他的科学有所涉猎，却不是主要研究方向。楚南飞所说的是复杂而抽象的问题，而且也只有他自己才了解！

三幅地图各有千秋，其中都蕴藏着天大的机密，唯有对其精髓了解透彻的人才能够说明白。而楚南飞灵光一现的思考竟然直接解开了其玄奥的秘密。

"神域天眼图"藏在玛伦奴的眼睛里，一定是他所看到的有关神域的景象，如果他进入过神域，那么他所见到的与我所看到的应该是一样的。但他所看到的未必是神域的全貌，而应该是某一重要的位置——譬如神域兽神之王的位置。

所以这张地图是三维立体的坐标图！

楚南飞微闭着眼睛不断地思索着，而周芳华生怕打断他的思考，安静地站在楚南飞的后面，望着男人健硕的背影，心里百味杂陈。

而就在距离楚南飞和周芳华一百多米的一幢穹拱形建筑下的广场上，江一寒悠悠地醒转，感觉浑身被掏空一般，记忆还停留在深渊第七层平台的大爆炸之中。在那一瞬间，他有一种坐在火山口的感觉，而火山在狂暴地喷发！

"老秦？大壮！彭博士！"江一寒跟跟跄跄地爬起来摸到一个人，借着星光才发现是彭新宇。

彭新宇痴痴地望着星空之下的穹拱形和金字塔型的建筑，眼中透出莫名的兴奋。这是一个崭新的世界，一个他从来没有涉足过的世界——这里就是他梦寐以求的神域空间！"彭博士，其他人呢？"江一寒搀扶起彭新宇，焦急地四处观察着。作为一名指挥官，他要第一时间知道自己的手下现在的状况，要尽快找到他们形成战斗力！

因为他发现这个空间世界充满了神秘与危险。

"神域？这里就是魔罗族所说的神域空间？"彭新宇对江一寒的关切如同未闻，他在醉心于竟然通过了神域之门，竟然能活着进入了蒋教授夫妇所说的那个神秘的世界！

江一寒向附近的黑影跑去，到了近前发现竟然是老秦、黄大壮和高教授，不禁欣喜异常，有一种他乡遇故知的感觉！秦老实抓住江一寒的胳膊："看到楚连长没有，这是什么鬼地方？差点让老子归西了！"

这是一个寥廓的密闭空间，是一个未知的世界。

伦雅从来没有见识过如此庞大的建筑，高耸入云的穹拱、直刺星空的金字塔和用坚硬的花岗岩砌成的道路——这里是一个空间城市。

她望着空间中心位置那幢外溢着幽幽蓝光的庞大建筑，那个大家伙似乎与星空连接一般，或者说是星空与之牵连，建筑物周围有无数的线条与其他的建筑相连接，就如一条条手臂一般。"天啊，这里是什么地方？"温莎忽然出现在伦雅的后面，那张曾经令人恐惧而恶心的脸又变成了标致的美人脸，只是脸色苍白毫无血色，纤弱的手搭在伦雅的肩膀上望着空间中心那幢庞大的建筑。

伦雅下意识地看了一眼温莎："是神域。"

温莎志得意满地笑了笑，扬起头凝望着星空，双臂伸展开："这里是你们魔罗族的神域圣地，不是我的，对我而言，这里是上一季文明的试验基地而已，明白吗？我的伦雅圣女！"西蒙和本杰明从对面跑过来，速度很慢，却跑得很卖力气。

"其他人呢？"温莎对这个佣兵队长极为不屑，现在他已经没有了利用价值，那些憧憬百万英镑的家伙们或许不需要钱了，他们的下半生在进入深渊的那一刻已经结束。

多么奇妙的结局！

"温莎小姐，我们伤亡惨重啊，三名伤员在进入神域之门的时候被挤扁了，另外四个不知所踪，是的，他们不知道去了什么地方，我和本杰明先生在一起！"西蒙惊慌失措语无伦次。

温莎不愠不怒地看一眼西蒙和可怜的本杰明，冷哼一声："这是一个没有屠杀的世界，进入这里是不能够带杀人工具的，比如嗜血的刀和杀人的枪，楚南飞让你们把所有的武器都扔掉，难道还不明白？他们去哪儿了？"

"也许是在神域之门过安检呢，谁知道！"温莎嘲讽一般地看着西蒙，"你为什么没有死？难道你没有带嗜血的刀吗？"

西蒙耸耸肩，阴鸷地看着温莎。她是一个即将进化的一级甲兽，只要她愿意，自己分分钟钟都会死无葬身之地。对于一个擅长随机应变的佣兵队长而言，西蒙知道此刻该做什么。"温莎小姐，我会拼死保护您的——虽然我的保护微不足道，但我愿为您效劳！"西蒙满脸堆笑地说道。

"好啦，让我们好好看看这个世界吧！"温莎转身看一眼伦雅，"还有一句话我没有告诉大祭司阁下，你们所崇尚的魔罗族荣耀不过是这个基地施舍给你们的笑料罢了，而那柄权杖属于基地文明，是魔罗族与基地之间的协议证明，现在这里的文明被遗弃了，魔罗族也就成了弃儿，就不要试图妄想兴盛图存了！"

犹如一记闷棍砸在伦雅的胸口，她想反驳，但记忆犹如被掏空一般，没有搜索出任何可以反驳温莎的信息，一切迹象表明，她说的是对的。

"我们必须得找到那个能辨识基地地图的人，否则只能困在这里！"温莎不屑地看了一眼目瞪口呆的伦雅，转身冲着西蒙和本杰明打了个响指，"走吧，只有失败者才会在意失败的原因！"一行三人向不远处的一座穹拱形建筑走去，不多时，温莎的身影消失暗淡的星空之下。"伦雅，温莎早就知道这一切。"都满大祭司忽然出现在伦雅的旁边，手里依然拿着权杖。权杖早已黯淡无光，兽首也残破不堪，"天眼"已经不见，兽首眉宇间的位置被炸了个大窟窿。

"父亲，这里仍然是魔罗族的神域，没有人能改变这一事实。"伦雅坚定地望着空间中心位置的庞大建筑物的黑影，一字一顿地说道。

都满大祭司苦涩地点点头："魔罗族早已把自己看作这片空间的守护者，无论我们的地位是如何的卑微，也无论这种卑微是神的赐予还是神的怜悯，我们守护了上千年——现在也没有改变。"伦雅回头看着都满大祭司："您曾经来过这里？"

"是的，那是五百年前的事情了……"都满大祭司暗淡地望着星空，仿佛要找到星空的边际一般，浑浊的老眼竟然兴奋起来，"玛伦奴大祭司曾经利用神匙打开过神域之门，但也因此触犯了魔罗族与神域之间的约定，他遭到了应有的惩罚，剥夺了兽神将的荣誉，丧失了大祭司的资格，被永远地封印了在第三层平台。"

如果没有科考队潜入深渊，如果楚南飞没有发现第三层平台的那具古老的怪兽尸体，如果他没有发现玛伦奴天眼中所蕴藏的秘密——如果没有这一切，那段让人不堪而又惊奇的历史就不会水落石出。"今天是千年一遇的神降日，我想不会再有神明恩赐我们圣液了。"伦雅幽幽地叹息一声："其实这种结局在玛伦奴大祭司偷窥神域之门的时候就已经注定了，我们不过是抱着一个虚幻的希望苟存于深渊罢了，魔罗族不会再有任何崛起的机会了。"都满大祭司忽然发出一声悲鸣，破烂的权杖伸向穹拱星空，喉咙里发出一阵呜咽！伦雅心中的那座祭坛正在无情地崩塌，为魔罗族兴盛的憧憬也随之烟消云散，代之的仇恨正在疯长！

在一幢穹拱形建筑下面，江一寒和楚南飞紧紧地拥抱在一起，所有人都喜极而泣，庆祝劫后余生。彭新宇却兴奋地望着星空下的那幢庞大而复杂的建筑："那里是中心地带，是我们的目标！""彭博士，你想过会如何出去吗？""当然是从神域之门出去！"

周芳华冷冷地瞪一眼彭新宇："这里是被另外一个文明废弃的基地，也是与我们的世界相交错的空间，这里的文明显然比我们的世界高级得多，也复杂得多，你有办法出去?"周芳华的话如一盆冷水,立时将彭新宇的热情给浇灭。

"星空是那个文明人工创造的,还有地上的这些建筑也是,很显然他们是在仓促间放弃了这里,剩余的能量还在维持着基地的运转,但也所剩不多,他们关闭了时间系统,让整个空间基地处于睡眠状态,如果我所猜测不错的话,从现在开始我们将会陷入暗无天日之中。"高格明一瘸一拐地走到彭新宇近前:"彭老,小周说得不错,这个空间的文明要高级得多,我们所看到的一切都是人工创造出来的,包括星空,所以应该想办法出去才是!"

彭新宇冷哼一声:"为科学而献身是我毕生的追求!我们能进入这里本身已经是非常重大的发现,既来之则安之,我要找到那些促使魔罗族人进化的 X 病毒,那才是此行科考的终极目标!""可找到了有什么用?"高格明还想劝解,却被彭新宇粗鲁地打断,那种不可理喻的态度让高格明无言以对。

彭新宇大步流星地向昏暗的中心地带走去。

没有跟任何人打招呼——甚至没有告别!

自私的人一定有一百种冠冕堂皇的理由。

高格明崩溃一般地瘫软在地上:"我他妈的不想死在这里……"周芳华也泪流满面,却不知道该如何排解心里的悲伤。江一寒和楚南飞双手紧握,望着空间中心的建筑物,秦老实和黄大壮相互搀扶着陪在旁边。四名铮铮铁骨的中国军人相对无言,他们知道此生有可能死在一起,却没有想到被困死在一个秘境空间之中。

"我们开一个小会!"江一寒提议道,"当务之急是确定我们的位置,把所有遇到的情况如实记录,如果有希望出去可以作为这次任务的收获,如果出不去……"出不去的话,他们将成为空间的永久居民。

在没有水源、没有食物的情况下,他们的生命将会被痛苦地终止。

楚南飞平静地扫视一眼周芳华和高格明:"二位是专家,我想听一听你们的意见。"

周芳华擦一下眼泪:"高教授,您是研究地质的,谈一谈吧。"

高格明抽噎着摇摇头:"这里所有的一切都是人工制成的。花岗岩的形态我已经取样,初步研究结果是这种岩石不属于自然界存在的岩石,也不是石英石化的岩石,而是一种人工合成的建筑材料,这里的建筑物也全部是用这种建筑材料制成的。""你的意思是这里的一切都是人工的?没有自然的风貌?"江一寒不可思议地望一眼星空,星空上面挂着幽蓝而深邃的圆月,如梦似幻的感觉。

星空也是人造的。楚南飞平静地点点头:"芳华同志判断这里的空间有别于我们所在的三维世界，她说这是第五纪文明的遗存，从空间建造的角度来看，这里是一处基地，但不知道是什么原因被废弃了。"

"这里是魔罗族最崇拜的圣地，他们称之为神域。"高格明扫视着空间内的庞大建筑，既惊叹于那个文明的高度发达，又心怀一种难以排解的矛盾，这种矛盾无时无刻地不在打击着他的自信。"魔罗族不过是一个看门人罢了，我怀疑这里的人是用那种可以兽化人的物质换取了他们的忠诚，而在五百年前他们遗弃了这个基地，魔罗族看守的不过是一个早已失效的契约罢了。"楚南飞起身，"我们需要做些什么，至少要知道他们在我们的国土上在搞什么东西！"

"我要出去，不想客死他乡！"高格明忽然激动起来。

江一寒拍了拍高格明的肩膀："先别着急出去，这里不止我们进来了，还有魔罗族人和野心勃勃的温莎！""所以我们要找到她，还有关于这个文明基地的蛛丝马迹。"楚南飞从怀中掏出被烧灼成蓝紫色的金属卷轴看了看，随手丢在地上，发出一阵金属滚动的声音。秦老实立即捡起来，擦了擦金属卷轴，追上楚南飞："我说副的，这玩意可以做一个纪念呀！""你确认能活着出去？"楚南飞无所谓地笑了笑，"与天斗其乐无穷，作为革命军人我深有体会啊！""革命军人是铁打的，我说副的，这里让我想起了博物馆……"秦老实将金属卷轴塞进怀中附和道。楚南飞等众人望着眼前的穹拱形建筑，确实有点像博物馆。穹拱上有精美的雕刻，而墙壁上也似乎雕刻着某种符号，楚南飞现在对这种符号极为敏感，是那种线段形状的符号，黑白分明，长短不一，有点像钢琴键。"斗兽馆……"周芳华喃喃自语地说道。

当高格明正在翻找蒋教授的日记的时候，楚南飞和江一寒已经走进了宏伟的穹拱形建筑，而周芳华却抚摸着那些铭文，呼吸不禁急促起来："高教授，这里是他们的斗兽馆——真是不可思议——他们竟然和古罗马人有着共同的爱好？"

高格明急切地翻找着日记，半晌才兴奋地道："蒋教授说这里是 X 基地！"

高大的穹拱下面是一个硕大的星空广场，而让人吃惊的是，视线所极之处遍地是骨骸！庞大的骨骸不知道是什么动物留下的，有的是在围栏下面，有的是甬道之中，相互挤压，堆得密密麻麻。而星空下的广场上更是触目惊心，无数的骨骸堆积在里面，让人不寒而栗。

楚南飞张大了嘴巴，不敢相信自己所看到的现实。这是只有在现实世界才能有的景象，或是称之为动物葬场——而这里要比动物埋葬地要壮观许多，因为几乎所有的骨骸都是怪兽！"他们毁灭了一切！"江一寒冷冷地望着怪兽墓冢，心里有一种无力感。

楚南飞踢了一下脚下的怪兽骨骸：“你们发现这些家伙们跟魔罗族的一级甲兽有些类似吗？”正在此时，高格明和周芳华匆匆地走进来，也被眼前的景象给震惊了。

"南飞，这里是他们的斗兽场，蒋教授的日记里面有过记录，这些被毁灭的怪兽是供他们娱乐的，还有兽奴基地，就在下一个穹拱建筑里！"周芳华急切道，"如此看来，魔罗族所说的圣液应该就是彭博士要找的那种 X 病毒，应该是一种兽化的物质，而魔罗族之所以依靠这种物质完成进化，是因为他们的一种文化习惯！"

"进化成超级甲兽就可以进入神域空间？"楚南飞微微皱眉，这种文化习惯可不怎么样，把人兽化是多么的残忍！江一寒不可思议地点点头："进入神域空间成为那些文明人的娱乐工具？开什么玩笑！这不是文明的进步，而是退化。""不过这是事实，这个文明的主宰者将兽化的人分成若干等级，最低等级的不是这些斗兽，而是兽奴。"周芳华跟着楚南飞走出斗兽馆，具体地说是怪物的坟墓。

楚南飞冲出斗兽馆，扶着花岗岩的栏杆大口地喘息着。高格明还在专注地研究斗兽馆的铭文，这位年过花甲的地质专家似乎要越界钻研，而对自身的处境不以为意。而方才他还在号啕哽咽绝望泪奔呢！"必须尽快找到那个野心家，否则会出大乱子！"楚南飞干呕着跑下台阶，"所有人员立即跟上，目标中心建筑物！"江一寒和秦老实追了出来，而黄大壮拿着一根近一米多长的兽骨在后面不断地挥舞着："楚连长等等我，我发现个好东西！""二十四小时内我们必须逃出生天，否则任务必然失败，对不起零号首长！"江一寒冷然地看着黄大壮，他不想因此再提起特战队的纪律，也不想让兄弟们在痛苦中绝望。黄大壮扛着兽骨嗤笑："参谋长，既来之则安之，革命军人就得有乐观主义精神，在没死之前我想开开眼，也算是对得起自己！"

江一寒拍了拍大壮的肩膀："好样的，干革命就得有不服输的精神！不过在这里好像不怎么实用，我们需要团结起来克服困难，更需要科学知识解读这里的一切！"

作为"零点"部队的指挥官，江一寒很有预见地洞察现实处境，实事求是而言，在这个未知的空间内他们就如一群无知的孩童一样，他思考的是在生命的最后时间里究竟要做些什么才最有意义。人之将死，究竟要做些什么才有意义？

"这里是一个发达文明的基地，但他们也呼吸空气，跟咱们的世界没有什么两样。既然能把星空搬进来，说明他们的科技十分发达，但还没有发达到跑出地球的程度吧？"楚南飞凝望着远处庞大的建筑物，"当务之急是把那些混蛋抓住。"楚南飞的豪气感染了所有人，江一寒不禁苦笑："时间不多了啊！"

秘境空间内，江一寒和楚南飞率领众人向中心区的庞大建筑物而去。

空间穹顶上还闪动着星光，蓝色的月亮如水一般空幽。若是没有地面的那些复杂建筑，还以为是在沙漠腹地露营。

不过此时温莎却正在暴怒，一具硕大的怪物骨骸被她打碎，俯视穹顶建筑下的广场，那里也遍地都是骨骸。

"这里是兽奴馆，不是基地中心！"温莎一拳将花岗岩的栏杆砸断，半片栏杆坠落下去，发出"轰隆"的声音。西蒙惊得目瞪口呆："温莎小姐，我们应该想办法离开这里！"

"闭嘴！你这个笨蛋，快点去找那个中国军人，否则你就永远留在这儿！"温莎咆哮起来，西蒙吓得慌忙冲了出去，却一头撞在本杰明的身上。

本杰明惊慌失措地爬起来，愤怒地诅咒着："她是怪物吗？是的，美丽的温莎小姐就要兽化成超级怪物，但可怜的是要跟白骨陪葬了！"都满大祭司神情落寞地站在外面，手里擎着残破的权杖，整个人如同被抽去了血肉一般，面容枯槁毫无精神。他不过是一具行尸走肉而已，在进入神域之门的时候便已经注定。

精神的祭坛已然坍塌，空守千年的承诺化为齑粉，魔罗族的希望被无尽的黑暗所吞噬，能够支持着他活下来唯一的动力，是兽神大人恩赐的"圣液"，但唯一的希望也化为了泡影。神域无神，犹如死地一般寂静。

兽王大人呢？他怎么可以背弃了千年契约！

基地里到处充满着野蛮和死亡的气息，无论是楚南飞所发现的"斗兽馆"还是温莎看到的"兽奴馆"，无疑都是空间的主宰者们的牺牲品，而当他们遗弃基地的时候，将所有低等级的动物全部杀死。这是野蛮，而不是文明。

所以说文明是野蛮人创造的，而创造出高等级的文明之后，又重归野蛮。

温莎终于看到了形如僵尸一般的都满大祭司，发现他的时候他正在擎着权杖向星空祈祷，不禁冷笑："祈祷神明不如相信自己，这里是超级文明的基地，我们合作寻找进化液，怎么样？""你知道我在祈祷什么吗？"都满大祭司阴鸷地看着温莎，"传说玛伦奴大祭司曾经进入过神域，如果能与温莎小姐合作寻找圣液的话，我想我会想办法离开这里。"

"好吧，合作继续！"温莎傲慢地笑了笑，充满了挑衅意味。伦雅阴郁地望着空间中心区域的庞大建筑物心思沉沉。他们都没有放弃寻找"圣液"的野心，但即便找到了又能怎么样？魔罗族兴盛的希望已经化为泡影，千年以来所守护的不过是一个悲剧！

难道悲剧还没有结束吗？"当神降日黑夜来临的时候，兽王大人将打开神域之门，他的恩赐将会让魔罗族重新辉煌！"都满大祭司擎着破烂的权杖，嘟囔着连他自己都不相信的话，枯槁的面容带着阴鸷的笑容，尾随在温莎的后面而去，地面留下长长的暗影。

伦雅悲叹一声：这是无法改变的宿命！

楚南飞一行人也正在急匆匆地向着中心建筑物行进，而高格明和周芳华也不断地发现一些铭文，并根据蒋教授的日记进行简单的翻译。基地内的铭文文字与古魔罗文字是何其相似，让周芳华误以为是深身深渊之中。

"高等级文明的主宰不仅在精神上奴役着魔罗族人，在文化上也深远地影响他们，魔罗族的文字和一些传说带有神域的特征，但是经过了严格处理。"周芳华此刻却表现出学者的专业精神，不放过任何一处铭文。她的解读让所有人的心里都蒙上了一层阴影！

正如周芳华所猜测的，这个神秘空间是第五季文明主宰者的试验基地。基地内的等级制度森严，主宰者们有绝对的权威，被称之为"高级文明者"。他们有着十分发达的科技文明，却生性嗜血好斗野蛮至极。在这个基地内，所有穹拱形建筑都是供文明人享受娱乐之所，分布在秘境空间中各个角落的大大小小的斗兽场便是明证。

能够成为斗兽，有着极其严格的规定：通过兽化达到一定等级的人将作为筹码，他们是低等级人的佼佼者，斗兽们以强悍的实力说话，而促使他们持续争夺作战的除了自由之外，便是能够促进进化的一种物质。暂且称之为"兽化液"。

低等级的族群在基地内也分成几等，最低级的是第二次兽化的失败者，他们将沦为奴隶，并被称之为"兽奴"。最后一种兽化的人便是魔罗族，他们的等级竟然还比"兽奴"还低，只作为神域之门的守护者而存在。而那些庞大的骨骸则来自不同地域的兽化者。

兽化者不过是文明者的工具而已，而兽神大人不过是兽化管理者而已。

高级文明的主宰者，谓之"神"！这只是世俗世界的想象而已。

"还有最重要的一点，五百年前这里爆发了一次毁灭性的灾难，一种被称之为X的病毒被制造出来，改变了一切！"周芳华紧张地跟随在楚南飞后面说道，"记录到此终止，侥幸没有感染X病毒的人们匆匆地放弃了基地，这里被永久遗弃了。"

楚南飞平静地点点头："也就是说那些文明者与兽化者都是死于X病毒？"

"有可能，根据铭文记载，X病毒是这个文明所创造出来的最高级的病毒，它可以改变兽化者的基因，用现代科学解释的话，就是一种基因控制病毒。"

"不明白！"楚南飞是第一次听到"基因病毒"这个词，他所关心的是既然能够创造出病毒，就应该有办法控制他，怎么会无缘无敌地被感染？

"也许这里发生了一场阴谋而已，与魔罗族的内斗类似。"高格明叹息了一下，"种种迹象表明，他们所创造出来的病毒拥有与创造者同样的智慧，这也是彭博士最为关注

的。"那是怎样可怕的病毒?

如果没有对科学的敬畏,就会遭到科学的惩罚,任何高等级文明的生与灭都是惩罚的结果,秘境空间的主宰者也不会想到他们会被自己所创造出的病毒给消灭!

楚南飞耸耸肩:"故事很精彩,玄而又玄,革命军人都是无神论者,你的猜测几乎动摇了我的理想信念,但我相信有更发达的文明存在,而且他们被自己毁灭掉了!"

"南飞,这是事实呀!""事实是我们好像迷路了?"楚南飞停下脚步,望着空间中心地带那幢庞大的建筑物,又仔细观察着周围的环境,一座穹拱形的建筑物出现在眼前。周芳华和高格明立即去馋看,片刻后跑回来:"这里是兽奴馆!"

"既然高等级文明者也遭到了感染,为什么没有看到他们的遗骸?我们所见到的多是被兽化了的人。"楚南飞环顾四周,空气中似乎传来了一股淡淡的香味,是女人特有的香味,而且他一下便判断出来,是温莎!正在此时,从昏暗的角落里钻出一个人来,西蒙灰头土脸地跑过来:"嗨!又见面了,我是西蒙!"楚南飞和江一寒对视一眼,上下打量着西蒙:"什么事?"西蒙认真地看着楚南飞和江一寒:"温莎派我来找你们,她需要你们的帮助。""她在哪?"楚南飞盯着西蒙,发现他的脸上浮现出一抹恐惧之色,身体也在不断地颤抖着,如同死亡将至的模样。

作为西比利亚之熊佣兵队队长,西蒙还是第一次感到了恐惧。对这个未知空间的恐惧,对这次艰险异常的行动感到恐惧,对他所服务的人更为恐惧。他没理由不恐惧,那个给他支付下半生生活费的女人竟然是一个怪兽!

"我们,可以谈一谈,怎么样?"西蒙终于打破了沉默,"我不想再为那个女人服务了,让她见鬼去吧!"楚南飞饶有兴致地点点头:"她已经兽化了!"

"温莎的目的是想得到基因试验基地里的进化液,她想成为她爷爷!"西蒙诚恳地看着楚南飞:"我看过伯尼家族的资料,就在接手这个任务的时候,老伯尼伯爵来过深渊探险,并且跟都满大祭司谋定了一个庞大的计划,就是魔罗族崛起计划,是的,他在深渊逗留了十年!"楚南飞和江一寒都望向周芳华,周芳华点点头:"温莎的爷爷的确来过这里探险,时间未知,这次温莎来深渊探险就是要完成他爷爷的遗愿。"

"他爷爷死了?"

"是的,温莎曾经说过他生无可恋,跳进钢炉里了。"周芳华叹息一下,"我不相信温莎的话,她说老伯尼活活到了两百岁。所以,我没有在意这件事。"

西蒙如释重负地点点头:"温莎已经进化为顶级甲兽,这是不争的事实,她的势力远超过都满大祭司和伦雅,比那两个魔罗族的一级甲兽厉害得多,她能唤醒神域之门!"

江一寒认真地看着西蒙："我们同意联合，前提是你应该回到温莎身边，还有楚连长！"楚南飞、江一寒与西蒙的手握在一起。

空间中心地带庞大的建筑物前面闪过几个人影，都满大祭司摇晃着手中残破的权杖冲在最前面，就在即将踏上花岗岩台阶的时候，人凭空飞了出去，重重地摔在地上，权杖也抛到了一边。本杰明气喘吁吁地看着都满大祭司："上帝啊，他怎么了？"

温莎盯着庞大的建筑物："遇到麻烦了！"都满大祭司极度虚弱地喘息着，吐出一口鲜血，"降神？"

建筑物周围似乎环绕着一层淡淡的光幕。

温莎仰望着星空，才发现那层光幕是从上面倾泻而下的，与星光浑然一体，居然看不到，都满大祭司就是撞到光幕之上而受伤的，他受伤的程度并不重，但还是暂时丧失了攻击能力。他只是一个行将就木的五百多岁的老人而已。

温莎透过光幕望着中心建筑，其门楣上竟然雕刻着文字，定睛细看，不禁兴奋起来："这里便是基因试验基地，上帝啊，爷爷曾经说过这里的一切，超级文明的基因基地！"

都满大祭司愕然地看着温莎，很显然对她所说的"基因"二字极为陌生。

不要说他，始终跟在后面的伦雅也极为惊讶。

"你们竟然如此无知吗？基因是控制万物发展的钥匙，他决定了万物的性质，通过基因可以了解过去知晓未来！"温莎兴奋地说道，"当然，人类的基因更为神秘，如果全部解读出来的话，将会改造人类本体，让人类基因继续进化——是进化，而不是兽化！"伦雅不可思议地望着光幕："难道这里就是研究圣液的地方？"温莎对此嗤之以鼻，愚昧落后的魔罗族还处于原始状态，她们只知道"圣液"，却不知道那东西跟基因比起来什么都不是！

"人类有二十三对基因组，其中有二十二对基因体，还有一个 X 染色体，一个 Y 染色体——跟你们说这些简直是对牛弹琴！"温莎不屑跟伦雅和都满大祭司废话，一定要想办法对付这道光幕防御。

"生命的基因记载了遗传信息，所有信息都被刻录在染色体上，在全部二十三对基因当中，最重要的生命信息都会被忠实地记录。"彭新宇不知道什么时候出现在光幕前面，冷冷地看一眼温莎，"在基因组里有三十亿条碱基对，呈线性地排列在基因组当中，而碱基对在两条染色体上的分布序列决定了人的进化进程！"

彭新宇贪婪地望着基因大楼："X 病毒之所以能够让人发生兽化，是因为病毒控制了人的基因染色体，改变了碱基对的序列，促使进化继续发生，这种进化不受任何外界

条件约束，只要你能承受，便可成为超人！"

彭新宇的话掷地有声，温莎不禁兴奋地鼓起掌来："你是中国顶尖的病毒生物学家，但我可以说你分析得不完全准确吗？X病毒只是一个替代品，他不会影响人类基因的组合，却可以替代一组可以使人进化的X或Y染色体对碱基对的选择！"

彭新宇不断地思考着，温莎的话竟然无懈可击。

温莎淡然地望着光幕："就如这道屏障一样，X病毒要突破它才能作用于基因组，您有办法突破吗？"彭新宇只是一个病毒生物学者，而不是密码破译专家，对光幕防御他一无所知。但他还是把手伸向了光幕，就在手指触碰光幕的刹那间，薄薄的光幕忽然发生了变化，一层层的涟漪不断地荡漾着，而颜色也发生了巨大的变化，从浅浅的蓝色变成了淡淡的粉红色。一道弧光突然从天而降，彭新宇躲无可躲，直接被击中，身体倒飞出去。温莎发出一阵畅快淋漓的嘲笑，这个不知死活的家伙！

彭新宇大汗淋漓，张着手看着方才被击打的手指，手指上并没有伤，而那种瞬间刺破心神的痛楚让他终生难忘。光幕突然出现了一排古怪的文字，一闪即逝。

"笨蛋！"温莎气急败坏地远离了光幕，"还有一次试验机会，突破光幕需要检测身份！"都满大祭司又吐出一口鲜血，却望着躺在地上的彭新宇发出一种古怪的笑："这是威能防御系统，只有神使大人才能突破！"

"神使大人？"温莎迟疑一下，"你是怎么知道的？据我所知这种防御跟密码锁没有任何区别，只是识别身份的方式发生改变了而已！"

"降神日的时候神使大人出现便是伴随着威能光幕的，你们不信吗？"都满大祭司喘着粗气，"伦雅，我们的神使大人呢？"伦雅冷漠地看着父亲摇摇头。

就在所有人一筹莫展之际，神秘的光幕忽然出现一阵剧烈的波动，大圈的涟漪在空中飘荡，光幕似乎被什么牵引一般，颜色发生了巨大的变化！

楚南飞站在高台之上望着光幕和下面的几个人，脑海当中突然出现了那三幅地图。神域天眼图和魔罗之魂图相互交织，而上方则是星空图，三幅地图逐渐折叠，居然形成了一座三维立体的建筑物，而那些长长短短的线段形成了建筑物的边角，边角之处外溢着幽光！楚南飞缓步走下台阶，西蒙和江一寒等人跟在后面，在巨型建筑前面停下来。

众人终于再度汇合在一起，没有任何思想的交流和语言上的表达，气氛变得诡异异常。楚南飞盯着光幕，上面的色彩变幻万千，飘荡的涟漪左突右冲，似乎有某种能量作用其中，却找不到任何蛛丝马迹。

三幅地图逐渐融合在一起，复杂的残图开始了重新组合，光幕的波动也开始平静下来。楚南飞伸出手掌轻轻地按在光幕之上，在他的脑海中，这个位置则是一道金光外溢的门！所有人都屏住呼吸，错愕地望着眼前的一幕。巨幅光幕突然消失不见，而星空的颜色却变得幽蓝起来。地面之下发出一阵轰鸣之声，似乎有无数个交错咬合的齿轮在同时运转，又好像是即将起飞的飞机突破空气阻力所产生的音障！

建筑物上许多连接空间的奇怪的管道纷纷断裂，犹如束缚怪兽的绳子一般，不堪重负。都满大祭司擎着破烂的权杖："英明的神啊！"

"混蛋，你到底做了什么！"温莎气急败坏地冲到楚南飞近前吼叫着，却被江一寒和黄大壮、秦老实挡住，温莎盯着三个人，恨不得立即变身把三个人给撕碎。

温莎还是忍耐住了，楚南飞是目前能够帮助自己实现远大目标的唯一助力，其他人对他而言，无疑是空气般的存在。

"太神奇了！"楚南飞望着从庞大的建筑上面坠落的管道形状的物体惊叹不已，"为什么？""你破坏了威能防御系统。"伦雅有些不能自持，在荒漠和深渊与这名军人较量的时候便发现他的与众不同，而他不仅能打开神域之门，竟然能够将整个威能防御系统给破坏殆尽！"威能防御系统？"楚南飞脑海里的那副三维地图陡然消失，而随之消失的还有那道光幕。这是楚南飞所始料未及的。

周芳华谨慎地看了一眼楚南飞："你没事吧？"

楚南飞摇摇头："这是一道独立的防御系统，依靠离子弱电形成了光幕屏蔽，打开它很简单，只需要输入三维立体密码即可！"

江一寒不禁苦涩：这小子是超人吗？竟然破译了超级文明的复杂密码！

楚南飞兴奋不已，他很少兴奋。作为零点部队特招的"刺头"，他只在取得胜利的时候才会兴奋，而现在他没有兴奋的理由——或者说他的兴奋是因为脑海中的那三幅地图隐藏着至关重要的秘密！

"这个防御系统是依靠人的脑电波起作用的，密码就是三维能量地图。"楚南飞从怀中掏出一把赤红色的小匕首，在指尖处划了一下，鲜血喷溅出来。他只是划了一个小口子而已！秦老实狐疑地看一眼楚南飞："我说副的，你？"

楚南飞摆摆手，而都满大祭司、温莎和彭新宇早已发疯似的向建筑物内冲去，三条黑影一晃便消失不见。

伦雅没有跟进，而是优雅地走到楚南飞近前，目光深邃地看着楚南飞，轻轻地拿起楚南飞的手指吮了一下，脸上浮现温柔的笑意："那三幅地图是神使大人的记忆，他能轻易地进入基因基地，而您却用他的记忆成功地覆盖了自己的，所以才能轻易地打开威

能防御系统。""我不是什么神使大人,伦雅小姐!"楚南飞感到有些眩晕,身体的某个部分似乎在无限地膨胀,刚才放血也是因为此,那种精力充沛的感觉仿佛是一辆加满油的汽车一般,亟须发泄!

"倘若圣液被他们得到,一切都将不堪设想。"伦雅看着楚南飞,后退两步,"这里是超级文明的基因基地,里面一定储存着超级基因药物,任何事情都有可能发生!"

伦雅的速度突然加快,一道黑色的流光立即消失在黑暗之中。

江一寒焦急地一跺脚:"我们走!"

秦老实、黄大壮、周芳华刚要行动,却被楚南飞给拦住:"不要急,他们不知道基地地图,跟无头苍蝇没有两样!""可基地已经打开了啊!"周芳华战战兢兢地看着楚南飞焦急道,"基因可以用来制造超级武器,可以毁灭整个地球的!"

"我想知道此次科考行动的终极任务是什么。"楚南飞平静地看着周芳华,女人姣好的面容变得有些模糊,深邃的眼中似乎有着某种流光在闪动。

作为科考队专家组的一员,周芳华的学识和成就不能跟彭新宇相提并论,她在英国留学的时候主攻的竟然是空间医学!

而高格明则是不择不扣的地质学家,是那种整天拎着锤子跑野外的实践型学者。他能参与到此次科考行动也是偶然,因为彭新宇提出深渊考察必须要注重对地质的前瞻性预防。"楚连长,这次科考任务的目的是协助彭博士找到X病毒原体,解决人类基因突变兽化的根本原因。"高格明叹息一下,"这是彭博士提出来的,而现在他却抛下我们,实在让人费解。"

周芳华微微点头:"彭博士给我发的信笺中提出,一种新型的超级病毒出现在罗布泊,前三次考察的时候确定为这种病毒能够控制人的神经系统,让人发生变异,我是学空间医学的,对病毒本身没有任何研究和兴趣。"

"彭博士是怎么说服你的?"楚南飞专注地盯着周芳华问道。

周芳华苦涩地摇摇头:"他说这种X病毒十分古老,很可能来自外太空。"

"无稽之谈!"江一寒挥手,"立即进入基地,做最好的准备和最坏的打算!"

秦老实小心地看一眼楚南飞和周芳华,转身跟着江一寒而去,黄大壮扛着一米多长的兽骨也追进去。

"这是一个阴谋。"楚南飞凝重地看一眼女人,一把拉住周芳华的手,"你要相信我,彭博士一定知道其中的秘密,X病毒应该是这个超级文明所创造出来的基因武器,而不是什么生物病毒!""基因武器?"周芳华愕然地看着楚南飞不解地摇摇头。

"X病毒本身不具备攻击性,但若是染上了该病毒就会改变人的基因进程,促使生命基因快速进化,而其进化的方向是不受控制的,那些斗兽和兽奴们已经说明了一切!"楚南飞的话不容置疑。当然这些也只是猜测而已,他没有确凿证据证明自己的猜测。

"彭博士知道这一切,而我们成了他的牺牲品!"楚南飞愤怒地吼道。

彭新宇作为此次科考队的队长,其内心已经发生了根本转变!

第二十七章 异变兽将

楚南飞等人冲进了金字塔形的中心建筑内，眼前的景象让所有人都惊掉了下巴！

一条深蓝色的笔直通道映入眼帘，精美的花岗岩墙壁闪烁着金色的光斑，透明的穹顶倾泻着星光，而地上则是斑斓的星空投影。通道尽头的昏暗之处露出一个硕大的椭圆形物体，物体上散发着赤红色的光线——光线竟然是旋转的！

通道不远处的温莎、伦雅和都满大祭司似乎在手舞足蹈，突然传来一阵惊恐的叫声。

楚南飞立即抓住江一寒的胳膊："不要进去！"

警告发得有些晚，江一寒收不住脚步直接闯进了星空投影之中，而另一个侥幸偷生的佣兵趁机跑进去，还没来得及跟主子汇报，只见他一头栽倒在地，身体被分成了三块，鲜血横流！江一寒和楚南飞惊得目瞪口呆，就在此时，温莎和都满大祭司迅速地退了出来，唯独本杰明和西蒙滞留在里面，依然在手舞足蹈。

"怎么回事？"楚南飞抓住都满大祭司干瘪的胳膊吼道："彭博士呢？他是跟你们一起进来的！"江一寒的头皮发麻，找了半天也没看见彭新宇。一种不详的预感瞬间涌上心头："是不是被分尸了？"都满大祭司痛苦地摇摇头："英明的神啊！他和伦雅冲进去了！"

怎么会这样？彭博士真的疯了！不过总比被那道光线给分尸了好得多。楚南飞镇定了一下情绪，指着通道尽头发着红芒的物体："它……它可以杀人？"

正在此时，通道内又发出一声惨叫，本杰明的身体也被分成了三块！

楚南飞终于看明白其中的蹊跷了：从对面射出来的光线在进入通道后总会有三条红芒交错而过，任本杰明如何躲闪都会被射杀，而当人的反应稍微迟钝的时候，直接被大卸八块！"这是伽马射线！"周芳华盯着从椭圆形物体所释放出来的红光："一般情况下这种射线是看不到的，但混合了可识别光，或者是长波段光速中暗藏着0.2埃的伽马射线，这样便在通道口形成了立体防御网，只要有任何物体通过射线，必然被定向摧毁。"

江一寒和楚南飞等人面面相觑，他们对周芳华的解释如同听天书一般，只知道外国研制的激光武器，却从来没有听过什么射线防御网。不过眼前的一切让他们感到了射线的恐怖威力。"彭博士和伦雅怎么闯进去的？难道他们不怕射线？"楚南飞盯着在通道内手舞足蹈的西蒙，那家伙的动作十分滑稽，但每次都躲过了两条交错的红芒。

温莎惊疑地摇摇头："我进来的时候那个装置还没有启动，伦雅和彭博士率先冲了进去，生死未卜。"楚南飞气得一跺脚："完全没有组织性纪律性！"

彭新宇已经失去了作为一名学者应有的理性，做出这事情也是预料之中的。现在的情况下楚南飞只求自保，而不是舍命去保护谁——甚至有时候舍命也未见得能保护得了！

西蒙显然已经累得筋疲力尽，躲闪的动作慢了许多，终于没能躲过两条交错的射线，随着一声惨叫。所有人都看着眼前的恐怖一幕。三条红芒从西蒙的身体上交错而过，西蒙一头栽倒在地，身体被分成了若干块！周芳华惊得扭过头去，扑在楚南飞的怀中。

楚南飞盯着地上的三具被肢解的尸体，鲜血在肆意流淌，三条鲜活的生命眨眼间便被摧毁，而且是如此的残忍。"一定要让他停止才行，否则谁都进不去。"温莎望着通道尽头的椭圆形物体不停地诅咒着，"该死的超级文明，残忍的刽子手！"

楚南飞不禁"扑哧"一笑，一个已经兽化了家伙竟然会痛骂别人是刽子手？如果不是私自闯进来的话，何以被射杀！不过楚南飞也在思考着怎么才能破解这道射线防御网，思考了半天也没有结果。他不是射线专家，更不是知识丰富的学者。

他仅仅是一个兵而已。"老秦，金属卷轴给我！"楚南飞忽然吼道。

秦老实早已看得目瞪口呆，这里的杀人效率比在深渊外面高太多了，三个家伙在瞬间便被肢解了，而且没有任何痛苦，一定会没有任何痛苦的！

秦老实把金属卷轴递给楚南飞："我说副的……"

"嘘！"楚南飞打断了秦老实的话，转头看着温莎，"你能不能……嗯？"

"什么？""变成超级甲兽！"楚南飞嘿嘿一笑，"就是打开神域之门的时候那个样子。""不能！"温莎忽然暴怒，本来标致的脸变得狰狞可怖，身体开始变形，而手也变成了爪子，居高临下地注视着楚南飞："你想干什么？"

众人都惊得目瞪口呆，没想到楚南飞竟然激怒了这个怪物，若不是先前看过多次一级甲兽，大家几乎马上疯掉。

楚南飞丝毫没有退却，死死地盯着温莎的赤红的眼睛："要想停止射线防御网必须要破坏掉他的动力，动力在什么地方呢？进入空间我便注意到了这点！"

楚南飞指了指穹顶，幽幽的蓝光从透明的穹顶倾泻而下，美轮美奂的星空投影射在通道里的尸块上，浪漫中带着无限恐怖的气息。

"整套动力系统来自人造星空，切断动力的唯一方式就是毁掉它，你能不能做到？"

温莎仰望着穹顶，喉咙里发出一阵低鸣："不要欺骗我，否则……哈哈！"

只见温莎突然跳跃起来，强大的爆发力让她腾身而起，一双爪子砸在花岗岩的墙壁上，像切豆腐一样插入坚硬的花岗岩，又一个腾跃，硕大的身体接近了穹顶，爪子闪电一般向穹顶击去，只听"砰"的一声炸响，穹顶上的透明物体竟然出现大片的裂纹，但并没有碎掉！温莎气急败坏地连续挥动着爪子，坚硬的穹顶再也受不了这种高强度的攻击，轰然垮塌。所有人都后退十多米远，半扇穹顶砸了下来，把温莎压在地上。

随着穹顶的垮塌，通道内的星空投影立即消失不见，唯见那三条红芒似乎颤动了一下，就在这一瞬间，一道黑影激射出去，楚南飞也拼命地向红芒冲去。

事情发生得太突然，所有人都没有料到楚南飞会不顾生死地冲进射线防御网。就在此时，令人惊讶的一幕发生了：紫黑色的金属卷轴率先被三道红芒同时射中，黝黑发亮的金属卷轴竟然悬停在空中，而楚南飞犹如灵蛇一般穿过红芒，翻滚着冲了进去。

更令人震惊的一幕出现了：三道红芒围绕着金属卷轴相互纠缠起来，而金属卷轴似乎在发生着变形，终于在某个瞬间发出"砰"的一声炸响，金属卷轴完全碎裂，三道红芒消失不见。温莎一下窜了进去，江一寒指挥众人也穿过了通道，还没有站稳，便听到楚南飞的怒吼："卧倒！"

寂静的空间里传来几声回音，周芳华被一双强有力的大手按倒在地，三道红光从头顶移动过去。楚南飞喘着粗气望着那个椭圆形的物体，不禁惊得目瞪口呆：原来那是一艘碟形飞船！他只在报纸上看过飞碟的黑白照片，但眼前的庞然大物不知道是不是"飞碟"，要比想象当中的大得多，也精致得多——精致得难以形容！

通体乌黑发亮，不知道是用什么金属打造的。上中下分成三部分，而那道红芒就是从中间一层的发射孔射出来的。整个飞碟足有三层楼高，环形穹顶上倾泻而下的星光投影倾泻在飞碟之上，就如在茫茫星空里飞行一般。

温莎已经变回原形，望着庞然大物不禁惊叹。

周芳华呆呆地望着庞然大物："天哪，世界上真的有飞碟？！"

"这就是真正的基因试验基地，而空间内其他所有建筑物都是为它服务的而已。"

楚南飞向前匍匐着，脚脖子却被温莎一把给抓住，动弹不得。

温莎嫉恨地瞪着楚南飞："你知道用金属卷轴就能破解射线，为什么浪费我的精力？找死！"楚南飞诧异地甩开温莎："难道你不明白？非常浅显的道理！你可以观察射线的活动规律，三条射线按照一百二十度角展开巡测，一定是设定好的程序，但需要参照一个坐标。他所照射的地方一定是一个坐标，但你想到坐标是怎么定的吗？"

温莎一怔："怎么定的？""你知道通道的穹顶为什么是透明的吗？""不知道！""为什么穹顶破碎之后通道内没有星光了吗？而外面的星空却始终不变。"温莎爬起来望着庞然大物："我没兴趣知道！"

"你当然不知道，这个空间的所有坐标定位都是根据星空图设定的，你的位置并非是平面位置，而是三维立体的坐标位置——当射线不能识别你的空间定位的时候，便失去了靶向，而金属卷轴能够反射星光图，能够清晰地反映自身的空间坐标，射线误以为是靶向！"温莎已经起身向飞碟跑去，都满大祭司随之跟进，老家伙兴奋得几乎快疯掉了！江一寒拍着楚南飞的肩膀："你是超人！"

"我也不知道说得对不对，蒙她的！"楚南飞爬起来望着漆黑的通道，金属卷轴已经碎裂，而那三道红芒却杂乱无序地射向穹顶。

周芳华握住楚南飞的手，惊诧道："你说得对，空间定位需要六组坐标数据，而这些数据都是事先设定好的，当穹顶被破坏以后，属于通道的空间数据无法传输给中央控制器，控制射线的装置当然无法识别靶向目标位了。"

"你厉害！""我也是猜测的呢！"周芳华苦笑道。

江一寒冷冷地望着飞碟，温莎和都满大祭司快要到飞碟的入口了。两个贪婪的家伙似乎起了什么争执，停在那里相互吼叫着。

"南飞，我们怎么办？"江一寒喘着粗气，"两只随时都可能进化的超级怪兽，我们不是他们对手，但一定要想法除掉才好。"

这是楚南飞时刻都在思考的问题。他担心的不是都满大祭司，而是温莎，这家伙的实力不知道要比都满大祭司和伦雅强横了多少倍。而且濒临进化的边缘，只要能够找到兽化液，她随时都可能成为超级猛兽，也就是都满大祭司所说的"兽神将"！

楚南飞和江一寒对视一眼，两人都明白其中的利害关系，江一寒立即命令秦老实和黄大壮提高警惕，发生任何不测首先保护好两名专家。至于彭新宇，已经不在自己的管控范围内了。

彭新宇脱离战队让江一寒恼火至极，按照部队纪律理应处置，但眼前这种情况下只

能听之任之了，至于他的安全问题江一寒感觉力不从心。

甚至能不能活着出去都是未知。

基因试验基地一层环形的回廊内发出幽蓝色的光晕，回廊两侧的墙壁内镶嵌着稀奇古怪的动物标本，而彭新宇正盯着一个硕大的标本发呆。

那是一个活灵活现的兽化人标本，镶嵌在不知是什么材料制成的透明墙壁里。如此鲜活的标本彭新宇还是第一次见到，以前所看到的都是浸泡在福尔马林液体里面的，或者是制成干尸的标本。而这里的标本却保持着那种活生生的状态，第一眼看上去以为是活体！

都满大祭司跪伏在另一具标本面前，手中擎着破烂的权杖，虔诚地祈祷着。而伦雅则默默地站在他的后面，悲伤地看着标本，仿佛陷入了某种回忆。

"英明的神啊，你创造了魔罗族历史上最勇猛的兽神将，但他没有肩负其护卫圣地的职责！"都满大祭司怨恨地盯着那具怪兽的标本，不停地诅咒着。

伦雅不安地看着标本："他是谁？"

"这就是分化魔罗族的叛徒，魔罗城邦第一任国王莫伦神将！"都满大祭司无奈地摇摇头："一千多年前，魔罗一族分化成两个派别，一派是忠心耿耿地守护圣地的魔罗族，另一派则离开深渊建立了辉煌的魔罗城邦。"

魔罗城邦就是被黑风暴给吹出来的魔罗古城。在西汉时期，魔罗古国便已经存在，并创造了辉煌的魔罗文明。魔罗古国在古老的东丝绸之路上，是汉朝与东亚贸易的必经之地。但谁也不知道魔罗古国为何在一夜之间消失，更不知道魔罗古国最勇猛的兽神将竟然诡异地出现在了基因基地，而且被制成了标本。

无论是彭新宇还是都满大祭司，都将镶嵌在墙壁内的怪物们称之为"标本"——虽然他们不明白这些标本究竟是如何制成的。

莫伦的眼睛发出一种深邃的光芒，然而在老眼昏花的都满大祭司眼里，他不过是毫无生气的"标本"而已。

阿森曼博士现在成了真正的孤家寡人，本杰明的探险队已经全军覆灭，本杰明也被伽马射线所射杀。但阿森曼进入环形回廊的时候，正看到彭新宇在用拳头砸着封闭标本的"玻璃"，那是一种如同玻璃一样透明的材料，但绝对不是玻璃。

回廊内发出一阵沉闷的声音。

"彭先生，您在干什么？"阿森曼狐疑地看着彭新宇不解地问道。

彭新宇显然很兴奋："这种标本的制造方法我们再过一百年也未必能发明出来！"

"是的，这里的文明比人类高出几个层级，许多科技发达得令我们难以想象，到现在我还没弄明白基地的能源来自哪里，他们是如何驯服这些庞然大物的——他们看起来跟真的一模一样！""这就是基因的力量！"彭新宇热切地看着犹如活物一般的标本，终于意识到根本没可能砸破，索性放弃，直接向环形回廊内部跑去。

而就在此时，温莎如同旋风一般从他的身边冲过去，闪身之间竟然消失不见。彭新宇、阿森曼和伦雅等人不禁惊讶地望着温莎消失的背影，似乎都意识到了什么。尤其是都满大祭司，持着权杖飞奔追了过去。

伦雅震惊不已，大祭司似乎隐瞒了什么。是什么原因让一个垂死之人迸发了如此威力？"彭博士，这里所展示的标本无疑是试验品，这里的文明创造者用基因改良人的进化方向，而他们是兽化的代表！"阿森曼不停地在记录着自己的发现，不是发表自己的看法。彭新宇对此也深表同意，不过他所在意的并非是这些标本，而是基因进化的密码！"X病毒控制着人类基因X染色体，X染色体会做出进化方向的选择，基因组序列被认为地按照定向排列，在X病毒的作用下，基因发展进化方向发生异化。"彭新宇拍打着透明墙壁，似乎要唤醒里面的标本似的。

阿森曼不断地点头："我们的科学发现与这个文明相差至少一千年，而基因的发现才不到一百年，十四年前（1961年）克里克提出了基因组的概念，也不过是DNA片段的发现，而这里的文明已经在改造基因了，真是不可思议！"

阿森曼凝重地点点头："但这个文明的创造者却制造出了可以控制X、Y染色体的病毒，我怀疑……他们是被这种病毒所毁灭的！"

"毁灭？那是不可能的，一种科技文明既然有能力创造出超级病毒，就有办法控制这种病毒，而避免被病毒所控制。""但基因的遗传特性是改变不了的。"阿森曼迟疑道。

"并非改变不了，而是通过何种手段去改变，比如兽化方向的进化，这里的文明已经做到了。"彭新宇叹息一下，"我只对X病毒感兴趣，对基因毫无兴趣。"

阿森曼苦笑着摇摇头："您是睿智的人，超级病毒极具危险性！""所以我们要找到它！"彭新宇和阿森曼终于走到了环形回廊的尽头，一扇上下开合半掩着的金属门出现在面前。彭新宇相信无论是温莎和都满大祭司都没有能力开启这扇门，也就是说这扇门原本就没有完全关闭！

阿森曼拍了拍金属门："彭博士，基因超级病毒与世界上的其他病毒完全不同，自然界病毒是通过破坏细胞组织而对人体进行入侵的，比如历史上爆发的那些著名的传染病——鼠疫、天花、疟疾等等，几乎消灭了一大半的世界人口。而超级病毒却不是这样……"阿森曼还没有说完，彭新宇已经钻进去了。阿森曼无可奈何地耸耸肩："超级病毒不会有抗体，也不能被治愈，所以让创造他的人无能为力，上帝啊！"潘多拉魔盒早在几千年之前便被打开了。

楚南飞一行人一进入环形回廊便被眼前的一切给震惊了，而他们所关注的东西却不一样：周芳华和楚南飞所关注的那些被禁锢在密闭空间里的标本，高格明关注的是那种透明的材料，而江一寒等人根本没有关注这些，而是警惕被镶嵌在密闭空间里的怪物，怕他们跑出来！"南飞，这些标本全部是兽化的，而且是不同阶段的兽化！"周芳华惊愕地观察着。

楚南飞盯着一个庞然大物的眼睛，把手轻轻地放在透明的墙壁上："你说得对，这些就是那帮文明人所研制出来的兽化怪物，从一级甲兽到顶级的兽神将，说明他们的兽化技术已经达到了炉火纯青的程度。"

"这是魔罗人的进化史！"江一寒冰冷地说道。

"不是进化史，而是兽化史。"楚南飞的手轻轻地接触到透明墙壁上，墙壁里忽然传来一阵轻微的震动，是那种十分熟悉的震动，就如深渊石英石化洞壁所产生的震动一模一样。楚南飞竟然感觉到随着震动的产生，封闭里面的标本似乎在动——眼睛似乎在动！楚南飞震惊地盯着怪物的眼睛："你确定他们是标本？"

"是鲜活的标本，如果不是封闭在墙里我还以为是活的！"周芳华凝重地叹息一下，"这种技术不存在于我们的世界，也许是一种更高级的技术，我们走吧。"

江一寒等人保护着周芳华和高格明继续向前走，而楚南飞的手再一次放在墙壁上，那种震动的感觉更为强烈了，他忽然产生一种莫名其妙的恐惧：这些家伙们不是标本，而是活物！"高教授，这种墙壁是什么材料制成的？"楚南飞追上高格明问道。

高格明面露难色："不知道，也许是金刚石，只有取样在材料实验室里化验才能知道。""金刚石？"

"只是怀疑而已，据我所知自然界里最坚硬的物质便是金刚石，是碳的同素异形体，也就是我们所说的钻石。"

所有人都惊讶地看着透明的墙壁，里面所镶嵌的怪物标本根本无法吸引他们了，尤其是黄大壮，扛着两米多长的兽骨停在幕墙下，用兽骨砸几下墙壁，骨屑纷飞，墙壁上没有任何痕迹。"硬度最高的金刚石都不能与它相提并论，人工方法高温高压所制造的金刚石多有杂色，而这面墙壁的材料看上去不厚，却极端坚固。这是因为他们将碳原子重新进行排序所致。"

周芳华也诧异地拍了拍墙壁:"多么恐怖的文明,竟然采取原子排序制造幕墙!"

"也许是非常简单的事情,但我们的科技却做不到。"高格明摩挲着墙壁叹息一声。

楚南飞微微点头:"有没有一种可能,这些怪物是被封闭在里面的,而不是标本?"

周芳华苦笑:"怎么可能?任何生物都要呼吸,都要代谢,都离不开阳光空气和水,而这里有什么?""他们或者是在睡觉呢!"楚南飞咧嘴笑了笑,感觉自己有些太幼稚了,想象力够丰富,不过他对这些标本的眼睛的确很感兴趣。

众人走到机关门前,里面却传来了一阵兽吼的声音。

秦老实趴在门口向里面观看,吓得"嗷"的一声蹦了起来,一屁股坐在地上,惊恐地指着门里面:"怪物……怪物们打起来了!"

宽阔的大厅里面出现了两头巨大的怪兽,一头浑身长着鳞片,鳞片闪烁着蓝紫色的光芒,而兽化的面孔犹如恐龙的脑袋一般,褶皱堆在一起,赤红色的眼珠子如同小钵一般大小,怪物的双臂也长着厚厚的鳞片,角质化的手已经变成了爪子。

都满大祭司终于露出原形!而对面的怪兽不说自然是温莎,温莎的形状还是老样子,但却比都满大祭司小了一号。当初楚南飞看到兽化变形的温莎的时候着实吓了一跳,她要比奥吉拉、满布和伦耶都大得多,难道这就是一级甲兽与兽神将的区别?

温莎和都满大祭司都不是兽神将,他们都在进化的边缘。但都满大祭司的实力显然要比温莎强横。这是温莎所不能容忍的,也是她没有想到的!

"我绝不允许你染指圣液,哪怕是一点儿!"都满大祭司挡在温莎的前面,愤怒地挥动着破烂的权杖,看起来很滑稽。

温莎显得极端愤怒,扬起硕大的脑袋瞪着赤红的眼睛,两支长臂在空中划过一道弧线,直接砸在都满大祭司的鳞片上,都满大祭司向后退了两步,掉下一大堆鳞片。黑紫色的爪子在空中挥舞着,抓在温莎的胳膊上,一道血痕立即出现。

都满大祭司的确隐藏了他的实力!

温莎惊愣一下慌忙后退,但还是没有退缩的意思,双脚不断地蹬着地面,发出阵阵低吼,疯狂地向都满大祭司冲去。

"砰!"一声巨响,两头怪物碰撞在一起,都满大祭司竟然纹丝不动,而温莎如同撞在了金刚石的墙壁上一样,轰然倒在地上。

阿森曼后退几步,转身冲进另一扇门里,而彭新宇却贪婪地仰望着穹顶。

布满星空的穹顶上同样挂着一轮散发着蓝色幽光的月亮。而很显然,那不是月亮,也不是什么灯具,而是无数只球形容器,容器是悬浮在空中的,每只容器上面都萦绕着蓝色的星空投影，中间则是一只大号的容器。所有球形体如同点阵一般排列着，美轮美奂。

"你不可能挡住我，大祭司阁下！"温莎一阵低吼，而随着吼声，温莎拿出一支金属筒，疯狂地将金属筒刺进了肉里面！

一个貌美如花的柔弱女子倘若忽然变成了泼妇，没有人能接受得了。但如果她发生了某种变异呢？譬如温莎，因基因突变而造成了兽化现象，便成了真正的怪兽。

但在场的人已经习以为常。魔罗族的兽化本质是因为感染了X病毒，他们将适应超级病毒的体质视作是"神"的抉择。从某种意义上而言，这是他们的生存法则和一种另类的文化。都满大祭司兽化后的体型是正常时候的两倍有余，而其浑身角质化的鳞片昭示着他是一种"鳞甲"类的怪兽，此类最著名的应该是鳄鱼，尼罗鳄或非洲鳄是代表。现实世界的人们的认知均是如此，但都满大祭司所兽化形成的怪物并非是鳄鱼，而是怪兽！就如同将普通的鳄鱼放大了三五倍，而且长出了腿脚，腿脚上的爪子如钢刀一般坚硬锋利，关键是他还有高智商——这是多么恐怖的事情。

温莎将金属筒刺进了自己的身体之内，立即流出了绿色的黏液，如同血一般黏稠。而金属筒在刹那间便被融化！

所有人都被眼前的一幕惊得目瞪口呆。

彭新宇如热锅上的蚂蚁焦躁不安地望着两只怪兽对峙，他在关注悬在穹顶上的圆球形的容器，那里面存放着蓝绿色的液体。

都满大祭司张牙舞爪地冲向温莎，手里的权杖忽然爆射出两道绿色的光芒，残破的权杖似乎充满了能量，其威力也倍增。

温莎的体型并没有发生任何变化，但赤红的眼睛却在慢慢变换着色彩，双臂交叉在胸前低吼着迎上前去。两只怪兽相撞在一起，四只爪子如同四把钢刀一般，挥舞碰撞，竟然擦出了火星！地面一阵震颤，穹顶上的圆球形容器也在颤抖着，可见他们对撞的威力该有多大。

江一寒等人惊得目瞪口呆，躲在机关门后面痴痴地望着里面的争斗，就如当年这里的文明主宰者们欣赏斗兽那样！

楚南飞一头钻进门里，却被江一寒给拽回来："干什么去？挨上死碰上亡！"

"彭博士！"楚南飞大喊一声，挣脱了江一寒便冲进了实验室，险些撞在伦雅的身上。

江一寒望一眼实验室里面的彭新宇，才发现他竟然上了一处高台，仰望着悬浮在穹顶之上的容器，似乎在下某种决心。温莎与都满大祭司又碰撞在一起，这次并没有发出太大的碰撞声，但温莎的两只爪子死死地扣住了都满大祭司的双臂，将其抛起来，狠狠地摔在地上。温莎疯狂地跳起来，锋利的爪子狠狠地砸下去。

就在此时，一道绿色的光芒电闪一般击中了温莎的双臂，巨大的冲击力将温莎掀翻在地。伦雅不知道什么时候变成了一级甲兽！

她的体型明显偏小，根本无法与温莎相抗衡，但温莎对那种能量聚合的光线显然极为忌惮，她愤怒地瞪着温莎，锋利的爪子抓住都满大祭司，微微用力便将他给扔了出去。都满大祭司重重地摔在地上。他已经毫无还手之力了。

楚南飞冲进实验室内，残破的权杖迎面飞来，吓得楚南飞一个跟头翻倒在地，权杖擦着头皮飞过去。楚南飞连滚带爬地起来，拼命向彭新宇奔去，而温莎却对他没有半点防范，而是专注跟伦雅对峙着。这样的对战没有人可以帮上忙。楚南飞、江一寒等人看热闹都嫌多余！

试验台上是一片散发着蓝色光芒的平台，表面看不出有任何开关或者是按钮，但彭新宇显然认定这个就是操作平台，只是苦于不知道该如何操作而已。

"彭博士，快走啊！"楚南飞一把拦住彭新宇就要往外跑，彭新宇却纹丝不动，却反手抓住了楚南飞的手腕子，强横的力道疼得楚南飞"嗷"的一嗓子，一头栽倒在地。

彭新宇瞪着猩红的眼珠子看着楚南飞："你的任务是启动控制单元！"

"你异变了吧？这么大力气！"楚南飞气得向揍扁这个自私的家伙，却看到彭新宇正面貌狰狞地瞪着自己，慌忙爬起来，"不会操作！"

"我教你！"彭新宇抚摸着平台上如梦似幻的蓝色星光，贪婪地仰望着穹顶上的球形容器，"那里面装的就是X病毒，使我们这次科考行动的终极目标，只有得到它我们才能完成政治任务，快点！"

"你疯了？那些沙民的血碰上一点都会感染超级病毒，这玩意不能运出去的！"楚南飞时候一声，想要挣脱彭新宇，却丝毫没有晃动他，不禁一愣。

彭新宇气急败坏地砸着控制台："这是政治任务，你的作用是启动控制台！"

楚南飞盯着彭新宇，突然一拳砸在他的鼻子上，彭新宇猝不及防，仰面倒在地上。而楚南飞无意按在了操控平台之上，之间平台忽然缓缓地旋转起来，惊得楚南飞目瞪口呆！圆形的实验平台不断变换着颜色，而从平台空气膜一样的表面散发着星空一般的图案。楚南飞立即想到的那三幅能量地图！

秘境空间内的一切物体的定位全依靠三维立体坐标图，而人造星空图则是提供物体位置的根本。无论是进入基因基地甬道里面的星光图还是环形回廊里的星光图，都无一例外。楚南飞仔细地盯着操控平台上不断变幻的色彩，想要回忆那三幅能量地图，却发

现记忆里面少了那副"没落之魂"地图!仿佛记忆在一瞬间屏蔽掉了方尖碑上的那幅图一样,只残存着两副模糊的星空图和天眼图。

"快开启操控平台——我相信你能行的,快啊!"彭新宇惊呼咆哮的声音冲进楚南飞的耳膜,震得楚南飞头晕目眩。

楚南飞凝神盯着彭新宇,面露威严:"为什么要启动它?这里的科技比我们的世界高出一千年不止,你能保证我们不感染上X病毒吗?""这是政治任务!"

楚南飞怒吼着:"作为此次科考队队长你都做了什么?破坏无线电台、肆意践踏组织纪律、不请示不汇报擅自行动,严重损坏了集体利益,为什么要听从你的命令……"

话音未落,彭新宇一拳砸过来,楚南飞想要躲却没有躲开,正中肩胛骨上,楚南飞痛苦地摔倒在地。彭新宇一脚踩住楚南飞的大腿:"我命令你快启动操控装置!"

"不!"楚南飞一个侧翻起来,身体忽然悬空,双腿连续踹出六脚,是重击六脚。这是楚南飞的绝技,但在以前的训练中他只能连击三下。彭新宇被踹飞,一头栽倒在地上。

伦雅与温莎的对峙进入了最关键的时刻。

温莎似乎在积蓄着力量,角质化的肌肤在不断地膨胀着,整个身体变得丑陋不堪,而面部皮肤早已经开裂,绿色的液体不断地流下来,脚下一摊黏液,在地上冒着泡,就像硫酸倒在大理石上。

伦雅的能量显然不继,她似乎已经洞察到了温莎即将展开最后一击,但依然没有退缩!"你死吧!"温莎突然狂暴出击,利刃一般的爪子还没有到,阴风却席卷而起,伦雅不甚庞大的身体倒飞出去,摔到了实验室的尽头。

与此同时,都满大祭司吐出一大口鲜血,鲜血喷溅在温莎的手臂上,那已经不算什么手臂,因为从肘部以下便是锋刃般的利爪。都满大祭司冲向温莎,无所顾忌地撞在温莎的身上。

没有发生任何震动,也没有想象当中的惊天动地。

都满大祭司根本没有撞到温莎,一双锋利而修长的爪子早已嵌入了都满大祭司的身体,无声地刺破了他厚重的"铠甲"。温莎血色的双瞳里爆射出两股精光,黏稠的绿色液体喷溅而出,将都满大祭司包裹住。

生命的光华在都满大祭司的脸上一闪即逝,温莎残忍地咬掉了他的脑袋,而都满大祭司硕大的兽体在绿色黏液里慢慢融化。

温莎仰首吼叫着,脚下的黏液不断地被吸收着。可怜的都满大祭司竟然被温莎吞噬了!温莎平静地望着角落里的伦雅,发出一阵愤怒的低吼之声。

在门外观看的江一寒和黄大壮早已被吓得魂飞魄散！

"参谋……参谋长，我长这么大从来没见过人吃人啊！"黄大壮喘着粗气，一屁股坐在地上，那根兽骨被扔到了一边。江一寒干呕着，这难道就是宿命吗？

人之所以进化成人是因为文明在进步，而这里的文明主宰者们却创造了如此邪恶的基因病毒，他们掌控着一部分人的进化发展方向。不是朝着更高级的人进化，而是兽化，这是何其残忍！

温莎不屑地望了一眼伦雅，那个曾经的深渊主宰者的女儿，现在已经奄奄一息！

彭新宇正在和楚南飞对峙，很可笑的对峙，你打我一巴掌，我蹬你一脚，偶尔两个人都趴下，摔在一起滚到一处。

楚南飞想要制服彭新宇是分分钟钟的事情，但他不想，也不能。而当温莎吞噬了都满大祭司，两个人却发现自己如同小丑一般！

敌人太强大，强大到不可能战胜。

温莎气势汹汹地瞪了两个人一眼，而后贪婪地仰望着穹顶上无数悬浮着的球形体，高大的身体腾身跳起来，她想把那个最大的球形体搞到手，谁知就在温莎的爪子即将碰到球形体之际，一道闪电凭空乍现，随之而来便是一声噼啪的炸响，附近的几个球形体全开时放射闪电，彼此传递，被击中了的温莎惨叫着重重地摔到地上，空气中散发着腥臭的味道。温莎显然受伤不轻，愤怒地低吼着想要起来，却难以承受身体之重，样子狼狈不堪。彭新宇怔怔地看着温莎，而楚南飞及时窜到了一边，扶起伦雅圣女。

温莎终于挣扎起来，身体逐渐变回了正常。

温莎看似极度虚弱，估计是方才大战都满大祭司所致。此刻却瞪着彭新宇："这里的一切都属于温莎，任何人都不得染指！"强者为王，无论是在丛林世界还是在洪荒时代，绝对的强者是统治者。但这句话似乎对彭新宇不起什么作用，作为中国最顶尖的病毒生物学家，他对自己的目标执着到了偏执的程度。"我需要X病毒做研究！"彭新宇一字一顿地说，"而且你也未必强大到能突破威能防御的程度，我们最好合作。""合作？好啊，怎么合作？"温莎阴森地看着彭新宇，"不知道你究竟有什么用途，能战斗吗？还是能破解这层防御，跟我谈合作必须拿出真本事！"彭新宇纯属是自取其辱。彭新宇平静地看着温莎，举起了左手，就在一瞬间，彭新宇的左手似乎发生了某种改变！温莎犹疑地后退两步，错愕地看着彭新宇："你……进化了吗？"

第二十八章 零点源头

背叛是最让人难以接受的。

对于精挑细选上来的"刺头"楚南飞而言，他的字典里就没有"背叛"二字。无论是执行秘密作战打击任务还是战术对抗演练，要么就杀死敌人，要么就被敌人杀死，投降是不可能的事情，也是不可想象的事情。宁折不弯是他的性格，背叛是最令他深恶痛绝的！彭新宇犹如中了超级病毒一般，几乎没有思考便与温莎达成了合作。这是对科考队的背叛，是对舍生忘死地保护他的战士们的背叛，是对国家事业的背叛，更是对祖国和人民的背叛！

不要说他是一名科学家，也不要说他是知识分子，背叛则意味着他是楚南飞的敌人。

温莎已经强大到足以毁灭这里所有人，彭新宇能与之合作更是让人匪夷所思。

伦雅倒在楚南飞的怀里，面色苍白呼吸微弱："为什么……"

"你已经感染了超级病毒，所谓的进化不过是病毒发作造成兽化而已！"楚南飞冷冷地看着伦雅圣女，这个长相与蒋依依一模一样的女孩曾经是那么清纯，有时候楚南飞竟然分不清她的身份。

伦雅圣女无力地摇摇头："我需要一次完美的进化，我与温莎不同，我的进化方向是威能洞察，而不是变成嗜血攻击的怪兽。"

"威能洞察？"楚南飞的确见识过伦雅圣女施展威能洞察的功夫，她能以自己的潜能激活祭坛方尖碑上的地图，也能利用特殊的能量作为武器攻击，但她最擅长的应该是洞察人的心理思想，这是伦雅作为一级甲兽所具有的特殊能力。都满大祭司曾经说过她具有最完美的魔罗族血统，是能够带领魔罗族走向兴盛的领导者，而现在，她很弱。

"告诉我，你是不是那个女孩？"楚南飞皱着眉头问道。

伦雅圣女微微摇头："不是。""好。"楚南飞叹息一声，伦雅不是蒋依依，那个杀害蒋依依的凶手却是她的手下。难道这是一个阴谋吗？蒋依依手里的金属卷轴是谁给她的？应该是他父亲。而他父亲却失踪了啊！楚南飞感觉有些头晕目眩。

温莎挑衅一般地望一眼角落里的楚南飞，打了个手势："你，过来打开威能防御！"楚南飞定定地盯着温莎和彭新宇，他想一拳把两个家伙给砸死，尤其是那个叛徒！

"彭博士，难道你忘记了此次科考的目标？"

彭新宇瞪着赤红的眼睛，根本不搭理楚南飞。

温莎媚笑着命令彭新宇："想办法让他服从，只有他才能破解威能防御系统。"

彭新宇点点头，转身向门口走去。江一寒、黄大壮、秦老实、高格明和周芳华已经进来，惊惧地望着眼前的一幕。他们没有想到事情会如此发展，更没有想到温莎已经发生兽化变异，而且吞噬了都满大祭司。尽管不知道吞噬之后会有发生什么改变，但每个人都知道他要做什么。彭新宇站在众人前面："不想死的话，服从我的命令！"

"彭博士，你太过分了！"江一寒义愤填膺地指着彭新宇，"他是入侵者，是我们的敌人，你为什么要助纣为虐？你是科考队长，一定隐瞒了什么，你究竟隐瞒了什么秘密？难道一开始你就知道有超级病毒的存在？"

江一寒气得恨不得一枪打死彭新宇，下意识地摸枪。动作虽小，但已经暴露了他的意图，尽管他没有枪。彭新宇怒不可遏地冲上前去，一拳砸在江一寒的腰间，江一寒猝不及防，人直接飞了出去。这一击力道极大，试想能将人高马大的江一寒一拳打飞是何等的霸道！所有人都没有想到，包括周芳华！他们都没有意识到彭新宇已经发生了某种变异，在深渊祭坛的时候，这种变异就在悄悄地发生，而进入密闭空间之后，变异竟然加速了！黄大壮抡起兽骨便砸向彭新宇，彭新宇抬手挡住，兽骨狠狠地砸在彭新宇受伤的手腕子上，就在这一刹那间，彭新宇整个身体似乎感受到了某种异样，鲜血蹭到了那根兽骨之上，瞬间便消失不见，而彭新宇的手发生了异变！没有人去关注这个细节。

黄大壮还没有来得及攻击第二次，前胸已经挨了一拳，人也飞了出去。秦老实挥舞着匕首冲到彭新宇近前不由分说便是一阵乱刺！

彭新宇一把抓住秦老实的脖领子，不费吹灰之力便将秦老实抓起来，向穹顶抛去。

一条黑色的抛物线划过周芳华的眼际，随即便看到楚南飞发疯一般冲向空中的秦老实，他想去救自己的战友，但彭新宇的力量实在太大了，瘦弱的秦老实被摔到了幽蓝色的球形容器上，在即将接触的刹那间，容器表面的威能防御突然触发，一道蓝色的弧光凭空乍现，把秦老实直接包裹起来。秦老实瞬间被碳化！

尸体摔到地上，成了一捧灰烬。恐怖，心痛。空间内飘荡着火化炉一般的气味，彭新宇一把抓住周芳华的胳膊，不由分说地拽到了控制台前，周芳华已经晕死过去，一点挣扎都没有。楚南飞抱着被碳化的秦老实的尸体，许久没有发出声音来。他已经没有了眼泪，眼泪早已经蒸发掉！恸哭解决不了问题，那个刽子手就在面前。

江一寒和黄大壮本能地冲过来，温莎的眼中却射出一道红芒，砸在黄大壮手中的兽骨之上，兽骨寸寸断裂，黄大壮被击飞！"还没轮到你死的时候！"温莎阴阳怪气地嘲讽着看着楚南飞，"破坏掉威能防御，你可以不死！"

彭新宇的手抵在周芳华的脖颈上，阴沉地看着楚南飞："你也感染了超级病毒，我也知道你的体质发生了变化，这都是超级病毒带来的好处，这是一种能制造出超级战士的基因药物，而不是什么病毒。""禽兽！"楚南飞难以抑制悲恸，猩红的眼睛看着彭新宇和温莎。他们是两个异变的超级怪兽，而不是人。早已经没有了人的思想和怜悯之心，楚南飞也不会对禽兽做任何乞求！楚南飞拔出那柄赤红的匕首："二位，让我们来一场痛快淋漓的角斗怎么样？""哈哈……"彭新宇发出一阵怪笑，"你以为能战胜我？作为基因已经进化了的超人，我警告你做好自己就可以了，这里的一切都是温莎小姐和我的，作为合作者，我可以开诚布公地告诉你，基因病毒的进化方向决定了你的实力。""你什么都知道？"楚南飞阴冷地看着彭新宇。

"当然，作为中国最顶尖的病毒生物学家，我怎么可能不知道 X 病毒的本质？这是一种能够促使基因异变的药物，是上一季文明最先进的科研成果，比现代科学先进了一千年。"彭新宇滔滔不绝，"兽化需要选择方向，你的体质决定了你兽化的方向是威能利用和记忆读写，而我是天生的强力攻击，奉劝你跟我们合作才是正确的选择。"

温莎紧皱眉头看着彭新宇："跟他啰唆什么？快点解开威能防御，否则就杀了这个女人！""温莎小姐，这位女士和他的关系非同一般……"楚南飞现在才领教什么是背叛！"好吧！彭博士，你赢了！"楚南飞叹息一下，把秦老实的骨灰小心地收好，然后阴冷地看着彭新宇，"先把周芳华放了，我破解威能防御。"

彭新宇面无表情地放开周芳华，楚南飞将周芳华搀扶到角落里，转身向江一寒和黄大壮使了个眼色："你们出去吧。"

"楚连长？""出去啊！"楚南飞怒吼一声，声音里充满了愤怒和无奈。

江一寒立即反应过来，两个人搀扶着周芳华上了一个椭圆形的楼梯，走进飞碟的第二层。楼梯口闪过阿森曼的影子，锐利的目光看着一层平台上所发生的一切。

楚南飞如释重负地望了一眼悬在半空中的球形物体，方才他已经见识到了可怕的威能防御的威力。以他看来，这种防御与在外面所遇到的光幕防御有着本质不同，楚南飞不明白为什么会产生闪电和雷击的效应，其表面看不出有任何电流的痕迹。

"这是攻击型的威能防御系统，与光幕威能不同。其特点是所有能量都均布在防御圈之内，若触碰就会集中释放能量，达到攻击的目的。"伦雅低垂着眼睛叹息道，"不要鲁莽去触碰它，没有任何力量能够抵抗威能集中攻击。"

"谢谢。"楚南飞活动一下脖子，走到控制台前盯着上面的星光投影，仰头望了一眼空中悬浮着的球形体。空间内的众多球形体都有自身的威能防御系统，而且每个球形体在空间的排列是经过周密布置的。当一个球体的威能防御被触发后，周围五个球体的威能悉数释放，形成集中攻击态势，不要说是人，金属都能直接融化了。

温莎方才侥幸碰触到的是中间位置最大的圆球，并没有引发威能集中释放，否则跟秦老实是一个后果！

楚南飞扫一眼空中悬浮着的球形体点阵，忽然发现每个球形体上面的星空点阵完全不同，而碟形飞行器的穹顶上所设置的星空图竟然与空间外面的星空如出一辙，也就是说跟自己所记忆的星空图完全一样。

楚南飞不知道这些点阵一般的球体是如何悬浮在空中的，他们的主人为妥善保护这些病毒真是煞费苦心。

楚南飞的目光处从最中心的大的球体开始移动，而脑海中所记忆的星空图在不断地浮现。这是一种高强度、高难度的智力活动，但对楚南飞而言已经轻车熟路。就如同在若干个球体表面星空图中寻找最与众不同的那个。

彭新宇和温莎跟着楚南飞来回转，两个人弄得莫名其妙。温莎阴鸷地看着楚南飞："你干什么？快点破解！""你们是超人，不知道怎么破解吗？"楚南飞一本正经地瞪了一眼温莎，"球体点阵排列方式是按照星空图设置的，这是能量空间坐标位置数据采集手段，只有找到点阵的零点坐标，才能破解！"

彭新宇和温莎相视一眼，两人都莫明其妙，不知道楚南飞究竟说的是什么。

楚南飞透过搬开的机关门，忽然看到对面环形回廊的标本墙，突然有产生异样的感觉，楚南飞匆匆返回控制台上，凝视着台面上的星空投影，手轻轻地放在蓝色的月亮上面，遮住了月光。经过仔细观察，他发现点阵球体上没有一个是零点坐标！

唯有控制台上的圆月可能存在着特殊意义。这种判断力和决断力不是谁都可以有的，他可以借用能量空间图破解光幕威能，也可以机缘巧合地破了通道的星空，扰乱伽马射线的坐标数据采集，但对于球形点阵的威能防御实在是一无所知。

唯一的办法是孤注一掷！他要以一种特殊的方式复仇。

当楚南飞的手按住操控平台上蓝色"月亮"的时候，平台上的星空投影忽然重新组合，平台上发出电流的声音，继而一道白色的光幕突然出现，惊得楚南飞后退两步，错愕地看着光幕。光幕上出现了球形点阵的星空，估计有百十多个。楚南飞长出了一口气，搓了搓手，刚要点击，彭新宇却冲了过来，兴奋地看着光幕："这就是操控平台！"

彭新宇随机点了一下光幕，光幕上竟然出现了一条数字信息。没有人能读懂信息的内容是什么，因为其文字不是世界上已知的任何一种文字，彭新宇不是语言专家，更不知道是何种信息。随着彭新宇触碰光幕信息，空间内的一个悬浮球体竟然缓缓地移动，但并没有落下来。彭新宇又点了一个浮球，其所在的空间坐标位置的浮球也开始了移动！现在点阵上的浮球已经有两个在移动了，它们诡异地穿过球阵，环绕着点阵中间最大的浮球，移动到一架造型酷似小金字塔的装置上面。

两个浮球一前一后地抵达装置的上方，就如待检的一样。彭新宇热切地望着空中的浮球，一掌拍在光幕的红色投影上，光幕出现微微的震动。而第一个浮球竟然缓缓地下落！温莎兴奋地冲到金字塔装置近前，贪婪地仰望着下落的浮球。浮球里面是两排十二支金属颜色的封存器，而里面似乎有着某种未知的液体在流动。

浮球落在金字塔形状的装置顶端，从里面探出三支探头，直接将旋球接住，装置下面忽然爆射出蓝绿色的光幕，光幕将浮球包裹住，形成了一道密封的屏障。

彭新宇惊叹地看着，兴奋得忘乎所以："太奇妙了，他们的科技发达程度让人难以置信！""这是液氮存储器，可以达到零下196度！"温莎不屑地瞪了一眼彭新宇，"这种技术早已在西方世界流行，你们落后了西方一百五十年！"

楚南飞站在光幕前盯着光幕点阵投影，这种操控实在太科幻，他看了半天才弄明白，大概是触摸光幕上目标，便选定了所对应的空间位置坐标上的旋球——温莎所说的液氮存储器，那里面的东西就是"圣液"！

就在楚南飞犹豫该如何将目标复位的时候，温莎已经伸手从金字塔装置上取下一支金属密封筒，密封筒冒着冷气，可见温度十分低，但对温莎而言没有半点伤害。而彭新宇也要取第二只，就在手即将触碰到密封筒之际，冷气忽然大盛，彭新宇的手立即结冰！

蓝色的冰以肉眼可见的速度迅速凝结，几乎是瞬间就将彭新宇给包裹，他竟然成了一个蓝色的冰人！温莎一阵狂笑，手里举着金属密封筒仰望着空间内的球阵："这些都是我的，我要成为地球的主宰！"伦雅和楚南飞惊得目瞪口呆，下一秒便明白了这个怪兽的疯狂想法。"你这个疯子，想要干什么！"楚南飞愤怒地拍了一下光幕，不知道碰触到什么地方了，光幕忽然变大，在右下角的地方出现一个"门"的图形，楚南飞毫不犹豫地触击下去。与此同时，伦雅率先出手，两道绿色的光束突然爆射而出，直击温莎的手腕。

令人难以置信的是，温莎竟然以金属密封筒抵挡住了伦雅的威能攻击！

"砰！"一声炸响，温莎手里的密封筒竟然爆开，里面是针筒形状的物体。

温莎狂暴地将针筒内的液体全部注射进自己的体内，看得楚南飞和伦雅头皮发麻！

"她要进化了，必须阻止！"伦雅惊恐地喊叫着，毫不犹豫地冲了过去。

温莎一阵狂笑："我要让全世界的人成为基因药物的受益者，让人类的基因自由地进化，让他们成为我的超人，多么美妙的计划啊！"

伦雅的攻击随之而到，两道强横的光柱射到温莎的颈间锁骨的部位，发出一阵轰响，温莎被冲击出去，而身体却开始异变——与先前的异变迥然不同！

蓝绿色的鳞甲片以可见的速度从温莎的身体内钻出来，她的头部发生严重变形，角质化的皮肤慢慢地消失，眼睛由赤红色变得暗红，双瞳里面似乎沸腾着鲜血一般，两只手完全退化成锋利的爪子。"兽神将！"伦雅惊恐地看着眼前硕大的怪物，若不是亲眼所见温莎的异变，她根本不会相信。温莎愤怒地低吼着冲了过来，锋利的爪子雷霆一般地出击，伦雅喷出一口鲜血便倒飞出去！

随着温莎成功地进化为兽神将，空间的机关门却徐徐打开，发出一阵震颤，在温莎回头之际，机关门完全打开。

楚南飞挥手之间，光幕控制平台已经消失，那支悬浮在金字塔装置上的液氮储存器开始归位。"跟我合作，你可以进化为一级甲兽！"温莎凶神恶煞一般地看着楚南飞，发出如同地狱一般的声音。楚南飞拔出赤红色的匕首，仰望着怪兽，滑稽得像一个小丑！

"南飞，快躲啊！"周芳华从二层平台上冲了出来，江一寒和黄大壮紧随其后，但看到眼前的一幕不禁惊得目瞪口呆。温莎望向平台上的三个人，兽头摇晃着，似乎发出嘲讽般的笑，不再理会楚南飞，而是朝着二层平台走去。

在楚南飞想办法要力战温莎的关键时刻，周芳华的出现破坏了他的计划。女人总是能在关键的时候出现，但这次周芳华却不知道自己犯了一个多么大的错误！

楚南飞挥动着赤红的匕首冲到温莎前面，挡住了她的去路："混蛋，恶魔！"

温莎低着硕大的头颅，暗红色的眼睛里凶光毕露，爪子挑逗似的在楚南飞面前挥舞一下，只是轻轻地挥动一下，没有打到楚南飞的身上，但强劲的罡风立即将楚南飞拍飞了！

在兽神将面前，一级甲兽就如同纸糊的一样不堪一击，而楚南飞连一级甲兽都算不上。江一寒拉住周芳华把她弄到二层平台上，而温莎则气势汹汹地跟进，她要学彭新宇把周芳华当作人质，逼楚南飞就范。楚南飞翻滚出十多米远，重重地撞在开启的机关门上才停下来，痛苦地挣扎起来，却摸到了都满大祭司的权杖，立即拿起来挥动着冲向温莎。温莎似乎知道楚南飞将会发动攻击，随便轻轻一拍，便将楚南飞给扇飞了！楚南飞生生地撞在了"冰人"彭新宇的身上，彭新宇身上的冰瞬间碎裂，人也反应过来，手里还拿着密封筒，一时间暴怒异常。

"快……快阻止她！"楚南飞抱着权杖翻滚出老远，还不忘提醒彭新宇，虽然他不确定彭新宇是不是能跟温莎较量一个回合，至少要阻止她伤害周芳华。

而此时，黄大壮抡起兽骨武器就要跟温莎拼命，这种对抗简直不值得一提。黄大壮还没有冲到温莎的近前，一股强劲的爪风便冲到了他的身上，兽骨撒手飞了出去，人直接被爪风罩住。"大壮！"楚南飞撕心裂肺地吼叫着，眼见着鲜血纷飞，黄大壮已经被温莎撕成了碎片！

彭新宇已经失去了理智，方才他被温莎算计差点没造成失温，现在则奋力将密封筒给撕破，看也不看里面究竟是什么药物，直接全部注射进身体，然后将密封筒扔掉。

站在二层平台上的江一寒瞪着猩红的眼睛就要往下冲，却被高格明拦住："他们已经丧失了理智，跟野兽无异，当务之急是保存实力，而不是无谓地牺牲！"

道理谁都懂，感情放不下！

高格明岂能拦得住江一寒？江一寒不知道从哪里找来一个奇形怪状的金属构件，冲着高格明和周芳华怒吼："你们谁都不要出来！"他要拼命。楚南飞也要拼命。彭新宇化成了甲兽也在跟温莎拼命。

但拼命与拼命是有区别的。江一寒是和楚南飞是为了战友惨死复仇而拼命，彭新宇是想除掉温莎而拼命。

江一寒刚刚下到一层平台便被楚南飞给挡住："不能硬拼，让他们先自相残杀！"

理智终究会被现实所打败，这种情况上去就是死。

彭新宇的身体在发生某种变化，但外形却没有发生改变。他的瞳孔的眼色却不断地变换着，瞳孔逐渐变大，直到最后一刻消失！

没有瞳孔的人更为可怕，比温莎可怕得多。温莎不过是外形上令人恐怖，而彭新宇却只剩下了恐怖！彭新宇没有兽化，或者说他的这种变化是因为他的基因选择所造成的——更接近于这个空间文明的主宰者。温莎显然看出来了这种变化。

两支异化的人犹如斗兽一般对峙着，彭新宇的手开始异变，生出了一双蓝紫色近乎金属一般的爪子。他擎起爪子，专注地观察着，喉咙里发出一阵狂暴的笑。

这里是属于文明的主宰者，不属于兽化人！

温莎狂怒地挥动着一米多长的爪子，凭空扫向彭新宇。这是他进化为兽神将后的奋力一击，地面位置颤抖，空气似乎在燃烧，爪子扫过之处出现了波纹震动。

"轰隆！"一声炸响，两支爪子碰撞在一起。

彭新宇岿然不动，蓝色的爪子竟然插进温莎的手臂之中，黑色的鳞片纷纷掉落。温莎难以置信地瞪着赤红色的眼睛，盯着被穿透的手臂，狂暴地咆哮着，想要挣脱彭新宇的束缚。彭新宇奋力将另一支爪子插进了温莎的胸口，硕大的身躯立即出现一个窟窿，绿色的液体喷涌而出，彭新宇的爪子冒着热气。

温莎奋力将彭新宇给甩了出去，而后看着自己胸前的窟窿，仰头发出一阵悲鸣。

楚南飞和江一寒被罡风掀起，双双摔在了操控台上，滚落在地上。

这是一场极其残忍的对决，兽化了的温莎与变异的彭新宇就像斗兽场上表演的两头怪兽一般，体型的差距让人产生一种错觉，但事实是彭新宇在第一个回合便重创了温莎。

楚南飞爬起来立即打开控制台操控光幕，紧张地盯着光幕上的星空投影球体，他要在最短的时间内分辨出哪个是零点空间坐标体。记忆不断地变幻，不断地重叠，也在不断地辨识着。温莎与彭新宇之间的较量依然在持续，整个一层平台一片狼藉。

楚南飞直接触碰了一下角落里的图标，整个碟形飞船忽然震动一下。

所有人都为之一愣，飞船似乎启动了，而随之而来的是一阵警报的蜂鸣！

穹顶上的星空开始变幻，球体点阵上的投影瞬间发生变化，而楚南飞飞快地关闭了光幕，就在刹那间，球体点阵周围散发出数道蓝光，几乎所有悬浮球体的防御系统全部启动，彼此相互交错的威能电光束开始聚合！

楚南飞奋力将权杖抛了出去，兽首权杖如同标枪一般贴着穹顶点阵球体穿过机关门。

球形点阵上集聚的能量相互交错着射向兽首权杖，空中乍现一道道蓝色的光流，穿过机关门射向回廊标本墙，犹如无数颗流星一般掠过星空的投影，壮观至极！

温莎和彭新宇错愕地望着眼前的一幕，只听到一阵蜂鸣，一层空间内的星空投影漠然消失不见，操控台上的光幕突然剧烈地抖动起来，更大的声音警报瞬间传来，把楚南飞和江一寒震得几乎吐血！"快！"楚南飞怒吼一声，拉起江一寒跑上二层平台，而伦雅圣女也惊愕地看着眼前的一幕，楚南飞不容分说把她也抛了进去。

所有人都不知道发生什么事情了，只见那些悬浮在空间里的液氮存储器纷纷掉落，不仅威能防御系统崩溃，连球形点阵也遭到了破坏，随着星光投影的消失，这些被精心

安放的储存器似乎失去了动力,在地上肆意滚动着。

机关门外正在发生可怕的一幕!无数条"闪电"击中了回廊的标本墙,强烈的射线冲击竟然将金刚石的墙壁穿透,金刚石墙面纷纷破裂,碎片如雨一般倾泻而出!

温莎与彭新宇的身上扎满了金刚石碎片——或者说是原子序列被排序后的钻石晶体。温莎愕然地看着自己身上千疮百孔的鳞甲,疯狂地舞动着锋利的爪子:"世界属于我……"

声音在回廊里回荡,而那只被封禁在里面的怪物"标本"竟然活了过来!

楚南飞一拳砸在自己的胸膛之上,他曾经怀疑过那些活体"标本"的真实性,因为怪物的眼睛里冒着光,有生命迹象。他之所以要再次开启球形点阵防御,就是想要这种效果——利用威能集束产生的射线破坏金刚石墙壁。

他终于成功了。

不过下一秒便反应过来,自己似乎做了一件极为愚蠢的事情:那些实力超强的怪物被放出来,如何才能消灭?!

彭新宇对这种突如其来的状况没有任何准备,而当他看到那个庞然大物进入一层平台空间的时候,一种超强的威压压得他喘不过气来。

莫伦苏醒了!伦雅虔诚地望着这位传说中魔罗族最强悍的兽神将,竟然热泪横流。他是真正的兽神将,莫伦带着部分苦难的族人走出了深渊,在地面上建起了强盛的魔罗城邦,造就了魔罗古国的辉煌。那是一千八百年前的事情。

温莎浑身闪烁着钻石的光亮,使出最后一点力气挥动着爪子,想要给彭新宇最后一击。但她没有如愿以偿,最猛烈的一击竟然砸在了黑色的石化一般的手臂上。温莎引以为傲的爪子断裂,碎成了无数块,坠落在地上。

怪兽莫伦不可思议地看着温莎,喉咙里发出一阵低吼:"你是谁?"

莫伦的目光绕过温莎庞大的身躯,望向角落里的伦雅,凶狠的目光忽然变得平和了许多:"拥有最纯正的魔罗族血统,你又是谁?"

他被封禁了一千八百年,这个世界依然还存在。

彭新宇愕然地盯着眼前的怪兽,他就是都满大祭司所说的那个魔罗族最强的兽神将吗?他的实力毋庸置疑,恐怕没有人能够击败他——这个文明的主宰者也不能!

温莎恐惧地后退两步,硕大的头颅低下,喉咙里面发出一种"臣服"一般的低吼声。作为新进化的兽神将,温莎在莫伦的眼中不过是一个小丑而已。只要他想杀死温莎,手到擒来。"莫伦神将……我是伦雅——是都满大祭司的女儿!"伦雅试图站起来,但方才被温莎伤得不轻，体内的能量已经耗尽，虚弱到了极点。

温莎与彭新宇的对峙终随着莫伦的加入自然而然地结束了，两个野心勃勃的家伙都认识到眼前这个怪物的危险性。尤其是温莎，已经到了强弩之末，只需要一点打击就会被完全击溃！彭新宇也意识到了这点，仰头望着怪兽莫伦："我不介意你杀了她。"

"好。"莫伦低吼着看着温莎。

温莎突然狂暴地冲向彭新宇，在即将掠过莫伦之际突然改变方向，硕大的爪子和脑袋向莫伦发起了致命攻击。而就在此时，彭新宇也腾空而起，一双乌黑发亮的爪子划破空气，插入了莫伦的后背！一前一后攻击，配合得天衣无缝。

世间的阴谋几乎是雷同的。莫伦似乎想起了一千八百年前的那场大战，几乎与今天发生的状况一模一样！

莫伦的身体开始发生了奇异的变化，周身环绕着蓝色的弧光，就如球形点阵上面的弧光一模一样，当温莎与莫伦碰撞在一起的时候，弧光便集聚成一束蓝色的电光，射穿了温莎几乎石化了的躯体。

温莎可以抵挡住任何冷兵器的攻击，甚至子弹都不能奈何她。但击中她的不是子弹，而是激光射线——可以将金刚石切成无数碎片的恐怖武器。

温莎庞大的身体被无数道射线射穿，整个躯体千疮百孔，几乎成了筛子！莫伦抓起温莎便将其甩出一层空间，温莎撞在环形回廊的墙壁上，消失在一片黑暗的废墟当中。

一场触目惊心的大战似乎落下了帷幕。

彭新宇的爪子还插在莫伦的后背上，人却躺在了远处的地上，痛苦地挣扎着。

伦雅瑟瑟缩缩地过来，跪伏在地上："您是魔罗族最伟大的智者……"

二层平台上，楚南飞、江一寒、高格明和周芳华看得触目惊心，但他们看到伦雅竟然跪伏在地上的时候，楚南飞才明白：这个怪兽是魔罗族人。

不过并非是莫伦以兽神将的实力打败了温莎，这点楚南飞看得非常清楚。这只怪物的身上有威能防御保护！"当有一天这个世界不再有生命的时候，但月亮和星星同时消失的时候，我会迎来新生。"莫伦平静地看着伦雅，"但当你们到来的时候，我知道永生是痛苦的。神谕已经昭示了这场劫难，空间坍塌所造成的后果是让所有渴望永生的人毁灭自己，无论是肉体，还是精神。"

莫伦晃动着庞大的身躯仰望着幽蓝的穹顶："黑夜降临圣域，世界成为深渊，毁灭自会到来。"伦雅跪伏在地上，虔诚地祈祷着："圣地已经不再，魔罗族就要消失……"

"毁灭是为了永生。"莫伦按下操控台上的光幕按钮，其身上环绕的蓝色闪电突然

暴起，光幕扭曲着将莫伦包裹，庞大的身躯并没有挣扎，却在不断地缩小，直至缩成一个燃烧的光球，坠落在地上。

光球滚到伦雅的脚下，伦雅双手捧起光球，虔诚地仰望着穹顶上的星空：毁灭是为了永生！彭新宇拿起第二只金属密封筒，轻易地便打开了，取出里面的针型筒，狠命地将里面的液体注入体内，随即狂暴地冲向伦雅——这是他先发制人唯一的机会，那个噩梦一般的兽神将已经被毁灭了。不过他扑空了，楚南飞以让人难以想象的速度将伦雅推开，而他的身体竟然与彭新宇碰撞在一起！一声惊天动地的轰隆声充满整个试验基地。

楚南飞痛苦地倒在地上，手里握着一支金属筒，里面是彭新宇注射过的液体，他毫不犹豫地刺进自己的体内。

第二层平台。

阿森曼面前是一片光幕，光幕上显示着浩瀚的星空图，在星空图之下则是一排红色的虚拟按钮。阿森曼注视着深邃的星空，那里仿佛是曾经熟悉的世界，创造这处秘境空间的人与我们所处的世界并非完全不同。

不同的是他们用自己的文明毁灭了世界，而我们正在向往着那种文明的创造。

"彭博士发生了第三次进化，他所注射的进化液是文明主宰者的基因液，他已经获得了超级文明的遗传因子。"阿森曼淡然地注视着周芳华，"超级文明毁灭于自己所创造的超级病毒，他们无法遏制这种病毒的蔓延，但最后一名感染者痛苦地把自己封禁的时候，也许他们没有想到会有今天的后果。"

"您确定超级病毒有这么大的威力？"周芳华紧张地看着星空地图之下的那些按钮，情绪激动起来，"我们不是来探索永生和毁灭的，那是哲学家要做的事——我想回到我们是世界，不想永远地待在这里！"

阿森曼摇摇头："这是不可能的事情，魔罗族人已经守候了超过三千多年，而这个空间依然存在。那个世界的文明为了永生，将所有的程序都屏蔽掉，我们不知道哪里是起始点，更不知道哪里是终点。"此时，光幕发生一阵剧烈的波动，星空投影出现了裂痕。

"遗传信息忠实地记录了人类生命的发展进程，但目前世界所发现的不过是其亿万分之一，超级文明的科技领先我们几千年，他们也没有抵达进化的终点。"阿森曼似乎是在自说自话一般，不再理会周芳华。

阿森曼已经知道了超级文明所要隐藏的秘密！

正在此时，楚南飞被江一寒救了回来，浑身鲜血淋漓，跟在地狱血池里面浸泡过一样，吓得周芳华一下便晕死过去。

高格明愤怒地冲出二层平台，恰好与已经变形的彭新宇相遇。彭新宇已经失去了理智，眼中的瞳孔完全消失，满身膨胀，似乎要进化一般。

"老彭，你……"高格明的话还没有说完，被彭新宇一把抓住给扔了出去，高格明在空中翻滚着，摔到了一沉操控台上，痛苦地挣扎着滚落到地上。

彭新宇挥拳砸在通向二层的扶手上，那种坚硬的不知名的金属竟然被他给砸得变形！他又冲上了通向二层平台，狂暴地砸着机关门，爪子瞬间鲜血淋淋！

伦雅握着楚南飞的手，丝丝缕缕的能量注入，唤醒了楚南飞。这是一种极为特殊的治疗法，但条件相当苛刻：必须是同等体质的人才能救治——从某种角度而言，伦雅和楚南飞都属于威能进化方向，伦雅擅长洞察，而楚南飞擅长的是能量记忆。

伦雅是即将进化为一级甲兽，而楚南飞是血肉之躯。尽管他注射了那种不知名的进化液，但还是没有发生温莎那种兽化——或者说他所注射的不是兽化液，而是超级文明的基因药物。楚南飞强自起来，一阵剧烈的咳嗽之后，又恢复了不少体力。不过他相对于已经变形了的彭新宇而言，已经不在一个档次上了。楚南飞冲到中央操作台的光幕前面，死死地盯着深邃的星空投影。

他的脑海中再一次闪现出能量星空图，而记忆里的神域地图却被清空！

"阿森曼博士，什么才是最完美的基因？"楚南飞的目光在星空里搜寻着什么，忽然问道。阿森曼恍然一愣："世界上没有最完美的基因，基因只能不断地向前进化——而且是不可逆的进化，人为无法干涉。"楚南飞兀自摇摇头："超级文明的基因密码却显示与您不同的答案！"

大漠孤烟，圆月不见。

56号兵站里传出急促的汽车轰鸣，几百辆汽车正在通过兵站，席卷而起的沙尘如同狂暴的野兽一般，穿过荒凉的大漠，向X目标位狂奔而去。这是第三支增援部队。

而此时，深渊入口处，郭南北焦急地看了一眼老上海手表，不禁气急："现在几点了？破表又不准了！"警卫员小刘紧张地看着手表："报告首长，还差五分钟零点！"

"什么？你的表也不准！"郭南北把腕表摘下来仔细看，的确是还差五分钟零点，他没有看错，表也没有错。正在此时，深渊入口处一阵骚动，随即传来一阵激烈的枪声。郭南北被两名警卫员按在地上。"首长，里面跑出来不少人，要控制不住了，怎么办？"一名十分紧张的战士气喘吁吁地跑过来汇报战况。"坚持住，增援马上就到！""是！"枪声大作，火光和爆炸声持续传来。

让久经沙场的郭南北没有想到这次执行任务如此窝囊，一天的时间竟然没有下到第

二层平台,入夜之后又发生了暴动,牺牲了不少战士。他发现似乎陷入了某种阴谋之中,尽管命令战士们守住深渊入口,不惜一切代价封堵那些从深渊里逃窜出来的"怪物",却逐渐感到力不从心。秘境空间内的情况要比深渊入口处惨烈百倍!

但彭新宇再一次注射超级基因进化液的时候,他终于发现自己犯了一个致命的错误,X病毒并非是他所想象的那样可以促进人体变异,而是在控制基因染色体对碱基对的选择性排序,而且这种兽化的过程是一个缓慢的过程。

而且病毒只对已经进入兽化程序的个体才产生作用,而对于他而言,那些进化液对的作用跟打激素差不多,只不过他打不是激素,而是能量!

高格明惨然地望着鲜血淋淋的彭新宇,他正在破坏着一切:狂暴地砸着液氮储存器,砸着地面,砸着机关门,把一切都砸得稀巴烂。

作为此次科考队的组长,彭新宇已经成了一个符号。他是病毒生物学的权威,他首先发现了X病毒,他三次进入沙漠腹地搞研究,他横穿了中国最著名的死亡地带。而现在他是什么?高格明想不出来彭新宇为什么变成了这样,难道这就是X病毒所带来的后果?他是地质学家,无法理解彭新宇的变化。

二层中心控制平台,阿森曼疑惑地看着楚南飞:"你破译了他们的基因密码?这是不可能的!人类基因有二十三对碱基对,其储藏的信息超过三十亿条,虽然这只是猜测,但你绝对不可能完全计算出来基因碱基对在染色体上的排序以及排序后所面临的结果!""您的理论也许正确,但我的记忆显示最完美的基因是二十四对,而不是二十三对!"楚南飞如释重负地看着阿森曼和周芳华:"我不是科学家,但移植过来的记忆显示了超级文明的最新研究成果,他们是在这里研究基因终极进化项目,做了很多试验,其中兽化只不过是其中的一项而已。"阿森曼瞠目结舌地看着楚南飞:"天啊,二十四对完美基因?!""记忆显示他们已经研究出了相关方案,而且制成了基因促进剂,这与魔罗人所说的圣液如出一辙,但随之而来的是也制造出了一种超级病毒,而且……"楚南飞转身走到另一片光幕前,随意点动一下,光幕上竟然出现了一层平台的景象,彭新宇正在大肆破坏着,而高格明躺在操控台下正在招手。楚南飞指着彭新宇的立体影像:"彭博士所注射的并非是兽化液,而是基因促进剂!"

所有人都沉默了。拥有二十四对完美基因的人,是人类终极进化的形态,也就是超人。

而这个超人的载体似乎有些不尽如人意,作为国内顶尖的病毒生物学家,彭新宇的优点和缺点一样多,最关键的是他太贪婪、太自私、太偏执也太自我。

"超越科学伦理的发现是世界毁灭的开始!"阿森曼痛苦地闭上眼睛,"基因工程可以为人类造福，但也可能毁灭全世界。"

"所以一定要想办法阻止他进一步进化！"周芳华忽然拉住楚南飞的胳膊，"这是我们的责任呀！"超人是无法毁灭的，或者说拥有超级基因的人是永生的！

阿森曼打开面前的光幕菜单，上面显示着奇形怪状的图形，他伸出手刚要触碰，又停下："空间系统还在运转，超级文明将这里的一切都进入了休眠处理，而且设置了那么多的高级防御，所以——我要终止它。"

江一寒与楚南飞相视一眼，惊诧地看着阿森曼："您确定能终止？"

阿森曼摇摇头。伦雅狐疑地扫视着众人："这里的空间与深渊没有太大的区别，唯一不同的是所处的位置极为特殊，如果能确定基地的空间坐标位置，终结空间的运转，这里的一切都将回归零点！""你说得对，这里也是三维空间体系，星空，月亮，建筑物，还有这艘超级飞碟实验室，这里是中央控制单元，只要能终止程序运转，我希望一切都将结束。"阿森曼淡然地看着楚南飞说道。楚南飞和江一寒都摇了摇头，他们不明白阿森曼到底是在说什么。周芳华惊恐地看着光幕，忽然抱住楚南飞，泪不由自主地流下来："南飞……"楚南飞身体僵硬，手足无措。

伦雅的脸色有些不自然，不过还是识趣地躲开。

"阿森曼博士所说的终止程序就是要终止空间运行，毁灭掉这个空间，让这里的一切都回归零位——如同从来没有存在过一样。"周芳华擦着泪解释道。

阿森曼微微点头："说得对，所以我怀疑这个空间是超级文明所创造出来的虚拟空间，他们将最危险的基因试验放在这里，而超级病毒产生之后，他们又把空间给屏蔽了，用最低的能耗确保空间的正常运转。"

"还有，他们让魔罗族世世代代地守护着这处空间，为使我的族人变得更强大，提供了兽化的液体，而我们却不自知，以为进化为甲兽是一种荣耀……"

所谓"圣液"，不过是超级文明研究出来的基因兽化进化液而已；而所谓的神域，也不过是超级文明利用超级发达的科技手段打造出来的虚拟空间！

"一切都已经结束了！"楚南飞打开机关门，淡然地望着正在疯狂之中的彭新宇，忽然产生一种怜悯之心。彭新宇打了太多的基因促进剂，集聚的能量已经无法损耗，虽然他将一层空间内的所有能破坏的物体全部破坏，唯独没有对高格明动手。

不知道是什么原因，或许他的内心深处还存留着一丝人性。除此之外没有第二种解释。周芳华、江一寒、伦雅站在楚南飞的身后，目睹眼前的一切不禁感慨万千。

二层平台上，阿森曼碰触一下光幕上的停止按钮。

光幕上显示着红色的信号，非常微弱的信号似乎指向星空的某个地方，但久久没有回应。也许那个超级文明早已在这个宇宙中消亡，基因基地终止运行的信号永远也不会有反馈的信息。星光从穹顶上开始缓缓消散，操控台上爆发出强烈的震动声，高格明还在向彭新宇招手，一道光幕冲天而起，宛如实质一般的能量竟然狂放不羁地冲破了穹顶，高格明消失不见。彭新宇在一瞬间仿佛明白了什么，晃动着强悍的身躯向光幕冲去。

所有人都漠然地望着彭新宇的背影，不再有人阻止他。

当彭新宇到了光幕附近的时候，光幕突然变幻了形状，将彭新宇包裹在里面！

地面发出一阵剧烈的震动，一层的警报声骤然响起，那些球形体在四处翻滚着，高大的飞碟穹顶塌陷下来，外面的星空也在不断地坠落。

楚南飞拉着周芳华率领众人冲出一层空间，迅速穿过回廊跑到了外面。剧烈的爆炸声骤然响起，硕大的飞碟摇晃着，跃跃欲飞，其周身变幻着的蓝绿色的光晕突然都变成了赤红色，赤红的光柱冲天而起，高能射线能量束冲破了飞船外壁射向人造的星空！飞船的船体开始不断发生爆炸，建筑物在垮塌，星空在坠落！

犹如世界末日一般的景象在人们的面前上演，所有人都忘记了惊恐，剧烈的爆炸冲击波将所有人都抛了出去。

楚南飞和周芳华相拥着冲出了星空穹顶，伦雅的声音跟随在后面，江一寒却朝另一个方向飞去。飞船的二层平台上，阿森曼望着光幕上一点一点消失的星空和建筑，淡然地看了一眼一层平台上的景象，那里已经成为一片火海，而彭新宇早已踪影皆无，唯有在地面上滚来滚去的球形体，不断地发生着爆炸。

世界上不会存在完美基因，只有不断趋于完美的基因！如果真的存在二十四对基因的话，便已经到了人类进化的尽头。光幕突然扭曲，更为剧烈的大爆炸将阿森曼博士吞噬。

而随着人造星空的落幕，一个超级文明就此陨落。

深渊入口出处震动更为强烈，那种似乎是从地心里爆发出的大爆炸将方圆数平方公里沙子搅动，狂风似乎从天而降一般，霎时便形成了超级沙尘暴席卷而来。而随着天崩地裂一般的大爆炸，第一支支援部队终于抵达深渊营地。

深渊第五层平台。

祭坛上的神秘六边形建筑在强烈地摇晃着，祭坛周围跪伏着众多魔罗族族人一动不动，从深渊上方不断坠落着巨石，地面在颤抖着。纵然如此，也没有打扰那些跪伏祈祷的人。因为是死人，无人敢打扰。

方尖碑终于倒塌，硕大的石碑折成了无数段，坚硬的石英石巨石滚落到深渊之下，更大的爆炸骤然发生。随着方尖碑的倒塌，那些祈祷的摩罗族人悉数被掀到了深渊里。

第五层平台犹如被数吨炸药炸过一般，完全被摧毁。

一道亮白色的光束从方尖碑的底座下方冲天而出，照亮了深渊的黑暗。底座之处赫然形成一道气旋，气旋围绕着第五层平台不断地旋转着，犹如飓风一般席卷一切。第五层平台上整个坠下深渊！

伦雅几乎用尽了自身的能量，这是她所能想到的唯一的保命方式。而莫伦神将化作的那颗光球似乎起了决定性作用，光球将所有人都包裹在内，冲破了那道星空屏障，冲破一切的阻碍与束缚！没有人知道会冲向何方，生死未卜。

甚至在那一瞬间，人是无意识的。

底座内的空间逐渐虚幻，残垣断壁之下的碎石竟然奇迹般地恢复，而最终那道裂隙竟然自动弥合，无论如何也找不到了。

楚南飞紧紧地抓着周芳华的手，望着无尽的黑暗，一阵深渊风突然吹过，夹杂着新鲜的气息。"你知道最美好的事情是什么？"周芳华温柔地看着楚南飞淡然地问道。

"活着。""嗯！"楚南飞一阵剧烈的咳嗽，整个人似乎散架了一般，不知道手脚在哪，更不知道身在何处。有一种生不如死的感觉，不过下一秒，便看到祭坛对面深渊边缘立着的人影，不禁惊得目瞪口呆："她……她没死！"

温莎站在深渊的边缘，跟死人一般盯着躺在不远处祭坛之下的楚南飞。

楚南飞哈哈大笑，笑得眼泪鼻涕流了一脸，抓住周芳华的手："只是一个怪物而已，不要怕！""没有恐惧是一种悲哀！"周芳华望着温莎的背影。

温莎挪动着身体，千疮百孔、鲜血淋淋的身体并没有倒下。从这点而言，她已经异变成最可怖的兽神将，而能够躲过莫伦的致命一击和密闭空间爆炸，并且隐藏在伦雅的威能之中逃出那个空间，足以证明她的智商绝对不可低估。

不过，被野心蒙蔽了的人没有理智，被贪婪占据的灵魂注定失败。温莎的双臂已经不在，但绝对不耽误她杀人，兽神将的一个眼神都会让一级甲兽死无葬身之地！

"世界属于我！"温莎忽然爆发出野兽一般的吼声，身体直接向周芳华飞去。她依旧想抓住周芳华，并以此控制住楚南飞。不过她这次真的错了！

楚南飞突然出手，电闪一般地向温莎冲去，手里闪过一抹红光，一尺多长的匕首插进了温莎的胸膛。那是什么感觉？温莎没有感觉，已经被超级病毒感染的身体完全没有痛觉，也没有知觉，她向深渊滑落。而随着温莎的坠落，一道白光也追随而去，伦雅的威能攻击显示出了巨大的威力，强大的能量将温莎的尸体击得粉碎！

第二十八章 零点源头

一切都已经结束了。

楚南飞摇摇欲坠,却被伦雅给抱住,温软的身体让楚南飞如痴如醉,犹如被催眠一般。

"你是不是蒋依依?"楚南飞吃力地喘息着,方才的致命一击已经用尽了全身力量,如果温莎反击的话,也许掉下去的是自己。

而伦雅早已洞察到这点,所以她才果断出击。"不是。"伦雅抱着楚南飞温柔地笑了笑,"谢谢你,不过我还会去找你!""你?"

"我属于深渊世界,这是魔罗族的宿命!"伦雅优雅地起身,淡然地笑了笑,仰望着深渊上方的一点如星光般的光亮,纵身跳下深渊。时间仿佛凝滞了一般!

周芳华掏出瑞士金表,打开仔细观看一下,然后将金表抛进了深渊。"世界上永远也不可能存在二十四对基因。""为什么?""因为完美的代价太大,永生的希望在于毁灭!"江一寒终于苏醒过来。楚南飞把江一寒拉起来:"这就是超级文明的基因密码,当他们明白的时候已经走在了灭亡的路上"

"所以要毁灭一切,重归零点!"深渊开始融化崩坍,仿佛从来没有出现过一样。

迎着大漠初升的太阳,远处一片蒸腾中车队隐约可见,楚南风望了一眼周芳华,嘴角流露出一丝微笑,失去知觉扑通一声摔倒在地。隐约间,楚南飞听到了周芳华和江一寒急切的呼喊声……一辆印有5619部队番号的越野大吉普载着楚南飞消失在戈壁之中,一团骆驼刺随着风沙刮过车辙,仿佛一切都好像从来没有发生过一般。

(第一卷完结)

图书在版编目(CIP)数据

零点.1/骠骑著.
—武汉：长江出版社，2020.8
ISBN 978-7-5492-6768-2

Ⅰ.①零… Ⅱ.①骠… Ⅲ.①长篇小说－中国－当代 Ⅳ.①I247.5

中国版本图书馆 CIP 数据核字(2019)第 251905 号

零点.1	/	骠骑 著	
出　　版	长江出版社		
	(武汉市解放大道 1863 号)		
选题策划	长江出版社动漫编辑部		
市场发行	长江出版社发行部		
网　　址	http://www.cjpress.com.cn		
责任编辑	钟一丹		
封面设计	青空工作室		
装帧设计	彭　微　蔡　丹		
印　　刷	中印南方印刷有限公司		
版　　次	2020 年 8 月第 1 版		
印　　次	2020 年 8 月第 1 次印刷		
开　　本	787mm×1092mm　1/16		
印　　张	18.5 印张		
字　　数	370 千字		
书　　号	ISBN 978-7-5492-6768-2		
定　　价	42.80 元		

版权所有　　盗版必究(举报电话:027-82926804)
(如发现印装质量问题，请寄本社调换，电话 027-82926804)